BASTEI LÜBBE
TASCHENBUCH

JASON DARKS SONDERAUSGABEN IM TASCHENBUCH-PROGRAMM:

Paperback
73 500 Hexenküsse

Jumbo-Bände
73 952 Die Hölle auf Erden
73 953 Grüße aus dem Fegefeuer
73 954 Schreie aus der Unterwelt
73 955 Jenseits der Angst
73 956 Wenn aus Freunden Monster werden
73 957 Hexen – Geister – Teufelsdiener
73 958 Wenn die Hölle dich verschlingt
73 959 Rückkehr aus dem Reich der Toten
73 960 Baphomet II
73 961 Das Schicksal des Templers
73 962 Im Namen des Schwarzen Tods
73 963 Hexenfluch
73 964 Der dunkle Gral
73 965 Morganas wilde Meute

Kultausgaben
73 967 Die Conollys
73 968 Suko und Shao
73 969 Jane Collins – Privatdetektivin
73 970 Die Hexe Jane Collins
73 971 Glenda Perkins
73 972 Kommissar Will Mallmann
73 973 Mallmann und der Schwarze Tod
73 974 Mallmanns letzte Fälle
73 975 Myxin, der Magier
73 976 Die Schöne aus dem Totenreich
73 977 Arkonada und der Planet der Magier
73 978 Doktor Tod
73 979 Die Gründung der Mordliga
73 980 Lupina und Vampiro-del-mar
73 981 Lady X
73 982 Die Mordliga greift an
73 983 Werwolf-Fest und Zombie-Terror
73 984 Tod der Mordliga!
73 985 Doktor Tods Ende
73 986 Ich gegen den Würfel des Todes
73 987 Sieben Siegel der Magie
73 988 Vampir-Dämmerung

JASON DARK

Die Welt des JOHN SINCLAIR

ZEITTUNNEL IN DIE URZEIT

VIER SPANNENDE KULTGESCHICHTEN

BASTEI LÜBBE
TASCHENBUCH

BASTEI LÜBBE TASCHENBUCH
Band 73 989

1. Auflage: März 2011

Vollständige Taschenbuchausgabe

Bastei Lübbe Taschenbücher
in der
Bastei Lübbe GmbH & Co. KG

Lektorat: Rainer Delfs
Titelbild: shutterstock/Roland van der Beek/
shutterstock/Aelius Aaron
Umschlaggestaltung: Gisela Kullowatz
Satz: Wildpanner, München
Druck und Verarbeitung:
CPI – Ebner & Spiegel, Ulm
Printed in Germany
ISBN 978-3-404-73989-9

Inhalt

GHOUL-PARASITEN

Auf dem sonst so glatten Betongesicht des Mannes breitete sich ein ungläubiges Staunen aus.

»Ist das wirklich wahr? Wollen Sie mir keinen Bären aufbinden?«

»Nein, Mister!«

Logan Costello, der Mafiaboss, grinste kalt. »Wenn Sie mich leimen, bedeutet das Ihren Tod!«

»Ich weiß.«

»Dann zeigen Sie mir, was Sie mitgebracht haben. Und nennen Sie mir endlich Ihren Namen!«

Der Mann schüttelte den Kopf. »Nein«, erklärte er und lächelte dabei. »Den brauchen Sie nicht zu wissen.«

»Und wie soll ich Sie anreden?«

»Nennen Sie mich einfach Mister X.«

Logan Costello zuckte zusammen. »In Anlehnung an Lady X?«

»So ungefähr.«

»Aber sie lebt nicht mehr.« Costello stellte dies mit großer Befriedigung fest, denn er hatte Lady X auf den Tod nicht ausstehen können. Die Vampirin war ihm verhasst bis aufs Blut gewesen. Er musste von ihr Befehle annehmen, da sie sich nach dem Ende des Doktor Tod als Führerin der Mordliga aufgespielt hatte! »Und wenn Sie versuchen wollen, mich reinzulegen, ergeht es Ihnen ähnlich!«

Der Mann lächelte nur. Er war ein unscheinbarer Typ. Klein von Gestalt, ein wenig dicklich. Sein Gesicht war glatt. Die Haut erinnerte an die eines jungen Ferkels. Überhaupt hatte der Kopf Ähnlichkeit mit dem eines Schweins. Auch die aufgeworfenen Lippen, die kleinen, farblosen Augen und die kurze Nase, wo besonders die Nasenlöcher auffielen. Sie wirkten wie zwei dunkle Knöpfe. Auf dem Kopf wuchsen fahlblonde Haarsträhnen. Sie waren glatt und flach nach hinten gekämmt. Der Anzug zeigte einen unmodernen Schnitt. Das Hemd war ebenso fleckig wie die farblose Krawatte.

Ein Typ, den man normalerweise übersah, und Logan Costello hätte sich auch gar nicht mit ihm abgegeben, wenn

dieser Kerl nicht einige bekannte Dämonennamen ins Spiel gebracht hätte. Da war der Capo doch neugierig geworden.
»Ich möchte nur richtigstellen«, sagte der Mann, »dass Sie Lady X nicht getötet haben. Außerdem sollten Sie nicht zu früh triumphieren, denn bisher hat Ihnen die Scott noch einen gewissen Schutz gegeben, oder irre ich mich da?«

»Ja, Sie irren sich. Was konnte sie schon tun? Gar nichts! Ich halte auch ohne Ihre Hilfe das Zepter der Londoner Unterwelt fest in meiner Hand. Und nun zeigen Sie mir endlich, weshalb ich hier mit Ihnen meine Zeit vertrödle.«

»Sie werden gleich anders denken.«

»Hoffentlich.«

Mister X drehte sich um. Er wandte dem Capo den Rücken zu und bückte sich einem Stuhl entgegen. Auf ihm hatte er seinen kleinen schwarzen Diplomatenkoffer abgestellt. Der Koffer hatte ein Sicherheitsschloss. Es war mit einer Zahlenkombination versehen, die der Mann erst noch einstellte.

Costello schaute dabei auf die Hände seines Besuchers. Es waren seltsame Finger. Sie passten nicht zu dem übrigen Körper, denn sie waren verhältnismäßig lang. Wie die Hände eines Klavierspielers.

Der Mann stellte die Zahlenkombination ein und ließ durch Druck die Verschlüsse in die Höhe schnellen. Dann legte er den Koffer mit seiner unteren Hälfte auf den Stuhl und klappte den Deckel hoch.

Es war ein spannender Anblick. Selbst Costello beugte sich hinunter und schaute nach, welchen Inhalt der Koffer barg.

Nur ein Gegenstand lag darin.

Eine Pistole!

Logan Costello hielt den Atem an, als er die Waffe erkannte. Das war keine normale Pistole, sondern eine Sonderanfertigung. Sie hatte einen grünen Griff, eckige Konturen, und all die übrigen Teile wie Lauf, Schloss, Abzugsbügel, bestanden aus einem sehr wertvollen Metall. Aus Gold.

Vorsichtig hob der Mann, der sich Mister X nannte, die Waffe aus dem Koffer. Seine Augen begannen zu glänzen. Sein

Mund war zu einem Lächeln verzogen, und wie unabsichtlich richtete er die Mündung auf den Mafioso Logan Costello.

»Hüten Sie sich«, sagte dieser.

Mister X ließ sich nicht beirren. »Nein, Costello, Sie können nichts machen. Wenn ich abdrücke, geschieht etwas Grauenhaftes. Und es gibt keine Macht der Welt, die Sie dann noch retten könnte.«

Die Sätze waren zwar leise gesprochen worden. Dennoch glaubte Costello nicht an einen Bluff. Das hatte der Mann nicht nötig.

Die beiden Männer fixierten sich.

»Und deshalb wollten Sie mich sprechen?«, fragte Costello nach einer Weile.

»Ja.«

Der Mafioso lachte leise. »Wenn ich will, kann ich mir so eine Waffe ebenfalls herstellen lassen. Sie ist nichts Besonderes, Mann.«

»Da irren Sie sich. Diese Pistole ist einmalig. Und so alt wie …« Da stockte er, lächelte nur und hob seine runden Schultern. »Wir hatten doch verabredet, dass Sie alles vorbereiten. Haben Sie das geschafft? Können wir jetzt?«

»Natürlich«, brummte Costello, dem es überhaupt nicht passte, dass er hier nur die zweite Geige spielte. Dennoch gehorchte er aus Neugierde. Er wandte sich ab und ging zum Telefon, das neben der Tür an der Wand hing. Ansonsten war der Raum bis auf den Stuhl leer. Er lag unter der Erde. Erhellt wurde er vom kalten Licht einer großen Leuchtstoffröhre.

Nur das Telefon verband den Mafioso mit der Ober- und Außenwelt. Er hob den Hörer ab, presste ihn ans Ohr und wählte nur eine Zahl. Als er Verbindung hatte, sagte er: »Du kannst kommen, Serge!«

Mister X wartete. Er stand da, als wäre überhaupt kein Leben mehr in ihm. Sein rechter Arm hing an der Seite nach unten, die Mündung der Waffe wies zu Boden.

Costello warnte ihn noch einmal. »Wenn Sie versuchen, mich reinzulegen, ergeht es Ihnen dreckig.«

»Merken Sie sich einmal, dass ich nicht zu Ihren Leuten gehöre. Sie können mich nicht herumkommandieren. Es muss für Sie eine Ehre sein, dass ich Sie aufgesucht habe.«

»Gleich kommen mir die Tränen.«

»Sparen Sie sich diese Dinge auf!«

Der schmucklose Raum hatte eine gut gesicherte Tür. Sie bestand aus Stahlblech. Zudem schluckte sie einen großen Teil des Schalls. Dennoch hörten die beiden Männer das wilde Knurren hinter der Tür.

»Der Bluthund?«, fragte Mister X.

»Ja, wie Sie es wünschten.«

»Dann lassen Sie ihn mal herein!«

Logan Costello ging zur Tür. Er besaß den Schlüssel und sperrte auf. Kaum hatte er die Tür geöffnet, als die Männer das Knurren und Bellen vernahmen.

Eine deutsche Dogge sprang über die Schwelle und wurde von Serge hart zurückgerissen, sodass sich der Hund auf seine Hinterpfoten stellte und mit den Vorderfüßen durch die Luft schlug. Sein wütendes, aggressives Bellen hallte durch den Raum. Er riss und zerrte an der Leine. Das Maul stand offen. Die Zunge glitt hervor, die Zähne glänzten vor Geifer.

Nur ein kräftiger Mann wie Serge konnte dieses Tier halten. Fragend schaute er seinen Boss an.

Costello deutete auf die gegenüberliegende Wand. »Stellt euch dorthin!«, befahl er.

Serge hob die breiten Schultern und ging. Der Hund scharrte mit seinen Pfoten über den glatten Boden. Er schlug um sich, keuchte, riss und zog. Seinen Kopf schleuderte er dabei von einer Seite auf die andere. Das Hecheln und Bellen gingen ineinander über, der kurze Schwanz führte peitschende Bewegungen durch.

Serge musste ihn jetzt hinter sich herziehen, um die Stelle an der Wand einzunehmen, denn der Hund hatte den Fremden gesehen, und zu ihm wollte er.

Mister X verzog seine Lippen. Er benetzte sie mit Speichel,

der seltsam gelb schimmerte, und sie nahmen einen matten Glanz an.

»Bleibt da stehen«, erklärte er, »und sehen Sie zu, Serge, dass Ihnen der Hund nicht zu nahe kommt, sonst erwischt es Sie auch.«

Serge schaute seinen Boss an.

Erst als Costello nickte, war der andere zufrieden. Noch immer hatte er mit dem Hund seine Mühe. Die Dogge wollte nicht ruhig bleiben. Allerdings ging sie nicht auf ihn zu, sondern schräg von Serge weg, wobei sich die Leine spannte.

»Bleibt so!«, erklärte Mister X und hob die geladene Pistole. Er schwenkte die Waffe und richtete die Mündung auf den Hund.

»He!«, protestierte Serge. »Ich ...«

»Dir passiert nichts«, erklärte Costello kalt.

»Und jetzt gebt acht«, sagte Mister X. Er trat noch einen winzigen Schritt zur Seite, um eine optimale Schussposition einzunehmen, und krümmte langsam den Zeigefinger.

Logan Costello konnte die Bewegung genau verfolgen. Er und auch Serge erwarteten einen Schuss, den peitschenden Knall oder ein donnerndes Dröhnen. Nichts in der Richtung geschah.

Aus der Waffenmündung schoss eine seltsam rötliche Flüssigkeit. Hervorgetrieben wurde sie von einem gewaltigen Druck und klatschte voll gegen die an der Leine zerrende Dogge.

Was dann geschah, verschlug zumindest den Mafiosi den Atem!

Die Flüssigkeit breitete sich gedankenschnell aus. Innerhalb von einer Sekunde entstand die doppelte Menge, wurde weiter aufgebläht und nahm die Form einer Kugel an, die den Hund umspannte. Er befand sich jetzt im Innern der Kugel. Sein Bellen wurde leiser, verstummte dann völlig, denn die Kugel schluckte die Geräusche.

Gleichzeitig wuchsen aus diesem neu entstandenen Wesen dünne Beine, die den Boden berührten und die Kugel langsam in die Höhe stemmten.

»Schaut genau hin!«, durchdrang die Stimme des geheimnisvollen Mannes das Schweigen.

Das taten die beiden Mafiosi. Serge hatte die Leine losgelassen. Sie schaute noch aus der Kugel hervor und peitschte über den Boden, wenn diese zu stark bewegt wurde.

Ein unheimlicher Vorgang bot sich den Augen der Menschen.

Der Hund starb.

Er verendete. Seine Bewegungen wurden schwächer und schwächer. Zwar warf er sich noch gegen die Innenwand der Kugel, doch er prallte von der dünnen Haut ab und wurde immer wieder zurückgeschleudert. Auch mit seinen Zähnen schnappte er zu, hackte sie hinein in den elastischen Widerstand, aber erreichte nichts.

Die Kugel hielt dicht. Und sie sonderte ein seltsames Sekret ab, das von der Innenfläche der dünnen Haut auf den Körper des Hundes tropfte.

Den Zuschauern schien es, als hätte das Tier Hiebe bekommen, so sehr zuckte es, fiel auf den Boden der Kugel, drehte sich dort auf den Rücken und schlug mit den Pfoten um sich.

Waren es tatsächlich noch Pfoten?

Nein, nicht mehr. Denn die Haut löste sich auf. Sie wurde flüssig. Eine gelblich schimmernde Masse, die wie flüssiges Wachs wirkte, sich in der Kugel sammelte, zu einer Lache anwuchs und dabei immer mehr Haut vom Körper des Hundes löste.

Die Masse brodelte auf. Sie wirkte wie eine Säure. Die Knochen jedoch griff sie nicht an. Das gesamte Skelett wurde als ein einziger Körper ausgestoßen und fiel neben der Blase zu Boden.

Dort blieb es liegen.

Die Blase aber wanderte weiter. Sie hatte einen neuen Gegner gesehen. Es war Serge.

Der stand wie angewachsen. Er schaute auf das hässliche Ding mit den dünnen Füßen, die den Körper schaukelnd trugen und in seine Richtung drehten.

Costello blickte zu dem Unbekannten mit der goldenen Waffe in der Hand. Selbst dem Mafioso war es unheimlich zumute. Er gab es nicht gern zu, aber eine Gänsehaut rann dennoch über seinen Rücken.

Mister X tat nichts, um die Blase zu stoppen. Er ließ sie weiterlaufen, und Serge musste zurück. »Boss!«, keuchte er. »Verdammt, was soll das? Bin ich jetzt an der Reihe?«

Er erhielt keine Antwort.

Mit einem gewaltigen Sprung brachte sich der Mann aus der unmittelbaren Gefahrenzone. Er übersah die Wand und prallte gegen sie, wobei er sich die Schulter stieß.

Sein Gesicht verzerrte sich. Blitzschnell verschwand seine rechte Hand unter dem Jackett. Der kurzläufige Revolver schien ihm zwischen die Finger zu springen.

Serge zielte kurz und drückte ab. Er wollte die unheimliche Kugel zerschießen. Ein jeder sah, wie das Projektil gegen die Haut hieb, sie jedoch nicht zerstörte. Das Geschoss pfiff als Querschläger zurück und klatschte gegen eine der Betonwände, wo es deformiert wurde.

Noch zweimal feuerte Serge.

Abermals erzielte er keinen Erfolg. Sein Gesicht verzerrte sich dabei. Er begann zu schreien, und dieses Brüllen vermischte sich mit den Echos der nächsten Schüsse.

Zudem hatte er noch Pech

Einem gefährlichen Querschläger konnte er nicht mehr ausweichen. Die Kugel jagte in seinen Oberschenkel und hinterließ dort eine daumenlange Fleischwunde.

Jetzt knickte Serge zusammen.

Und die dämonische, alles verzehrende Kugel näherte sich langsam. Sie wippte auf ihren dünnen Beinen heran, eine gefährliche, unheimliche Waffe, die Serge in Todesangst versetzte, denn aus seiner Perspektive erschien sie ihm übergroß.

»So tut doch was!«, brüllte er verzweifelt. »Verdammt, seht endlich zu, dass das Ding stehen bleibt!« Er warf sich herum, kroch über den Boden, aber diesmal war die Kugel schneller.

Costello war ein Menschenleben im Prinzip egal, aber Serge brauchte er noch. Deshalb wandte er sich an Mister X. »Ich will nicht, dass die Kugel ihn frisst!«

»Natürlich nicht!«, wurde ihm geantwortet. Als wäre es die selbstverständlichste Sache der Welt, schritt der Mann auf sein Geschöpf zu. Dann drückte er wieder ab.

Er musste diesmal einen anderen Kontakt betätigt haben, denn aus der Waffe schoss ein winziger blauer Pfeil.

Als er in die Kugel hieb, zerplatzte sie mit einem Geräusch, das auch entsteht, wenn aus einem Ballon die Luft gelassen wird.

Zurück blieb nur ein feuchter Fleck!

Man hörte das Aufatmen des Verletzten. Er lag auf der linken Seite, während er seine rechte Hand gegen den Oberschenkel gepresst hielt, wo die Kugel die Wunde gerissen hatte. Zwischen den Fingern schimmerte es feucht.

Schwer und keuchend atmete er. Schweiß lag auf seinem Gesicht, das glänzte, als wäre es mit Öl eingerieben worden.

»Wir werden dich gleich versorgen«, sagte Logan Costello kalt und wandte sich dem geheimnisvollen Mister X zu. »Ich bin beeindruckt«, erklärte der Mafioso, »damit hätte ich nicht gerechnet!«

»Das wusste ich.«

Costello knetete sein Granitkinn. »Ich würde gern wissen, wohin ich Sie stecken soll. Da Sie es mir nicht sagen werden, frage ich einmal anders. Diese Flüssigkeit kommt mir vor, als hätte sie eine gewisse Ähnlichkeit mit dem Todesnebel. Stimmt das?«

»In etwa ja«, wurde ihm geantwortet. »Dabei möchte ich hinzufügen, dass die Masse nicht nur eine Ähnlichkeit hat, sondern der direkte Todesnebel ist. Nur eben in einem anderen Aggregatzustand, in flüssiger Form, mein Lieber …«

Seine Annahme so direkt bestätigt zu bekommen, war für Logan Costello der absolute Hammer. Er, der König der Unterwelt, wurde sogar ein wenig bleich.

Mister X lächelte nur und blickte auf seine goldene Waffe.

Auch Costello schaute sie an, schüttelte den Kopf, war fasziniert und kümmerte sich nicht um das Stöhnen seines verletzten Leibwächters. So etwas empfand er momentan als störend oder zweitrangig.

»Und das ist der Todesnebel?«, hauchte er nach einer Weile.

»Wenn ich es Ihnen sage.«

Costello schüttelte den Kopf. Er begann mit einer Wanderung, wobei er hin und wieder einen Blick auf die feuchte Lache am Boden warf. Als er stehen blieb und den Unbekannten anschaute, hatte sich auf seiner Stirn ein Faltenmuster gebildet. »Wenn das so ist, brauche ich mich um den Würfel des Unheils nicht mehr zu kümmern«, erklärte er.

»So ist es.«

»Und wer besitzt den Würfel jetzt?«

»Ich dachte, Sie wollten sich darum nicht mehr kümmern.«

»Ich hätte es gern gewusst.«

Mister X hob die Schultern. Er leckte seine Lippen und ließ die Waffe wieder verschwinden. Costello registrierte dies genau. Es gefiel ihm überhaupt nicht, denn er hätte die Pistole gern besessen. Deshalb fragte er: »Sie nehmen sie wieder mit?«

»Natürlich.«

»Weshalb sind Sie dann zu mir gekommen?«

Der Mann mit dem Schweinsgesicht lächelte widerlich. »Ich wollte Ihnen damit demonstrieren, dass es noch mächtigere Wesen gibt, als Lady X es war, in deren Besitz sich schließlich der Würfel des Unheils befand.«

Costello kniff die Augen leicht zusammen. Sein Blick wurde lauernd. »Dann haben Sie die Nachfolge von Lady X in der Mordliga übernommen? Verstehe ich das richtig?«

Mister X schüttelte den Kopf. Hinzu kam noch seine abwertende Handbewegung. »Wer ist schon die Mordliga?«, fragte er. »Sie kann man vergessen. Es gibt sie nicht mehr. Finden Sie sich endlich damit ab, Costello. Es hat sich wirklich einiges geändert.«

»Sie sind noch nicht alle hin!«

»Nein! Lupina und Xorron existieren nach wie vor. Aber die können Sie vergessen.«

»Ich glaube, Sie unterschätzen Xorron.«

Mister X lächelte spöttisch. »Glauben Sie denn, dass er sich bei Ihnen zeigen wird?«

»Eigentlich nicht.«

»Na also.« Der Unbekannte deutete auf die Tür. »Und ich werde ebenfalls gehen.«

»Wieso? Weshalb sind Sie denn gekommen, wenn Sie schon …?«

»Ich lasse mich natürlich nicht vor Ihren Karren spannen, Costello. Ich habe mein eigenes Ziel.«

Jetzt wurde der Mafioso nervös. »Das können Sie nicht machen. Sie brauchen ja nicht in meine Dienste zu treten, aber diese Waffe in unseren Händen ist Gold wert. Wir könnten damit einigen Gegnern Paroli bieten. Überlegen Sie doch mal, Mister X. Allein diese Pistole gewährleistet uns die absolute Machtfülle. London gehört …«

»Ich weiß, was Sie alles denken, Costello. Und Sie liegen damit gar nicht mal so falsch. Aber auch ich verfolge meine Pläne. Ich wollte Ihnen nur gezeigt haben, was ich besitze. Mehr nicht. Und jetzt werde ich gehen. Wir hören wieder voneinander.«

Costello ging hastig auf den Unbekannten zu und blieb einen Schritt von ihm entfernt stehen. »Lassen Sie sich doch beraten, Mann! Überlegen Sie mal. Wir müssen uns zusammenschließen. Mit dieser Waffe kann ich ihn endlich leicht besiegen.«

»Wen meinen Sie?«

Costello war klar, dass der andere Bescheid wusste. Er sah es dessen Grinsen an. Trotzdem sprach er es aus.

»Wir müssen die Pistole gegen John Sinclair und seine Freunde einsetzen.«

»Sie haben es erfasst«, erklärte der andere. »Und deshalb bin ich zu Ihnen gekommen.«

Nun verstand Costello gar nichts mehr. Er sagte auch nichts, sondern hörte in den nächsten Minuten nur noch zu. Sein Gesicht, das wieder glatt und ausdruckslos geworden war, veränderte sich von Sekunde zu Sekunde. Zum Schluss lag ein kaltes Grinsen auf seinen Zügen, und als Zeichen seines Einverständnisses rieb er sich die Hände …

Die Stimmung war gedrückt. Als Suko am Morgen das Büro betrat und seinen Freund John Sinclair nicht vorfand, wurde er wieder an den Anruf erinnert, der ihn am vorherigen Abend aus Frankreich erreicht hatte. John hatte vom Tod seiner Mitstreiterin berichtet.

Tanith, die Hellseherin, war ermordet worden!

Es hatte auch den Chinesen hart getroffen, und er drückte John Sinclair beide Daumen, dass dieser den Fall aufklären konnte. Sollte Not am Mann sein, so hatten sie vereinbart, würde Suko ebenfalls nach Frankreich fliegen und seinem Freund zur Seite stehen.

Aber das waren Vermutungen, Hypothesen. Zudem hatte er von Sir James keinen Auftrag erhalten.

Als Glenda Perkins eintraf, merkte sie natürlich, dass mit Suko etwas nicht stimmte. Sie erkundigte sich sofort nach dem Grund, und der Chinese hielt mit einer Antwort nicht lange hinter dem Berg.

Auch Glenda war geschockt. Sie wurde blass und ließ sich auf einen Stuhl in Sukos Büro fallen. Die Nachricht hatte sie hart getroffen. Beide schwiegen.

Nach einer Weile hob Glenda den Kopf. Sie nagte an ihrer Unterlippe, schob einen Locher zur Seite und stützte ihren Ellbogen auf die Schreibtischplatte. »Es war in letzter Zeit ein wenig viel«, sagte sie leise. »Nadine Berger, Jane Collins, jetzt Tanith. Und fällt dir dabei etwas auf, Suko?«

»Ja, immer nur Frauen.«

»Genau.« Glenda stand auf. »Aber was ist der Grund?«

»Ich kann mir nur vorstellen, dass Frauen das schwächste

Glied in der Kette sind. Das hat nichts mit Arroganz der Männer oder deren Vorherrschaft zu tun. Die Frauen sind einfach schwächer, da sie mehr Gefühl zeigen, was ja kein Nachteil ist.«

Glenda nickte. »Wenn man es so sieht, gebe ich dir recht. Nur frage ich mich, wann Sheila, Shao oder ich an der Reihe sind. Ein paar Mal haben sie es versucht, bisher allerdings nicht geschafft. Doch ist das eine Garantie?«

Suko schüttelte den Kopf. »Das kann es natürlich nicht sein. Trotzdem solltest du nicht so pessimistisch denken. Dann kannst du dich gleich irgendwo verkriechen, wobei auch nicht sicher ist, dass deine Gegner dich nicht finden werden.«

»Ja, das stimmt.«

Suko hob die Schultern. »Wir haben uns nun mal für diesen Job entschieden und werden dabei bleiben müssen. Aussteigen ist nicht mehr drin. Das würde die andere Seite nicht nur als Schwäche, sondern auch als den Anfang vom Ende ansehen. Wir müssen weitermachen, Mädchen, ob wir nun wollen oder nicht. Auch du.«

»Ja, ich habe ebenfalls Feinde«, bestätigte Glenda. Dabei dachte sie besonders an Jane Collins. Die ehemalige Detektivin hatte bereits ein paar Mal versucht, ihr an den Kragen zu gehen. In letzter Zeit allerdings war sie ruhiger geworden. Glenda konnte aufatmen.

»Weiß es Sir James schon?«, fragte sie.

Suko nickte. »Ja, natürlich. Wir sprachen noch am Abend über den Fall.«

»Dann wundert es mich, dass er noch nicht eingetroffen ist«, meinte Glenda mit einem Blick auf ihre Uhr.

»Der kommt noch.«

Und wie er kam. Der Superintendent rief gar nicht erst an, öffnete die Bürotür und stürmte durch das Vorzimmer in den Raum, den sich Suko und John Sinclair teilten.

Für einen Moment blieb Sir James stehen. Die Augen hinter seiner Brille funkelten. Den Morgengruß hatte er vergessen.

Er nickte nur kurz und fragte: »Was Neues von John Sinclair?«

»Nein, Sir«, erwiderte Suko. »John wird sich um Taniths Mörder kümmern.«

Der Superintendent nickte. »Ich hätte Sie ja gern zu ihm geschickt«, wandte er sich an den Inspektor, »aber da gibt es etwas, um das Sie sich kümmern müssen.«

»Eine heiße Sache?«

»Könnte es werden. Kommen Sie bitte mit, Suko!«

»In Ihr Büro?«

»Nein, wir machen eine kleine Spazierfahrt.«

Suko hob die Schultern und nickte Glenda Perkins zum Abschied noch einmal zu. Dann verließ er mit Sir James das Büro. Im Flur wandten sie sich den Fahrstühlen zu, ließen sich nach unten bringen und traten hinaus in den Regen.

Ja, es regnete mal wieder in London. Seit 30 Tagen, so hatten sie im Radio gesagt, obwohl das ein wenig übertrieben war, denn hin und wieder hatte schon die Sonne geschienen. Aber der Frühling war dieses Jahr buchstäblich ins Wasser gefallen.

Der Fahrer wartete bereits in der dunklen Limousine. Suko und Sir James nahmen im Fond Platz.

Ohne dass der Superintendent ein Ziel angegeben hätte, rollte der Wagen an. Der Fahrer war bereits vorher informiert worden. Natürlich war der Inspektor neugierig, aber der Chef gab ihm keine Information. Sir James blieb verschlossen.

Sie rollten durch London, fuhren auf die andere Seite der Themse, gelangten an den Rand des Stadtteils Southwark und blieben nahe der Waterloo Road stehen.

Suko sah bereits mehrere Polizeiwagen. Das sah schon nach einem mittleren Aufgebot aus, und er fragte sich wirklich, was er da zu sehen bekam.

Durch eine Einfahrt betraten sie einen Hinterhof. Dort stand ein barackenähnliches Haus, dessen Eingangstür geöffnet war. Zwei Polizisten hielten Wache.

Sie grüßten, als sie den Superintendenten erkannten.

Auch andere Beamte machten schweigend Platz, als die beiden Männer die Wohnung betraten.

Der Weg führte sie in ein Schlafzimmer. Sukos Spannung wuchs. Kaum hatte er den Raum betreten, als er den Grund erkannte.

Vor dem Bett lag jemand.

Ein Skelett!

Suko hatte es gelernt, seine Überraschung nicht zu zeigen. Auch hier hielt er sich zurück und schwieg wie die anderen.

Nur Sir James fragte: »Das ist er also?«

»Ja, Sir«, antwortete ihm ein älterer Mann.

»Wer ist es?«, wollte Suko wissen.

»Der Mann heißt Efrin Rusk!«

»Kenne ich nicht.«

»Ich auch nicht«, gab Sir James zu. »Aber man hat ihn am heutigen Morgen gefunden. Oder vielmehr sein Skelett.«

»Sind Sie sicher, dass es Rusk ist?«

»Zumindest hat er das Haus hier bewohnt. Ein stadtbekannter Dealer, ein kleiner Rauschgifthändler. Und nun sind nur die Knochen von ihm zurückgeblieben. Ich frage mich, was das zu bedeuten hat.«

Suko gab keine Antwort. Er bückte sich, schaute sich das Skelett genau an, sah den knöchernen Schädel und suchte noch nach Hautresten.

Nichts zu sehen. Die Knochen sahen aus wie blank genagt.

»Haben Sie eine Erklärung?«, fragte Sir James.

»So rasch nicht.«

»Aber das Skelett kommt nicht von ungefähr hierher. Es muss etwas zu bedeuten haben, und Sie wissen selbst, Suko, was dahinterstecken könnte.«

»Ich wage es kaum auszusprechen, Sir.«

»Sagen Sie nur, dass Sie den Todesnebel meinen?«

»Genau, Sir.« Suko erhob sich wieder. Er schaute sich im Zimmer um. Es beherbergte nur das Bett, einen Schrank und zwei Stühle. Und natürlich den Toten.

Der Chef der Mordkommission räusperte sich. »Sie erwähnten einen Todesnebel, Sir. Was haben Sie genau damit gemeint?«

Der Superintendent hob die Schultern. »Es ist ein Problem, mit dem ich Sie nicht belasten will. Wir knacken daran, aber die Spuren hier weisen eindeutig darauf hin. Ist er der erste Fund, den Sie gemacht haben?«

»Ja, Sir.«

»Wer hat ihn gefunden?«

»Ein Girl, Sir.«

»Wo ist es?«

»Im Nebenraum.«

»Können wir uns mit der Zeugin unterhalten?«

»Selbstverständlich.« Der Beamte nickte. »Kommen Sie mit!«

Nicht nur Sir James ging, Suko natürlich auch. Sie betraten den schmalen Flur und wandten sich scharf nach links, wo sie hinter einer Tür ein leises Schluchzen hörten. Es wurde lauter, als sie die Tür aufzogen.

Auf einem gepolsterten Stuhl hockte ein schwarzhaariges Mädchen und weinte. Es trug einen Minirock in knallroter Farbe und eine Bluse mit weiten Ärmeln. Als die Tür geöffnet wurde, hob das Mädchen den Kopf und schaute den beiden Männern aus roten Augen entgegen.

Mit einer Handbewegung machte Sir James dem wachhabenden Beamten klar, dass er den Raum verlassen konnte.

Das Mädchen ließ seine Arme sinken, zog die Nase hoch und fragte: »Wer sind Sie?«

»Wir sind vom Yard«, erklärte Sir James, »und wir hätten gern einige Fragen an Sie gestellt.«

»Ich – ich weiß nicht viel.«

»Das wird sich herausstellen. Wie heißen Sie denn?«

»Helen Page.«

»Okay, Helen. In welchem Verhältnis standen Sie zu Efrin Rusk?«

»Er war ein Freund!«

»Wirklich?«

Sie nickte heftig. »Ja, das war er. Ich wollte ihn besuchen, um ...« Sie stockte.

Sir James hatte den richtigen Riecher. »Wollten Sie bei ihm Geld abliefern?«

Wäre Helen in einer anderen Verfassung gewesen, hätte sie es sicherlich abgestritten. So aber nickte sie.

»Das heißt, Sie haben für Rusk angeschafft«, drückte sich Suko sehr klar aus.

Helen bejahte.

»Erzählen Sie mal weiter«, forderte Sir James. »Sie sind also gekommen, um Geld abzuliefern. Was geschah genau?«

Helen schluchzte. Sie legte die Arme zusammen, als würde sie frieren. »Ich fand die Tür offen. Das hat mich misstrauisch gemacht, denn Efrin hat immer abgeschlossen. Sofort dachte ich an Einbrecher. Im Flur rief ich seinen Namen. Er meldete sich aber nicht, also ging ich ins Schlafzimmer. Da – da ...« Sie begann zu schluchzen. »Er lag vor dem Bett, vielmehr das, was von ihm übrig geblieben war. Ein Skelett!«

Suko und Sir James legten vor der nächsten Frage eine kleine Pause ein. Als sich Helen Page wieder beruhigt hatte, fragte Suko leise: »Was haben Sie dann gemacht?«

»Geschrien!«

»Wo? Im Zimmer?«

»Auch. Ich bin nach draußen gerannt und habe andere Leute alarmiert. Die riefen dann die Polizei.«

»Wenn wir davon ausgehen, dass es sich bei dem Skelett wirklich um Efrin Rusk handelt«, sagte Sir James, »müsste man natürlich das Motiv dieses schrecklichen Mordes kennen. Hatte er Feinde?«

Helen lachte. Ihr Lippenstift war durch das Weinen verschmiert. Ebenso wie die Schminke. Deshalb glich ihr Gesicht fast der Maske eines Clowns. »Natürlich hatte er Feinde.«

»Ich meine Todfeinde.«

»In diesem Job hat man auch die«, erklärte das Mädchen.

»Sie kannten ihn gut, nicht?«

Helen nickte.

»Kannten Sie auch die Männer, die ihm an den Kragen wollten? Er war ja ein Einzelgänger und …«

Sie sprang plötzlich auf. »Ich habe ihm immer gesagt, dass er vorsichtig sein soll, aber er hat nicht auf mich gehört. Ich kann und will es Ihnen sagen. Er war nicht nur Zuhälter, sondern auch Dealer. Und er ist an billigen Stoff herangekommen. Heroin! Er hat es gestohlen.«

»Wem gestohlen?«

»Einem Mann namens Costello, wie er sagte.«

Das war natürlich für beide ein Begriff. Logan Costello, König der Londoner Unterwelt. Der Boss, bei dem alle Fäden zusammenliefen. Ob es sich dabei nun um Rauschgift, Prostitution, organisiertes Verbrechen oder anderes mehr handelte. Es gab nichts, wo Costello nicht mitmischte. Und er hatte mit den Mächten der Finsternis einen Pakt geschlossen. Er war der große Informant der Mordliga gewesen und die rechte Hand von Solo Morasso hier in London. Als Lady X die Nachfolge übernahm, stand er auf ihrer Seite. Nun, Lady X gab es nicht mehr, aber es existierte nach wie vor der Würfel des Unheils. Sollte er von Vampiro-del-mar aus in die Hände von Logan Costello geraten sein?

Suko warf seinem Chef einen langen Blick zu. Beide Männer dachten das Gleiche.

Sir James schaute Helen scharf an. Sie duckte sich unter seinem Blick und hörte die nächste Frage. »Gingen Sie eigentlich auf den Straßenstrich, oder hatten Sie ein Lokal, in dem Sie abschleppten?«

»Beides, Sir.«

»Wie heißt das Lokal?«

»Disco Palace.«

Sir James nickte. Auch Suko hatte sich den Namen bereits im Geiste notiert.

»Wo hat er das Heroin gefunden?«, erkundigte sich der Inspektor.

Helen schüttelte den Kopf. »Darüber sprach er nicht mit

mir. Er war nur immer guter Laune und erklärte, dass er dem Großen endlich mal einen Streich gespielt habe.«

»Besitzt er das Zeug noch?«

»Ich weiß nicht. Vielleicht hat er es schon unter die Fixer gebracht. Ich habe in der Wohnung noch nicht nachgeschaut.«

Sir James nickte. Für ihn war die Sache erledigt. Mehr wusste das Mädchen bestimmt nicht. Wenn sie den Fall aufklären wollten, mussten sie den Hebel woanders ansetzen.

Bei Logan Costello!

Das sagte Sir James, als sie den Raum verlassen hatten und im Flur standen.

Suko war der gleichen Meinung. »Sollen wir direkt zu ihm hin?«

»Das wäre eine Möglichkeit«, gab Sir James zu. »Und ich werde mit am Ball bleiben.«

»Tatsächlich, Sir?«

»Ja, mein Lieber. Dieser verdammte Todesnebel darf sich nicht über London ausbreiten. Überlegen Sie mal, was geschieht, wenn Costello den Würfel des Unheils besitzt. Dann sind wir erpressbar. Er kann sich ein ganzes Wohnhaus vornehmen. Was dann geschieht, daran dürfen wir gar nicht erst denken!«

Da gab Suko seinem Chef recht.

»Man müsste John Bescheid geben«, schlug er vor.

»Natürlich. Ich werde das in die Wege leiten. Er muss so rasch wie möglich zurückkehren.«

»Falls er den Fall erledigt hat.«

»Sicher, sicher. Aber dies hier ist wichtiger. Und er kann auch nicht zur Beerdigung bleiben.«

Job ist Job! Das stellte Suko wieder einmal fest. Manchmal lief es so verzwickt, dass man auf die Gefühle der Menschen keinerlei Rücksicht nehmen konnte. Auch wenn es Freunde waren.

»Wollen Sie sofort zu Costello?«, fragte Suko.

»Nein, wir lassen ihn noch schmoren.«

»Zum Yard?«

»Sicher. Und ich werde versuchen, John Sinclair aufzutreiben. Ich will ihn heute noch haben.«

Der Fahrer wartete. Als die beiden Männer erschienen, öffnete er die Tür. Suko und sein Chef waren viel zu sehr mit dem eben Erlebten beschäftigt, als dass sie Zeit gefunden hätten, auf die Straße und die unmittelbare Umgebung zu achten.

So fiel ihnen auch der Mann nicht auf, der sich in eine Hausnische gedrückt hatte. In seinem Schweinsgesicht rührte sich nichts. Allerdings hatte er die rechte Hand in seine Jackentasche gesteckt. Dort umklammerten die Finger den Griff der goldenen Pistole.

Kaum war der Wagen aus seinem Sichtfeld verschwunden, löste sich der Mann aus seiner Deckung.

Wie ein Spaziergänger schlenderte er dahin.

Niemand ahnte Böses, und keiner wusste, dass der Tod unterwegs war, um erneut zuzuschlagen …

Der erste große Berufsverkehr war abgeflaut. Dennoch bekam man in den Wagen der U-Bahn kaum einen Sitzplatz. Viele Londoner ließen ihre Autos neuerdings in den Garagen stehen, um nicht im Verkehr regelrecht zu ersticken.

Der Mann, der sich Mister X nannte, war zu Fuß die Strecke bis zur Station Lambeth North gegangen. Sie lag an der Westminster Bridge Road. Hier stiegen viele Fahrgäste ein, die auf die andere Seite der Themse wollten. Dementsprechend stark war der Betrieb. An den Bahnsteigen drängten sich die Menschen.

Der Mann hielt sich etwas abseits von den übrigen Fahrgästen. In seinem Gesicht regte sich nichts. Glatt wie eine Maske blieb es. Nur die Augen lebten. Sie bewegten sich. Die Blicke schweiften überall hin. Nichts entging ihm.

Er war immer auf der Lauer.

Doch es kümmerte sich niemand um ihn. Er hatte nach

seiner letzten Tat ein wenig entspannen wollen, doch es war über ihn gekommen wie ein unheilvoller Trieb. Er musste es tun, vor allen Dingen wollte es auch Logan Costello.

Nach dem Tod des Dealers Efrin Rusk war Costello endgültig überzeugt. Jetzt konnte er seine großen Pläne schmieden, und er war um den Unbekannten herumgewieselt wie ein Diener um seinen Herrn.

Mister X hatte sich alles angeschaut und war gegangen. Er würde sich nichts sagen lassen und die Dinge allein durchführen. Wichtig waren für ihn John Sinclair und dessen Freunde.

Zwei Züge hatte er fahren lassen. Er schaute zu, wie die Menschen einstiegen, prägte sich alles sehr genau ein, denn es war neu für ihn. Er musste sich erst mit dem Großstadtleben vertraut machen, und er begriff sehr schnell.

Er hatte ein Ticket bis zum Trafalgar Square gelöst. Wenn die Bahn dort stoppte, sollte das Grauen perfekt sein. Nur zwei Stationen braucht er zu fahren.

Die Schlange der Wartenden war etwas kürzer geworden, und der Mann beschloss, in den nächsten Zug zu steigen.

Neben ihm standen zwei Frauen, die zum Einkaufen in die City wollten. Sie unterhielten sich über die neueste Mode.

Der Mann mit dem Schweinsgesicht lächelte. Als ob das interessant wäre! Die beiden sollten sich wundern.

Schon hörte er das harte Brausen und Stampfen. Der nächste Zug kam. Auch die anderen Wartenden reagierten und drängten sich an der Bahnsteigkante näher zusammen.

Mister X hielt sich zurück. Er ließ auch die beiden Frauen vorgehen. Eine stieß ihn noch an. Sie drehte den Kopf, lächelte entschuldigend und drängte weiter.

Das Gesicht des Mannes blieb unbewegt. Er sah zu, dass ihm die Frauen nicht verloren gingen, und sie suchten sich zum Glück einen Wagen aus, der noch einige Fahrgäste fassen konnte.

Auch der Verfolger stieg ein.

Nach wie vor behielt er seine rechte Hand in der Tasche.

Die Sitzplätze waren bis auf zwei belegt. Da sich der Mann nicht sonderlich beeilte, wurden sie vor ihm besetzt. So ging er durch und baute sich im hinteren Teil des Wagens auf. Mit dem Rücken lehnte er sich gegen die Scheibe.

Ein Lächeln glitt für einen winzigen Augenblick über die dicken Lippen des Mannes. Seine Augen glitzerten kalt, die Nasenflügel vibrierten. Der Zug fuhr an und beschleunigte rasch.

Schon bald würden sie die Themse erreicht haben und unter dem Fluss herfahren.

Davon merkte man nichts innerhalb der Wagen. Wie ein Geschoss war der Zug in die düstere Tunnelröhre hineingerast, und wenn man durch die Scheiben schaute, sah man die Mauern geisterhaft vorbeihuschen. Im Tunnel brannte nur an den Notrufsäulen Licht. Die Wagen waren dagegen gut ausgeleuchtet. Das kalte Licht der Neonröhren ließ die Gesichter der Menschen maskenhaft erscheinen.

Doch gerade die Gesichter interessierten den geheimnisvollen Mann, der sich Mister X nannte.

Von den Querstangen herabhängende Haltegriffe schwangen wie Galgenschlingen hin und her. Auch die Passagiere bewegten sich im Rhythmus der Fahrt.

Das Rauschen wurde monoton. Man hatte sich inzwischen an die Geräusche gewöhnt. Vermutlich war es allen egal, wo sie sich befanden, nicht aber dem Mann mit dem Schweinsgesicht. Er dachte darüber nach, ob er jetzt schon angreifen sollte oder erst später.

Er gab den Menschen noch eine Galgenfrist.

Zudem war er sich nicht sicher, wen er nehmen sollte. Die Wahl fiel ihm schwer, denn er wollte provozieren und schocken.

Die beiden Hausfrauen hatte er sich bereits am Bahnsteig ausgesucht, aber die jungen Dinger, die sich so fröhlich unterhielten und manchmal provozierende Reden führten, waren auch nicht schlecht.

Da musste er noch auswählen.

Schnell verging die Zeit.

Die Station nach der Themse-Unterquerung hieß Westminster. Dort herrschte immer Betrieb, die Wagen würden sich bis zum Bersten füllen.

Schon griffen die Bremsen. Rasch verlor der Zug an Fahrt, und viele Hände tasteten nach den Haltegriffen.

Mister X presste sich härter mit dem Rücken gegen die Scheibe, stellte sich breitbeiniger hin und behielt sein Gleichgewicht.

Die ersten Lampen warfen ihr Licht in die Röhre. Schon erkannte er die gefliesten Wände.

Der taghelle Bahnsteig tauchte auf.

Jetzt hatten es die Bremsen geschafft, den Zug zum Stehen zu bringen.

Zischend öffneten sich die Türen.

Einige Fahrgäste erhoben sich. Unter anderem auch die beiden Frauen, die sich der Mann aufs Korn genommen hatte.

Dass die Londoner diszipliniert sind, merkte der Mann, als Ein- und Ausstieg reibungslos abliefen.

Allerdings stiegen mehr Fahrgäste ein, der Wagen füllte sich stärker, und auch in der Nähe des Mannes blieben Fahrgäste stehen. Ein gemischtes Publikum.

Er hatte die große Auswahl. Dabei stach ihm ein Punker-Paar besonders ins Auge.

Ja, das wollte er nehmen!

Dieses Pärchen erinnerte ihn an zweibeinige bunte Vögel. An den Haaren begann es.

Sie trug die kurz geschnittenen Stoppeln rosa gefärbt, während er sich für ein sattes Grün entschieden hatte. Beide waren in Leder gekleidet. An ihren Ohren baumelten dicke Ringe, und auf der Lederkleidung glänzten die Nieten wie kleine Silbersterne. Die Hosen saßen so eng, dass man sich wundern musste, wie sie überhaupt in diese Röhren hineingekommen waren.

Das Mädchen hatte zudem sein Gesicht bemalt. Die roten

und grünen Streifen ließen die Kleine aussehen wie eine Squaw, die zum Totentanz gerufen wird.

Die Fahrgäste waren eingestiegen. Die Türen klappten zu.

Nun stecken sie in einem fahrenden Sarg!, dachte der Mann mit dem Schweinsgesicht und lächelte kaum merklich.

Trotzdem war es bemerkt worden. Der Punker bezog es auf sich und machte Mister X an.

»He, du Typ! Grinst du etwa über uns?«

»Wieso?«

»Frag nicht so dämlich«, sagte der junge Mann laut. »Du hast uns schon die ganze Zeit beobachtet.«

»Das stimmt.«

Der Zug donnerte durch die Tunnelröhre der nächsten Station, Trafalgar Square, entgegen.

»Willst du 'n Foto?«, fragte das Mädchen.

Beide sprachen ziemlich laut, sodass die herumstehenden Fahrgäste dem Dialog ohne Weiteres folgen konnten. Auf einigen Gesichtern breitete sich Unmut aus, andere wiederum grinsten und betrachteten die Auseinandersetzung als willkommene Abwechslung.

Aber die Lage spitzte sich zu. Dafür sorgte der Punker, der unbedingt die große Schau machen wollte. »Du Spießer siehst aus wie ein Schwein. Haste mal in den Spiegel geschaut?«

Jetzt lachte das Mädchen schrill und schlug seinem Freund auf die Schulter.

»Schwein, sagst du?«

»Ja, Spießer, wie ein Schwein.«

Mister X lächelte. »Pech für euch, dass ihr kein Schwein mehr habt«, erwiderte er ruhig.

»Wieso?«

»Das werdet ihr gleich sehen.« Der Mann nickte zu seinen eigenen Worten, als er langsam die Hand aus der Tasche zog. Im ersten Augenblick achtete keiner auf die Bewegung. Die Pistole fiel zuerst dem Punker auf, aber er nahm sie nicht ernst.

»Was ist das denn für eine Kanone? Stammt die aus *Star Wars?*«

»Nein, aus der Vergangenheit.«

»Ach so.« Der Punker lachte meckernd, hörte jedoch auf mit dem Gelächter, als der Mann die Mündung auf ihn richtete. »He, Spießer, das habe ich nicht so gerne. Bist wohl irre, wie? Ich mag es nicht, wenn Kanonen auf mich zeigen.«

»Tut mir leid«, erwiderte Mister X, »aber ihr seid dran.«

Dann drückte er ab.

Zahlreiche Zeugen erlebten mit, wie aus der Mündung eine rötlich schimmernde, dicke, sirupartige Flüssigkeit schoss, die haargenau den Punker in der Körpermitte traf.

Um die Reaktionen der übrigen Mitreisenden kümmerte sich der Mann nicht. Er schwenkte seine Waffe und richtete die Mündung auf das Mädchen.

Wieder schoss er.

Abermals erzielte er einen Volltreffer, und bei dem Mädchen begann der gleiche Vorgang, wie er Sekunden zuvor bei dem Jungen angefangen hatte.

Entgegen aller physikalischen Gesetze rann die Flüssigkeit nicht nur nach unten, sondern breitete sich blitzschnell nach allen Seiten hin über den Körper aus.

Die Punker konnten überhaupt nicht so schnell handeln. Als sie ihre Arme anhoben, bedeckte der Schleim bereits ihre Körper.

Die Punker bekamen Angst. Sie wollten um sich schlagen. Es wurden nur kurze Hiebe. Ihre Fäuste prallten bereits gegen die widerstandsfähige Haut der beiden Kugeln, und die Gegenreaktion erfolgte sofort, denn die Arme wurden zurückgewuchtet.

Die Haut blähte sich auf. Eine Kugel wuchs vor den sehr interessierten Augen von Mister X heran.

Es machte ihm Spaß, mit anzusehen, wie sehr sich die beiden wehrten, wie sich ihre Gefühle auf den Gesichtern zeigten und die Angst sie in den Krallen hielt.

Es wurde ein verzweifelter und lautloser Kampf, den die

jungen Leute gegen diese widerlichen Horror-Wesen führten, bis der Junge ein Messer zog.

Obwohl er Mühe mit dem Gleichgewicht hatte, wuchtete er sich nach vorn und hieb mit der Klinge zu. Er zog sie von oben nach unten, wollte die Haut auftrennen, doch was eine Pistolenkugel nicht schaffte, das gelang auch nicht dem Messer.

Die Haut hielt.

Jetzt begriffen die übrigen in der Nähe stehenden Fahrgäste überhaupt erst richtig, was sich da vor ihren Augen abspielte. Ein Vorgang, den sie sich nicht erklären konnten, und die Angst weilte plötzlich unsichtbar zwischen ihnen.

Sie fühlten sich in die Enge getrieben. Jeder wusste, dass er jetzt nicht aus der U-Bahn herauskam, denn sie würde auf freier Strecke nicht anhalten.

Die Gefahr wuchs …

Und auch die Kugeln.

Wieder wuchsen aus ihnen die langen dünnen Beine. Die erinnerten an schwankende Antennen, auf denen die Kugeln standen.

Die Gefangenen hatten sich nicht mehr auf den Beinen halten können. Der junge Mann mit dem Messer war in die Hocke gerutscht. Verzweifelt hämmerte und stach er die Klinge gegen die Innenhaut, ohne einen Erfolg zu erzielen.

Das Mädchen versuchte es mit den Fingernägeln. Sie waren sehr lang, violett lackiert und kratzten wie kleine Speerspitzen über die Haut, ohne sie allerdings beschädigen zu können.

Die Kugeln waren mittlerweile so weit, dass sie ihre schreckliche Flüssigkeit absondern konnten.

Der erste dicke Tropfen klatschte lautlos auf den Kopf und damit auch in das Gesicht des Mädchens.

Die Flüssigkeit löste das Gesicht des Mädchens auf.

Da gellten die ersten Schreie. Es waren seltsamerweise Männer, die sie ausgestoßen hatten. Plötzlich brach Panik aus. Niemand wusste mehr ein noch aus. Keiner kannte einen Ausweg aus der Klemme.

Die Fahrgäste drängten in den Gang. Sie fielen über die Passagiere, die auf den Bänken saßen, das Chaos wurde noch schlimmer.

Fäuste hämmerten gegen die Scheiben. Jemand brüllte nach der Notbremse, doch niemand hatte in diesen schrecklichen Augenblicken die Nerven, es zu tun.

Inzwischen starben zwei junge Menschen auf unvorstellbar schreckliche Weise.

Zum Teil waren sie bereits zu Skeletten geworden. Durch die sich allmählich auch mit auflösende Kleidung schimmerten weißgelb die Knochen, während die unheimlichen Kugeln im Rhythmus des fahrenden Zuges schaukelten.

Der junge Mann lebte bereits nicht mehr, während seine Freundin noch immer zusammengesunken hockte und die Arme ausgestreckt hielt, wobei sie die Finger gegen die Innenhaut drückte.

Es waren keine normalen Hände mehr.

Nur noch knöcherne Klauen …

Dann sackten auch sie weg, als das Mädchen zusammenfiel und in die sich am Boden der Kugel gesammelte Lache eintauchte.

Sie gab ihr den Rest …

Mister X schaute mit unbewegtem Gesicht zu. Nur seine blassen Augenbrauen hatte er ein wenig in die Höhe geschoben. Ein Zeichen bei ihm, dass er sehr zufrieden war.

Zwischen dem hinteren Teil des Wagens und dem, wo sich die Fahrgäste zusammengedrängt hatten, befand sich ein Leerraum.

Ein Vakuum der Angst!

Niemand wagte, es zu durchschreiten, nicht die verängstigten Fahrgäste, und auch der Mann mit dem schütteren blonden Haar dachte nicht daran. Breitbeinig hatte er sich aufgebaut, fing die Stöße des Wagens gut ab und hielt seine goldene Pistole nach wie vor in der Hand. Hin und wieder sahen die Menschen die Mündung auf sich gerichtet. Dann steigerte sich ihre Furcht noch einmal um das Doppelte.

Eine ältere Frau war zusammengebrochen. Die Angst hatte bei ihr einen Infarkt ausgelöst.

Mister X hätte noch mehr Grauen produzieren können. Er nahm davon Abstand. Die beiden jungen Leute reichten ihm vorläufig aus. Und wenn er auf die Kugeln schaute, sah er blanke Skelette in der Lache schwimmen.

Dennoch schoss er.

Als die beiden blauen Pfeile die Waffe kurz hintereinander verließen, hallten Schreie durch den Wagen, weil einige Menschen damit rechneten, ebenfalls getötet zu werden.

Sie kamen davon, denn der Mann hatte nur auf die Ballons gezielt und auch getroffen.

Sie platzten auf, und die Flüssigkeit strömte aus den entstandenen Löchern zu Boden, wo sie rasch verdunstete.

Zurück blieben die Skelette.

In grotesker und verkrümmter Haltung blieben die Knöchernen liegen. Durch einen plötzlichen Ruck beim Bremsen prallten sie noch gegeneinander, danach lagen sie wieder so, dass sie nur noch leicht mit vibrierten.

Trafalgar Square!

Der Zug fuhr bereits die nächste Station an. Hinter den Scheiben wurde es heller. Ab und zu blitzte der Widerschein gelber Lampen durch die Fenster, und nach wie vor drängten sich die geschockten Menschen im vorderen Teil des Wagens zusammen.

Das Fauchen der Bremsen und das Kreischen der Metallräder auf den Schienen hörte sich für alle an wie Musik aus der Hölle. Und eine Hölle hatten sie hinter sich.

Dann rollte der Zug in den Bahnhof.

Die ersten Gesichter wartender Fahrgäste erschienen. Es waren bleiche, verschwommene Flecken in einer Landschaft aus Licht und Dunkelheit.

Erst jetzt wandte sich Mister X ab. Er trat direkt vor die Tür, denn er wollte als Erster den Wagen verlassen.

Der Stopp geschah mit einem Ruck.

Die Türen klappten auf. Der Mann mit der seltsamen Waffe

warf noch einen Blick zurück, bevor er mit einem Satz auf den Bahnsteig sprang und sich durch die wartenden Menschen drängte.

Er befand sich bereits nahe der Treppe, als er die gellenden Schreie vernahm.

Plötzlich erklangen auch Sirenen, jagten die schrillen Töne der Trillerpfeifen durch die unterirdisch gelegene Halle. Das alles kümmerte Mister X nicht.

Er hatte seine Pflicht getan. Der Köder war gelegt.

Er rannte auch nicht fluchtartig weg, denn nun sollte sein Plan in die heiße Phase treten …

Ich konnte Tanith nicht vergessen!

Noch immer sah ich sie in ihrer Pariser Wohnung liegen. Mit einem Dolch in der Kehle.

Der Teufel hatte sie umgebracht, um an die geheimnisvolle Kugel zu gelangen, die ihr gehörte.

Nun ja, er hatte sie bekommen. Allerdings nicht den Kelch des Feuers. Der befand sich in meinem Besitz. Ihn wollte ich wieder mit nach London nehmen und ihm einen Ehrenplatz in meiner Wohnung geben.

Und London erwartete mich.

Nicht die Stadt, sondern mein Job. Da musste etwas Schreckliches geschehen sein. Man hatte mir nicht die Zeit gelassen, mich um Taniths Beerdigung zu kümmern. Stattdessen hatte man mich so rasch wie möglich wieder in die Stadt an der Themse zurückgeholt.

Im Flugzeug hatte ich Zeit genug, darüber nachzudenken, aber der letzte Fall beschäftigte mich so sehr, dass ich an die Zukunft einfach nicht denken konnte.

Als unter mir der Heathrow Airport auftauchte, überkam mich so etwas wie ein heimatliches Gefühl. Ich hatte vor, mir ein Taxi zu nehmen und damit zum Yard zu fahren, aber es kam alles ganz anders.

Man erwartete mich bereits. Von ihnen erfuhr ich, mit welcher Dringlichkeitsstufe man mich erwartet hatte, denn es stand bereits ein Hubschrauber für mich bereit.

Der Pilot wartete im Cockpit. Ich hatte mich kaum angeschnallt, als die Maschine bereits in den Himmel aufstieg.

An der französischen Küste hatte ich besseres Wetter gehabt. Hier regnete es.

Ich war auf den Landeort gespannt und rechnete damit, dass man mich direkt zum Einsatzort bringen würde. Ich irrte mich. Wir flogen das Yard Building an, auf dessen Dach der Pilot eine saubere Landung hinlegte.

Ich verabschiedete mich von ihm und sah bereits auf dem Dach einen Chauffeur bereitstehen. Er hielt mir die Lifttür auf, und zum ersten Mal konnte ich eine Frage nach dem Grund dieser Eile stellen.

»Das weiß ich auch nicht, Sir«, erklärte mir der Mann. »Ich habe Sie nur zum Einsatzort zu bringen.«

»Wo liegt der?«

»Trafalgar Square.«

Mit allem hatte ich gerechnet. Mit einem einsamen Schloss, einem alten Friedhof oder finsteren Grüften, aber nicht mit diesem Ziel, das zu den verkehrsreichsten Plätzen Londons gehörte.

Der Wagen stand bereit. Es war ein Austin. Ich nahm neben dem Fahrer Platz.

Mit heulender Sirene ging es los. In London herrscht immer Verkehr. Bei Regenwetter ist es noch schlimmer. Und gerade in der City stauen sich die Fahrzeuge. Da nutzte auch die Sirene nicht sehr viel. Wir kamen dennoch gut voran und erreichten in relativ kurzer Zeit den Schauplatz des Geschehens. Allen Verkehrsregeln zum Trotz fuhr der Fahrer bis dicht vor eine U-Bahn-Treppe.

Da der Eingang abgesperrt war, zwei Polizisten standen am Ende der Treppe, ahnte ich schon, wo es hinging.

»Man erwartet Sie unten, Sir.«

»Danke.« Ich rauschte ab. Immer zwei bis drei Stufen auf einmal nehmend lief ich die Treppe hinab.

Fast nur Polizisten hielten sich dort auf. Das sah mir nach einer Katastrophe aus. Meine Blicke glitten über den Bahnsteig. Ich betrachtete den abgestellten Zug, in dem ich auch Uniformierte entdeckte. Ebenso liefen hohe Beamte in Zivil herum. Hier musste wirklich der Teufel los gewesen sein.

Ich sah Sir James neben einem ranghohen Vertreter unserer Stadt stehen. Als mich der Superintendent sah, ließ er den Mann stehen und kam zu mir. »Endlich, John.«

»Es ging leider nicht schneller, Sir.«

»Klar, das weiß ich. Alles okay?«

»So ziemlich.«

»Gut, dann können Sie sich um diese Sache kümmern.«

»Um was geht es denn?«

»Das werden Sie gleich sehen.«

Sir James dirigierte mich auf einen Wagen zu, der sich im Mittelteil des Zuges befand. Ich entdeckte hinter den Scheiben die Köpfe unserer Spezialisten, und besonders stach mir ein Mann ins Auge.

Es war Suko.

Als ich den Wagen bestieg, erwartete er mich bereits. Über sein Gesicht glitt ein knappes Lächeln. Er reichte mir die Hand und schlug mir auf die Schulter.

»Ich freue mich, dass du wieder da bist.«

»War keine gute Sache«, murmelte ich.

»Kann ich mir vorstellen.«

»Machen Sie bitte Platz!« Sir James wollte ebenfalls einsteigen. Ich drückte mich zur Seite. Zusammen mit ihm und Suko gingen wir in den Mittelteil des Wagens, wo zwischen den Sitzreihen die makabren Beweisstücke lagen.

Zwei Skelette!

Ich stoppte abrupt. Damit hatte ich nicht gerechnet und starrte aus brennenden Augen auf die wie abgenagt wirkenden Knochen.

»Eine Frau und ein Mann«, hörte ich hinter mir die Stimme meines Chefs. »Vor einigen Stunden haben sie noch gelebt. Es waren Punker, wie uns Zeugen berichteten.«

Ich drehte mich um.

»Sprechen Sie Ihren Verdacht aus«, sagte Sir James.

»Der Todesnebel!«

»Davon sind wir auch ausgegangen, als wir den ersten Fund machten. Dies hier ist bereits der zweite. Im Unterschied zum ersten haben wir diesmal Zeugenaussagen.«

»Auf die wir uns auch verlassen können«, fügte mein Freund und Kollege Suko hinzu.

»Demnach steht fest, dass wir es mit einer völlig neuen Art zu tun haben, obwohl uns die Folgen durch den Todesnebel bekannt sind«, sagte Sir James und berichtete nun Einzelheiten, wobei er auch die Aussagen der Zeugen zitierte.

Was mir mein Chef da erzählte, hörte sich alles ziemlich unwahrscheinlich an. Ich hatte auch meine berechtigten Zweifel und fragte: »Hat dieser Mann tatsächlich mit einer goldenen Pistole geschossen?«

»Das sagen sämtliche Zeugen übereinstimmend aus.«

»Zudem soll die Waffe sehr komisch ausgesehen haben«, fügte Suko noch hinzu.

»Wie?«

Mein Freund hob die Schultern. »Ziemlich eckig. Der Punker hat sogar noch kurz vor seinem Tod gefragt, ob das Ding aus dem Film *Star Wars* stammen würde. Man hat ihm geantwortet, es käme aus der Vergangenheit.«

Da stutzte ich. »Atlantis vielleicht?«

»Kann sein«, sagte Suko.

»Nun glaube ich nicht mehr an den Todesnebel«, erklärte ich. »Das muss eine magische Säure sein, die unglaublich schnell reagiert und die gleichen Eigenschaften besitzt wie der Nebel.«

»Wobei sie ebenso gefährlich ist«, fügte Sir James noch hinzu.

»Das steht außer Frage.«

Ich runzelte die Stirn. »Was machen wir nun?«

»Da wir eine detaillierte Beschreibung haben, dachte ich an eine Großfahndung«, erwiderte mein Chef. »Ich habe sie übrigens schon eingeleitet.«

Das war nicht schlecht. Die Erfahrung allerdings sprach gegen Großfahndungen. Wir hatten noch nie einen Dämon oder dessen Helfer durch eine Großfahndung geschnappt.

»Außerdem bleibt uns noch Logan Costello«, sagte Superintendent Sir James Powell. »Ihm werde ich auf den Zahn fühlen.«

»Sir, bei dem beißen Sie auf Granit.« Suko hatte den Satz gesagt.

»Vielleicht. Aber wir werden ihm Schwierigkeiten machen, sodass er sich aus einigen Geschäften zurückziehen muss. Eine Razzia wird der anderen folgen. Wenn wir Unruhe in die Unterwelt bringen, wird er auspacken.«

»Das haben Sie doch schon mal versucht, Sir.«

»Ja. Damals ging es um Sie, John. Er zeigte sich leider nicht kooperativ.«

»Nehmen Sie es mir nicht krumm, aber diesmal steht wesentlich mehr auf dem Spiel.«

»Das weiß ich selbst, Sir.« Ich ging in die Knie und schaute mir noch einmal die beiden Skelette an. »Kaum zu glauben!«, flüsterte ich. »Das darf es doch nicht geben. Am helllichten Tag dieses Grauen. Furchtbar. Wie beim Todesnebel.«

»Kann uns Myxin nicht weiterhelfen?«, fragte Sir James. »Wenn diese Waffe aus der Vergangenheit stammt, spielt unter Umständen Atlantis eine Rolle.«

Ich nickte. »Sicher. Aber Myxin und Kara haben in letzter Zeit Nackenschläge hinnehmen müssen. Ich denke nur an Arkonada.«

»Richten Sie die beiden moralisch wieder auf«, verlangte mein Chef.

»Wenn das so einfach wäre.« Ich schnippte mit den Fingern. »Da fällt mir noch etwas ein. Ich habe den Kelch des Feuers wieder zurückbekommen. Nur die Kugel, die hat der Teufel.«

Sir James verzog das Gesicht. »Konnten Sie es nicht verhindern?«

»Nein. Ebenso wenig wie den Mord an Tanith. Allmählich

wird mir die andere Seite zu gefährlich«, gab ich zu. »Die kennen keinen Pardon mehr. Sie teilen jetzt Rundumschläge aus und treffen immer wieder, Sir.«

»Und ein Rädchen greift ins andere«, erklärte unser Chef noch, wobei er warnend den Zeigefinger hob. »Ich habe Sie nicht umsonst zurückgerufen, John. Setzen Sie alles ein, um diesen Terror zu stoppen. Wir müssen den Blonden finden.«

»Hat man von einem Alter gesprochen?«

Suko antwortete mir. »Nein, nicht einmal ungefähr. Nur eine Frau meinte, dass das Gesicht des Mannes Ähnlichkeit mit dem eines Schweins gehabt haben soll.«

Ich grinste schief. »Immerhin etwas.«

Sir James schaute auf seine Uhr, bevor er sich an uns wandte. Hinter den dicken Gläsern der Brille funkelten seine Augen. »Ich werde mich persönlich um Costello kümmern. Versuchen Sie bitte, die Spur aus einer anderen Richtung aufzunehmen.«

»Klar, Sir.«

Vor uns verließ Sir James den Wagen. Suko und ich standen noch beieinander. Mein Freund wollte wissen, was es in Frankreich gegeben hatte, und ich berichtete ihm in Stichworten alles Wesentliche.

»Und es hat keiner überlebt?«, fragte er leise.

»Nein, nur ich. Asmodis war wie von Sinnen. Er hat mal wieder sein wahres Gesicht gezeigt. Die Seiten, Suko, haben sich herauskristallisiert. Einmal der Teufel mit allen aus seiner finsteren Umgebung, zum anderen die Großen Alten, wobei ich Atlantis noch dazuzähle.«

Nacheinander verließen wir den Wagen. Es hatte sich natürlich herumgesprochen, dass etwas vorgefallen war. Die uniformierten Polizisten hatten Mühe, eine Absperrung aufrechtzuerhalten. Wo die Reporter und Gaffer hergekommen waren, wusste ich auch nicht. Auf jeden Fall drängten sie sich vor den Drehkreuzen. Ein breiter Pulk stand dort, und immer wieder flammten Blitzlichter auf.

Wir mussten hindurch. Natürlich wurden wir erkannt.

Auch angesprochen. Beide gaben wir keine Antwort. Irgendwie gelang es uns, die Treppe zu erreichen, und wir hetzten sie nach oben.

Bald traf uns wieder der Nieselregen. Dennoch atmeten wir beide auf. »Wie willst du nach Hause oder ins Büro kommen?«, fragte Suko.

»Taxi.«

»Dann fahre ich mit.«

Wir drehten uns gerade um, als es geschah. Ich sah die Person noch nicht, sondern hörte nur das Klappern der Absätze. Im nächsten Augenblick stand sie schon vor mir und strahlte mich an.

»Mein Name ist Su Danning, Sir. Ich bin Polizeireporterin auf Probe und möchte nur ein paar Fragen an Sie stellen, Mr Sinclair.«

Ich hörte ihre Worte und wusste wirklich nicht, ob ich lachen oder weinen sollte. War es Frechheit von dieser Person, Initiative, Mut oder einfach Selbstvertrauen sowie Zivilcourage? Irgendwie imponierte mir diese Person.

Suko dagegen war sauer. Das zeigte sein böses Gesicht. Er winkte auch mit dem Kopf, ein Zeichen, dass er weitergehen wollte, ich jedoch blieb stehen. Dabei schaute ich mir die Frau genauer an.

Su Danning war eine schmale Person. Sie trug das schwarze Haar so kurz, als säße auf ihrem Kopf eine flache Haube. Das Gesicht hatte etwas Puppenhaftes an sich, die Augen hatten dieselbe Farbe wie das Haar, die Figur war schlank, beinahe knabenhaft. Der dünne Regenmantel saß fast so eng wie ein Kleid. Er hatte eine Farbe zwischen grün und beige.

Su bemerkte mein Zögern und zauberte blitzschnell einen kleinen Notizblock nebst Bleistift hervor. »Nur einige wenige Fragen, Mr Sinclair«, bat sie mich, wobei sie sogar einen flehenden Blick produzierte. »Wenn ich eine Story bringe, ist meine Zukunft gesichert. Dann bekomme ich einen festen Job.«

»Woher kennen Sie mich überhaupt?«

»Ich habe einiges von Ihnen gehört. Es hat sich herumgesprochen, was Sie jagen.«

»So? Was denn?«

»Na, Geister und Dämonen. Deshalb meine erste Frage: Haben Sie davon welche in der U-Bahn entdeckt?«

»Nein.«

»Gut.« Sie lächelte. »Dann hätte ich gern gewusst, was Sie dort unten gesucht haben.«

»Es hat ein Verbrechen gegeben.«

»Wer ist umgekommen?«

»Zwei junge Leute. Die Leute reden von einem Punker-Pärchen.«

Während ich sprach, schrieb sie mit. Sie arbeitete noch auf die alte Weise, ohne Recorder.

»Weshalb hat man sie umgebracht?«

»Das weiß ich nicht.«

»Aber es muss ein Motiv geben.«

»Sicher. Wir werden es auch herausfinden.«

Sie lachte auf und zeigte mit der Bleistiftspitze auf mich. »Damit haben Sie zugegeben, dass Sie an dem Fall interessiert sind.«

»Sonst wäre ich nicht hier.«

»Also doch Geister und Dämonen.«

»Ich habe keine gesehen, wirklich.«

»John – komm endlich!«, drängte Suko. »Wir müssen ins Büro. Es gibt sicher eine Pressekonferenz, Madam.«

»Aber Sie können mich doch jetzt nicht hängen lassen«, beschwerte sich Su Danning.

Ich wandte mich um und winkte Suko zu.

»Besorge du schon mal ein Taxi. Ich komme dann.«

»Ihr Freund, nicht?«, fragte sie.

»Ja.«

»Ist er immer so unausstehlich?«

»Wieso? Er ist doch in Ordnung.«

Su zog die kleine Nase kraus. »Allerdings hat er es immer eilig, wie mir scheint.«

»Das ist bei uns nun mal so.«

»Und Sie haben keine Spuren gefunden, Mr Sinclair?«

»Wenn wir welche gefunden hätten, würde ich es Ihnen nicht sagen, Miss Danning«, erwiderte ich freundlich lächelnd und drehte mich um.

Die Reporterin wollte mich nicht gehen lassen und hielt mich an der Jacke fest.

Dabei warf ich zufällig einen Blick auf den Mann, der in meiner Nähe stand und etwas in der Hand hielt …

Es war eine Pistole.

Sogar eine goldene …

Schlagartig schrillten bei mir die Alarmglocken.

Ich wollte mich noch zur Seite werfen, aber es gelang mir nicht mehr, denn der Kerl mit dem Schweinsgesicht drückte ab, und nicht nur ich wurde von der Ladung getroffen, sondern auch Su Danning …

Mister X war zufrieden.

Sogar mehr als das. Er war in den Waggon gestiegen, hatte sich in aller Ruhe zwei Opfer aussuchen können und war anschließend in der allgemeinen Panik verschwunden.

Niemand achtete mehr auf ihn, und keiner sah, wie er eine der zahlreichen roten Telefonzellen am Trafalgar Square betrat, den Hörer abhob und eine Münze einwarf.

Er war eben mit allem ausgerüstet, das zu einem Leben auf der Erde gehörte. Und auch die Telefonnummer, die er wählte, kannte er auswendig. Jetzt rief er bei Logan Costello an. Es war eine der Geheimnummern. So konnte er sicher sein, sofort zu dem Mafioso vorzudringen.

»Ich bin es«, sagte er nur, als Costello abgehoben und sich mit einem brummigen »Ja« gemeldet hatte.

»Und?«

»Es hat alles geklappt.«

»Wie?«

»In einem U-Bahn-Wagen liegen zwei Skelette.«

Als Costello dies hörte, verschlug es ihm erst einmal die Sprache. Danach drang ein Schnauben durch den Hörer und anschließend ein meckerndes Lachen. »Das ist gut, das ist sogar sehr gut«, sagte er nach diesem Gelächter, und prustend fragte er: »Was machen denn jetzt die dämlichen Bullen?«

»Im Moment herrscht Chaos«, erklärte Mister X.

»Dann werden die Bullen noch antanzen«, versicherte der Mafioso.

»Auch dieser Sinclair?«

Costello lachte. »Was glaubst du denn? Der wird sogar fliegen, wenn er so etwas hört.« Als Costello die Antwort gab, ahnte er nicht, wie recht er damit hatte.

»Bleibt es bei dem Plan?«

»Natürlich. Du wartest, und ich schicke dir meine beiden Männer. Sie haben deine Beschreibung. Sie werden dich erkennen, und wenn Sinclair erscheint, dann handelst du.«

»Sicher.«

»Kennst du ihn?«

»Deine Männer können ihn mir ja sicherheitshalber noch einmal zeigen«, erklärte Mister X.

»Das wäre gut.« Costello wollte etwas hinzufügen und kündigte es durch ein Schnauben an. »Bisher weiß ich noch immer nicht, wer du bist. Als Mensch stufe ich dich nicht ein. Du bist ein Dämon – oder?«

»Vielleicht werde ich es dir irgendwann einmal sagen. Jetzt wird es Zeit für mich.«

Mister X legte auf. Für ihn war die Sache erledigt. Er wollte sich nur noch um John Sinclair kümmern, der sicherlich irgendwann eintraf, denn er konnte gar nicht anders. Was in der U-Bahn hinterlassen worden war, das musste für John Sinclair reichen, um einzugreifen.

Als der Mann die Telefonzelle verließ, sprühte nicht nur der Regen vom Himmel, die Luft war auch vom Heulen der Sirenen erfüllt, denn zahlreiche Polizeiwagen rollten heran.

Hinzu kamen die Neugierigen, die von überall her zusammenströmten.

Wagen stoppten. Ihre Fahrer verließen die Autos, um zu schauen, was es am Trafalgar Square gegeben hatte.

Der Mann mit dem Schweinsgesicht hatte Zeit. Seine rechte Hand hielt er in der Tasche vergraben. Die Finger umklammerten den Lauf der Waffe. Er sah zahlreiche Menschen. Jeden Spaziergänger stufte er als Opfer ein. Am liebsten hätte er zwischen sie gehalten und eine Stadt voller Skelette hinterlassen, aber das war jetzt zweitrangig. Zunächst einmal wollte er Sinclair.

Und dies mit allen Konsequenzen. Er würde dem Strahl aus der Waffe nicht entgehen können, und danach lief alles automatisch ab.

Die Zeit verging.

Noch mehr Polizei rückte an. Der U-Bahn-Schacht war längst abgesperrt worden. Keiner konnte mehr durch, und auch der Mann mit dem Schweinsgesicht hatte keinerlei Interesse daran, den Ort des Grauens aufzusuchen.

Die meisten Menschen kümmerten sich nicht um ihn. Es gab nur wenige, die ihm einen Blick gönnten. Deshalb fiel ihm der Mann in einem schwarzen Regentrenchcoat auf, der ihn auffordernd anstarrte.

Mister X ging näher.

»Costello schickt mich«, sagte der Kerl im dunklen Trench, bog die Krempe seines Huts und schüttelte Wasser ab.

»Wo steht dein Wagen?«

»Nicht weit, komm mit!«

Die beiden Mafiosi hatten tatsächlich einen Parkplatz gefunden. Das grenzte schon an ein Wunder. Der Zweite hockte hinter dem Lenkrad und kaute auf einem Streichholz.

Mister X setzte sich auf die hintere Sitzbank. Er schaute nach rechts. In seinem Blickwinkel lag der Eingangsschacht der U-Bahn. Zu weit entfernt, wie er bemerkte.

»Dem kann abgeholfen werden«, wurde ihm erwidert. Der Fahrer drehte sich um und reichte ihm ein Fernglas.

Mit einem Nicken nahm Mister X es an, presste es gegen die Augen und stellte durch einige Drehungen die richtige

Optik ein. Ja, der Eingang schälte sich besser heraus, zwar vom Regen etwas verwischt, dennoch waren die Menschen gut zu erkennen.

Viele Beamte in Zivil schritten die Treppe hinab und verschwanden in der Unterwelt.

Von John Sinclair sah der Mann nichts. Dafür erschien jemand, von dem er auch gehört hatte. Es war kein Europäer, sondern ein Chinese. Er stieg zusammen mit einem älteren Mann aus einer dunklen Limousine. Die Männer schritten rasch die Treppe hinab und verschwanden aus dem Blickfeld der drei Beobachter.

Wo steckte Sinclair?

Auch die Mafiosi wurden nervös. Sie besaßen ebenfalls ein Glas und wechselten sich mit der Beobachtung ab.

»Kann er etwas gemerkt haben?«, fragte Mister X.

»Nein, keinesfalls.«

»Warum kommt er nicht?«

»Keine Ahnung, Mann.«

»Aber er ist in London?«

»Wissen wir nicht.«

Um die Lippen von Mister X zuckte es. Am liebsten hätte er anders reagiert, aber er riss sich zusammen. Die Spuren, die er bisher gelegt hatte, reichten.

Der Fahrer rauchte. Dicker Qualm aus der schwarzen Zigarre zog träge durch den Wagen. Dann wurde das Fenster geöffnet, und der Qualm zog in langen Bahnen ab.

Plötzlich war Sinclair da. Der Mann mit dem Schweinsgesicht entdeckte ihn zuerst. Sein Körper spannte sich, aus seinem Mund drang ein Zischlaut, und die schlanken Finger tasteten nach dem Türgriff, um im nächsten Augenblick den Wagenschlag aufzustoßen.

»Sollen wir verschwinden?«, fragte der Fahrer.

»Nicht wegfahren.«

»Okay, Mann. Du bist der Boss, hat Logan gesagt. Bring es hinter dich, dann geben wir dir einen aus.«

Das hörte Mister X nicht. Er hatte die Tür zugerammt, zog

den Kopf ein wenig ein, ließ die Hände in den Taschen und steuerte den U-Bahn-Eingang an.

Die Nelson-Siegessäule ließ er linker Hand liegen. Er widmete dieser touristischen Attraktion keinen Blick, sondern dachte nur an sein Ziel. Sinclair musste weg.

Dennoch dauerte es lange, bis er wieder aus der Unterwelt erschien. Jetzt war Sinclair verloren.

Dann passierte das Missgeschick mit der Frau. Sie sprach Sinclair an. Er und sein chinesischer Kollege blieben stehen. Zudem unterhielt sich Sinclair noch mit der Frau, und alles verzögerte sich.

Mister X wollte nicht mehr warten.

Er ging noch einige Schritte näher an den Geisterjäger heran. Jetzt hatte er die günstigste Position erreicht, als sich Sinclair umdrehte.

Zurück konnte er nicht mehr.

Mister X schoss. Zweimal …

Was ich in diesen schrecklichen Sekunden alles dachte, erlebte und durchmachte, wusste ich nicht. Die Welt um mich herum schien anders zu werden. Ich sah die Menschen kaum mehr, auch meinen Freund Suko nicht, und alle Bewegungen schienen sich zu verlangsamen. Für mich existierte einzig und allein der Mann mit dem Schweinsgesicht, und ich wusste, dass er mich mit der goldenen Pistole getroffen hatte.

Volle Ladung!

Was das bedeutete, hatte ich bei den zwei Skeletten im Wagen gesehen, und mir würde das gleiche Schicksal bevorstehen.

Aber nicht nur mir. Auch Su Danning war nicht verschont worden, denn ich hörte ihren entsetzt klingenden Ruf.

»He«, rief sie. »Was ist das denn für eine Schweinerei? Das Zeug klebt ja …«

Bevor mir klar wurde, was alles passiert war, hatte sich

der Schleim bereits ausgebreitet. Entgegen den Gesetzen der Erdanziehung stieg er nach oben. Gleichzeitig breitete er sich zur Seite hin aus, und er rann auch nach unten, sodass er unsere Körper rasch einhüllte.

Ich konnte zusehen, wie sich die Masse ausbreitete und sich zu einer Kugel formte, die uns beide umschloss. Su Danning und ich waren in dieser Kugel gefangen.

Die Reporterin drehte mir ihr Gesicht zu. Der Schrecken stand in ihren Zügen zu lesen. Diese Frau ahnte, was passiert war. Sie klammerte sich an mir fest und behinderte mich in meinen Aktionen.

Was in meiner Erzählung so lange dauert, nahm tatsächlich nur wenige Sekunden in Anspruch. Denn so rasch breitete sich die klebrige Flüssigkeit aus, und ich sah bereits vor mir die seltsame Haut, die zwar eine Sicht nach draußen zuließ, sie jedoch seltsam verzerrte, sodass unser Gegner wie ein Mensch wirkte, dessen Körperteile man schief zusammengesetzt hatte.

Auch die übrigen Zuschauer und Gaffer erschienen mir so, nur Su Danning sah ich normal.

Sie schwankte. Und als sie mir entgegen fiel, bemerkte ich, dass meine Füße nicht mehr fest auf dem Boden standen. Ich geriet ebenfalls in Schwingungen, wollte Su noch festhalten, wurde jedoch nach hinten gedrückt und fiel mit dem Rücken gegen die dünne Haut, die mir wie Gummi vorkam und mich wieder nach vorn katapultierte, auf Su zu.

Ihr Gesicht war für ein Moment so dicht vor mir, dass wir uns berührten. Ihre Haut war noch kalt und nass, und ihre Stimme hörte ich dicht an meinem Ohr.

»Meine Güte, was geschieht jetzt?«

Das hätte ich ihr zwar sagen können, ließ es jedoch bleiben. Sie würde es früh genug merken.

Wie konnten wir uns retten?

Während wir beide von einer Seite auf die andere schaukelten, dachte ich scharf darüber nach. Wir waren bisher davon ausgegangen, dass diese Flüssigkeit irgendwas mit dem Todesnebel zu tun haben musste, und gegen den gab es keine Rettung.

Höchstens mein Kreuz bot ihm Paroli!

Da half kein langes Überlegen, ich musste es wagen. Während Su Danning zu Boden fiel und auf dem Grund der Kugel hocken blieb, streifte ich mir hastig die Kette über den Kopf.

Nun hielt ich das Kreuz in der Hand.

Ich spürte bereits seine Reaktion. Es zitterte zwischen meinen Fingern, wehrte sich gegen die fremde Magie, und ich spürte so etwas wie Hoffnung, während ich ebenfalls fiel und auf Su Danning prallte.

Ihr Körper dämpfte meinen Aufprall, die Kugel drehte sich. Mit der freien Hand hielt ich Su fest und sah dabei, wie sich am oberen Rand der Kugel ein dicker, schleimiger Tropfen bildete, von der Anziehungskraft in die Länge gezogen und wie ein gewaltiger Schleimbrocken aussah.

Er würde auf uns fallen.

»Umklammere das Kreuz!«, brüllte ich Su Danning an. Als sie nicht gehorchte oder mich nicht verstand, nahm ich ihre Hand und presste sie auf den Teil des Kreuzes, der aus meiner geschlossenen Faust hervorragte.

Der Tropfen wurde noch länger. Neben ihm bildete sich schon ein zweiter. Beide schimmerten rötlich-gelb, und ich spürte das Schaukeln, das die Kugel und auch uns erfasste.

Dabei konnte ich nicht sehen, dass sich die Beine gebildet hatten und wie Antennen aus dem Unterteil hervorschauten. Ich hatte nur Augen für die beiden langen Schleimstücke, die über uns zitterten und uns gar nicht verfehlen konnten.

Su Danning hatte furchtbare Angst. Sie stammelte und rief Worte, die ich nicht verstand, doch meine Stimme übertönte alles, als ich das Kreuz aktivierte.

»*Terra pestem teneto – salus hic maneto!*«

Danach wurde alles anders!

Suko war sauer. Er ärgerte sich über seinen Freund John Sinclair, der sich tatsächlich von dieser Reporterin aufhalten ließ und deren Neugierde befriedigte.

Für Suko war es unbegreiflich. Er dachte nur an die Lösung des Falles, wollte John von der Frau weglotsen. Das war nicht möglich.

So machte er sich zähneknirschend daran, nach einem Taxi Ausschau zu halten. In London fahren so viele Taxis, dass es einfach ist, einen Wagen zu bekommen. Das merkte auch Suko wieder einmal, und er hatte schon die Hand gehoben, um einem Fahrer zu winken, als er noch einmal einen Blick über die Schulter warf.

Das geschah in dem Augenblick, als der andere abdrückte.

Hätte die Sonne geschienen, hätten sich ihre Strahlen vielleicht im Gold der Waffe gebrochen und Suko wäre gewarnt worden. So aber sah er nur ein seltsames Schimmern, zwar heller als normal, doch er machte sich keine Gedanken.

Der Inspektor sah nur den Mann und erinnerte sich an die Beschreibung, die man ihm gegeben hatte.

Jemand mit einem Schweinsgesicht.

Der hier hatte eins.

Suko war nicht mehr zu halten. Er stürmte vor, zog dabei seine Waffe, wollte John Sinclair und auch die Reporterin noch wegreißen, als er stehen blieb, als wäre er gegen eine Wand gelaufen.

Vergessen war der Mann mit der goldenen Pistole. Suko sah nur noch John.

In einer großen Blase!

Die aus der Pistole abgeschossene Flüssigkeit hatte sich gedankenschnell ausgebreitet und eine gewaltige Kugel mit dünner, dennoch sehr widerstandsfähiger Haut gebildet, die John Sinclair und auch die Reporterin umschloss.

Die beiden kamen nicht heraus, so sehr sie sich auch bemühten. Zudem wuchsen dünne, antennenartige Beine aus der Kugel, sodass diese samt ihres Inhalts getragen und geschaukelt wurde.

Der Inspektor brauchte keine lange Erklärung. Ihm war klar, was sich da abspielte. Er wusste genau, welche Bewandtnis es mit der Kugel hatte. Wer in ihr steckte und sich nicht mehr befreien konnte, wurde automatisch zu einem Skelett.

Wie beim Todesnebel!

Mit einem blitzschnellen und tausendmal geübten Griff hielt Suko seine Beretta in der Hand. Sie war mit geweihten Silberkugeln geladen. Er hoffte, die Haut der Kugel durchschießen zu können, ohne dabei die Personen zu verletzen.

Der Chinese schoss.

Normalerweise kann man den Flug einer Kugel nicht verfolgen. Suko jedoch glaubte, zu sehen, wie sie gegen die Haut hieb, ohne sie zu zerstören.

Die Horror-Kugel blieb als Ganzes bestehen.

Noch einmal schoss Suko.

Abermals erzielte er keinen Erfolg. Er sah ein, dass es so nicht weiterging. Wenn er etwas retten wollte, musste er näher an die Kugel heran, und als er startete, da hatte John Sinclair bereits sein Kreuz gezogen.

Der Inspektor kannte die Bewegung. Er sah noch, wie die Reporterin das Kreuz ebenfalls umklammerte und wie sich John Sinclairs Mund bewegte.

Von den Lippen konnte Suko den Bannspruch ablesen. John hatte die Gefahr richtig eingeschätzt und setzte jetzt alle Mittel ein, um die Frau und sich zu retten.

Es geschah auch etwas.

Die Kugel verschwand.

Nicht nur sie. Auch John und Su Danning waren nicht mehr zu sehen.

Für Suko, der ansonsten immer schnell reagierte, war es ein Schock. Er stand auf dem Fleck und schaute dorthin, wo sich eben noch die Kugel mit den beiden Personen befunden hatte. Wie vom Erdboden waren sie verschwunden.

Nicht nur er hatte das seltsame Phänomen gesehen, auch andere Menschen, die sich in der Nähe aufhielten, waren

Zeugen dieses unbegreiflichen und unheimlichen Vorfalls geworden.

Eine Erklärung wusste keiner von ihnen. Suko stand für einige Sekunden unbeweglich auf dem Fleck, schüttelte den Kopf und spürte die Gänsehaut, die sich auf seinem Rücken gebildet hatte. Er war hier in eine Magie hineingeraten, die er weder fassen noch überblicken konnte.

Der Mann mit der goldenen Pistole!

Plötzlich fiel er ihm wieder ein. Er war schließlich der Initiator des Ganzen, an ihn musste er sich halten. Suko hob den Kopf. Er suchte ihn, sah aber nur die Neugierigen, die sich am Ort des unheimlichen Geschehens zusammendrängten, und keine Spur mehr von dem Kerl mit dem Schweinsgesicht.

Der Chinese lief einige Schritte vor. Sein Blick glitt suchend in die Runde. Er musste den Mann finden, sonst war vielleicht alles verloren.

Suko hatte Glück im Unglück. Zwar sah er den Kerl nicht, dafür hörte er die wütenden Schreie einiger Passanten und sah, wie zwei Männer auf den feuchten Boden fielen.

Im nächsten Moment entdeckte er den Unbekannten. Der bahnte sich rücksichtslos seinen Weg, als er floh.

Suko nahm er die Verfolgung auf.

Nicht weit von der Nelson-Säule entfernt entdeckte er den Unbekannten wieder.

Der hatte es ebenfalls eilig, drehte sich dabei um, und Suko duckte sich. Er wusste nicht, ob der andere ihn gesehen hatte. Es spielte auch keine Rolle. Hauptsache, der Kerl blieb nicht stehen und setzte seine Waffe ein.

Nein, er rannte zu einem dunklen Wagen. Bevor er ihn erreicht hatte, winkte er mit beiden Armen. Eine Fondtür wurde aufgestoßen, und Sekunden später hechtete der andere in den Austin.

Er rammte die Tür zu. Gleichzeitig startete der Fahrer. Suko vernahm das Quietschen der Reifen, so hart wurde das Fahrzeug beschleunigt.

Der Chinese blieb stehen.

Plötzlich sah er das Motorrad. Er gehörte einem Polizisten, der heranbrauste.

Suko handelte blitzschnell. Er stellte sich auf die Fahrbahn, zwang den uniformierten Kollegen zu einer Bremsaktion und zeigte seinen Ausweis, noch bevor sich der Beamte beschweren konnte.

»Ich brauche Ihre Maschine«, sagte der Chinese, drückte den Mann zur Seite und warf sich auf die Triumph.

Mit Motorrädern kannte sich der Inspektor aus. Er fuhr selbst eine Harley, aber auch mit anderen Maschinen kam er zurecht. Suko hatte sich trotz aller Hektik genau gemerkt, in welche Richtung der Austin abgebraust war.

Richtung Süden, die Parliament Street hinab in Richtung Westminster Bridge.

Suko gab Gas.

Am Parliament Square jagte der dunkle Austin geradeaus. Die Straße führte jetzt im ziemlich spitzen Winkel auf die Themse zu und änderte an der Auffahrt zur Lambeth Bridge ihren Namen.

Die breite, historische Fassade des House of Parliament huschte an Suko vorbei. Dann begann links vor ihm ein parkähnlicher breiter Grünstreifen, der mit seiner Ostseite direkt an den Fluss grenzte.

Die Triumph röhrte, Suko spürte das Zittern der schweren Maschine. Jetzt waren es ungefähr noch 50 Yards, die Suko von dem schwarzen Wagen trennten.

Regenschleier peitschten von der Seite her auf den einsamen Motorradfahrer zu. Bis auf die Haut war der Chinese durchnässt. Aber verbissen hielt er die Spur, denn er wusste genau, was auf dem Spiel stand. Auf keinen Fall durfte er die anderen entkommen lassen.

Sie hatten bereits den Stadtteil Westminster erreicht und fuhren noch immer an der Themse entlang, deren Wasser kaum zu sehen war, weil der Fluss in Dunst und Regen verschwand.

Auch an dem Austin waren die Scheinwerfer eingeschaltet worden. Die Heckleuchten leuchteten plötzlich stärker auf.

Der andere bremste.

Jetzt wurde es gefährlich. Suko musste mit der Geschwindigkeit runter.

Suko bremste stotternd und dennoch hart.

Der Austin vor ihm begann plötzlich zu tanzen. Aber nicht dessen Heck schwänzelte hin und her, es war Suko, der seine Maschine nicht mehr in der Spur halten konnte und deshalb dieser Täuschung erlegen war.

Als die Fliehkraft die Maschine nach links wegzog, lenkte Suko stark gegen. Er wollte die Triumph in der Spur halten, doch die Fahrbahn war wie mit Seife beschmiert. Das Motorrad ließ sich nicht lenken, sosehr sich der Chinese auch bemühte, und es kam, wie es kommen musste.

Die Schräglage wurde so schlimm, dass er mit dem Bein über den glatten Boden glitt und in eine Kreiselbewegung geriet.

Suko ließ die Triumph los.

Von dem Druck befreit, schmierte sie regelrecht ab, sauste über die nasse Fahrbahn, und Suko hörte hinter sich das dröhnende Hupen und sah sich von mehreren Scheinwerfern angeleuchtet.

Quer über die Straße wurde der Chinese geschleudert. Er überschlug sich mehrmals. Sein Körper wurde durchgeschüttelt. Suko verlor die Orientierung.

Der Austin stand leicht schräg. Während Suko sich noch in Bewegung befand, wurde die linke Hintertür aufgestoßen.

Mister X verließ den Wagen.

Die goldene Pistole hielt er in der Hand. Seine dicken Lippen hatten sich zu einem diabolischen Grinsen verzogen. Unter der Wangenhaut zuckte es.

Den Geisterjäger hatte er erwischt, nun wollte Mister X den zweitwichtigsten Mann aus der Welt schaffen.

Er hörte nicht auf den Fahrer, der brüllte: »Komm zurück, verdammt! Los, Mann, ich …«

Mister X hetzte weiter.

Und Suko war noch immer nicht zur Ruhe gekommen. Er rutschte jetzt auf dem Rücken weiter, wobei er eine Gischtspur in die Höhe schleuderte. Endlich blieb er liegen.

Trotz seiner schmerzenden Glieder richtete er sich auf und sah, dass jemand auf ihn zu rannte.

Der Mann mit der goldenen Pistole!

Wie ein Gespenst tauchte er aus den Regenschleiern auf. Sein Lachen erreichte den Chinesen, der genau wusste, dass er nicht mehr schnell genug sein würde, um der gefährlichen Ladung zu entgehen …

Mit der Kraft der Verzweiflung hatte ich mein Kreuz aktiviert. Gegen den unheimlichen Todesnebel war es eine starke Waffe, und ich hoffte, dass es uns auch vor dieser mörderischen Säure retten würde.

Als letzte Eindrücke nahm ich Szenen mit, die Filmbildern glichen. Den erstarrt dastehenden Suko, den Mann mit der goldenen Pistole, die Neugierigen, die Fahrzeuge, und dann schien alles von einer gewaltigen Hand weggewischt zu werden.

Wir schwebten.

Ich fühlte mich so leicht wie eine Feder, die vom Wind durch die Lüfte getragen wird. So mussten sich die ersten Menschen vorgekommen sein, als sie das Fliegen lernten.

So frei, so herrlich unbeschwert …

Wirklich unbeschwert?

Nein, da war die Angst, die nach wie vor in mir steckte. Nicht umsonst umklammerte ich mein Kreuz, als wäre es der letzte Rettungsanker, und auch Su Danning wusste instinktiv, was die Glocke geschlagen hatte. Sie ließ das Kreuz ebenfalls nicht los.

Manchmal sah ich ihr Gesicht. Leider nicht klar. Uns schienen Meilen zu trennen, wobei sich zwischen den Gesichtern zahlreiche Schlieren bewegten, die aussahen wie Nebelstreifen.

Ich glaubte, dass uns die Aktivierung des Kreuzes eine Dimensionsreise bescherte. Wo würden wir landen?

Das schmale Gesicht der Reporterin zuckte. Es schien so, als wollte sie etwas sagen. Sie öffnete auch den Mund, formte Worte, dennoch konnte ich nichts verstehen.

Wir bewegten uns in einer Sphäre, wo sich der eine dem anderen nicht verständlich machen konnte. Um uns herum herrschte zudem eine seltsame Stille. Keine Geräusche, kein Sprechen, kein Brausen, wir waren eingeschlossen in einem lautlosen Kreislauf.

Bis auf einmal alles anders wurde.

Plötzlich konnten wir wieder frei atmen, sahen alles klarer, und wie im Zeitlupentempo gingen wir auseinander, während sich unsere Hände wie auf einen geheimen Befehl hin vom Kreuz lösten.

Da standen wir und schauten uns an.

Niemand sprach.

Ich hielt das Kreuz in der Hand. Es hatte zwar seine silbrige Farbe behalten, an einigen Stellen jedoch pulsierte es. Im Rhythmus unserer Herzschläge zuckte es auf. Es war ein rötliches Leuchten, das ich mir nicht erklären konnte.

Su Danning stand vor mir wie eine Statue. Sie schien mit ihren Gedanken weit weg zu sein, das Gesicht zeigte einen träumerischen Ausdruck.

»Su!«, sprach ich sie an.

Die Frau reagierte nicht.

Ich tippte gegen ihre Schulter. Unter dem dünnen Mantel spürte ich den Stoff des Kleides und auch die Wärme ihrer Haut. Nach dieser Berührung wandte sie mir ihr Gesicht zu, wobei sie so etwas wie ein Lächeln versuchte.

»Wir leben, Su!«

Da atmete sie tief ein, als hätte es nur dieses einen Satzes bedurft, um sie wieder normal werden zu lassen. Ein Ruck ging durch ihre Gestalt. Die Lippen verzogen sich zu einem Lächeln, in die Augen strömte wieder Leben, und sie fragte noch einmal nach.

»Geschafft?«

»Ja, Su!« Ich nickte heftig. »Wir leben.«

»Leben«, flüsterte sie, »ist etwas Herrliches, John.«

Da hatte sie recht. Und ich wollte alles daransetzen, um es auch zu erhalten.

Deshalb ging ich auf sie zu, fasste sie am Arm und bat sie, mit mir zu kommen.

»Wohin?«

Die Frage war gut. Eine Antwort konnte ich ihr nicht geben. Wenigstens keine direkte. Ich sagte nur: »Wir müssen uns in dieser anderen Welt zurechtfinden, Su. Sie erkunden wie zwei Pfadfinder.«

»Andere Welt?«

»Ja, alles deutet darauf hin.« Ich hob die Schultern. »Es ist schwer, das genau zu erklären, aber seien Sie gewiss, Su, dass wir uns nicht mehr auf der Erde befinden. Ich vermute, dass wir eine Dimensionsreise hinter uns haben.«

»Gibt es das?«, fragte sie mich, nachdem sie erstaunt in mein Gesicht gesehen hatte.

»Ja, wir haben es hinter uns.«

Über ihre Lippen zuckte ein Lächeln. »Das alles begreife ich nicht, John. Es ist so unwahrscheinlich für mich …« Sie schüttelte den Kopf. »Das kann ich nicht glauben. Bisher habe ich davon nur gelesen. Dimensionsreisen, das Verschwinden von Menschen und Gegenständen, das gehört ins Bermuda-Dreieck …«

»Das Bermuda-Dreieck ist überall!«

»Auch hier?«

»Vielleicht.«

»Die Erklärung reicht mir nicht, John«, sagte sie ehrlich. »Suchen wir eine andere.« Nach diesen Worten nickte sie entschlossen, und ich war froh darüber, dass sie so reagierte.

Ja, ich wollte die richtige Antwort suchen. Dass ich Su Danning dabei auf meiner Seite wusste, kam mir entgegen. Sie war keine Frau, die aufgab, sich hinhockte und schluchzte, sondern fest mit anpackte.

Bisher waren wir nicht dazu gekommen, uns umzuschauen. Das holten wir nun nach.

Wir waren in einer völlig anderen Welt gelandet. Schon beim ersten Blick konnte ich dies feststellen.

Es war eine Welt voller schroffer Gegensätze. Zunächst sah ich den Himmel. Im Grundton zeigte er ein dunkles Blau. Dazwischen jedoch schoben sich, wie abgetrennt, dunkelrote Streifen, sodass der Himmel ein unregelmäßiges Muster aufwies.

Vor uns wuchsen Felsen hoch. Sie schimmerten in einem satten Rot, wobei ich innerhalb des Gesteins schmale blaue Einschlüsse erkannte. Es war eine seltsame Gesteinsformation. An einigen Stellen sah es so aus, als wäre mit einem großen, scharfen Messer eine Treppe hineingehauen worden. Die Stufen waren sehr breit, fast schon plateauartig, aber glatt.

Ich hatte das Gefühl, auf dem breiten Boden einer Schlucht zu stehen, und sagte auch nichts dazu, als sich Su Danning einige Schritte von mir trennte und selbst auf Entdeckungsreise ging.

Ich schaute dabei nach links, denn dort öffnete sich die Schlucht.

Bis mich Sus Schrei alarmierte. Hastig zuckte ich herum, sah sie auf dem Fleck stehen, wobei sie die Arme erhoben hatte und ihre Hände gegen die Ohren presste.

Mit wenigen Schritten überbrückte ich die Distanz, blieb neben ihr stehen und sah, was sie so erschreckt hatte.

Es war ein Skelett.

Vor ihren Füßen lag der Knöcherne in einer seltsamen Haltung. Als hätte er noch versucht, sich zu retten.

Ich schob Su Danning mit sanfter Gewalt zur Seite, kniete nieder und schaute mir das Skelett an.

Dabei erinnerte ich mich wieder an die Szene in dem U-Bahn-Wagen.

Das Skelett vor meinen Füßen sah ebenso aus. Mit anderen Worten: Es war auf die gleiche schlimme Weise getötet worden wie die Menschen in der U-Bahn.

Also mussten wir es hier mit dem gleichen Phänomen zu tun haben. Vielleicht hatte diese furchtbare Magie hier sogar ihren Ursprung. Alles war möglich.

Ohne es zu wollen, waren wir im Zentrum dieser furchtbaren Magie gelandet, in einer Welt, von der ich noch nie gehört hatte und auch nicht wusste, ob und von welchen Dämonenarten sie bewohnt war.

Eine schlimme Sache.

»Was machen wir?«, fragte Susan, als sie den ersten Schrecken überwunden hatte.

Ich schaute sie an. Auf ihrem schmalen Gesicht hatte sich eine Gänsehaut gebildet. Sie zeugte von ihrer Furcht.

Um sie nicht zu enttäuschen und allzu pessimistisch zu antworten, sagte ich: »Nun ja, meine Liebe, zunächst stellen wir einmal fest, dass wir noch leben.«

Nach dieser Antwort glitt ein Lächeln über ihr Gesicht. »Danke, dass Sie es mir so leicht machen wollen, John, aber ich habe noch nie ein Skelett gesehen, und ich möchte Sie fragen, ob es echt ist.«

»Darauf können Sie Gift nehmen.«

»Wie kann das sein?«

Diesmal lächelte ich. »Wissen Sie, Su, es ist so: Sie haben mich am Trafalgar Square angesprochen, weil Sie wissen wollten, was es in der U-Bahn gegeben hatte. Ich konnte und durfte Ihnen nichts sagen. Nun sollen Sie die Wahrheit erfahren. In der U-Bahn sind zwei Skelette gefunden worden, und sie sahen beide so wie dieses hier aus. Begreifen Sie nun?«

Su warf mir einen Blick zu, schaute danach das Skelett an und schluckte.

»Gibt es einen Zusammenhang zwischen den Opfern?«

»Alles deutet darauf hin.«

»Wie ist das möglich?«

Da hob ich die Schultern. »Um das herauszufinden sind wir hier, Su. Und wir werden es herausfinden, dessen bin ich sicher.«

»Falls man uns lässt.«

»Seien Sie doch nicht so pessimistisch. Ich finde, dass wir schon viel erreicht haben. Wir leben noch!«

»Sie geben wohl nie auf?«

»Nicht, solange ich lebe.«

»Die Einstellung finde ich toll.«

»Richten Sie sich ebenfalls danach. Man muss immer das Beste aus seiner Situation hervorholen, und das werden wir jetzt tun. Folgen Sie mir, Su!«

»Wohin?«

»Wir werden uns ein wenig umsehen. Die Welt erkunden.«

»Suchen Sie nach einer Chance zur Rückkehr?«

»Das außerdem.«

Su Danning war noch immer nicht überzeugt. Ich konnte es ihr auch nicht verdenken. Ich fasste sie in Höhe des Ellbogens am Arm und zog sie weiter.

Wir gingen über den rötlich schimmernden Boden auf das andere Ende der Schlucht zu. Es war nicht einmal weit entfernt. Vielleicht 200 Schritte.

Su Danning hielt sich dabei dicht an meiner Seite, während ich mich permanent umschaute, um eine Gefahr schon im Ansatz erkennen zu können. Ob uns jemand belauerte, war nicht zu erkennen, offen jedenfalls zeigte sich kein Gegner.

Dennoch glaubte ich, dass diese Welt bewohnt war. Vielleicht von Wesen, die ebenfalls die Kugel produzieren konnten.

Wir rechneten natürlich mit Überraschungen, waren immer auf der Hut. Was uns dann jedoch geboten wurde, das haute uns beide um.

Dabei war es Su Danning, die den Gegenstand zuerst sah, da ich mich in dem Moment gerade umgeschaut hatte.

»John, da! Ich werde verrückt!«

Sofort flog mein Blick in die Richtung, in die sie wies. Jetzt wurden auch meine Augen groß, denn dort, wo sich die Schlucht öffnete, sahen wir beide einen metallenen Gegenstand, der aussah wie eine dicke Zigarre. Er ragte schief in die Höhe, wobei dicht an seinem Ende noch eine dreieckige Flosse wie ein Stummel in den Himmel stach.

Lange brauchten wir nicht zu raten. Was wir da entdeckt hatten, passte nicht in diese Welt.

Es war das Heck eines Flugzeugs!

»Jetzt fällt mir gar nichts mehr ein«, flüsterte Su Danning und blieb stehen.

Ich stoppte ebenfalls meinen Schritt und war erstaunt. »Da können wir uns zusammentun.«

»Wieso?«

»Ich habe ebenfalls keine Erklärung.«

»Toll, dass auch ein Geisterjäger mal ratlos ist. Macht Sie richtig sympathisch.«

»So etwas kommt öfter vor.«

Su lachte leise. »Ein Polizist, der Fehler zugibt? Das ist selten genug. Ich jedenfalls habe noch keinen erlebt. Die meisten halten sich ja für Halbgötter.«

Su schien Polizisten nicht leiden zu können. Jedenfalls machte sie ihrem Ärger Luft. Mich aber störte dies nicht. Ich ließ sie stehen und trat näher an die Maschine heran, um sie genauer in Augenschein zu nehmen.

Vor uns lag ein Düsenjet. Im ersten Augenblick sah es so aus, als wäre er gelandet, bis ich an der Maschine vorbeigegangen war und die Nase entdeckte, die einen schrägen Winkel bildete, und in den Boden stach. So ganz astrein war die Landung doch nicht gewesen. Und von allein flog so eine Maschine auch nicht. Die hatte zumindest eine Besatzung. Wo steckte der Pilot?

Ich trat ein wenig zurück, sah Su Danning von der Seite her kommen und winkte ihr.

Die Reporterin ließ sich Zeit und schaute sich die Maschine genau an.

»He, John!«, rief die Frau dann. »Ich glaube, ich habe eine Erklärung.«

»Wieso?«

»Kann sein, dass ich weiß, was das für ein Vogel ist.«

»Dann wissen Sie mehr als ich.«

»Da ist doch ein Flugzeug verschwunden. Stand in allen

Zeitungen. In Wien startete die Maschine, kam vom Kurs ab und verschwand irgendwo über dem Atlantik.«

Su hatte recht. Auch ich kannte die Geschichte. Sie war tatsächlich durch zahlreiche Zeitungen gegangen. Einige Reporter sprachen bereits von einem zweiten Bermuda-Dreieck. Man hatte Suchaktionen gestartet, aber nichts gefunden.

Sollte das Flugzeug wirklich von einer anderen Dimension geschluckt worden sein?

Fast unwahrscheinlich. Dennoch war diese Möglichkeit nicht von der Hand zu weisen.

»Ich schaue mal nach der Besatzung«, sagte ich.

»Man hat von drei Piloten gesprochen.«

»Mal sehen.«

Ich fand das Cockpit leer vor. Zerstörungen entdeckte ich ebenfalls nicht. Da war irgendetwas faul, und ich konnte wirklich nicht behaupten, dass mir dies gefiel.

»Und?«

Su stand jetzt neben mir und schaute mich fragend an.

Ich hob die Schultern. »Kein Mensch zu sehen.«

Die Reporterin legte ihre Stirn in Falten. »Ob da etwas passiert ist? Ich meine, vielleicht leben die Männer nicht mehr und ...«

»Warten wir es ab«, beruhigte ich sie und drehte um das Flugzeug eine Runde.

Ich sah keine Spuren. Zudem war der Felsboden unter uns so glatt, dass sich auch nichts abzeichnen konnte.

»Ich begreife das nicht«, erklärte Su, wobei sie ihren Kopf schüttelte. »Ich verstehe überhaupt nichts mehr. Es ist alles so seltsam, so unwahrscheinlich ...«

»Damit müssen wir uns abfinden«, gab ich zur Antwort, blieb stehen und dachte nach.

Da tauchte plötzlich in London ein Unbekannter auf, der eine Pistole besaß, die aus Gold bestand und eine säureartige Flüssigkeit verschoss. Sie reagierte wie unser bekannter Todesnebel, sie ließ nur Skelette zurück! Mein Kreuz wehrte sich gegen diese Flüssigkeit. Es gelang uns, die Blase zu zerstören, wir aber wurden in eine andere Welt oder Dimension geschleudert. Hier fanden wir ein verschwundenes Flugzeug. Wie kam es in diese Welt?

»Die Besatzung ist bestimmt tot«, hörte ich Su Dannings Stimme.

»Das ist anzunehmen.«

»Sollen wir sie nicht suchen?«

»Natürlich, Su.« Ich deutete in die Runde. »Allerdings frage ich mich, wo wir anfangen sollen.«

»Das weiß ich auch nicht.«

Ich lächelte. »Sie sind wenigstens ehrlich. Das finde ich gut.«

»Aber was anderes, John. Hören Sie nichts?«

»Nein.«

»Lauschen Sie mal«, flüsterte Susan und beugte sich vor. »Ich habe das Gefühl, dass unter der Erde etwas nicht stimmt. Da vibriert und rumort es.«

Vielleicht hatte die Reporterin bessere Ohren als ich. Jedenfalls wollte ich es genau wissen. Ich legte mich hin und presste mein Ohr gegen den Boden.

Jetzt spürte auch ich das Zittern und hörte ein Rauschen. In der Tiefe tat sich etwas, für das ich im Moment keine Erklärung wusste.

»Haben Sie es gehört?«

Ich stand wieder auf und nickte.

»Was kann das sein?«

»Keine Ahnung. Möglicherweise ein unterirdischer Fluss. Wer kann das schon sagen? Jedenfalls hat es keinen Sinn, hier auf dem Fleck stehen zu bleiben. Wir werden uns weiter umschauen.«

»Und wo soll das sein?«

»Kommen Sie mit«, sagte ich und fasste nach ihrem Arm.

Vor uns lag ein relativ flaches Gelände. In der Ferne sahen wir einen dunklen Schatten, der wie eine riesige, erstarrte Welle aussah. Wahrscheinlich lagen dort ebenfalls Berge. Vor uns jedoch zog sich die Ebene hin.

Sie zu durchwandern hätte keinen Sinn gehabt. Wahrscheinlich hätten wir uns die Füße wund gelaufen. So nahmen wir erst einmal unsere nähere Umgebung in Augenschein.

Für mich war die Ruhe trügerisch. Obwohl wir nicht angegriffen wurden, hatte ich das Gefühl, als würden uns zahlreiche Augen beobachten, und ich gab sehr genau acht, als wir weitergingen. Dabei schärfte ich Susan Danning ein, sich immer an meiner Seite zu halten.

»Ja, ja, ich verschwinde schon nicht.«

Diese terrassenförmigen Berge vor uns kamen mir nicht ganz geheuer vor. Ich rechnete damit, dass in ihnen etwas auf Opfer lauerte.

Dieses Geheimnis konnte das Rätsel sein, das die Welt hier für uns bereit hielt. Gefährlich für den, der es lösen wollte, vielleicht auch tödlich. Alles war möglich. Ich hatte meine Erfahrungen bei zahlreichen Exkursionen durch andere Dimensionen sammeln können.

Susan hatte ein wenig Mühe, meinen Schritt mitzuhalten. Deshalb nahm ich auf die Frau Rücksicht und ging langsamer. Die düsteren Felsen bildeten manchmal seltsame Formationen und Figuren. Einige kamen mir vor wie Menschen mit gewaltigen Nasen, die aus dem Gestein stachen.

Ich suchte nach einem Einstieg, nach einer Höhle, denn ich wollte diesem seltsamen Brausen auf den Grund gehen. Es musste eine Ursache haben, und vielleicht verbarg sich dahinter das Rätsel dieser geheimnisvollen Welt.

Geheimnisvoll waren die Schatten, die von den vorhängenden Felsen produziert wurden. Unheimliche, blauschwarze Gebilde, die alles überdeckten und uns, wenn wir sie durchquerten, zu schlucken schienen wie gierige Mäuler.

»Meinen Sie, dass wir hier etwas finden?«, fragte mich Su.

»Ich hoffe es.«

»Was suchen Sie überhaupt?«

»Einen Einstieg nach unten.«

Susan erschrak. »Sie wollen in den Berg?«

»Was bleibt uns anderes übrig? Bisher haben wir keine Feinde gesehen, aber diese Welt ist feindlich, und ich bin fest davon überzeugt, dass die seltsame Flüssigkeit, deren Ursprung ich feststellen will, sich hier irgendwo bildet.«

»Von allein?«

»Das ist die Frage. Zudem beschäftigt mich das Schicksal der Besatzung. Vielleicht finden wir die Piloten noch.«

»Oder ihre Skelette.«

»Das kann auch sein«, gab ich zu. Dabei dachte ich an das erste Skelett, das wir entdeckt hatten. Ob es einer der Piloten gewesen war, der dort in die Falle …?

Plötzlich sah ich den Ersten.

Er trug noch seine Fliegerkleidung und löste sich aus einem tiefschwarzen Schatten.

Langsam kam er näher. Er ging wie eine Aufziehpuppe, so eckig, aber zielstrebig.

Die beiden anderen wurden von Susan entdeckt. »Da, John«, rief sie, »schräg vor uns!« Ich drehte den Kopf in beide Richtungen.

Su Danning hatte sich nicht getäuscht. Nicht nur vor uns stand ein Pilot, auch rechts und links, während die letzteren einen leicht erhöhten Platz eingenommen hatten.

Sie wirkten wie Statuen und starrten auf uns nieder.

Im ersten Augenblick empfand ich Erleichterung, fühlte aber wenig später ein gewisses Unbehagen, denn die Piloten reagierten nicht. Dabei waren wir Menschen wie sie. Zudem trafen wir uns in einer unheimlichen Dimension, einer Welt, die wahrscheinlich von dämonischen Existenzen bedroht wurde.

Hier stimmte etwas nicht.

»Fragen Sie die Typen doch mal!«, wisperte Susan.

»Das werde ich auch«, sagte ich und wollte eine Frage stellen, als sich die drei bewegten. Bisher hatte ich nicht auf die Hände achten können, weil die Männer sie auf dem Rücken versteckt hielten. Das änderte sich. Wir sahen ihre Arme und auch die Hände, die goldfarben schimmerten. Nur waren es nicht deren Finger, sondern die Waffen, die sie umklammert hielten, und wir standen genau im Kreuzfeuer dieser gefährlichen Pistolen …

Der Mann mit dem Schweinsgesicht kam Suko vor wie ein unheimlicher Geistertänzer. Er bewegte seinen freien linken Arm auf und nieder, die Regenschleier verzerrten seine Gestalt, und er senkte den rechten Arm, um mit der Mündung der goldenen Pistole auf den Inspektor zu zielen.

Es war für eine Reaktion zu spät, aber Suko hatte noch eine Chance. Er trug den Stab bei sich. Wenn er ihn einsetzte, konnte er die Zeit für fünf Sekunden anhalten.

Gedankenschnell glitt seine Hand unter die Jacke. Sukos Bewegungen waren fließend. Er konnte den Stab schneller ziehen als ein geübter Schießer seine Waffe und hatte ihn kaum berührt, als er das bewusste Wort rief.

»Topar!«

Das genau war es. Der Stab entfaltete seine Magie.

In Rufweite um Suko herum erstarrte die Welt.

Auch sein Gegner!

Er schien plötzlich festgefroren zu sein, konnte kein Glied mehr rühren.

Das war Sukos große Chance. Er jagte in die Höhe, achtete nicht auf seine malträtierten Knochen, sondern stürmte auf den Kerl mit der goldenen Pistole zu.

Weit brauchte Suko nicht zu laufen. Nur wenige Schritte, dann hatte er ihn erreicht.

Bevor der andere sich versah, hatte Suko ihm die Hand zur Seite geschlagen und die Waffe an sich gerissen. Zum ersten Mal sah er den Kerl aus der Nähe. Der Mann hatte tatsächlich ein Schweinsgesicht, das nun vor Nässe glänzte.

Suko sprang wieder zurück. Dabei richtet er die Waffe auf seinen Gegner, und schon war die Zeit um.

Die Menschen bewegten sich. Sie führten ihre Reaktionen genau da fort, wo sie gestoppt worden waren, und auch der Mann mit dem Schweinsgesicht stand nicht mehr starr.

Ungläubig starrte er auf Suko und dann auf seine Waffe, die sich jetzt in den Händen eines anderen befand.

»Rühr dich nicht!«, zischte der Inspektor. »Bleib nur stehen, mein Freund!«

Der andere ahnte, was auf ihn zukommen würde, und er ging tatsächlich nicht weg.

Mitten auf der Straße und im strömenden Regen standen die beiden. Um sie herum hatte sich die Szene verändert. Es hatten sich Autoschlangen gebildet. Ein wildes Hupkonzert brandete auf, das Suko zwar hörte, aber nicht zur Kenntnis nahm.

Er hatte den Mann!

Zwei Mafiosi hockten in dem Austin. Sie hatten ihren Auftrag, den Logan Costello ihnen eingebläut hatte, nicht vergessen! Die Gangster sollten Mister X schützen.

Bei ihnen wurden die Probleme durch Gewalt gelöst. Und das waren Kugeln. Zweimal schossen sie.

Suko hörte das Krachen der Waffen und hatte zwei große Vorteile. Das Wetter und die Entfernung. Ein genaues Zielen war sehr schwer. Deshalb hechtete er auch nicht zu Boden, sondern warf sich nach vorn und umklammerte den Mann mit dem Schweinsgesicht. Der wurde von dieser Aktion überrascht. Er versuchte sich aus dem Griff zu drehen, doch Suko hielt ihn mit der linken Hand in eisenhartem Griff und presste ihm die Mündung der goldenen Pistole gegen den Schädel.

»Ich schieße, wenn du dich rührst!«

Kaum hatte er die Worte ausgesprochen, als er die schrillen Töne der Pfeifen hörte. Für ihn ein Zeichen, dass die Londoner Bobbys anrückten.

Das sahen auch die Mafiosi. Suko vernahm einen dumpfen Schlag, als die Wagentür zugeworfen wurde, ein Motor heulte auf, dann startete der Austin.

Die Killer rasten weg.

Suko hatte es geschafft. In seinen Händen befand sich der Mann mit dem Schweinsgesicht, und er hatte die goldene Pistole an sich nehmen können.

»Rühr dich nur nicht!«, flüsterte Suko und drückte die Mündung der Waffe in den offenen Mund des Mannes.

Die Bobbys kreisten den Inspektor ein. »Rühren Sie sich nicht«, hörte Suko eine drohende Stimme, »und lassen Sie den Mann los!«

»Das werde ich nicht«, erwiderte der Chinese. »Geben Sie mir Ihre Handschellen.«

Die Bobbys wussten nicht, was sich zuvor alles abgespielt hatte. Einer bückte sich und legte seine Hand auf Sukos rechte Schulter. Er wollte ihn hochziehen.

»Verdammt, lassen Sie mich! Scotland Yard!«

Selten hatte man Suko so schreien hören. Und die beiden letzten Worte verfehlten ihren Eindruck nicht. Die Bobbys zögerten.

»Wo bleiben die Handschellen, zum Henker?« Der Inspektor war jetzt sauer. Er merkte, dass sich sein Gegner unter ihm bewegte, zog blitzschnell die Waffe zurück und hämmerte dann ihren Lauf gegen den Kopf des anderen.

Der Kerl mit dem Schweinsgesicht zuckte zusammen. Allerdings hatte Suko ihn nicht bewusstlos schlagen können. Dafür stellte er fest, dass sich der andere unter ihm so seltsam bewegte und er mit seiner freien Hand auch tief in den Körper drücken konnte.

Die Erklärung war schnell gefunden.

Der Mann mit dem Schweinsgesicht löste sich auf. Er wurde zu einer wabbeligen Masse, zu einem schleimigen Etwas, und Suko wusste, was das bedeutete.

Er hatte keinen Menschen vor sich, sondern einen Dämon, einen der widerlichsten Sorte.

Einen Ghoul!

Sie ernährten sich von Leichen und hausten zumeist auf Friedhöfen, wo sie immer Nahrung fanden. In der letzten Zeit hatte Suko wenig mit dieser ekelhaften Dämonenart zu tun gehabt, nun aber merkte er schnell, wen er vor sich hatte.

Er sprang in die Höhe!

Das geschah so heftig, dass selbst die Polizisten davon

überrascht wurden und hastig zurücktraten, um dem Chinesen Platz zu schaffen. Wie Suko starrten auch sie auf das, was vor ihnen über den feuchten Asphalt kroch.

Der Ghoul schlängelte sich über den feuchten Boden. Auf den Rücken hatte er sich gelegt, und seine Gesichtszüge verschwammen.

Die drei Polizisten blickten Suko fragend an.

Der Chinese gab ihnen keine Antwort. Er sah zu, wie der Ghoul versuchte, sich zu verdrücken. Dabei bewegte er sich auf den Straßenrand zu. Vielleicht wollte er einen Gully als Fluchtweg benützen. So etwas konnte gelingen, denn die schleimigen Ghouls waren in der Lage, ihre Körperform so zu verändern, dass sie selbst durch schmale Spalten schlüpfen konnten.

Über den nassen Asphalt glitt ein längliches Etwas. Fast ein wurmartiges, leicht durchsichtiges Gebilde, das inzwischen aus seiner Kleidung gerutscht war.

Gelblich-weiß schimmernde Schlangenarme und Augen wie dicke Perlen, die innerhalb des Kopfes saßen, wobei sie bei jeder Bewegung des Ghouls hoch- oder niedergedrückt wurden.

Suko folgte ihm.

Die Polizisten blieben zurück. Sie flüsterten miteinander, waren ratlos, und Suko wusste, dass er dieses Wesen töten musste. Ein Ghoul durfte nicht überleben. Er stellte eine zu große Gefahr dar.

Der Gully war nicht mehr weit von ihm entfernt. Dem Inspektor war klar, dass er von dem Ghoul nichts mehr erfahren konnte. Deshalb zog er seine Waffe.

Es war die Silberkugel-Beretta.

Er hielt sie leicht schräg, zielte auf den schleimigen Ghoul, der in diesem Augenblick noch einmal seinen Schädel hob, der nur noch ein birnenförmiges Etwas war, in die Länge gezogen und nach unten dicker zulaufend. Die Augen saßen auch nicht mehr an den normalen Stellen, ebenso waren Mund und Nase verschoben, außerdem zugeklebt.

Suko feuerte.

Er hörte das Platschen der Kugel, als sie in den Schleim drang. Für einen Moment schien es, als würde es die Gestalt noch einmal schaffen, sich aufzurichten, doch diese Bewegung war nur ein Strohfeuer. Der Ghoul sackte wieder zurück und löste sich allmählich auf.

Zurück blieb eine stinkende Lache, die durch das leichte Gefälle in Richtung Gully floss und darin verschwand.

Erledigt!

Suko ging hin und hob die Silberkugel auf, die kaum deformiert war. Er steckte das Geschoss ein und schaute zu, wie die Reste des Ghouls weggespült wurden. Selbst die wenigen Haare schwammen mit und verschwanden innerhalb des Gullys.

So endete ein Dämon.

Der Inspektor drehte sich um. Er blickte in die fragenden Gesichter der Polizisten, sah sich jedoch nicht veranlasst, eine Erklärung abzugeben. Er zeigte den Männern nur seinen Ausweis, damit sie beruhigt sein konnten.

Suko ärgerte sich. Jetzt hatte er zwar die goldene Pistole, aber er wusste nicht, woher sie stammte, wer sie gebaut hatte und aus welch einer Welt sie kam.

Eines jedoch war sicher. Diese Waffe musste so rasch wie möglich von den Spezialisten beim Yard untersucht werden. Und irgendwie schien auch Logan Costello mit in der Sache zu stecken.

Hart drehte Suko sich um. Bevor er wieder von den Polizisten angesprochen werden konnte, bat Suko einen der Männer, für einen fahrbaren Untersatz zu sorgen, und zwar so rasch wie möglich, denn er hatte keine Zeit mehr zu verlieren.

Die drei Piloten hielten uns umkreist. Sie trugen noch ihre Kluft, nur die Helme hatten sie abgenommen. Das alles war unwichtig, für uns zählten die Waffen.

Drei goldene Pistolen. In jeder von ihnen lauerte das Grauen. Wenn sie uns erwischten, wusste ich nicht, ob uns das Kreuz auch in dieser Welt half.

Neben mir stand Su Danning. Sie merkte, in welch einer Gefahr wir uns befanden. Ich spürte ihr Zittern und sagte einige beruhigende Worte.

»Keine Panik jetzt. Lassen Sie alles auf sich zukommen, Su!«

»Das sagen Sie so leicht.« Sie atmete scharf.

Ich hatte mich entschlossen, die drei Piloten anzurufen.

Es ist schwer, in solchen Situationen die richtigen Worte zu finden. Ich wusste auch nicht, ob ich mich lächerlich machte und ob ich überhaupt eine Antwort bekommen würde.

»Woher habt ihr die Waffen?«, rief ich. Das interessierte mich besonders, denn sie waren meiner Ansicht nach der Schlüssel zur Lösung des Rätsels.

Ich erhielt keine Antwort. Die drei Piloten gingen stattdessen weiter vor und kletterten geschickt die Felsen hinab, wobei sich Susan und ich immer im Zielkreis der goldenen Pistolen befanden.

Ich wollte nicht als Erster schießen, hielt mich deshalb zurück und beobachtete nur.

Die drei zogen den Ring enger. Damit erhöhte sich auch die Trefferwahrscheinlichkeit, und für uns wurde es noch gefährlicher.

Warum sprachen sie nicht?

Wenn sie Menschen waren, hatten sie uns verstanden und mussten einfach eine Antwort geben.

Neben mir atmete Su Danning heftig. Sie sah aus, als würde sie die Anspannung kaum mehr aushalten. Sie sah ihr Leben bedroht und tat genau das Verkehrte.

Ich hätte sie festhalten sollen, aber Su Danning riss sich los und rannte auf denjenigen zu, der ihr am nächsten stand.

»Hören Sie!«, schrie die Reporterin. »Was hat Sie in diese Welt getrieben? Sind Sie …?«

Der andere hob seine Waffe.

»Su, zurück!«, brüllte ich.

Sie hörte nicht, stolperte weiter und hielt nur mühsam das Gleichgewicht.

Meine Hand zuckte zur Beretta. Ich zog, zielte und drückte ab. Drei Abläufe, die sich zu einem einzigen vereinigten, wobei ich hoffte, dass meine Silberkugel den anderen stoppte.

Haarscharf sirrte das Geschoss an Su Danning vorbei und hieb schräg in den Körper des Piloten, der herumgerissen wurde, dann abdrückte und die seltsame Schleimladung über die Felsen spritzte.

Im nächsten Augenblick fiel er.

Ich konnte mich nicht um ihn kümmern, wechselte gedankenschnell meine Position, tauchte zu Boden, drehte mich um und feuerte auf den Nächsten.

Dessen Ladung befand sich bereits auf dem Weg. Sie klatschte dorthin, wo ich gestanden hatte, und bildete einen feinen Nebel. Der Pilot sprang nach rechts. Ich hatte ihn verfehlt, hörte Susans Schreien und schoss noch einmal.

Wieder sprang der andere. Diesmal in den Flug der Silberkugel hinein, die seinen Sprung nicht nur stoppte, sondern ihn auch gegen einen Felsen schmetterte. Langsam rutschte er tiefer. Ich ging auf die Knie, suchte den dritten Gegner und sah ihn nicht mehr.

Er hatte das Weite gesucht.

»Wo ist er?«, schrie ich Susan zu. Vielleicht hatte sie ihn gesehen.

Die Reporterin nickte. Sie deutet schräg an mir vorbei.

Ohne zu zögern nahm ich die Verfolgung auf.

»John!«

Als ich Sus Schrei vernahm, drehte ich mich um. Sie rannte hinter mir her. »Nehmen Sie mich mit, John!«

Ja, es war besser.

Ich wartete, bis sie bei mir war. Ihr Gesicht zeigte Angst. Atemlos warf sie sich in meine Arme und flüsterte: »Ich habe durchgedreht, verdammt, ich habe durchgedreht.«

»Schon gut, schon gut«, beruhigte ich sie, wobei ich über ihren Kopf hinwegschaute und nach dem letzten Piloten suchte.

Der hatte sich verkrochen.

Ich wollte die Verfolgung erst einmal stoppen und nach den beiden anderen Piloten sehen. Vielleicht waren sie nur verletzt.

Aber die beiden lebten nicht mehr. Als Menschen hätten sie noch existiert. Die Treffer waren nicht tödlich gewesen, aber vor mir lagen keine Menschen, sondern dämonische Wesen, und die lösten sich vor unseren Augen auf.

Sie wurden zu Schleim.

Ich wusste Bescheid, noch bevor ich den Leichengeruch wahrnahm. Meine Silberkugeln hatten zwei gefährliche Ghouls erledigt. Aus den Menschen waren Ghouls geworden. Wodurch, konnte ich nicht sagen. Jedenfalls musste ich mich damit abfinden.

»Schauen Sie weg!«, sagte ich zu Susan Danning, die neben mir stand und schluchzte.

Ich aber bückte mich und nahm die beiden goldenen Waffen an mich. Gern hätte ich sie genauer untersucht, dafür jedoch fehlte mir die Zeit. So steckte ich die Pistolen nur in meinen Gürtel, wobei ich mich über deren Leichtigkeit wunderte.

Ich wusste, dass der Reporterin zahlreiche Fragen auf der Zunge brannten. Meiner Ansicht nach war jetzt nicht der richtige Zeitpunkt, sie aufzuklären. Deshalb fasste ich nach ihrer Hand und zog sie mit.

»Wohin denn?«, fragte sie verzweifelt.

»Das werden wir schon sehen. Zunächst einmal müssen wir uns den dritten Piloten vornehmen.«

»Vielleicht ist er nicht mehr da!«

»Das hoffe ich im Endeffekt auch. Ist aber nicht sehr wahrscheinlich, meine Liebe.«

Wir gingen in die Richtung, wohin der Dritte verschwunden war. Noch immer konnte ich es nicht fassen. Diese Eskalation der Gewalt war urplötzlich über uns hereingebrochen. Ich hatte nicht anders handeln können, als die beiden zu töten. Sie hätten Su Danning unter Garantie erwischt.

Woher kamen sie?

Diese große, alles entscheidende Frage wollte ich beantwortet haben, und ich war mir sicher, dass die Ghouls sich nicht weit entfernt aufgehalten hatten.

Irgendwo in der Nähe mussten sie ihren Schlupfwinkel haben. Wir beide tauchten ein in die Finsternis der langen dunkelblauen Schatten, die von den Felswänden produziert wurden.

Auf jedes Geräusch achteten wir, hörten jedoch nichts. Manchmal wurde es heller, wenn die Gesteinsdächer über uns verschwanden, und dann standen wir vor einem schmalen Gang, der wie mit einem Werkzeug in eine Felswand hineingesägt zu sein schien.

»Haben Sie auch Angst?«, fragte mich Su leise.

»Sehr wohl ist mir nicht«, gab ich ehrlich zu. »Aber was soll's? Wir müssen da durch.«

»Ich – ich weiß nicht …«

Es war jetzt wirklich nicht einfach für mich, hier eine Entscheidung zu treffen, aber zurücklassen konnte ich Susan auf keinen Fall. Deshalb flüsterte ich ihr zu: »Halten Sie sich dicht an meiner Seite, dann kann nichts passieren.«

Sie lachte nur bitter auf.

Ich ging jetzt vor und spürte Susans Hand an meiner Hüfte. Der Körperkontakt schien ihr Mut zu machen, denn sie beschwerte sich nicht mehr, sondern folgte mir schweigend.

Unheimlich war es schon. Rechts und links waren wir von den glatten Wänden umgeben, nur weiter vor uns hörten wir wieder das seltsame Geräusch, das wir schon einmal vernommen hatten.

Befand sich dort das Ziel?

Meine Spannung wuchs.

Ich schielte auf mein Kreuz, das nach wie vor vor meiner

Brust baumelte. Noch verhielt es sich ruhig, aber es saugte die andere Atmosphäre in sich auf, denn seine Farbe veränderte sich ein wenig. Zudem fanden an den Enden immer wieder kleine Explosionen statt.

Wir näherten uns dem Zentrum.

Noch immer hatten wir keine Spur von dem letzten Piloten entdeckt. Wenn er sich verborgen hielt, dann hatte er wirklich ein gutes Versteck gefunden.

Weiter vor uns änderten sich die Lichtverhältnisse. Die Finsternis trat zurück. Wir sahen ein schwaches rotes Leuchten, das durch die Felsen auf einen bestimmten Punkt begrenzt war und mir vorkam wie ein unheimliches Glosen.

Es konnte einem Angst einjagen, was im Dunkeln lauerte, und Su Danning spürte etwas von dieser Furcht, denn sie fragte mich mit zitternder Stimme: »Was ist das?«

»Ich weiß es noch nicht.«

»Ob die anderen sich da verbergen?«

»Kann sein.«

Danach schwieg ich, weil ich mich auf den Weg konzentrieren musste. Schritt für Schritt näherten wir uns dem Ziel. Ich hatte das Gefühl, es jetzt mit einer veränderten Luft zu tun zu haben. Sie wurde irgendwie wärmer, gleichzeitig hatte sie auch einen stechenden Geruch, der sich beim Atmen schwer auf die Lungen legte.

Ich rechnete mit jeder Überraschung, aber man ließ uns in Ruhe, sodass wir ungehindert bis zum Zentrum des rötlichen Scheins gelangen konnten.

Jetzt erkannte ich auch, dass dieser Schein nicht gleich blieb, sondern wechselte.

Einmal war er dunkler, dann wieder heller. Etwas sehr Geheimnisvolles musste sich dort abspielen. Wahrscheinlich lag vor uns das Zentrum dieser Welt. Ich wäre gern allein gewesen, so aber musste ich auf Susan Danning Rücksicht nehmen.

Vor uns öffnete sich der schmale Gang. Meine Sicht wurde

besser, der Widerschein des auf- und abschwellenden Leuchtens trat stärker hervor, drängte sogar in die Schlucht hinein und streifte uns mit seinen Ausläufern.

Unsere Haut im Gesicht wurde von einem rötlichen Muster überzogen. Wir selbst glichen Geistern.

Susan hatte Angst, und die stand ihr ins Gesicht geschrieben. Mit der flachen Hand strich ich über ihre Wange, wobei ich aufmunternd lächelte. »Wir packen es schon, Susan! Bisher haben wir alles geschafft.«

»Klar, John, klar«, antwortete sie gepresst.

Mein Blick wurde besser. Ich sah das Ende der schmalen Schlucht und blieb überrascht stehen, denn nun konnte ich das gesamte Ausmaß des Schreckens sehen.

Unter mir befand sich ein Krater. Er war nicht sehr groß. Im Durchmesser konnte man ihn mit dem eines normalen Parkteichs vergleichen. Von allen Seiten schirmten ihn hohe Felswände ab, sodass er in einer geschützten Mulde lag.

Die Oberfläche schimmerte rötlich. Gleichzeitig auch hellgelb, sodass sich auf dieser Fläche regelrechte Inseln gebildet hatten.

Und darüber schwebte das, was ich schon einmal gesehen hatte. Diese seltsamen, unheimlich anzusehenden Kugeln mit den langen, antennenartigen Beinen, die sich wie Schlangen bewegten.

Obwohl ich in einer Kugel eingeschlossen gewesen war, sahen diese etwas anders aus. Sie zeigten an ihren Vorderseiten kleine, zusammengedrückte Gesichter, die allesamt einen bösartigen Ausdruck hatten und mich immer dann anstarrten, wenn sich die Kugeln in der Luft drehten.

Diese bösen, stechenden Blicke brannten auf meiner Haut. Ich verspürte ein ungutes Gefühl. So etwas wie Furcht durchflutete mich, aber es sollte noch schlimmer kommen.

In der Mitte des Sees ragte ein Pfahl wie ein langer Zeigefinger aus der trägen, sirupartigen Masse hervor.

Mit Stricken war ein Mann an dem Pfahl festgebunden. Ich konnte ihn nicht genau erkennen, das Licht war zu schlecht, aber er sah mich, denn er begrüßte mich mit folgenden Worten: »Willkommen im Reich der Ghouls ...«

Die krächzende, erschöpft klingende Stimme schwang mir entgegen, und ich glaubte im ersten Moment, mich verhört zu haben. Aber es war keine Täuschung.

Dieser Fremde hatte mich im Reich der Ghouls willkommen geheißen. Also musste diese Welt den Ghouls gehören. Und die Piloten waren ebenfalls zu Ghouls geworden, obwohl sie noch das menschliche Aussehen behalten hatten.

Ein Zipfel des Geheimnisses war nun gelüftet worden, mehr aber auch nicht.

Ich starrte auf den Krater, sah die schwappende Flüssigkeit und ließ den Pfahl nicht aus meinem Blickfeld. Der Mann daran wusste mehr. Er konnte mir sicherlich einiges sagen.

Nicht immer konnte ich ihn sehen. Oft versperrten mir die von der Oberfläche hochsteigenden Kugelwesen den Blick, sodass ich ein wenig nach links trat, um ein besseres Sichtfeld zu haben. Dabei hütete ich mich, dem Rand des Kraters zu nahe zu kommen.

Es stank nach Verwesung. Ein Beweis für die Existenz der Ghouls, die sich schließlich von Aas ernährten.

Aber wo hielten sich diese ekligen Dämonen versteckt?

Befanden sie sich vielleicht innerhalb des Sees?

Das alles waren offene Fragen, die ich dem Mann am Pfahl stellen wollte.

Er erinnerte mich an einen Weißen, der von Indianern an den Marterpfahl gebunden worden war. Um seine Qualen zu verlängern, ließ man ihn noch eine Weile leben, aber es würde die Zeit kommen, wo man ihn tötete. Es sei denn, mir gelang es, ihn zu retten.

Durch meinen Standortwechsel hatte ich ein wesentlich besseres Blickfeld. Ich konnte sogar das Gesicht des am Pfahl hängenden Mannes erkennen.

Es zeigte einen leidenden Ausdruck. Der Mund war verzerrt, weit aufgerissen die Augen, und seine Kleidung konnte man nur noch als zerfetzte Lumpen bezeichnen.

»Wer sind Sie?«, rief ich laut über den seltsamen Teich hinweg.

»Ich heiße Chandler.«

Schwach nur war die Antwort, aber mit diesem Namen wusste ich nichts anzufangen.

»Tut mir leid, ich kenne Sie nicht.«

Da lachte er krächzend. Der Rest des Lachens erstickte in einem Hustenanfall.

»Haben Sie noch nie etwas von Professor Chandler gehört, Mister?«

»Der Chandler?«

»Genau der!«

Natürlich wusste ich jetzt Bescheid. Chandler, der Spinner, der geniale Wissenschaftler. Über ihn stritten sich die Experten. Ebenso über seine beiden Bücher, die er verfasst hatte. Das eine beschäftigte sich mit der Dimensionstheorie und war streng mathematisch abgefasst. Das andere Buch – obwohl inhaltlich über das gleiche Thema geschrieben – eröffnete Perspektiven, wie man diese Dimensionen überwinden konnte. Allerdings nicht auf mathematische Art, sondern auf magische. Ich kannte keines seiner Werke, wusste nur, dass sie existierten, aber mir hatte einfach die Zeit gefehlt, sie zu lesen.

Soviel mir bekannt war, lebte Chandler seit Jahren schon auf dem Festland. Und zwar in der Nähe von Wien. Dort hatte er sich ein altes Schloss gekauft, mehr wusste ich im Moment nicht über ihn.

Wie kam er in diese Welt?

Er schien meine Gedanken erraten zu haben. Bevor er die nächsten Worte sprach, lachte er. »Ich weiß, was Sie denken, Mister. Ich kann doch Mister sagen, oder?«

»Ja, ich bin Engländer und heiße John Sinclair.«

»Der Geisterjäger?«

»Sie haben es erfasst.«

Er lachte wieder und musste abermals husten. »Willkommen bei den Verlorenen, John Sinclair. Die Dimension der

Ghouls gibt nichts mehr her, was sie einmal in den Klauen hat. Und mich wollen sie besonders lange quälen, weil ich den Weg zu ihnen entdeckt habe.«

»Was bedeutet die Dimension?«, rief ich ihm entgegen.

»Das wissen Sie nicht, Geisterjäger? Ich merke schon, dass ich Ihnen voraus bin. Die Ghouls werden hier geboren. Das hier ist ihre Geburtsstätte, und ich habe den Weg gefunden, um in diese verdammte Welt zu gelangen. Hätte ich nur auf die Spötter und Ignoranten gehört, die mich auslachten, so aber ist es dann geschehen.«

»Wie sind Sie hierhergekommen, Professor?«, wollte ich wissen. Ich musste jetzt einfach die Fragen stellen, denn noch blieb mir genügend Zeit übrig.

»Können Sie sich das nicht denken, Sinclair?«

»Nein.«

»Mit einem Flugzeug!«

Ich schluckte. Mit dieser Antwort hatte ich nun nicht gerechnet. Ein Flugzeug hatte ihn in diese Dimension gebracht? Dann musste es die Maschine gewesen sein, die ich gesehen hatte. Aber da war immer nur die Rede von drei Piloten gewesen. Ein vierter Passagier wurde nicht erwähnt.

Schnell erhielt ich die Erklärung, denn der Professor rief: »Hören Sie zu, Sinclair! Ich habe mich in der Maschine versteckt gehabt. Die drei Piloten konnte ich dazu überreden, den Flug anzutreten. Sie haben keinem gesagt, dass noch ein Vierter in der Maschine hockte, und wir flogen nach meinen Koordinaten.«

»Was bedeutet das?«

»Ich habe mathematisch errechnet, wo es einen Punkt über der schottischen See gibt, der mir genau entgegenkam. Eine Kreuzung der Dimensionen. Gewissermaßen ein magisches Loch. Da sind wir hineingeflogen. Der Riss zwischen diesen Dimensionen besteht nicht sehr lange. Ich weiß nicht einmal, ob er jetzt auch noch geöffnet ist, aber ich bereue es nicht, in diese Welt gekommen zu sein. Trotz allem, denn ich sehe endlich meine Theorien bestätigt.«

»Auf Kosten der Piloten!«, hielt ich ihm entgegen.

»Ich habe sie bezahlt. Zudem wussten sie genau, auf was sie sich einließen. Sie haben mir nur nicht geglaubt, wollten alles besser wissen.« Er hustete wieder. »Ich gebe zu, dass ich einen Fehler gemacht habe, denn es gelang einem Ghoul, auf die Erde zu kommen. Er ist von seinem Herrn geschickt worden.«

»Wer hat es getan?«

Eigentlich ahnte ich die Wahrheit, aber ich wollte sie aus dem Mund des anderen hören.

»Xorron natürlich!«, rief er. »Der Herr der Ghouls und Zombies. Das hier ist seine Welt.«

Da konnte er recht haben. Alles deutete darauf hin. Wahrscheinlich hatte sich Xorron hierher zurückgezogen, um neue Kräfte für den großen Kampf zu sammeln, der unweigerlich bevorstand.

Denn er und Lupina waren noch als Einzige von der Mordliga übrig geblieben. Die sonstigen Mitglieder existierten nicht mehr.

Weder Lady X noch Vampiro-del-mar. Den Kaiser der Vampire hatte es zum Schluss erwischt, und dieser Sieg ging auf mein Konto.

Jetzt aber stand ich in Xorrons Welt. Ob ich dann noch siegen würde, war fraglich.

Ich schaute wieder nach unten, wo immer weitere Wesen aus dem gefüllten Krater stiegen und über der Oberfläche schwebten. Geheimnisvolle Kugeln mit fratzenhaften Gesichtern. Schaurig anzusehen und aus dem Schleim geboren, der auch für Ghouls so typisch ist.

Wieder hörte ich Chandlers Stimme. »Ja, Geisterjäger, es ist alles ein wenig kompliziert, aber Dämonen sind nun mal nicht einfach zu begreifen. Vor allen Dingen diese Welt nicht. Hier werden die Ghouls hergestellt, und von hier gelingt es ihnen, in die Welt der anderen zu gelangen. Aus Kugeln werden Menschen, denn sie tragen in ihrem Innern einen Stoff, der diese Umwandlung durchführt. Und sie haben die goldenen Pistolen, die sie mit der Flüssigkeit aus dem Vulkan füllen, die dafür sorgt, dass Menschen zerstört werden.«

»Wer hat die goldenen Pistolen mitgebracht?«, wollte ich wissen. »Stammen sie auch von Ihnen?«

»Nein, man hat sie hier gefunden.«

»Und wer ließ sie zurück?«

»Eine andere Rasse. Woher sie kam, weiß ich nicht. Niemand weiß es wohl. Ich habe Skelette gesehen und auch die Pistolen. Wahrscheinlich stammen sie von diesen Wesen, die aus einer anderen Galaxis den Weg in diese Dimension gefunden haben. Jedenfalls konnten die Ghouls die Waffen gut gebrauchen. Sie waren für sie wie geschaffen, während die Besucher längst vermoderten und nur noch die bleichen Knochen von ihnen übrig blieben. Uns wird es nicht anders ergehen, Geisterjäger. Auch unsere Knochen bleiben als Reste zurück.«

Es war, wie ich zugeben musste, ein harter Stoff, den man mir da zum Verdauen gab. Diese seltsamen Pistolen konnten durchaus von anderen Wesen stammen, und ein Skelett hatte ich ebenfalls entdeckt. So schloss sich allmählich der Kreislauf, und ich wusste jetzt auch, wie der Mann mit dem Schweinsgesicht, der sicherlich ein Ghoul war, auf die Erde gekommen war.

»Trotz allem gratuliere ich Ihnen, Geisterjäger!«, rief mir der Professor zu.

»Und weshalb?«

»Dass Sie noch leben.«

»Ich bin zäh«, erwiderte ich trocken.

Er lachte schallend. »Es hätte leicht ins Auge gehen können, mein Lieber. Xorron wollte Sie vernichten. Er schickte einen seiner Diener mit der goldenen Waffe auf die Erde, um Ihnen und Ihren Freunden den Garaus zu machen. Wie haben Sie es geschafft?«

»Ich habe ein Kreuz!«

»Und das widersteht dem Schleim?«

»Sie können es sehen.«

»Dann werden sich die anderen etwas einfallen lassen müssen. Eine Störung ihrer Welt wäre für sie katastrophal. Und noch einen Rat möchte ich Ihnen geben. Gehen Sie wieder zurück, solange noch Zeit ist. Verschwinden Sie, John Sinclair, hier haben Sie nichts zu suchen. Sie können diese Welt nicht besiegen.«

»Natürlich gehe ich zurück!«, rief ich laut und deutlich. »Wenn es mir passt, und ich möchte Sie, Professor, gern mitnehmen. Wir könnten uns dann in aller Ruhe unterhalten.«

»Junge!«, rief er. »Entschuldige, dass ich Sie so nenne. Ich finde es nett, dass Sie so etwas tun wollen, aber es hat keinen Sinn. Sie würden immer verlieren. Nein, fliehen Sie. Noch hat sich Xorron nicht gezeigt. Noch lassen diese Ghoul-Parasiten Sie in Ruhe, aber wehe, wenn sie angreifen, wehe, wenn …«

Er verstummte.

Wie auch ich hatte der Professor ebenfalls den grässlichen Schrei vernommen.

Ich wusste, wer gerufen hatte.

Su Danning!

Blitzschnell flirrte ich herum.

Aus dem Schlagschatten der Schlucht trat sie. Aber nicht allein. Der dritte und letzte Pilot hatte sie gepackt und presste ihr die Mündung der goldenen Pistole in den Nacken …

Ich hatte es um alles in der Welt vermeiden wollen, doch der letzte Pilot war raffinierter gewesen. Er kannte diese Welt, auch das Gelände, und er hatte sich diese Kenntnisse zunutze gemacht.

Sein Trumpf hieß Su Danning!

Wenn er abdrückte und sie einmal von der Kugel umfasst wurde, gab es keine Chance mehr für sie.

Ich schaute auf die beiden und ließ mir meinen Ärger nicht anmerken. Auch Professor Chandler sah, wie sehr sich die Lage verändert hatte, und er schrie uns seine Meinung entgegen.

»Geisterjäger John Sinclair! Wie kann man nur so dumm sein und eine Frau mit in diese Welt nehmen! Wie kann man nur!«

Er hatte recht. Aber, zum Henker, er kannte die Umstände nicht, die dazu geführt hatten. Ich musste mich mit den Tatsachen abfinden, ob ich wollte oder nicht.

Wir starrten uns an.

Su Danning hatte Angst. Sie hing verkrampft im Griff des Piloten, der nur dem Äußeren nach ein Mensch war. Ansonsten steckte in ihm ein unheimlicher, dämonischer Kern. Wenn ich ihn angriff, würde er seine Drohung wahr machen, das stand fest.

Zudem würde es mir niemals gelingen, schnell genug zu sein. Bevor ich meine Waffe hervorgeholt hatte, hätte er bereits geschossen. Von seinem Gesicht sah ich nur einen Teil. Die andere Hälfte war hinter dem Kopf der Reporterin verborgen. Ich war gespannt auf seine Bedingungen, die unabänderlich folgen würden.

»Xorron!«, flüsterte er. »Wir gehören zu Xorron. Er lebt in dieser Welt, und hier werden wir unsere Stellung halten und ausbauen. Niemand kann uns daran hindern, auch du nicht!«

»Was hast du mit Xorron zu tun?«

»Alles, denn er hat mich zu einem Ghoul gemacht. Er wollte mich auch wieder zurückschicken. Mich und meine beiden Freunde. Dann jedoch bist du erschienen und hast sie getötet. Dafür wirst du bezahlen, denn so, wie du die beiden umgebracht hast, werde ich sie töten, und niemand kann mich daran hindern.«

Ich streckte den Arm aus. In Susans Gesicht zuckte es. Sie hatte große Angst. Auch mir war nicht wohl. Aber ich setzte alles auf eine Karte.

Es war keine große Distanz, die ich zu überbrücken hatte. Drei blitzschnelle Schritte brauchte ich, tauchte vor den beiden wie ein rächender Geist auf und sah, wie die Mündung der goldenen Pistole vom Hals der Frau weg und zur Seite zuckte, wobei sie sich auf mich einpendeln wollte.

Da trat ich schon zu.

Mein Fuß wuchtete dicht an der Hüfte der Reporterin vorbei und fand sein Ziel.

Der ehemalige Pilot flog nach hinten. Er ließ die Frau los, die ich zur Seite schleuderte und dem anderen nachsprang.

Er hatte sich noch nicht unter Kontrolle, sah mich dann dicht vor seinen Augen, und mit den Füßen zuerst landete ich auf seiner Brust, die sich seltsam weich anfühlte und unter den Sohlen nachgab, als bestünde sie aus einer gummiartigen Masse.

Mein nächster Tritt fegte gegen seinen Arm. Die Hand wurde zurückgeschleudert, aber nicht nur sie. Der Tritt prellte auch die Waffe aus den Fingern.

Wo sie liegen blieb, konnte ich nicht sehen. Ich hatte genug mit mir und meinem Gegner zu tun.

Das Kreuz hätte ihn sicherlich erledigt. Bevor ich es allerdings einsetzen konnte, bekam der Pilot meine Fußknöchel zu fassen und riss mich um.

Ich fiel halb auf und gleichzeitig neben ihn, drehte den Kopf und sah sein schleimiges Gesicht, dessen Züge allmählich auseinander liefen. Gleichzeitig umklammerten mich seine Arme wie die Fänge eines Kraken. Er drehte sich mit mir im Griff herum, und bevor ich zu einer Gegenreaktion starten konnte, erreichten wir den Kraterrand des Vulkans, rollten ineinander verschlungen hinüber und verschwanden in der sirupartigen Flüssigkeit.

Su Danning schrie markerschütternd auf!

Die Spur führte zu Costello. Und sie war heiß, verdammt heiß sogar. Das hatte Suko seinem Chef, Sir James, auch klarmachen können, sodass dieser nichts dagegen hatte, dem Mafioso auf den Zahn zu fühlen.

Costello wollte sogar kommen.

Irgendwie waren die beiden Männer misstrauisch, denn diese Bereitwilligkeit ließ bei einem Gangsterboss, wie er es einer war, tief blicken. Logan Costello musste Trümpfe in der Hinterhand haben, sonst wäre er nicht bereit gewesen, Sir James einen Besuch abzustatten.

Die Fahndung nach dem Austin hatte nichts ergeben. Wahrscheinlich war der Wagen längst in irgendeinem Unterschlupf abgestellt worden. Wer aus ihm gefeuert hatte, konnte Suko auch nicht sagen. Er hatte keinen der Männer genau gesehen, nur das fahle Mündungslicht.

Glenda hatte Tee gekocht. Sie war gekommen, hatte sich mit fragendem Gesicht umgeschaut, aber keine Antwort erhalten. Sir James und Suko wussten beide nicht, was mit John Sinclair geschehen war. Deshalb konnten sie auch Glenda nichts sagen.

Leise schloss sie die Tür.

Suko trank von seinem Tee. Die Beutewaffe lag vor ihm. Techniker hatten sie einer kurzen Prüfung unterzogen, sie jedoch rat- und ergebnislos wieder zurückgegeben.

Die Experten waren sich darin einig, dass es kein Modell auf der Welt gab, das Ähnlichkeit mit dieser Waffe gehabt hätte. Sie standen vor einem Rätsel.

Suko hatte die Waffe wieder zurückgenommen, weil er Costello damit konfrontieren wollte.

»Die Zeit ist überschritten«, stellte Sir James fest, wobei er die Stirn runzelte, denn er hasste es, wenn jemand unpünktlich war.

»Von Costello kann man nichts anderes erwarten«, erwiderte Suko.

»Möglich …«

Dann wurde er doch gemeldet. Glenda Perkins sagte Bescheid, und Sir James schickte Suko, um den Mafioso in Empfang zu nehmen. Sicher war sicher.

Suko jagte mit dem Expresslift nach unten und sah nicht nur einen elegant gekleideten Logan Costello vor sich, sondern auch dessen Anwalt namens Sorvino.

»Ich dachte, Sie hätten den Mut gehabt, allein zu kommen«, sagte Suko zur Begrüßung.

Costello grinste nicht mal bei der Antwort. »Man kann

euch nicht trauen. Deshalb habe ich meinen Rechtsberater mitgebracht. Sie kennen ja Mr Sorvino.«

»Zur Genüge«, erwiderte Suko und dachte dabei an manche Auseinandersetzung, die es mit dem Anwalt gegeben hatte. Es fiel dem Inspektor schwer, höflich zu sein. Er hatte hier einen Mann vor sich, der damals nicht nur die Mordliga unterstützt hatte, sondern auch Chef der Londoner Unterwelt war, auf dessen Konto unzählige Verbrechen gingen.

»Man erwartet Sie bereits«, sagte Suko und deutete auf den Expresslift.

Sie gingen nebeneinander, aber zwischen ihnen schien sich eine Wand aus Eis gebildet zu haben.

Sie wussten, dass sie Feinde waren.

Costello und Sorvino hätten John Sinclair liebend gern tot gesehen und Suko dazu. Auch Sorvino hatte persönliche Aggressionen gegen den Geisterjäger, weil er Sinclair den Tod eines seiner Söhne in die Schuhe schob. Obwohl John alles getan hatte, um den Jungen zu retten.

Im Lift beobachtete Suko die beiden. Sie gaben sich sehr gelassen, auch irgendwie siegessicher, aber Suko war fest entschlossen, ihnen die Maske vom Gesicht zu reißen.

Sir James begrüßte die beiden mit kühler Distanz. Hinter den Gläsern seiner Brille funkelten die Augen. Er ließ die Besucher nie aus dem Blick, als sie in der kleinen Sitzgruppe Platz genommen hatten.

Paul Sorvino zündete sich ein dünnes Zigarillo an, platzierte das Streichholz im Ascher und schlug die Beine übereinander. Er gab sich ein wenig desinteressiert, doch ihm entging nichts. Seine Blicke waren scharf wie die eines Falken.

Costello lächelte schmal. »Sie wollen mich sprechen, Powell. Gut, hier bin ich. Sagen Sie mir, worum es geht, denn meine Geschäfte warten.«

Sir James nickte. »Ich weiß, dass Sie ein viel beschäftigter Mann sind, Mr Costello, aber wir haben da ein Problem.«

»Scotland Yard?«, höhnte Costello. »Kann ich mir kaum vorstellen.«

»Das gibt es auch«, sagte der Superintendent und wandte sich an Suko. »Erklären Sie es ihm.«

Die beiden Männer hatten sich vorher genau abgesprochen, wie die Sache laufen sollte. Suko saß so, dass er die Besucher schräg im Blickfeld hatte. Hinter ihm und dicht an der Sessellehne befand sich ein Kissen. Es verdeckte die Waffe, die der Inspektor plötzlich darunter hervorzog. Wie zufällig wies die Mündung auf Logan Costello.

Der Mafioso wurde bleich. Plötzlich krampfte er seine Hände um die Sessellehne. Er presste die Lippen zusammen, und das kantige Gesicht zeigte noch härtere Züge.

»Was soll das?«, zischte er.

Suko hatte das Erschrecken des Mafioso sehr wohl gesehen und einen kleinen Triumph gespürt. Costello wusste also Bescheid, was es mit der Waffe auf sich hatte, sonst hätte er nicht so ängstlich reagiert.

Anders Paul Sorvino. Er fühlte sich verpflichtet, dem Mann beizustehen, der ihn bezahlte.

Wie ein Stehaufmännchen sprang er in die Höhe. »Sind Sie eigentlich wahnsinnig?«, zischte er. »Wir kommen freiwillig zu Ihnen, und Sie bedrohen uns mit einer Waffe?«

»Bedrohen?«, fragte Suko.

»Jawohl, das ist eine Bedrohung!«

»Nein!« Der Inspektor schüttelte den Kopf. »Diese Pistole stellt für Sie keine Bedrohung dar. Sie ist ein Indiz, das ich vorführen wollte. Ihr Mandant Logan Costello scheint die Waffe zu kennen, sonst hätte er nicht so erschreckt reagiert.« Suko lächelte und behielt die goldene Pistole in der rechten Hand. »Eine wirklich ausgezeichnete Arbeit, nicht wahr, Mr Costello?«

»Das kann ich nicht beurteilen.«

»Aber Sie kennen die Waffe!«, stellte Sir James fest.

»Du brauchst nicht zu antworten, Logan!«, mischte sich der Anwalt ein. »Es liegt an dir.«

»Ich weiß, Paul, danke!« In dem Betongesicht des Mannes zuckte kein Muskel. »Ich sehe so ein Ding heute zum ersten

Mal. Und jeder Mensch wird unruhig, wenn man ihn mit einer Waffe bedroht. Da mache auch ich keine Ausnahme.«

»Sie kennen die Pistole also nicht?«, hakte Suko noch einmal nach.

»Nein.«

»Dann frage ich mich, wie es kommt, dass ich die Pistole jemandem abgenommen habe, der mit Ihren Männern zusammen in einem Wagen saß.«

Für einen Moment sah es so aus, als wollte Costello protestieren. Auch der Anwalt hatte schon zu einer Antwort angesetzt, als der Mafioso die Schultern hob. Diese Geste sollte resignierend wirken. Die nächsten Worte jedoch entlarvten sie als Trick. »Gut, wenn Sie schon so weit sind, stellen Sie mich dem Mann gegenüber, dem Sie die Waffe abgenommen haben, Inspektor.«

Suko holte tief Luft. Für einen Moment verzog sich sein Gesicht ungläubig. Er bemerkte auch das Funkeln in den Augen des Mannes und stellte fest, dass Logan Costello genau Bescheid wusste. Deshalb konnte er sich so sicher geben und Suko auf diese Weise sogar auf den Arm nehmen.

»Der Mann lebt nicht mehr«, erklärte Sir James.

»Das tut mir leid.« Die Stimme des Mafioso troff vor Hohn und Spott. »Wenn das so ist, müssen Sie sich schon auf meine Angaben verlassen, nicht wahr, Gentlemen?«

»Es sieht so aus.« Sir James nickte. »Da wären nur noch die beiden Männer, die mit dem Toten in einem Wagen gesessen haben. Leute von Ihnen, Mr Costello.«

»Wenn Sie mir die Namen nennen, werde ich das überprüfen lassen.«

»Sie fuhren einen Austin.«

Costello hob die Schultern. »Tut mir leid, Powell, ich brauche schon die Namen.«

»Der Wagen müsste reichen«, sagte Suko.

Paul Sorvino lachte auf. »Woher soll mein Mandant wissen, welchen Wagen seine Angestellten fahren? Nein, damit kommen Sie nicht durch. Sie haben keine Handhabe gegen

Mr Costello. Das möchte ich einmal festhalten. Sie haben ihn eingeladen und sprechen ungeheure Verdächtigungen aus. Ich werde mir überlegen, ob wir Schritte einleiten.«

»Seien Sie mal ruhig!«, fuhr Sir James den Mann an. »Ich rede mit Mr Costello.«

Suko wunderte sich. So hatte er den Alten selten erlebt. Der Fall schien ihm unter die Haut zu gehen. Sir James nahm einen Schluck von seinem Wasser.

»Es geht hier um eine äußerst wichtige Sache«, erklärte der Superintendent. »Diese Pistole beinhaltet das Grauen. Sie ist nicht mit normalen Kugeln geladen, sondern mit einer Flüssigkeit, die den Menschen die Haut vom Körper löst und sie zu Skeletten macht. Haben Sie mich verstanden, Mr Costello?«

»Ja, sehr gut.«

»Dann weiter. Ich kenne Sie, und ich kenne Ihren Job. Ich weiß, dass Sie mit dämonischen Wesen paktieren und von ihnen auch immer Schutz erhalten haben. Ich würde es mir an Ihrer Stelle genau überlegen, ob Sie diesen Weg weitergehen. Die Mordliga ist auseinandergefallen. Die meisten existieren nicht mehr. Es gibt keine Lady X und auch keinen Vampiro-del-mar mehr. Sie stehen also ziemlich allein da. Rückendeckung bekommen Sie nicht mehr. «

»Wer sagt das?«

»Ich.«

Costello winkte ab. »Ich weiß nicht, was Sie mir alles anhängen wollen. Bisher geht es mir sehr gut.«

»Das kann sich ändern, Mr Costello. Die Mordliga hatte auch unter den Schwarzblütern nicht nur Freunde. Es gab mehr Feinde. Und die werden sich daran erinnern, wer der Mordliga geholfen hat. Rechnen Sie nicht so stark mit der Unterstützung durch Schwarzblüter. Das wollte ich Ihnen nur einmal gesagt haben. Und wenn Sie schlau sind, sagen Sie uns, woher diese goldene Pistole stammt.«

Sir James hatte sehr eindringlich gesprochen. In den kurzen Sätzen war zusammengefasst, was wichtig sein konnte. Das wusste auch Logan Costello. Er senkte den Blick und dachte nach.

Nach einer Weile hob er den Kopf. »Wie meinen Sie das mit der Feindschaft?«

»So, wie ich es Ihnen gesagt habe.«

»Du brauchst nicht zu antworten!«, mischte sich Sorvino ein.

Costello unterbrach ihn mit einer knappen Handbewegung. Plötzlich redete er. »Ich kenne den Mann nicht. Er tauchte bei mir auf und wollte mir etwas demonstrieren. Ich war zuerst dagegen, er ließ jedoch nicht locker. Dann traf ich mich mit ihm, und er zeigte mir die goldene Pistole. Damit zielte er in meinem Beisein auf einen Hund, und wir konnten sehen, wie sich Fell und Fleisch von den Knochen des Tieres lösten. Zurück blieb ein Skelett.«

»Und der Mord an Efrin Rusk?«

Costello schaute Sir James aus schmalen Augen an. »Damit habe ich nichts zu tun. Er geht allein auf das Konto des Mannes mit dem Schweinsgesicht. Ich hielt mich da raus.«

Es lag auf der Hand, dass er log, doch wer sollte ihm diese Lüge beweisen? Das konnten weder Suko noch Sir James.

»Der Mann, von dem Sie gesprochen haben, Costello, existiert nicht mehr«, erklärte Sir James. »Wir haben nur die Waffe. Allerdings frage ich mich, wie viele dieser Wesen noch herumlaufen und mit einer solchen Pistole bestückt sind.«

»Woher soll ich das wissen?«

»Dann wissen Sie auch nicht, dass es ein Ghoul gewesen ist?«

»Nein.«

»Was können Sie uns sonst noch sagen?«

»Nichts.«

»Hat sich der Mann mit dem Schweinsgesicht nicht ausgelassen?« Sir James funkelte den Mafiaboss an. »Mensch, Costello, reden Sie, machen Sie Ihren Mund auf! Es geht hier um sehr viel. Vielleicht sogar um alles. Deshalb …«

»Kennen Sie Xorron?«

»Natürlich!«

»Halten Sie sich an ihn und an die Geburtsstätte der Ghouls, wie man mir sagte.« Nach diesen Worten drückte sich Costello aus dem Sessel. »Jetzt habe ich Ihnen genug gesagt, Powell. Das können Sie überhaupt nicht wieder gutmachen.«

»Aber Sie wissen noch mehr!«

Der Mafioso lachte. »Das sagen Sie, mein Lieber. Ich halte mich da raus und warte ab.«

Auch Sorvino hatte sich erhoben. Logan Costello gab das Zeichen. Als die beiden Männer an der Tür standen, drehte sich der Mafioso noch einmal um. Er verzog die schmalen Lippen zu einem Lächeln. »Was ich Sie noch fragen wollte, Gentlemen, wo steckt eigentlich mein besonderer Freund John Sinclair?«

»Gehen Sie!«, sagte Sir James hart.

»Haben Sie ihn verloren?« Sorvino fragte dies und lachte meckernd, bevor er seinem Chef endlich die Tür aufzog.

Dann gingen sie und ließen zwei Männer zurück, die nicht viel schlauer waren als zuvor.

»Ich hätte ihm mehr Grips zugetraut«, murmelte Suko. »Er weiß doch, welch eine Gefahr auch auf ihn zukommt. Den Schwarzblütern ist nicht zu trauen. Das müsste er doch wissen.«

Sir James nickte zu Sukos Worten. »Costello versucht es eben immer. Aber ich prophezeie Ihnen, Suko: Ohne die Mordliga im Rücken wird er es ziemlich schwer haben.«

»Und Xorron?«

»Ist ein Zerstörer, kein Planer.«

Da gab Suko seinem Chef recht. Er fragte sich nur, wie sich John Sinclair aus seiner Lage befreien wollte. Niemand wusste, wo er sich befand. Auch Costello nicht. Dass er in diesem Punkt die Wahrheit gesagt hatte, glaubten ihm sogar Suko und Sir James.

Alles hätte passieren können, nur das nicht. Ich bekam einen gewaltigen Schreck, als ich, an meinen Gegner geklammert, die Schräge hinunterrutschte, mich dabei überschlug und einen Augenblick später in die Flüssigkeit rutschte.

Dass sie nicht so dünnflüssig wie Wasser war, hatte ich längst bemerkt. Sie zeigte sich zum Glück nicht so zäh, wie ich befürchtet hatte, sodass ich mich mit Schwimmbewegungen halten konnte.

Ja, ich schwamm.

Schuld daran trug mein Kreuz. Es hatte mich von meinem Gegner befreit. Der Ghoul war mit dem Kruzifix in Berührung geraten und konnte dessen Magie nichts entgegensetzen. Hatte er zuvor noch wie ein normaler Mensch ausgesehen, so löste er sich nun durch die Weiße Magie allmählich auf.

Aus ihm wurde ein schleimiges Wesen, das in langen Schlieren hinein in die Flüssigkeit tauchte und allmählich verging. Ich sah seine Körperteile, die von mir weg schwammen und sich allmählich auflösten, sodass zum Schluss nur noch ein paar Haare auf der Oberfläche schaukelten.

Über mir schrie Susan Danning noch immer. Das Geräusch schrillte in meinen Ohren. Sie musste einen Schock erlitten haben, und ich rief in ihr Brüllen hinein: »Es ist alles in Ordnung, Su! Bleiben Sie um Himmels willen da, wo Sie sind!«

Sie hörte mich, trat dicht an den Rand und schaute nach unten, wobei sich unsere Blicke trafen.

Su war von der Angst gezeichnet. Eine Schweißschicht glänzte auf ihrem Gesicht. Die Augen leuchteten und sie nickte heftig. Im Augenblick befand sie sich außerhalb der unmittelbaren Gefahrenzone, was sich leider sehr schnell änderte.

Wir hatten beide die seltsamen Kugeln vergessen, die über der Oberfläche schwebten. Die Ghouls in ihrer widerlichen, schleimigen Urform, sogar mit verzerrten Gesichtern in der dünnen Haut und den langen, dünnen Beinen.

Immer wieder berührten sie mit den Beinen die Oberfläche,

wurden in die Höhe gedrückt, und das Spiel begann von vorn. Bisher hatten sie nicht angegriffen. Ich hoffte, dass es auch so bleiben würde, aber das stellte sich rasch als Irrtum heraus.

Mich wollten sie nicht, sondern Su Danning.

Gleich drei von ihnen drehten sich, als wären sie von einem Windstoß erfasst worden. Dicht nebeneinander schwebten sie dahin. Die zusammengedrückten, fratzenhaften Gesichter waren der Reporterin zugewandt, die genau wusste, was ihr bevorstand.

Wie die Tentakel eines Kraken schwangen die dünnen Beine vor, als wären sie Sensoren oder Fühler, um zu prüfen, ob sie einen Angriff starten konnten oder nicht.

Su Danning war waffenlos. Flucht hätte für sie auch keinen Sinn gehabt. In dieser Welt befanden sich die Ghoul-Parasiten immer im Vorteil.

Susan musste kämpfen.

Ich schrie sie an. Sie hatte sich bis an die Felswand zurückgedrückt und starrte den Kugeln entgegen. Erst beim zweiten Rufen hörte sie mich, drehte ihren Kopf, sah meinen winkenden Arm und auch die Beretta in der Hand, während ich gleichzeitig Wasser trat und dazu noch weit ausholte.

»Ich werfe Ihnen die Pistole zu. Achtung!«

Viel Zeit ließ ich ihr nicht. Die Waffe löste sich aus meiner Hand, schlug einen Halbbogen und fiel Susan Danning genau vor die Füße. Jetzt hoffte ich stark darauf, dass sie auch mit einer Pistole umgehen konnte.

Sie bückte sich. Das sah ich noch.

Alles Weitere musste ich raten oder ahnen.

Die drei Kugelwesen waren schon ziemlich nah. Als Ghoul-Parasiten hatte der Professor sie bezeichnet, und das war genau der richtige Ausdruck. Wenn es ihnen gelang, Susan zu umfangen, hatte sie nicht die Spur einer Chance.

Wie Musik kam mir der peitschende Klang der Beretta vor, als Susan abdrückte.

Das geweihte Silbergeschoss traf ein Ziel, das wegen seiner

Größe nicht zu verfehlen war. Es hieb in die große Kugel. Ich hörte noch ein platzendes Geräusch.

Ich atmete auf.

Wieder peitschten Schüsse.

Mit einer kräftigen Beinbewegung stieß ich mich ab und schwamm auf die Mitte des seltsamen Teichs zu. Da ich schräg lag, konnte ich einen Blick zurückwerfen.

Su Danning stand da wie ein Revolverheld. Den rechten Arm weit vorgestreckt. Ihre Finger umklammerten die Waffe hart, und sie hatte mit den letzten beiden Schüssen auch die restlichen Ghoul-Parasiten vernichtet.

Andere griffen nicht an. Sie schwebten weiter über dem Wasser und kamen in meine Nähe.

»Gut so, Susan!«, lobte ich sie. »Sie haben das fantastisch gemacht. Wenn Ihnen eine Kugel zu nahe kommt, schießen Sie! Immer draufhalten, haben Sie gehört?«

»Ja, ja …« Schwach klang ihre Antwort.

Zunächst einmal hatte sie Ruhe, denn kein anderer Ghoul-Parasit griff sie an.

Dafür schwebten sie über mir. Lautlos segelten sie dahin. Manchmal rissen sie weit ihre Mäuler auf, und ich sah die gefährlichen Zähne blitzen.

Das also waren Ghouls in ihrer Urform. Gefährliche Kugeln, die auch eine andere Gestalt annehmen konnten.

Die eines Menschen!

Oft genug hatte ich das erlebt. Ich hatte auch zahlreiche Ghouls getötet und immer gesehen, dass sie zu Schleimklumpen wurden, wenn sich die Kraft des Silbers ausbreitete.

Irgendwie schienen sie zu ahnen, dass sie mir nicht so einfach beikommen konnten. Deshalb hielten sie sich zurück.

Ich schwamm weiter.

Mein Ziel war der Pfahl, denn ich wollte den Professor befreien. Sicherlich konnte er mir wertvolle Informationen geben.

Ich wunderte mich darüber, wie leicht es mir fiel, die Flüssigkeit zu teilen.

Das hatte seinen Grund.

Mein Kreuz sorgte dafür. Es hing nach wie vor offen vor meiner Brust.

Als ich mit der rechten Hand gegen den Pfahl klatschte, lachte Chandler auf.

»Bleiben Sie ruhig, ich bin gleich da!«, erklärte ich und kletterte an dem Pfahl hoch. Ich kam mir vor wie früher in der Turnhalle, wenn wir das Stangenklettern übten.

Dass alles so einfach sein sollte, wunderte mich. Ich hatte mit größeren Schwierigkeiten gerechnet. Schließlich befanden sich die Gegner in der Nähe und beobachteten mich.

Schon bald hatte ich die Füße des Professors erreicht. »Können Sie schwimmen, Chandler?«, keuchte ich.

»Nein.«

»Versuchen Sie es trotzdem.«

»Sicher, das schaffe ich schon.«

Um die Stricke durchzusäbeln, musste ich eine Waffe haben. Ich nahm den Dolch.

»Schneiden Sie mir nicht die Hände ab«, sagte der Professor.

»Keine Bange, ich lasse noch einen Finger dran«, erwiderte ich verbissen und säbelte an den Stricken.

Die Schneide des Dolches war zwar nicht stumpf, aber auch nicht so scharf wie ein Stilett oder Klappmesser. Deshalb dauerte es länger, bis ich die Stricke an den Füßen durchgesäbelt hatte.

»Verdammt, ist das ein Gefühl«, krächzte der Professor.

Ich konnte ihm nicht antworten, denn ich musste mich auf meine weitere Arbeit konzentrieren. Das war gar nicht einfach. Mit einer Hand musste ich den Pfahl umklammern, das kostete Kraft. Ein paar Mal hackte ich daneben, traf aber zum Glück nicht die Hände des Mannes, sondern schlitzte nur die Kleidung auf.

»Sinclair, beeilen Sie sich!«

»Immer mit der Ruhe.«

»Nein, keine Ruhe. Wir werden angegriffen. Die Ghoul-Parasiten haben Lunte gerochen.«

Auch das noch. Ich warf einen raschen Blick über die Schulter und erkannte, dass der Professor recht hatte.

Die Ghoul-Parasiten schwebten heran. Ihre dünnen Tentakel zuckten. Sie peitschten wie Arme vor und zurück, sodass es den Wesen gelang, sich durch diese Bewegungen vorwärts zu katapultieren.

Rötlich schillerten sie. Dabei sah die Haut aus, als bestünde sie aus dünnem Gummi, wobei sich einige Flecken darauf abzeichneten, die zu fratzenhaften Gebilden verzerrt waren.

Köpfe, Kugeln, Ghoul-Parasiten – mir war es egal, als was man sie bezeichnete, für mich waren es gefährliche Feinde, und ich hatte meine Beretta nicht mehr.

Die Gefahr verdichtete sich von Sekunde zu Sekunde, denn die Parasiten kamen immer näher. Lautlos schwebten sie heran. Ich hörte nicht einmal ein Geräusch, als sich ihre dünnen Beine bewegten, und ich musste mich entscheiden.

Der Professor oder sie!

Ich entschied mich für den Professor. Wie ein Tier klammerte ich mich an dem Pfahl fest. Den linken Arm hatte ich darum gelegt. Mein Gesicht war vor Anstrengung verzerrt, und ich säbelte verzweifelt mit dem Dolch an den Stricken herum, die die Handgelenke des Professors hielten.

Die Stricke fielen

Gleichzeitig schrie Chandler auf, denn ich hatte in der Eile auch seine Hand getroffen. Das aus der Wunde quellende Blut sah ich noch, dann rutschte der Mann nach unten und fiel in die Flüssigkeit.

Ich drehte den Kopf.

Drei Kugeln waren so nahe, dass sie mich berühren konnten. Ich wollte ebenfalls nach unten gleiten, als der Schuss fiel.

Der Schuss und die Reaktion erfolgten in derselben Sekunde. Die geweihte Silberkugel hieb in die Kugel hinein und zerriss sie vor meinen Augen. Für einen Moment war meine Sicht nicht mehr versperrt. Ich konnte zum Rand schauen, sah dort Su Danning stehen, die meine Beretta im Anschlag hielt und gefeuert hatte.

Ein wunderbarer Treffer.

Aber die Gefahr war nicht gebannt. Noch befanden sich zwei Ghoul-Parasiten in meiner unmittelbaren Nähe. Mit dem geweihten Silberdolch hatte ich die Stricke des Mannes zerschnitten. Im Prinzip war er dazu geschaffen, mir dämonische Wesen vom Leibe zu halten.

Das tat ich auch.

Den rechten Arm schwang ich herum, sodass er einen Halbkreis bildete. Die Klinge blitzte auf, bevor sie ihr Ziel traf.

Den ersten Parasiten schlitzte ich auf. Ein schleimiger Sprüh wallte vor mir hoch und regnete nach unten. Dem zweiten Ghoul-Parasiten erging es nicht anders. Auch er verlor durch die Kraft des Silberdolchs seine Existenz.

War der Weg frei?

Ich schaute mich um.

Im Moment ja, denn die anderen waren ziemlich weit von mir entfernt.

Mein Blick fiel auch nach unten.

Dort hatte sich der Professor um den Pfahl geklammert. Verzerrt war sein Gesicht. Anscheinend konnte er wirklich nicht schwimmen.

Ich löste mich.

Gleichzeitig hatte ich mir Schwung gegeben, sodass ich hinter dem Professor in die Flüssigkeit klatschte, aus der auf einmal dicke Kugeln hervorschwebten und sich in die Luft erhoben.

Der Schreck durchfuhr meine Glieder. Jeder Ghoul-Parasit, den ich vernichtet hatte, wurde durch einen anderen ausgetauscht. Mein Kampf würde nie einen Erfolg bringen. Es war wie bei der Hydra. Schlug ich einen Kopf ab, wuchsen gleich mehrere nach.

Für Chandler und mich war es jetzt wichtig, das andere Ufer zu erreichen, um diesem verfluchten Teich oder See zu entkommen.

»Schwimmen Sie!«, brüllte ich ihn an.

Er wollte etwas sagen. Sein Gesicht verzerrte sich dabei, aber ich konnte nicht auf ihn hören. Mit hartem Griff packte ich seine Schultern und zog ihn vom Pfahl weg in die Flüssigkeit.

Er schwamm nicht, er paddelte. Mit abgehackten Kraulbewegungen kam er weiter und näherte sich tatsächlich dem Ufer.

Auf halber Strecke hörte ich das Brodeln. Es erinnerte mich an das Geräusch, das Su und ich schon einmal vernommen hatten. Sofort schlug mein Herz schneller, denn ich glaubte, dass wir in einem Vulkansee schwammen, der allmählich anfing zu kochen.

»Beeilen Sie sich!«, brüllte ich Chandler zu, schnellte hoch, schleuderte meinen rechten Arm noch höher und erwischte mit dem Dolch einen weiteren Ghoul-Parasiten.

Über mir zerplatzte er. Als seine Reste zurückfielen, wurde ich von einer Welle gepackt und zur Seite geschwemmt. Damit hatte ich nicht gerechnet. Die Flüssigkeit schwappte über. Mein Gesicht verschwand, und als ich wieder auftauchte, mir die Haare nach hinten warf, hörte ich die ängstlichen Schreie der Reporterin.

Sie stand am Ufer und zeigte auf die Oberfläche. Rechts von mir deutete ihr Finger hin.

Ich drehte den Kopf, schaute in die Richtung und sah plötzlich den Grund für die Welle.

Das durfte nicht wahr sein, denn die unheimliche Gestalt, die aus dem Teich stieg, war ein alter Bekannter von mir.

Xorron!

Mit allem hätte ich gerechnet, nur nicht mit ihm, diesem widerlichen Ungeheuer, das mir fast als unbesiegbar erschien.

Dabei hatte sein Auftauchen eigentlich auf der Hand gelegen. Xorron bezeichnete sich als Herr der Zombies und Ghouls. Er hatte zwar zur Mordliga gehört, doch nach deren Vernichtung war er auf sich allein gestellt. Er konnte keinem mehr gehorchen, musste selbst Entscheidungen treffen, und es war klar, dass er sich dorthin zurückzog, wo er sich am wohlsten fühlte.

Unter seinesgleichen.

Xorron war ein Gigant, ein Ungeheuer. Er hatte einen gewaltigen, glatten Körper, der milchig weiß leuchtete und durch dessen feste Haut bei genauerem Hinsehen ein grünliches Skelett schimmerte. Dieser Körper widerstand allem, was ich bisher kannte. Selbst die Strahlen meines Kreuzes konnten ihm nichts anhaben, auch wenn ich es aktivierte.

Auch die Herkunft dieses Giganten lag im Dunkeln. Er stammte aus einer Zeit, die für Menschen nicht messbar war. Zudem hatte er etwas mit der japanischen und gleichzeitig griechischen Mythologie zu tun. Genaue Zusammenhänge jedoch blieben im Unklaren.

Sein Gesicht war ohne Konturen, sah man einmal von den Schlitzen ab, die Augen, Nase und Mund darstellen sollten. Wenn er den Mund allerdings öffnete, präsentierte er ein Gebiss, das den Betrachter an mörderische Stahlstifte oder abgebrochene Lanzenspitzen erinnerte.

Und nun stand er vor mir.

Ich trat die Flüssigkeit, hielt mich so an der Oberfläche, schaute zum Ufer hin und gleichzeitig zu Xorron. Dabei schätzte ich beide Entfernungen ab und kam zu dem Ergebnis, dass Xorron mich immer erwischen würde, bevor ich das rettende Ufer erreicht hatte.

Dies war inzwischen dem Professor gelungen. Er hatte sich festgekrallt und streckte Su Danning einen Arm entgegen. Sie fasste seine Hand, um ihm auf der letzten Strecke behilflich zu sein.

Chandler kletterte hoch.

So konnte ich mich auf meinen neuen Gegner konzentrieren. Und Xorron ging vor.

Wieder rollte mir eine Welle entgegen. Ich streckte mich, sodass sie mich diesmal nicht überspülte, und vernahm ein drohendes Knurren, das mein Feind ausstieß.

Er hatte seine mächtigen Arme ausgestreckt. Über seinem

glatten Schädel sammelten sich die Ghoul-Parasiten und begleiteten ihn auf seinem weiteren Weg.

Wie konnte ich ihn stoppen?

Mit der Beretta war es nicht möglich. Da hätte ich auch Erbsen gegen ihn schleudern können. Der Dolch schaffte es auch nicht und die Strahlen meines Kreuzes glitten von ihm ab.

Je mehr Sekunden vergingen, umso größer wurde die Gefahr. Lange konnte ich mich nicht mehr mit Überlegungen aufhalten, ich musste handeln. Es blieb wirklich nur eine Chance.

Die Aktivierung des Kreuzes.

Vielleicht wurde Xorron geschwächt. Möglicherweise war die Magie so stark, dass sie etwas in dieser unheimlichen Ghoul-Welt veränderte. Spekulationen hatten keinen Sinn. Ich stand unter Erfolgsdruck und schrie die Formel.

»*Terra pestem teneto – salus hic maneto*!«

Dabei hielt ich das Kreuz in der Hand, wartete auf eine Reaktion und sah, wie Xorron zu einem gewaltigen Sprung ansetzte, um mich mit seinem Körper unter sich zu begraben …

Das Kreuz ließ mich nicht im Stich!

Eine unfassbare weiße Magie, die in ihm steckte, war durch die Worte in Bewegung gesetzt worden und trotzte der Vernichtung. Xorron, der sich hatte auf mich werfen wollen, kam nicht mehr richtig hoch, denn etwas geschah, mit dem ich nicht gerechnet hatte.

Der See erstarrte.

Die Magie strahlte von meinem Kreuz ab. Gezackte Linien, Blitze und helle Pfeile rutschten über die Oberfläche des Schleimsees, zeichneten ein helles Muster aus weißer Magie und glitten auch gleichzeitig in die Tiefe, wo sie meinen Blicken entschwanden.

Der See erstarrte.

Von einer Sekunde zur anderen war er zu einer festen Masse geworden, die Kraft wie ein Felsen hatte und Xorron in seiner halb schrägen Haltung einschloss.

Der Druck war so hart, dass sich der Herr der Zombies und Ghouls nicht mehr bewegen konnte.

Er hing in einer seltsam gekrümmten Haltung vor mir. Sein Oberkörper war gestreckt und bildete einen Halbbogen, wenn ich die langen Arme noch hinzurechnete. Bis zur Hüfte reichte ihm die erstarrte Masse, und sie hielt ihn fest, als wollte sie ihn nicht mehr loslassen.

Ich konnte es zuerst nicht fassen. So etwas war unmöglich. Xorron bewegungslos, das gab es nicht.

Dennoch täuschten mich meine Augen nicht. Die Kraft des aktivierten Kreuzes hatten den Schleimsee erstarren lassen, und die Kugeln, die sonst über ihm schwebten, wie ein Sturmwind hinweggefegt.

Hätte Xorron normal vor mir gestanden, wäre ich ihm so nie beigekommen. Diesmal, und in seiner ureigensten Welt, war er von der Gegenmagie überrascht worden.

Ich aber kam weg.

Wo ich mich hinwandte, konnte ich mich durch eine schmale Rinne bewegen und gelangte an das Ufer, an dem zwei Menschen standen, die mich aus großen Augen anstarrten.

Ich kletterte in Sicherheit.

Obwohl ich so rasch wie möglich dieser Welt entfliehen wollte, warf ich dennoch einen Blick zurück. Ich musste Xorron einfach sehen, der wie festgeklemmt in der Masse steckte und den unteren Teil seines Körpers nicht rühren konnte.

Aber er drehte den Kopf.

Sein sonst so flächiges Gesicht verzerrte sich zu einer wütenden Fratze, als er mir entgegenschaute. Für ihn musste es eine gewaltige Enttäuschung gewesen sein. Er hatte geglaubt, mich sicher zu haben, ich aber war schneller gewesen.

Professor Chandler stieß mich an. »Wir müssen hier weg, Sinclair!«

Ich erwachte aus meinen Gedanken, denn das Bild war eben zu faszinierend gewesen. »Natürlich. Nur wie?«

»Ich kenne die Koordinaten, kommen Sie!«

So etwas war Balsam für meine Psyche. Ich packte Su Danning, die bisher nichts gesagt hatte und wohl auch nichts begriff. Gemeinsam liefen wir hinter Chandler her.

Es ging den gleichen Weg zurück. Diesmal wurden wir nicht angegriffen. Als wir wieder in die etwas breitere Schlucht eintauchten, stellte ich fest, dass ich meine beiden Beutewaffen verloren hatte. Sie jetzt zu suchen würde zu viel Zeit in Anspruch nehmen. So hetzte und stolperte ich mit Su Danning weiter, bis die Umrisse des Flugzeugs vor uns erschienen.

Daneben blieb der Professor stehen. »Hier«, sagte er schwer atmend. »Hier ist es.«

»Was?«

»Ich habe Ihnen doch gesagt, dass ich es durch Mathematik und Magie geschafft habe, die richtigen Koordinaten zu finden, um das Loch oder den Riss in den Dimensionen erreichen zu können. Beeilen Sie sich! Noch ist nicht alles verloren.«

Wir mussten ihm vertrauen.

Der Professor führte uns um die Maschine herum. Fast wäre ich über die goldene Pistole gestolpert, die auf dem Boden lag. Chandler konnte sie gerade noch aufheben.

Blitzschnell richtete er die Mündung auf uns. »So«, sagte er, drückte ab und sprang uns an. »Die Reise kann beginnen …«

Sekunden später steckten wir in der Kugel, hoben ab, und ich aktivierte abermals mein Kreuz …

Eine Kugel hatte uns in diese Welt geschafft, sie brachte uns auch wieder zurück.

Innerhalb einer kaum messbaren Zeitspanne veränderte sich die Umgebung. Wir sahen nicht mehr die seltsam scharfkantigen Felsen, auch nicht den bläulich scheinenden Himmel, sondern befanden uns inmitten eines Verkehrstrubels.

In meiner Hand strahlte das Kreuz, und es zerstörte die Kugel in dem Augenblick, als sie uns gefährlich werden konnte.

Da standen wir und schauten uns an.

Trafalgar Square!

Dort war der Start gewesen, hier befand sich das Ziel. Irgendwie kam ich mir vor wie ein Mensch, der von einem anderen Stern zu ersten Mal die Erde besucht, denn im Nu waren wir von Zuschauern umringt, die uns anstarrten, als hätten wir die Pest an uns.

Der Professor sprach von seinen Berechnungen. Su Danning weinte vor Freude. Ich fasste mich als Erster, drängte mich durch den Ring aus Menschen und steuerte die nächste Telefonzelle an. Sie wurde soeben frei. Bevor ein Jugendlicher sie betreten konnte, schob ich mich an ihm vorbei, nahm den Hörer ab, warf eine Münze in den Schlitz und wählte eine bestimmte Nummer.

Als Glenda Perkins meinen Namen hörte, stieß sie einen Jubelschrei aus.

»Bist du es wirklich?«, fragte sie.

»Und wie«, erwiderte ich. Dann ließ ich mir eine Verbindung mit Suko und Sir James geben.

Zahlreiche Fragen waren unbeantwortet geblieben. Uns interessierte auch der geheimnisvolle Professor Chandler, der in der Nähe von Wien lebte und seinen Forschungen nachging, die sich mit Magie beschäftigten. Sein Schloss sollte unser nächstes Ziel sein, denn ich wollte unbedingt mehr über die Welt der Ghouls und damit vielleicht auch über Xorron erfahren. Wir wussten nun, dass es eine Welt der Ghouls gab. Und dass Xorron bereit war, sie in Bewegung zu bringen, auch wenn er im Augenblick durch mein Kreuz gebannt war. Wie lange die Starre allerdings anhielt, wussten wir nicht zu sagen. Deshalb wurde es Zeit, dass wir etwas unternahmen.

Chandler hatte London schnell verlassen. Er wollte in seinem Schloss weiterforschen. Wir flogen zwei Tage später, begleitet von den guten Wünschen unserer Freunde.

Die konnten wir auch brauchen, denn ein Spaziergang stand uns bestimmt nicht bevor …

DER DÄMONENJÄGER

Allmählich verschwand die Helligkeit des Tages und wich den langen Schatten der Dämmerung. In den Tälern bildeten sich die ersten Abendnebel, während die abgerundeten Kuppen der Berge noch vom letzten Rest der versinkenden Sonne bestrahlt wurden.

Ein Tag neigte sich dem Ende entgegen, und die Natur bereitete sich auf die Nacht vor.

Nicht so der kleine achtjährige Junge. Er wollte nicht nach Hause, denn der Wald war seine Heimat. Hier fand er alles, was er brauchte. Er konnte toben, spielen, und kein Zaun beengte seinen Tatendrang.

Dafür hörte er Geräusche.

Es war ein drohendes, unheimlich klingendes Fauchen, das durch den Wald hallte und die Blätter an den Bäumen erzittern ließ.

Zweimal hatte Peter Kugler das Fauchen schon gehört. Beim ersten Mal hatte er es für eine Täuschung gehalten, doch das zweite Fauchen hatte ihm klargemacht, dass etwas nicht stimmte.

Er hatte auch die Tiere gesehen, die fluchtartig Reißaus nahmen. Die Vögel stoben aus den Kronen der Bäume davon, ihre schrillen Warnschreie gellten in den Himmel, bevor sie sich in Sicherheit brachten.

Peter war nicht wohl zumute. Er blieb auf dem schmalen Pfad stehen und nahm seinen Bogen von der Schulter. Auf dem Rücken trug er den selbst gebastelten Köcher, in dem vier Pfeile steckten, die er mit bunten Federn geschmückt hatte.

Wehren konnte er sich, aber das Fauchen hatte ihm eine so große Furcht eingejagt, dass er sich nicht auf seine »Waffe« verlassen wollte und lieber nach Hause rannte.

Er musste den schmalen Pfad nehmen, der in den alten Holzfällerweg mündete. Von dort war es nicht mehr weit bis zu seinem Elternhaus, wo man sich bestimmt schon Sorgen machte.

Der Junge versuchte trotz seiner Eile vorsichtig zu gehen.

Er hatte das Fauchen nicht vergessen und wollte sich nicht überraschen lassen. Die biegsamen Sohlen der Turnschuhe schluckten seine Schrittgeräusche, sodass Peter beinahe lautlos über den Weg eilte.

Der Wald, den er so gut kannte, kam ihm plötzlich anders vor. Geheimnisvoller, auch gespenstischer, ein richtiger Zauberwald. Dieses Wort hatte seine Großmutter immer gebraucht. Für sie war der Wald eine verzauberte Gegend, in der am Abend und in der Nacht die geheimnisvollen Wesen erwachten, die Elfen und Gnome zusammen tanzten und die Wurzelmännchen raschelnd durch die hohen Gräser huschten.

Sehr viele Geschichten kannte die Großmutter über den Wald. Er sollte schon bestanden haben, als es noch keine Menschen gab. Dafür jedoch hatten andere in dem Wald gewohnt.

Die Drachenkrieger!

An sie musste der kleine Peter denken, als er weiterging und die Schatten um ihn herum immer dunkler wurden. Die Drachenkrieger waren ein Volk, das nicht von dieser Erde stammte. Es kannte sich aus in böser Magie. Seine Männer waren gefährlich. Sie ritten auf drachenähnlichen Wesen und töteten alles, was sich ihnen in den Weg stellte.

Alte, unglaubwürdige Geschichten, hatten Peters Eltern immer dazu gesagt. Aber Peter glaubte an die Geschichten und den geheimnisvollen Zauber, der unsichtbar über den Hügeln und Wäldern nahe der Donau lag.

Manchmal musste sich der Junge tief ducken, um den bis auf den Weg wachsenden Zweigen auszuweichen. Hin und wieder berührten sie ihn auch. Dann hatte er das Gefühl, von kalten Händen angefasst worden zu sein, und er zuckte jedes Mal zusammen.

Zwischen den Bäumen lauerten die Schatten. Wie dunkle Wände standen sie da, verwehrten den Blick, und wenn Peter es dennoch einmal schaffte, glaubte er, hinter den Schatten geisterhafte Gestalten zu sehen, die ihm zuwinkten.

Schnell rannte er weiter.

Abermals fielen ihm die Worte seiner Großmutter ein, die sie oft gesprochen hatte, wenn sie an seinem Bett saß und ihm die alten Geschichten erzählte.

»Hüte dich vor Graax!«

So hatte sie immer gesagt. Auf seine Frage hin erfuhr Peter, dass Graax der Schlimmste der Drachenkrieger gewesen war und furchtbar gewütet hatte.

Leider wusste Peter nicht, wie er gestorben war, denn darüber schwieg sich die Großmutter aus.

Sie hob nur immer die Schulter und lächelte geheimnisvoll. Wahrscheinlich wusste sie mehr, aber sie wollte nie richtig etwas sagen. Das fand Peter nicht gut. Vielleicht hatte auch Großmutter Angst, denn der Wald war sehr schlimm gewesen.

Da vernahm er das Fauchen zum dritten Mal. Und jetzt so laut, dass der Junge heftig erschrak. Er blieb stehen, atmete durch den offenen Mund und hörte das Blut in seinem Kopf rauschen. Es hämmerte hinter den Schläfen, in seinem Magen schienen mehrere Steine zu liegen, und mit der rechten Hand umklammerte er den Bogen fester.

Peter traute sich nicht, weiterzulaufen. Er blieb auf dem Weg stehen und schaute nach vorn, wo das Geräusch aufgeklungen war.

Der Wald schwieg.

Düster war es. Auch der Himmel hatte längst eine dunkelgraue Farbe angenommen. Wenn Peter den Kopf hob, konnte er ihn nicht sehen. Das dichte Laub der Baumwipfel nahm ihm die Sicht.

Still war es nicht.

Von allen Seiten fühlte er sich belauert und beobachtet. Irgendwo knackte immer etwas. Ob es nur ein Zweig war oder ein Strauch, wo die Zweige gegeneinander rieben, wenn sie vom Wind bewegt wurden. Die Luft um ihn herum schien sich ebenfalls verändert zu haben. Sie war mit einem seltsamen Leben erfüllt. Er glaubte, Stimmen zu hören, ein fernes, leises Lachen, zu vergleichen mit dem Klang einer Glocke.

Die Großmutter hatte immer von den Elfengeistern gesprochen. Wenn sie lachten, hörte es sich an wie Glockenklingeln.

Ob die Elfen jetzt da waren?

Schon oft hatte er sich bei anbrechender Dunkelheit durch den Wald bewegt, und er war auch auf der Suche nach den Geistern gewesen, doch gesehen hatte er sie nie.

Heute war alles anders …

Peter Kugler zog den Kopf ein, und über seinen Rücken rieselte eine Gänsehaut, als er die nächsten Schritte ging. Ihm war klar, dass es keinen Sinn hatte, einfach stehen zu bleiben. Er wollte sehen, welch eine Gefahr da auf ihn lauerte.

Wieder dachte er an die Bücher, die er gelesen hatte. Geschichten, in denen es von geheimnisvollen Fabelwesen und Märchenfiguren wimmelte. Geisterhafte Wälder kamen darin ebenso vor wie verwunschene Burgen und Schlösser.

Auch wenn andere darüber lachten, Peter hatte immer an die Geschichten geglaubt. An diesem Abend intensiver denn je, denn der Wald um ihn herum zeigte sich lebendig. In ihm lauerte ein Leben, das erst in der Finsternis erwachte.

Vielleicht waren es auch gute Geister, die ihm da einen guten Abend wünschen wollten?

Peter lächelte, als er daran dachte. Auf einmal fand er, dass die Umgebung nicht mehr so schlimm und gefährlich war, eher beschützend, denn vor den guten Geistern brauchte man keine Angst zu haben. Das hatte ihm die Großmutter oft gesagt. Zudem stand es in den Büchern. Jedes Kind besaß einen guten Geist, der ihn beschützte und auf ihn achtgab.

Den Schutzengel!

Darauf vertraute der kleine Peter Kugler. Er war ein netter Junge. Das dunkelblonde Haar trug er halblang. Die Augen hatten einen verträumten Ausdruck, als würden sie nicht die Welt sehen, die ihn umgab, sondern eine andere, fremde und nur für ihn sichtbare, die irgendwo hinter den Wolken lag.

Mit diesem Gefühl einer Sicherheit ging der Junge weiter.

Er wusste, dass bald der große Stapel Holz am rechten Rand auftauchen würde. Sein Vater hatte die Bäume gefällt und sie entsprechend zurechtgeschnitten, bevor er die Stämme aufeinanderstapelte. Vom Stapel waren es nur ein paar Schritte bis zum Holzfällerweg, und dort wurde der Wald etwas lichter. Da war das Gebüsch nicht mehr so verfilzt. Es wuchsen weniger Fichten und Tannen, deren Zweige oft so dicht waren, dass sie eine regelrechte Wand bildeten, die ein Durchkommen so gut wie unmöglich machten.

Peter Kugler lief jetzt schneller. Seine Arme bewegten sich im Takt des Laufs. Auch der Bogen machte diesen Rhythmus mit. Einmal verfing sich die straff gespannte Sehne an mehreren Zweigen, und Peter hatte Mühe, sie wieder loszureißen.

Die Schatten verfolgten ihn. Sie waren überall, lauerten, schienen zu leben, zu flüstern und geheimnisvoll zu raunen.

Der Wald steckte voller Gespenster. Die Geister der Natur begleiteten den Jungen. Er sah überall im Unterholz winzige, leuchtende Augen, glaubte, Hände zu erkennen, die ihm zuwinkten und ihn locken wollten in eine finstere, unheimliche Welt.

Es war die Angst, die den Kleinen überfiel und bei ihm in gewisse Wahnvorstellungen mündete.

Er lief noch schneller, war dabei äußerst sicher und sprang manchmal geschickt wie eine Katze über auf dem Weg wachsende Baumwurzeln hinweg.

Sein Gang glich mehr einem Schweben, und Peter tauchte geduckt in eine Rechtskurve ein, die der Weg beschrieb. Am Ende der Kurve verbreiterte er sich, bevor er gleich dahinter auf den Holzfällerweg traf.

Dort stand der Schatten.

Zuerst glaubte der Junge an eine Täuschung, bis er näher kam und genauer hinschaute.

Ein gelbes, glühendes Augenpaar starrte ihn aus einer Höhe an, die fast bis zur Hälfte eines Baumes reichte.

Erschrocken blieb Peter stehen.

Sein Herz krampfte sich zusammen. Der Schlag verdoppelte sich gleichzeitig. Stiche zogen durch seine Brust, das Gesicht des Jungen zeigte einen überraschten und ängstlichen Ausdruck, und die Augen wurden noch größer, als er plötzlich das bläuliche Licht sah, das aus dem Boden drang und eine Gestalt umschmeichelte, wie sie Peter Kugler bisher nur aus seinen Geschichten kannte.

Es war ein unheimliches Geschöpf. Eine Mischung zwischen Drache und Schlange.

Auf seinem Rücken aber saß, eine Streitaxt schwingend, ein finsterer Krieger.

Graax!

Stoßartig fuhr der Wind unter den Stoff und blähte den Mantel auf. Die ältere Frau schüttelte sich, während sie gleichzeitig ihren Körper nach vorn beugte und sich gegen die plötzliche Bö anstemmte.

Nur noch ein paar Schritte musste sie gehen, dann hatte sie ihr Ziel erreicht.

Hier auf der Höhe des Bergkamms wehte immer ein kühler Wind. Er frischte besonders gegen Abend auf und wurde regelrecht schneidend. Von der herrlichen Umgebung konnte die Frau nichts erkennen. Sie hätte auch nicht darauf geachtet, denn sie kannte sie. Maria Kugler interessierte sich nur für die Burg, deren Westflügel noch völlig erhalten war und den Stürmen der Zeit getrotzt hatte.

Sie schritt durch das hohe Unkraut, erreichte die Tür, hob ihren Arm und ballte die Hand zur Faust. Über ihr schaukelte eine alte gusseiserne Laterne. Der Wind hatte die Flamme ausgeblasen. Das Hämmern der Faust gegen das Holz hörte sich an wie Donnerschläge. Dreimal dröhnte die Hand dagegen. Es war für den in der Burg wohnenden Mann das Zeichen, und er konnte öffnen.

Die alte Tür bewegte sich quietschend in den rostigen Angeln, als sie nach innen aufgezogen wurde. Im flackernden Licht einer Pechfackel erschien die Gestalt des Mannes seltsam verzerrt.

»Du bist pünktlich, Maria.«

Die Frau huschte über die Schwelle. »Was ich versprochen habe, halte ich, Professor.«

»Ja, das weiß ich.«

Maria Kugler streifte das Kopftuch ab und schaute in die Runde. »Weshalb hast du kein elektrisches Licht gemacht?«, fragte sie verwundert.

»Es würde nur stören, Maria. Das Kerzen- oder Fackellicht passt besser zu dem, was wir vorhaben.«

»Du bist schon seltsam, Professor.«

Der Mann lächelte. »Das habe ich nie abgestritten. Aber nun komm, es wird Zeit!« Er räusperte sich. »Weiß man, dass du hier bei mir auf der Burg bist?«

»Nein, ich habe meinen Kindern nichts gesagt. Sie glauben, dass ich einen Spaziergang mache.«

»Und sie gehen auch nicht aus dem Haus?«

»Bestimmt nicht.«

Der Mann wiegte den Kopf. »Hoffentlich«, sagte er leise. »Hoffentlich bleiben sie da, denn diese Nacht kann gefährlich werden, das spüre ich. Ich bin dem Geheimnis auf der Spur.«

»Stimmen die Geschichten?«

Der Professor lächelte sphinxartig. »Das werden wir gleich erleben, Maria. Auf jeden Fall habe ich etwas hinter mir, das dich in Erstaunen versetzen wird.«

»Du machst mich neugierig.«

»Warte es ab.« Professor Chandler streckte die Arme aus. Es war eine einladende Geste, der Maria folgte. Sie war schon öfter auf der Burg gewesen und kannte sich dementsprechend gut aus. Vor ihnen lag ein Gang mit kahlen Wänden. In zwei Kehren stach er tiefer in die Burg hinein. Vor einer Treppe endete er.

Auch hier leuchteten Fackeln. Die nackten Glühbirnen an der Decke wirkten ausgeschaltet wie graue Eier.

Hinter den vier breiten Treppenstufen begann eine Mauer. Sie wurde von einer Doppeltür in ihrem Gesteingefüge unterbrochen. Der Professor hatte den rechten Flügel nicht geschlossen, sodass Maria Kugler in den dahinter liegenden großen Raum schauen konnte, wo der Widerschein eines Kaminfeuers über den glatten Parkettboden tanzte und das hallenähnliche Zimmer mit seinem gemütlichen Schein ausfüllte.

Die alten Möbel hätten jeden Antiquitätenhändler vor Freude jauchzen lassen, doch der Professor verkaufte die Schränke nicht. Einige von ihnen waren mehr als 400 Jahre alt. Damals hatte man die Beschläge noch auf den Türen angebracht. Über das blanke Eisen huschte ebenfalls der Widerschein des Feuers.

Die drei hohen Fenster des Raumes lagen an der Rückseite. Hier war das Glas erneuert worden. Man sah es nur, wenn man genauer hinschaute und gleichzeitig auch noch Fachmann war.

Der große Schreibtisch stand nicht weit vom Kamin entfernt. Auf seiner Platte stapelten sich Bücher, Unterlagen und Aufzeichnungen. Der Professor hatte hart gearbeitet, das war zu sehen. Überall im Zimmer verteilt standen eiserne Leuchter. Weiße Kerzen steckten in den kleinen Schalen. Als der Professor die Tür schloss und die Flammen nicht mehr vom Durchzug gestreichelt wurden, brannten sie ruhig weiter.

Auch nahe des runden Tisches standen die Kerzen. Sie ragten wie bleiche Finger aus den schwarzen Haltern des Leuchters und gaben so viel Licht, dass ihr Schein auch auf die Platte fiel.

Zudem stand eine Kerze mitten auf dem Tisch. Ihr Widerschein leuchtete bis an den runden Rand. Die sich gegenüberstehenden Stühle standen dabei im Dunkeln.

»Bitte, nimm dort Platz, Maria!«, sagte der Professor leise und streckte seinen Arm aus.

Die Frau nickte, schritt auf den runden Tisch zu und ließ sich auf einen der beiden Stühle nieder.

Der Professor folgte ihr, hüstelte und fragte: »Möchtest du etwas trinken? Ich habe einen guten Wein im Haus.«

»Gern.«

»Moment!« Chandler verschwand. Seine Schritte wurden leiser. Die Schatten saugten den Mann auf und Maria hörte, wie eine zweite Tür geöffnet wurde.

Danach wurde es wieder still, sodass die Frau ihren Gedanken nachhängen konnte.

Auf diesen Abend und auf das folgende Gespräch hatte sie lange gewartet. In intensiven Diskussionen hatte Professor Chandler sie auf das vorbereitet, was bald folgen sollte.

Der Professor war ein seltsamer Mann. Mochte die Welt ihn auch für einen Spinner halten, Maria glaubte ihm, denn sie war zudem die einzige Vertraute des Gelehrten.

Er war ein Genie.

Wenigstens für Maria, denn er beherrschte zwei Gebiete. Das der Mathematik und das der Magie. Mit beiden hatte er sich gleich intensiv beschäftigt und war zu einem wahren Magister geworden. So nannte er sich selbst. Magister Chandler, eine kleine Ehrung an die großen Meister des Mittelalters, die für den Professor Vorbilder gewesen waren, was ihre intensiven Forschungen anging, die sich mit einer anderen Welt beschäftigten als die, auf der sie lebten.

Im Mittelalter, als sich die Menschen noch nicht so aufgeklärt und überheblich gaben, wusste man eben mehr über diese Dinge, die der Professor jetzt wieder durch geheimnisvolle Beschwörungen ans Tageslicht holte. Er hatte etwas entdeckt, das andere für unmöglich und unglaublich hielten, so wie sie in dem Gelehrten auch einen Spinner sahen.

Das tat Maria nicht.

Sie lauschte in die Stille hinein und hörte die Schritte, als Chandler zurückkehrte.

»Ich habe einen wunderbaren Rotwein im Keller gefunden«, erklärte der Mann im Näherkommen. »Er ist wirklich ausgezeichnet zu trinken. Du solltest ihn probieren, Maria.«

»Aber bitte nur ein Glas.«

»Sicher.«

Maria hatte Zeit, ihn zu beobachten, als er die dunkle Flasche entkorkte. Schräg fiel das Kerzenlicht auf seine Gestalt. Das Haar war grauer geworden, die Falten in seinem Gesicht tiefer. Aber die Augen blickten so klar wie die eines jungen Mannes. Sie hatten keinen trüben Schleier, wie man ihn oft bei Sechzigjährigen erlebt, denn dieses Alter hatte der Professor mittlerweile schon erreicht. Auf Kleidung hatte er nie viel Wert gelegt. Er fühlte sich in seiner Hausjacke am wohlsten, und wenn er dazu noch die alte Cordhose tragen konnte, war alles perfekt.

Mit einem »Plopp« sprang der Korken aus der Flaschenöffnung. Der Professor schenkte zuerst sich einen kleinen Schluck ein, probierte, nickte zufrieden und bediente dann die Frau.

»Ja, der Wein ist gut«, sagte er und verfolgte den Weg des duftenden Getränks vom Flaschenhals in das Glas. »Er hat auch die richtige Temperatur.«

»Dabei sieht er aus wie Blut«, bemerkte Maria leise.

Chandler kippte die Flasche wieder hoch. »Er ist auch Blut, meine Liebe«, erwiderte er, trat zur Seite und schenkte sich etwas ein. »Das Blut der Trauben, denn jede Traube ist ein Stück Natur, und sie leidet, wenn sie gepresst wird. Leider schmeckt uns ihr Blut so hervorragend, deshalb wird sie immer leiden müssen, solange es Menschen gibt.«

»Das haben Sie wunderbar gesagt, Professor«, flüsterte Maria und hob ihr Glas.

»Du kannst mich aber weiterhin duzen«, lachte Chandler.

»Ich weiß nicht. Sie – du bist ein gebildeter Mensch. Ich habe gerade nur schreiben und lesen gelernt …«

»Und weißt dennoch so viel«, unterbrach der Professor die Frau. »Viel mehr als die meisten Menschen.«

Maria Kugler winkte ab. »Ach, das sagst du nur so dahin.«

Chandler schüttelte den Kopf. »Nein, nein, meine Liebe. Es ist in der Tat so, dass du ein größeres Wissen als mancher Doktor hast. Und ein Wissen, das nicht nur in den Büchern steht, weil man es vom Leben als ein Geschenk mit auf den Weg bekommt.«

Die Augen der Frau begannen zu glänzen. Der Kerzenschein gab ihrem Gesicht einen seltsam weichen Zug. Der rote Wein funkelte in den Gläsern, und beide Menschen genossen die Stimmung des Augenblicks, der nie vergehen sollte und dennoch so schnell vorbei war.

Maria Kugler schüttelte den Kopf, als würde sie aus einem Traum erwachen, und ihr Gegenüber lächelte.

»Ja, so ist das nun mal«, sagte er, wobei er sein Glas hob. »Ich möchte auf uns trinken und darauf hoffen, dass das, was auf uns zukommt, nicht so schlimm sein wird.«

Maria brannte die Frage nach dem Grund auf der Zunge. Sie schluckte sie jedoch herunter, probierte von dem Wein und fand ihn köstlich, was sie auch mit einem Nicken bestätigte.

Auch der Professor hatte getrunken. Er stellte sein Glas ab, schaute hinein und runzelte die Stirn. Es entstand eine Schweigeminute. Nur das Knistern des Kaminfeuers war zu hören sowie hin und wieder das Säuseln des Windes, wenn ein besonders harter Stoß an den Außenmauern entlang strich, der im Innern der Burg nur gedämpft zu vernehmen war.

Ruckartig hob der Professor den Kopf. »Ich weiß nicht so recht, Maria, wie ich es dir erklären soll, aber ich habe, so glaube ich zumindest, die Lösung des Rätsels gefunden und werde bei meiner Erzählung damit beginnen.«

»Was hast du herausgefunden?«, fragte die Frau leise.

Der Gelehrte ließ sich wieder Zeit mit der Antwort. Dann sagte er leise: »Ich habe schon einmal gelebt!«

»Frage an Radio Eriwan«, sagte Suko, »macht man in Österreich nicht immer Urlaub?«

»Im Prinzip ja«, erwiderte ich. »Falls die Dämonen es zulassen.«

»Und was machen wir?«

»Weiß ich noch nicht.«

»Bis jetzt jedenfalls gefällt mir die Autobahn Wien–Salzburg überhaupt nicht«, beschwerte sich Suko.

»Wieso?«

»Ich sehe keine Berge.«

»Die liegen rechts von uns und treten immer weiter zurück, je mehr sie dich sehen.«

»Dann wird es Zeit, dass wir ihnen nachfahren.«

»Gedulde dich noch ein wenig. Die Wachau läuft dir nicht fort.«

»Hat dieser Chandler nicht von Wien gesprochen?«

»Bei Wien, mein Lieber. Und damit meinen die Österreicher alles, was nicht gerade Salzburg ist.«

»Schade. Ich hatte mich schon auf die Pestkeller gefreut.«

»Danke, das hatten wir schon mal.«

Mit munteren Gesprächen versuchten wir unsere Stimmung aufzuheitern. Das war auch nötig, denn wer das Wetter beobachtete, konnte schon trübsinnig werden. Es regnete ununterbrochen. Das Wasser fiel vom Himmel, als sprühte es aus Duschdüsen. Die Wischer des Leih-Opels arbeiteten unter Stress, um die Massen von der Frontscheibe wegzuwischen.

Am Wiener Flughafen waren wir losgefahren. Der Regen hatte uns erst kurz hinter Wien erwischt, gewissermaßen im Wienerwald, jetzt fuhren wir in Richtung Wachau, wo sich Professor Chandlers Burg befand.

Ich hatte den Mann während unseres letzten Falls kennengelernt. Ihm war es durch mathematische Berechnung und gleichzeitig durch Beschwörung gelungen, den Weg in eine andere Dimension zu finden. Ich traf ihn, festgebunden an einen Pfahl, inmitten der Welt Ghouls. In dieser Dimension entstanden und bildeten sich die Schleimwesen, die man als die Aasvertilger unter den Schwarzblütern bezeichnen konnte. Wir waren der Dimension auf seltsame Weise entkommen und damit auch Xorron, der von einem erstarrten

See festgehalten wurde und sich nicht mehr hatte befreien können.

Längst waren nicht alle Rätsel gelöst. Mich interessierte vor allen Dingen der Professor. Man hatte von ihm einiges gehört. Er war ein Mann, der sich gleichzeitig mit der Mathematik und der Magie beschäftigte. Sehr intensive Forschungen hatte er betrieben, auch zwei Bücher geschrieben und war ausgelacht worden. Die Fachwelt hielt ihn für einen Spinner, einen Fantasten, der seine Thesen durch nichts beweisen konnte. Auch nicht durch die Mathematik.

Ich hatte mal in seine Bücher hineingeschaut. Das war auch alles. Ganz hatte ich kein Werk von ihm gelesen, denn die Behauptungen rissen mich nicht gerade vom Stuhl. Der Professor hatte trotzdem versucht, mich für seine Thesen zu gewinnen.

Nun wollte ich mehr wissen. Auch Suko war begierig darauf, den Mann kennenzulernen und Neues zu erfahren. Deshalb auch dieser Besuch auf seinem Schloss, zu dem er uns eingeladen hatte.

Sogar Sir James, unser Chef, hatte sehr schnell zugestimmt. Auch er glaubte, dass mehr hinter der Sache steckte und wir erst die Spitze des Eisbergs entdeckt hatten.

Interessant war auch die Waffe, die wir mitgenommen hatten. Eine goldene Pistole.

Es war Suko gelungen, sie einem Ghoul in London abzunehmen, bevor dieser damit weiteres Unheil anrichten konnte. Diese Pistole war mit einer schleimigen Flüssigkeit geladen, die die fatale Eigenschaft hatte, Menschen die Haut vom Körper zu lösen und sie als Skelette zu hinterlassen. Die Herkunft der Waffe war unbekannt. Professor Chandler meinte, dass sie von einem anderen Volk zurückgelassen worden war, das einmal die Dimension der Ghouls besucht hatte und vernichtet worden war.

Auf Chandler war ich gespannt. Wir hatten drei Tage für den Besuch angesetzt und konnten vielleicht einen Verbündeten in unserem Kampf gegen die Schwarzblüter gewinnen.

Als wir den Wienerwald hinter uns ließen, klarte das Wetter auf. Der Regen wurde schwächer, bis er ganz verschwunden war und die ersten blauen Flecken am Himmel erschienen. Sogar die Sonne sahen wir. Sie schien sehr hell und stach in unseren Wagen.

»Wenn Engel reisen, lacht der Himmel!«, zitierte mein Freund.

»Ich sehe nur einen Engel.«

»Ja, mich.«

»Ha, ha. Du bist der berühmte Engel mit dem B davor.«

»Schäm dich.«

»Klar, wenn ich Zeit habe.«

Bei Ybbs fuhren wir ab. Wir sahen die Raststätte bereits, die auf einem kleinen Hügel neben der Autobahn lag, und lenkten den Opel in die Ausfahrt hinein.

Nicht weit entfernt schob sich die nicht mehr blaue Donau durch ihr Bett, und selbst vom Wagen aus erkannten wir die ersten Burgen und kleinen Schlösser, mit denen dieser Landstrich reich gesegnet ist. Wir fuhren in ein bergiges Gelände hinein, das mich an englische und schottische Hügellandschaften erinnerte.

Die Straßen waren wieder trocken geworden. Es blies ein kühler Wind. Wir hörten ihn, wenn er über unseren Wagen strich.

Die Dörfer und kleinen Ortschaften, die wir passierten, sahen hübsch und malerisch aus. Namen habe ich jedoch vergessen.

Schließlich rollten wir über eine Brücke, als wir die Donau überquerten. Ausflugsdampfer schoben sich durch den grauen Strom in Richtung Osten und Westen.

Der Professor wohnte in keinem Dorf, sondern ziemlich weit abgelegen auf seiner Burg.

Ich wollte nicht noch übernachten, deshalb hoffte ich, vor dem Dunkelwerden die Burg zu erreichen.

Das war leichter gesagt als getan.

Wenn wir fragten, erhielten wir als Antwort meist ein

Schulterzucken. Einen Professor Chandler kannte man nicht.

So gondelten wir von Dorf zu Dorf und ernteten immer nur negative Antworten.

»Das gibt es doch nicht«, beschwerte sich Suko. »Hat der Knabe dich geleimt?«

Ich schüttelte den Kopf. »Nein, das glaube ich nicht. Aber ich bin es leid. Wir setzen uns mit der Polizei in Verbindung.« Während ich das sagte, rollten wir in ein Tal hinein. Die Straße war ziemlich eng. Sie führte in Windungen nach unten.

Unten im Tal deutete Suko auf das blau-weiße Dorfeingangsschild. »Den Namen hat man dir doch gesagt.«

»Ja.«

»Das ist die letzte Hoffnung, sonst fahren wir wieder zurück.«

»Du gibst aber schnell auf.«

»London ist mir wichtiger.«

Ich grinste. »Sag doch lieber Shao.«

»Die sowieso.«

In dem Ort gab es eine Polizeistation. Davor fanden wir einen Parkplatz, stiegen aus und sahen den Dorfpolizisten auf der Treppe, der uns fragend anschaute.

Wir grüßten höflich und erklärten unser Problem.

Der Polizist strich durch sein dunkles Kraushaar und wischte eine Fliege zur Seite. »Tut mir leid, da kann ich Ihnen auch nicht helfen. Hier ist kein Professor Chandler bekannt.«

Ich stand dicht vor der Verzweiflung. »Den muss es aber geben!«, rief ich. »Er hat uns nicht reingelegt. Der Mann ist ziemlich bekannt. Hat zwei Bücher geschrieben, beschäftigt sich mit unerklärlichen Dingen ...«

»Ach, den meinen Sie.«

»Ja, genau.«

»Das ist Joschi«, sagte der Polizist.

Suko und ich schauten uns erstaunt an. »Wie heißt er hier?«, fragte ich. »Joschi?«

»So nennen wir ihn.«

»Moment«, sagte ich und hob die Hand. »Sind Sie sicher, dass wir von demselben Mann reden?«

Der Beamte nickte. »Bestimmt.«

»Dann können Sie ihn auch beschreiben?«

»Klar.« Der Mann begann damit. Schon nach den ersten Worten unterbrach ich ihn. »Okay, das ist er. Und dieser Joschi hat uns auf seine Burg eingeladen. Wo finden wir sie?«

»Etwa fünf Kilometer von hier. Sie müssen den Berg hoch.«

»Zu Fuß?«

»Wenn der Weg nicht verschlammt ist, schaffen Sie es auch mit dem Wagen«, erklärte er.

»Wir versuchen es.«

»Es hat in der letzten Zeit viel geregnet.«

»In England war es noch schlimmer. Jedenfalls danken wir Ihnen für diese Information.«

»Bitte, bitte, gern geschehen.«

Ich ärgerte mich. »Das hätte uns auch schon früher einfallen können«, erklärte ich, als wir wieder im Wagen saßen.

Der Polizist trat an die Fahrerseite. Ich kurbelte die Scheibe nach unten. »Ich sage Ihnen noch den Weg. Sie müssen folgendermaßen fahren …«

Konzentriert hörten wir zu. Schließlich bewegten wir uns in einer fremden Gegend und waren auf exakte Information angewiesen. Der Mann erklärte den Weg gut, so wie ich es beurteilen konnte. Danach war alles okay.

Es war ein netter kleiner Ort, den wir durchfuhren. Als die Häuser zurückblieben, sahen wir den schmalen Weg, der nach links abzweigte und in hügeliges Gelände führte. An einem Restaurant kamen wir vorbei, fuhren in einen Wald und blieben auf dieser Höhe.

Der Asphalt war holprig. Die Winterschäden hatte man nicht beseitigt. So manches Mal rollte der Opel durch Schlaglöcher. Sie verzierten die Straße mit ihrem Muster.

Es wurde dunkel.

Das gefiel mir überhaupt nicht. Weil wir uns verfahren hatten, hatten wir ziemlich viel Zeit vertrödelt, sodass unsere Chancen sanken, den Wohnsitz des Professors noch vor der Dunkelheit zu erreichen.

Ich hatte die Scheinwerfer eingeschaltet. Die gelben Augen stachen in die graue Dämmerung, deren Schatten immer dichter wurden, sodass der Wald rechts und links zu einer dunklen Masse verschmolz.

Ein Hinweisschild auf die Burg entdeckten wir nicht. Zudem kamen wir uns vor wie die einzigen Menschen in dieser Gegend, und der Wald erinnerte mich an ein gespenstisches, verwunschenes Gelände.

»Hast du was?«, fragte ich Suko. Er saß neben mir und hatte seine Augen leicht verengt.

Der Chinese hob die Schultern. »Eigentlich nicht. Aber seltsam ist es schon. Mir gefällt die Gegend nicht.«

»Hast du einen Grund?«

»Nein, nur so.«

Ich schaute wieder nach vorn.

Vom Himmel konnten wir nicht viel sehen. Er verschwamm zu einem seltsamen Grau, das an manchen Stellen heller wirkte, weil noch letzte Sonnenstrahlen hineinstachen.

»Jetzt müsste eigentlich die Abzweigung kommen«, sagte Suko.

Ich wollte etwas sagen, verschluckte das Wort jedoch, denn ein Ereignis trat ein, das mich völlig überraschte und aus der Bahn warf.

Suko erging es ähnlich. Das jedenfalls hat er mir hinterher erzählt.

Wir hatten das Gefühl, als wäre unser Wagen geschüttelt worden. Unsichtbare Hände wollten ihn zurückhalten, drückten von vorn gegen ihn, sodass ich ein wenig mehr Gas gab. Eine zwangsläufige Reaktion, und der Opel sprang förmlich vor.

Ein Hindernis war nicht zu sehen, und wir befanden uns auch weiterhin in einem Wald.

Nur hatte sich der Weg verändert.

Vorhin waren wir über Asphalt gerollt. Den sahen wir nicht mehr vor uns, sondern einen schlammigen Pfad, der in den Wald führte und so schmal wurde, dass ein Durchkommen nicht mehr möglich war.

Ich stoppte.

Den Motor brauchte ich nicht erst auszustellen. Er verstummte von allein. Ein leises Blubbern vernahmen wir noch, dann war es zu Ende. Auch die Scheinwerfer verlöschten.

Zunächst blieben wir sitzen. Beide hatte uns dieser Vorgang überrascht. Wir suchten nach einer Erklärung, waren im Moment ratlos. Suko öffnete als Erster die Tür.

Als er ausgestiegen war, saß ich noch im Wagen und fragte ihn: »Was ist los?«

»Nichts.«

»Wieso?«

»Die gleiche Luft, die gleiche Temperatur, vielleicht ein wenig frischer. Dennoch habe ich das Gefühl, nicht mehr dort zu sein, wo wir uns noch vor einigen Minuten befanden.«

Da gab ich meinem Freund recht. Auch mich hielt nichts mehr in dem Leihwagen und ich verließ ihn ebenfalls.

Mein Freund hatte sich nicht geirrt. Auch mir kam die Umgebung verändert vor. Auf gewisse Weise beeinflusst. Da kannte ich eigentlich nur eine Antwort.

Magie!

Mein Kreuz musste mir helfen. Ich zog es unter dem Hemd hervor, ließ es auf der Handfläche liegen und schaute es an.

Es zeigte nicht mehr den silbernen Glanz, den ich von ihm gewohnt war. Das Silber schien matter zu sein als normal. Möglicherweise ein Zeichen, dass wir es mit schwarzer Magie zu tun hatten.

»Gehen wir weiter«, schlug Suko vor.

Ich deutete nach vorn. »Hast du eine Machete? Zu Fuß kommen wir da kaum durch.«

»Und stehen bleiben können wir auch nicht.«

»Okay, gehen wir.«

Wir machten uns auf den Weg.

Schon nach ein paar Schritten hatte ich das Gefühl, in einem Dschungel zu stecken.

Einen so dichten Wald hatte ich in Mitteleuropa noch nicht gesehen. Zwar wuchsen hier keine tropischen Pflanzen, aber die Bäume und Sträucher, die wir sahen, gehörten nicht zur Flora, die uns bekannt war.

Mit den Händen schlugen wir um uns. Die Luft war dabei seltsam klar und kalt, selbst innerhalb dieses dichten, beinahe undurchdringlichen Waldes.

Es gab überhaupt keine Wege oder Pfade. Wir mussten uns weiterhin regelrecht durchschlagen.

Dann hörten wir das Brüllen.

Wie das Echo eines gewaltigen Donners hallte es uns entgegen. Irgendwo rechts von uns war es aufgeklungen.

Suko schaute mich an und hob die Schultern. Eine Erklärung hatte er auch nicht.

Ich dachte darüber nach und formulierte die nächsten Worte ziemlich vorsichtig und mit einem dicken Fragezeichen versehen. »Sollten wir in einer anderen Zeit stecken?«

Suko nahm den Ball sofort auf. »Meinst du die Vergangenheit?«

»Ja.«

»Das ist gar nicht mal so abwegig. Schließlich spielt unser Professor mit den Zeiten. Er kann ja auch andere Dimensionen bereisen, die er berechnet hat.«

»Das wäre wirklich ein Ding.«

»Nichts ist unmöglich, John.«

Da hatte mein Partner recht. Sollten wir wirklich in eine ferne Vergangenheit geschleudert worden sein, gab es die Burg sicherlich noch nicht, und wir irrten durch den Wald, ohne etwas zu entdecken. Allerdings hatte uns das donnernde Geräusch aufmerksam gemacht. Wahrscheinlich war es von einem Tier ausgestoßen worden, und dieser Spur wollten wir nachgehen, deshalb mussten wir uns nach rechts wenden.

Suko war einverstanden.

Auch der Boden hatte sich verändert. Er war weicher geworden. Seine Beschaffenheit wies auf einen Sumpf hin. Wahrscheinlich lag er in der Nähe. Wir mussten achtgeben, dass wir nicht stecken blieben.

Die Luft blieb kühl. Manchmal raschelte es über uns in den hohen Kronen der Bäume. Wahrscheinlich waren es Tiere, die sich durch unsere Bewegungen gestört fühlten.

Wieder vernahmen wir das Brüllen.

Diesmal schon lauter. Beide hatten wir das Gefühl, als würde der Boden unter unseren Füßen zittern.

Baumstämme, höher als Häuser, versperrten uns den Weg. Wir mussten über sie klettern und rutschten manchmal auf der dicken Rinde aus. Wenn wir dann zu Boden sprangen, landeten wir nicht nur auf der weichen Erde, sondern verschwanden fast völlig zwischen den hohen Farnen, die ebenfalls so seltsam fremd wirkten. Jedenfalls hatte ich so etwas noch nie gesehen.

Doch – einmal.

Als es uns an den Südpol verschlagen hatte. Dort waren wir nicht nur auf dem Friedhof am Ende der Welt gelandet, sondern auch in der Urzeit der Erde.

Hier fanden wir seltsame Parallelen …

Suko hatte den gleichen Gedanken wie ich. Auch er erinnerte sich an das Abenteuer Antarktis.

»Wenn unsere Annahme stimmt, Alter«, keuchte ich, »müssten wir dem Professor einige Fragen stellen.«

»Vorausgesetzt, wir finden ihn.«

»Das hoffe ich doch.«

Sicher war es nicht, denn wir bewegten uns in einer völlig anderen Landschaft, zudem in einer anderen Zeit, in der es vielleicht noch keine Menschen gegeben hatte.

Wir hätten schon wieder in die unsrige zurückgemusst, um den Professor zu treffen. Es sei denn, er hätte ebenfalls diesen Sprung mitgemacht.

Einem Weg folgten wir nicht, sondern einem Pfad, vielleicht ein Wildwechsel, denn anders sah diese Lücke nicht aus.

Im nächsten Augenblick vernahmen wir das Brüllen sehr nah. Wir blieben erschrocken stehen. Unsere Hände zuckten in Richtung Waffen, doch es war nicht nötig, sie zu ziehen, da wir keinen Feind entdeckten.

Dafür vernahmen wir etwas anderes.

Einen dünnen, ängstlichen Schrei!

Graax stand vor ihm!

Peter Kugler, der achtjährige Junge, wusste sofort Bescheid. Seine Großmutter hatte ihm so oft davon erzählt, dass es keine andere Möglichkeit gab.

Das musste Graax sein!

Seltsamerweise glaubte Peter nicht an eine Verkleidung, er nahm diese Gestalt als tatsächlich existierend hin, die auf einem Tier hockte, das es eigentlich nur in Märchen und Legenden gab. Das Wesen ähnelte wirklich mehr einer Schlange, aber es hatte einen Körper, der dicker war als ein Baumstamm, sodass Graax auf ihm reiten konnte. Das Maul hatte die Superschlange weit aufgerissen. Peter sah nur zwei Zähne, die aus dem oberen Kiefer wie weiße Lanzen hervorstachen und mit ihren Spitzen fast die lange Zunge berührten, die aus dem aufgerissenen Maul peitschte.

Graax selbst sah noch gefährlicher aus als die Schlange. Er trug Teile einer goldfarben schimmernden Rüstung, die seine Beine bis hinauf zu den Knien bedeckte, Arme und Schultern ebenfalls, und ging in einen »goldenen« Helm über, der seinen Kopf von drei Seiten umschloss und nur das Gesicht frei ließ.

In der Körpermitte war Graax durch einen Gürtel geschützt. Er wies eine Schnalle von der Größe eines Kinderkopfs auf.

Der Krieger selbst sah zwar aus wie ein Mensch, doch seine Haut war anders. Sie hatte keinen hellen Farbton. Dafür schimmerte sie in einem dunklen Violett, und diese Farbe setzte sich auch auf dem Gesicht fort, dessen untere Hälfte von dem dunklen Bart fast völlig bedeckt wurde. Graax hatte seinen Mund weit aufgerissen, darin glich er der Schlange, und er hielt sich mit der linken Hand an deren Hals fest, während die Finger seiner Rechten den Griff des Kriegsbeils umklammerten.

Für den Jungen war diese Gestalt furchterregend, und Peter glaubte, dass der andere ihn töten wollte. Sogar die Umgebung hatte sich verändert. Was von Peter gar nicht mal so sehr wahrgenommen worden war, denn sein Blick saugte sich zu sehr an Graax und der Schlange fest.

Jetzt bewegte sie sich.

Der Körper schien zu wandern, die Schuppen auf der Haut reagierten dabei wie Pailletten, nur dass sie eben lautlos gegeneinander stießen. Da die Schlange dem Jungen jetzt ihre Seite zudrehte, erkannte Peter, dass sie nicht nur diesen grünlichen Körper hatte, sondern von innen her in einem rötlichen Ton schimmerte, als bestünde sie nur aus rohem Fleisch.

Der Junge durchlebte schreckliche Sekunden. Die Angst hielt ihn in ihren Klauen, und allmählich sank auch das bläuliche Licht zusammen, das Untier und Reiter umfangen gehalten hatte.

Die Luft war seltsam klar und rein. Wenn Peter an der Monstergestalt vorbeischaute, sah er den verfilzten, unheimlich wirkenden Wald, in den Graax mit seiner Axt eine Schneise geschlagen hatte, um sich einen Weg zu bahnen.

Für Peter Kugler wurden in diesen schrecklichen Augenblicken alle Albträume, die er erlebt hatte, zu einer kaum fassbaren Wahrheit. Das war keine Illusion, Graax gab es tatsächlich, und er beugte sich ein wenig weiter vor, um den Jungen besser sehen zu können. Dabei hielt er die Axt nach wie vor schlagbereit in der rechten Hand.

Peter wurde angesprochen.

Er vernahm die dumpfen, gleichzeitig kehlig klingenden Laute, verstand sie allerdings nicht, sondern wich zitternd zurück, winkelte seinen linken Arm an und hob ihn als Deckung vor sein Gesicht.

Wieder sprach Graax. In seinen düsteren Augen glomm dabei ein gefährliches Leuchten.

Peter schüttelte den Kopf. Am liebsten hätte er sich weit weg gewünscht, und er rief nach seinen Eltern, wobei seine dünne Stimme von niemandem gehört wurde.

Graax grinste bösartig.

Ein wenig drehte er die gewaltige Streitaxt noch nach außen, damit die Klinge schräg nach unten fahren konnte und den Hals des Jungen zielsicher traf.

Graax kannte nur seine Gesetze. Die Regeln einer furchtbaren, grausamen Welt.

Wie gebannt blieb Peter stehen. Er richtete seinen Blick auf die Waffe, begriff die Gefahr nicht so recht und vernahm nur hinter sich die aufgeregten Schreie.

Im nächsten Augenblick fuhr der Arm des Kriegers mit tödlicher Zielsicherheit nach unten …

Dieser dünne Schrei hatte uns alarmiert. Obwohl er nicht in unserer unmittelbaren Nähe erklungen war, wussten wir dennoch Bescheid. Da befand sich jemand in großer Not, und wir mussten ihm helfen.

Schneller als zuvor versuchten wir, das Dickicht zu durchdringen. Es war nicht einfach. Von den Ästen der hohen Bäume hingen lianenartige Fäden nach unten, peitschten gegen unsere Körper.

Dann sahen wir das Licht.

Ein geheimnisvolles blaues Schimmern, das hinter den Bäumen lag, in der Mitte sehr intensiv war und sich zu den Rändern hin allmählich abschwächte.

Das war unser Ziel.

Suko stürmte an mir vorbei. Er drosch und schlug sich mit seinen eisenharten Handkanten den Weg frei.

Ich stolperte durch einen Tümpel, zog mich an quer wachsenden Ästen weiter und stellte fest, dass das blaue Licht allmählich zusammensank.

Wir waren bereits nah.

Da passierte es.

Ich hatte nach einem Ast greifen wollen, griff aber ins Leere. Der Ast war plötzlich verschwunden. Ich konnte das Gleichgewicht nicht mehr halten und fiel zu Boden.

Suko erging es nicht anders. Ich hörte sein Schimpfen und spürte in Magenhöhe einen Schmerz, weil ich genau auf eine aus dem Boden ragende Astwurzel gefallen war.

Im Liegen hob ich den Kopf.

Mein Blick weitete sich. Fassungslosigkeit erfasste mich. Ich sah den Körper einer Riesenschlange und auf ihm hockend einen furchtbaren Menschen, der eine Streitaxt erhoben hatte und damit auf einen kleinen Jungen zielte.

Als er zuschlug, verschwand er plötzlich.

Nur der Junge stand noch da!

Ich wischte mir über die Augen, doch das Bild blieb! Ich sah nur den Jungen, sonst niemanden.

Und eine normale Umgebung!

Kein Dschungel mehr, kein verfilztes Unterholz, auch nicht die fremden, hohen Bäume, dafür dicht neben mir einen Stapel aus zersägten Stämmen.

Und eine Wegkreuzung, auf der mein Freund Suko stand und sich ratlos umschaute.

Ebenso ratlos war der kleine Junge.

Noch wandte er mir den Rücken zu. Er hatte schmale Schultern. Entlang der Wirbelsäule trug er einen Köcher mit Pfeilen festgeschnallt. In der linken Hand hielt er einen selbst gebastelten Bogen.

Erst jetzt drehte der Junge langsam den Kopf und schaute zu Suko hin.

»Graax?«, fragte er.

Suko lächelte. Er hob dabei die Schultern, weil er ebenso überrascht war wie ich.

»Wo ist Graax?« Die Stimme des Kindes zitterte. Der

Kleine stand dicht vor dem Durchdrehen. Das merkte auch mein Partner. Er lief rasch hin und fasste ihn an.

»Es gibt keinen Graax«, sagte er schnell.

Ich erhob mich. Der Junge vernahm meine Schritte, drehte sich um, sah mich und wurde noch bleicher.

Ich lächelte ihn an. »Keine Sorge, mein Kleiner. Wir tun dir nichts und sind ebenso überrascht wie du.«

Sein bereits zum Schrei geöffneter Mund schloss sich wieder. Er hatte anscheinend Vertrauen zu uns gefasst, schluckte ein paar Mal und flüsterte: »Ihr habt ihn doch auch gesehen, nicht?«

Wir stimmten ihm beide zu.

»Dann gibt es ihn also«, sagte er weiter.

»Du kennst ihn?«, fragte ich und setzte mich auf den Holzstapel.

»Ja, ich habe ihn gesehen und auch davon gehört.« Der Junge schüttelte den Kopf. »Es ist nämlich so. Meine Großmutter hat mir von ihm erzählt. Sie wusste Bescheid. Die anderen lachten nur.«

»Wie heißt deine Großmutter denn?«, wollte ich wissen.

»Kugler Maria. Und ich bin der Peter!«

»Okay, Peter. Ich heiße John. Das da ist mein Freund Suko.«

Wir reichten uns die Hände. Peter freute sich, nicht mehr allein zu sein. Wir allerdings hatten zahlreiche Fragen an ihn und hielten auch nicht damit zurück.

In den nächsten Minuten erfuhren wir die Geschichte des Jungen. Das Kind stand noch immer unter dem Eindruck des Erlebten, seine Stimme klang rau, manchmal verhaspelte er sich auch und fiel dabei in einen Dialekt, den ich kaum verstehen konnte. Ein paar Mal mussten wir nachhaken und konnten uns schließlich ein ziemlich genaues Bild von den Ereignissen machen.

»Und du hast wirklich in den Büchern über Graax gelesen?«, fragte Suko.

»Ja.« Der Junge nickte heftig. »Da war er so beschrieben, wie ich ihn gesehen habe.«

»Was stand denn noch alles darin?«, wollte ich wissen.

»Geschichten über ihn. Dass er sehr grausam gewesen ist und alle tötete.«

»War er allein?«

»Nein, da gab es noch welche. Seine Diener. Sie ritten aber nicht, sondern gingen zu Fuß.«

»Hast du auch gelesen, ob er gestorben oder umgekommen ist?«

Peter schaute mich an. »Das weiß ich nicht genau«, erwiderte er dann. »Aber da muss es einen gegeben haben, der gegen diesen Graax gekämpft hat. Ich weiß sogar den Namen.«

»Und?«

»Bandor. In den Büchern schrieb man von ihm. Bandor, der Dämonenjäger.«

»Das ist interessant«, erklärte ich und nickte. »Woher hast du die Bücher? Gekauft?«

»Nein. Die hat mir meine Großmutter geschenkt.«

»Und sie hat sie auch geschenkt bekommen?« Es war ein Versuchsballon, den ich mit dieser Frage startete, und ich traf dabei ins Schwarze.

»Das stimmt. Meine Großmutter hat die Bücher mitgebracht. Aus einem Schloss, wie sie sagte. Ihr Freund hat sie ihr geschenkt.«

»Kennst du auch seinen Namen?«

»Er heißt …« Der Junge schüttelte den Kopf. »Wir nennen ihn nur immer Joschi.«

Diesmal pfiff ich durch die Zähne. Sieh an, sieh an, der Kreislauf schloss sich. Plötzlich hatten wir die Verbindung zu unserem Professor, einem Mann, der sich mit Dimensionen und Zeitabläufen beschäftigte.

Sollte es ihm gelungen sein, Vergangenheit und Gegenwart miteinander zu mischen? Ein fantastischer Gedanke, jedoch nicht so einfach von der Hand zu weisen, da wir in dieser Richtung schon einiges hinter uns hatten. Auf jeden Fall war ein Gespräch mit Chandler dringend nötig.

»Kennst du Joschi denn?«

Der Junge schaute mich an, als hätte ich etwas Verbotenes gesagt. »Natürlich kenne ich ihn. Joschi ist mein Freund. Er hat uns besucht, ich war auch auf seiner Burg.«

»Dann könntest du uns hinführen?«

»Klar. Wollen Sie denn zu ihm?«

»Sehr gern. Wir waren schon auf dem Weg, als uns diese Überraschung traf und wir das Ungeheuer mit dem Krieger Graax sahen.«

»Wann wollen Sie denn hin?«, fragte uns Peter.

»Noch heute.«

Der Junge erschrak. »Es ist aber dunkel«, sagte er und schaute sich ängstlich um. »Ich muss nach Hause. Meine Eltern warten auf mich. Sie haben …«

»Du brauchst uns nur den Weg zu beschreiben«, sagte Suko. »Wir bringen dich vorher nach Hause und gehen allein zu dem Professor.«

»Joschi ist Professor?«

»Ja. Hast du das nicht gewusst?«

»Nein.«

»Wie weit ist es denn noch?«, fragte ich ihn.

»Nicht mehr weit. Wir wohnen allein. Mein Vater ist Förster.« Der Junge deutete nach rechts. »Wo dieser Weg zu Ende ist, da wohnen wir.«

Ich nickte. »Gut, dann wollen wir mal gehen.«

»Haben Sie keine Angst?« Peter schaute mich an, während ich mich von dem Holzstapel erhob.

»Jetzt nicht mehr.«

»Und wenn Graax wiederkommt?«

»Müssen wir mal sehen.« Ich wollte dem Jungen den Mut nicht rauben, deshalb gab ich vor ihm nicht zu, dass auch ich mich fürchtete. Wir waren tatsächlich hier in einen Fall geraten, den man mit Worten kaum beschreiben konnte. So unheimlich und unvorstellbar war alles. Meiner Ansicht nach wurde hier eine blutige Vergangenheit der Erde wieder zu einem schaurigen Leben erweckt.

Der Weg war gut zu gehen.

Bald sahen wir das Licht. Geheimnisvoll schimmerte es durch die Dunkelheit. Beim Näherkommen stellten wir fest, dass es sich um mehrere Lichter handelte. In dem Haus waren die Fenster in der ersten Etage erhellt.

Ein Hund schlug an. Peter freute sich. »Das ist Putzi, unser Dackel. Er hat uns schon gehört.«

Der Junge war nicht mehr zu halten. Bisher hatte ich ihn an der Hand gefasst. Nun riss er sich los und rannte auf das Haus zu, dessen Eingangstür geöffnet wurde, sodass ein breiter Lichtbalken nach draußen fallen konnte.

In diesem hellen Streifen zeichneten sich wenig später die Umrisse einer Männergestalt ab, und wir vernahmen die an den Jungen gerichtete vorwurfsvolle Stimme.

»Wo kommst du jetzt erst her, Peter? Ich habe dir doch gesagt …«

»Vati, ich habe ihn gesehen«, unterbrach Peter den Mann. »Wirklich, er war da.«

»Wer?«

»Graax!« Peter sprach den Namen mit Bestimmtheit aus, und sein Vater zeigte sich sprachlos. Als er nichts sagte, fuhr der Junge fort: »Auch die beiden Männer haben ihn gesehen.«

»Welche Männer?«

»Wir, Herr Kugler«, sagte ich, beschleunigte meine Schritte und geriet wenig später an den Rand des Lichtscheins, sodass mich der Mann erkennen konnte.

Er nahm eine steife Haltung an. »Was wollen Sie hier, und was haben Sie mit meinem Jungen gemacht?«

Jetzt zu langen Erklärungen anzusetzen hatte keinen Sinn, deshalb griff ich zu einem Trick, der aufkeimendes Misstrauen stoppte und sich immer als wirkungsvoll erwiesen hatte.

»Wir sind von der Polizei, Herr Kugler.«

Der Mann erstarrte. Seine Gesichtszüge veränderten sich. Wir sahen, dass sich sein Adamsapfel bewegte, als er ein paar Mal schluckte, dann die Schultern hob und fragte: »Aber wieso denn? Was habe ich mit der Polizei zu tun?«

»Nichts, Herr Kugler«, erwiderte ich und hielt ihm meinen Ausweis entgegen, den er auch nahm.

Er las, schaute mich an und schüttelte den Kopf. »Aber – aber – das ist ja Scotland Yard.«

»Sehr richtig.«

»Wir sind in Österreich …«

»Das spielt in diesem Fall keine Rolle, Herr Kugler. Dürfen wir Ihnen das im Haus erklären?«

»Na ja.« Er war ein wenig unsicher. »Wenn Sie schon mal da sind, bitte, kommen Sie herein!«

»Pa, die beiden sind wirklich in Ordnung«, erklärte der Junge.

»Ist schon gut.« Wir nahmen die einladende Bewegung nickend an und ließen uns in eine große Diele führen, die zu diesem Haus passte. Sie war rustikal eingerichtet. Schwere Holzmöbel, Geweihe an den Wänden, ein Leuchter unter der Decke, dessen Eisengestell auch zu denen der Wandleuchten passte.

Einen Kamin sahen wir ebenfalls. Aus rohen Steinen war er gemauert worden, und das Feuer brannte auf kleiner Flamme. Aus einem Eisenkorb nahm der Förster einige Scheite und warf sie in die Flammen, die sich Funken sprühend ausbreiteten, als sie die frische Nahrung bekamen.

Wir nahmen in einer eichenen Sitzgarnitur Platz, und der Förster stellte die Lampe über dem rustikalen Holztisch höher, damit wir uns ansehen konnten. Er bot Wein an, den wir nicht ablehnten.

Der Mann war etwa in meinem Alter, allerdings ein wenig kräftiger. Zudem trug er einen Bart, der, wie auch sein Haar, erste graue Strähnen zeigte. Bekleidet war er mit einer derben grünen Cordhose, und dazu trug er ein Hemd in der passenden Farbe.

»Leider besitze ich keinen eigenen Weinberg«, erklärte er bedauernd, als er die Pokale voll schenkte, »aber diesen Wein kann man gut trinken. Ein Freund baut ihn an.«

Peter hatte sich zwischen Suko und mich gestellt. Sein

Gesicht zeigte nicht mehr den ängstlichen Ausdruck, sondern eine entspannte Mimik. Er war froh, dem Horror entgangen zu sein.

Nachdem wir von dem Wein gekostet hatten, brachte ich das Gespräch schnell in die Richtung, die ich haben wollte. Ich berichtete für Peter gleich mit, und sein Vater bekam Kugelaugen, als er hörte, was uns da widerfahren war.

Zum Schluss lachte er sogar. »Nein, das kann doch nicht stimmen. Entschuldigen Sie, aber ich muss Sie einfach für Fantasten halten.«

»Leider haben wir die Wahrheit gesagt.«

Herr Kugler griff nach seinem Glas und schüttelte den Kopf. Er ließ sich auch von seinem Sohn nicht überzeugen.

»Dann frag doch mal die Oma!«, rief der Junge.

»Das kann ich leider nicht. Sie ist spazieren gegangen.«

»Vielleicht zur Burg?«, fragte ich. »Dann wüsste sie mehr über die Sagengestalt.«

Der Mann lehnte sich zurück und lachte hart auf. »Nichts gegen meine Mutter, aber sie lässt sich zu leicht beeinflussen. Sie glaubt noch an Geister und andere Gestalten. Unterstützt wird sie dabei von Joschi. Der hockt in seiner Burg und beschäftigt sich ebenfalls mit seltsamen Forschungen. Alle Menschen hier in der Gegend halten ihn für einen harmlosen Spinner.«

Ich runzelte die Stirn. »Harmlos ist er, das kann ich bestätigen. Aber ein Spinner nicht. Mein Freund und ich haben erlebt, zu welchen Taten er fähig ist und was er alles herausgefunden hat. Ich muss ehrlich zugeben, dass man dies mit dem Wort phänomenal umschreiben kann. Glauben Sie mir, Herr Kugler.«

»Ihre Worte sind gut gemeint, Herr Sinclair, aber Sie können mich nicht überzeugen. Ich möchte auch nicht mehr«, jetzt warf er Peter einen scharfen Blick zu, »dass sich mein Sohn mit diesen Dingen beschäftigt. Ich bin kein Patriarch, doch in diesem Fall ist es besser, wenn ich dir die Bücher wegnehme.«

»Trotzdem gibt es Graax.«

»Hör doch mit dem Unsinn …« Er hielt inne, denn die Tür im Hintergrund war geöffnet worden.

Frau Kugler erschien. Sie war eine nette Person. Ein wenig dick und mit großen, hellen Augen. Das Haar trug sie zurückgesteckt. Im Nacken bildete es einen blonden Knoten. Die Augenbrauen wirkten in dem Gesicht mit den rosigen Wangen wie dünne, blasse Pinselstriche.

Ihr Mund war zu einem Lächeln verzogen, als sie auf uns zuschritt, doch dieses Lächeln zerbrach unterwegs, und das Gesicht nahm einen erstaunten Ausdruck an.

Kugler sprang auf. »Was hast du, Elke?«

»Mir – mir ist so komisch. Mein Gott, ich falle. Alles wird so anders. Das Haus, die Wände …«

Einen Moment später spürten auch wir es.

Suko und ich saßen. Kugler aber fiel zur Seite und prallte auf den Boden. Sein Sohn klammerte sich an Suko fest, und einen Moment später befanden wir uns in einer völlig anderen Gegend und Zeit …

Marias Gesicht zog sich in die Länge. Das Blut wich aus ihren Wangen, sodass die Haut im Kerzenschein seltsam bleich wirkte. Ein paar Mal schluckte die Frau und schüttelte dabei den Kopf. »Was haben – ich meine, was hast du gesagt?«

Chandler lächelte dünn. »Ich bin der festen Meinung, dass ich bereits einmal gelebt habe.«

»Das kann ich nicht glauben!« Maria war über die Aussage des Mannes so schockiert, dass sich eine Gänsehaut auf ihrem Körper bildete. Über die Flamme der Kerze hinweg schaute sie den Professor an, in dessen Gesicht sich nichts regte. Nur seine Fingerspitzen bewegten sich, sie lagen zu beiden Seiten des Weinglases.

»Soll ich es dir beweisen?«, fragte der Mann in die lastende Stille hinein.

Maria atmete tief ein. Sie hatte zuerst ein kräftiges Ja sagen wollen, fürchtete sich plötzlich davor, denn ein Beweis dessen, was der Professor gesagt hatte, konnte ein schlimmer Einschnitt werden und ihre Welt quasi auf den Kopf stellen.

»Maria«, sprach Chandler mit leiser Stimme, »wie lange kennen wir uns jetzt? Sind es zehn Jahre?«

»Bestimmt.«

»Gut, wir sind also Freunde. Da ist viel geschehen, du hast von meinen Forschungen einiges mitbekommen. Das Wichtigste jedoch habe ich dir verschwiegen. Mir ist es tatsächlich gelungen, die Dimensionen zu berechnen und durch magische Formeln so zu beeinflussen, dass ein Hineintauchen für mich keine Schwierigkeit mehr bedeutet. Ich habe es geschafft, Maria. Wie du dich erinnern kannst, war ich in den letzten Tagen nicht hier. Ich befand mich in einer anderen Welt, in den Dimensionen der Ghouls, einer schrecklichen Abart der Schwarzblüter, und ich war dort, wo sie geboren wurde. Da habe ich zwei Männer persönlich kennengelernt, die ich zu mir eingeladen habe. Sie werden irgendwann eintreffen, du wirst sie kennenlernen. Die beiden sind Engländer. Der eine heißt John Sinclair, der andere Suko. Aber nur Sinclair befand sich in meiner Dimension, und er rettete mich. Als ich gefangen genommen war und mit meinem Leben schon so gut wie abgeschlossen hatte, da veränderte sich mein Bewusstsein. Ich konnte dieses Bewusstsein sogar schärfen, und es entstanden vor meinem geistigen Auge Bilder. Szenen, die den Schrecken zeigten, und ich sah immer nur einen Mann im Mittelpunkt. Einen muskulösen Kämpfer mit langen, schwarzen Haaren, der ein Schwert ausgezeichnet zu führen verstand. Dieser Mann faszinierte mich, ich sah ihn immer deutlicher und hatte auf einmal das Gefühl, dass in seinem Körper meine Seele stecken würde. Begreifst du das, Maria?«

»Nein«, hauchte die Frau.

Der Professor lehnte sich zurück. »Ich habe es erst auch nicht verstanden«, erklärte er. »Aber die Zeit gab mir Aufschluss. Je öfter ich den Mann sah, umso intensiver wurde die Bekanntschaft mit ihm. Ich möchte da von einer regelrechten Seelenverwandtschaft ausgehen, und es gelang mir, die Gedanken des anderen aufzunehmen und sie zu verstehen. Ich erfuhr seinen Namen. Er heißt Bandor, der Dämonenjäger. Gelebt hat er zu einer Zeit, als es auf der Erde allein das magische Spiel der Kräfte gab und noch keine Menschen in diesem Sinne umherliefen. Dennoch existierte das Gute und das Böse, wobei die Grenzen, das gebe ich zu, manchmal fließend waren. Aber ich habe erkannt, dass Seelen unsterblich sind, und auch Bandors Seele irrte umher, bis sie einen neuen Körper gefunden hatte, nämlich mich. Ich war Bandor, der Dämonenjäger, Maria! Ich und kein anderer. Hast du gehört?«

»Das habe ich, Joschi!«

Der Professor lächelte, als sie ihn so nannte. Das tat Maria immer, wenn sie Angst um ihn hatte. »Bisher habe ich keinem davon erzählt, Maria, nur dir, und ich habe inzwischen auch schon ein gewisses Experiment durchgeführt.«

»Ein Experiment?«

»Ja, es ist sogar gelungen, wie ich meine. Und ich möchte es vor dir wiederholen.«

»Was ist es?«, flüsterte die Frau.

Ebenso leise gab der Professor zurück. »Ich manipuliere mit den Zeiten, spiele mit ihnen …«

Diesmal erfolgte die Reaktion spontan. »Nein, das kannst du nicht. Um Himmels willen, du greifst in die Geschichte des Herrn ein, zerstörst das Gefüge der Welt!«

»Nicht doch, meine Liebe. Ich zerstöre nicht, ich will erhalten, und ich will aus der Zukunft kommend meine Aufgabe in der Vergangenheit zu Ende bringen.«

»Was willst du zu Ende bringen?«, fragte die Frau.

Ein etwas rätselhaftes und gleichzeitig wissendes Lächeln zuckte um die Lippen des Mannes. »Ich kämpfte damals gegen wilde Horden«, erklärte der Professor. »Es waren schreckliche Krieger. Eindringlinge aus irgendwelchen fernen Ländern. Einer ihrer Anführer hieß Graax. Er war mein

Todfeind, aber mir gelang es nicht, ihn zu töten. Das muss ich in der Zukunft nachholen. Graax lebt. Ich will ihn aus der Vergangenheit in die Gegenwart holen und auch Bandor, mich selbst, wenn ich das mal so sagen darf. Verstehst du nun?«

»Nein, Joschi, nein! Ich weiß nur, dass es gefährlich ist. Du kannst dabei dein Leben verlieren.«

»Das ist möglich. Aber auch Graax wird nicht überleben, denn diesmal kämpfe ich nicht allein. Die beiden Männer aus England werden mir zur Seite stehen. Und sie sollen mit mir zusammen in die Vergangenheit geworfen werden.«

»Kannst du das denn? Ist es wirklich so einfach, die Zeiten zu manipulieren und aus der Vergangenheit eine Gegenwart zu machen?«

Der Mann nickte ernst. »Das geht sehr gut, wenn man den Schlüssel dazu besitzt. Ich habe ihn, Maria. Mein langes, intensives Suchen und Forschen hat sich gelohnt.« Er stand auf. »Es ist mir bereits gelungen, die Zeiten zu vermischen. Kurz bevor du kamst, habe ich das Experiment durchgeführt. Ich sah ihn zwar nicht, dennoch war ich sicher, dass sich Graax gezeigt hat. Er war hier in der Gegenwart.«

»Und Bandor?«

Da hob der Gelehrte die Schultern.

Maria hatte er durch seine Worte noch immer nicht überzeugen können. Sie schüttelte den Kopf, rang die Hände und flehte ihren Freund an. »Bitte, tu es nicht, Joschi. Du wirst nur Unglück über die Menschen bringen. Lass die Welt und lass die Zeiten.«

»Ich kann es nicht. Denn wenn ich nicht auf eine Entscheidung dränge und sie jetzt treffe, wird irgendwann einmal das Grauen zurückkehren, und dann ist niemand da, der ihm Einhalt gebietet. So und nicht anders musst du das sehen, Maria!«

»Überzeugen hast du mich nicht können, Joschi. Tut mir leid.«

»Willst du gehen?«

Maria hob den Kopf. Dabei lächelte sie. Der Blick saugte

sich an den Augen des Professors fest. »Weißt du, Joschi, ich wäre am liebsten gegangen, aber wir beide kennen uns schon so lange, wie du selbst gesagt hast. Deshalb will ich sehen, was du machst.«

»Das ist gut«, flüsterte der Professor. »So habe ich mir das vorgestellt. Und du wirst es nicht bereuen, denn du kannst einen Blick in eine Zeit werfen, die …« Er hob die Schultern, denn es fehlten ihm die treffenden Worte, »… die so schlimm und barbarisch ist, dass niemand dort lange überleben konnte.«

»Dann lass sie doch!«

»Nein, Maria. Graax wird wiederkommen, das weiß ich genau. Aber diesmal bestimme ich den Tag, die Stunde und den Ort seiner Rückkehr. Ich führe das zu Ende, was Bandor vor langer Zeit einmal begonnen hat. Mehr möchte ich dazu nicht sagen.«

»Dickkopf!«, flüsterte die Frau. »Verfluchter Dickkopf. Aber so kenne ich dich. Ich hätte mich auch gewundert, wenn es anders gewesen wäre.« Mit einem heftigen Ruck stand sie auf und schob den Stuhl zurück. »Ich werde dich begleiten, Joschi.«

»Das freut mich sehr.«

Maria Kugler fürchtete sich. Man sah es ihrem Gesicht an. Die Blicke wieselten ängstlich durch den Raum. Überall suchten sie nach geheimnisvollen Gegnern, nach versteckten Dingen, einer Gefahr, aber sie sah nichts. Es war alles normal.

Der Professor schritt vor. Er ging dabei in den Hintergrund des Raumes und steuerte eine Tür an, die in sein eigentliches Reich führte. Hinter dieser Tür lag ein großer Saal. Chandler hatte Wände wegstemmen lassen, um sich dieses Labor, wie er es nannte, einrichten zu können. Dort führte er seine magischen Experimente durch, kümmerte sich um Beschwörungen und bemalte den Boden mit geheimnisvollen Zeichen sowie Formeln, die Maria nicht verstand.

Abgeschlossen hatte der Mann nicht. Er zog die Tür auf und nahm Maria mit in sein Reich.

Die Frau glaubte, eine andere Welt betreten zu haben. War das hinter ihr liegende Zimmer schon mit einer seltsamen Atmosphäre gefüllt, so verdichtete sich diese in dem vor ihr liegenden Raum zu einem rätselhaften Flair, das aus dem Unsichtbaren hochgestiegen war und die Mauern durchdrang.

Hier spürte der sensible Mensch, dass etwas geschah. Auch die Äußerlichkeiten passten haargenau hinein.

Da war die schwarz angestrichene Decke, auf der sich nur die hellen Flammenkreise der brennenden Kerzen abzeichneten. Der Boden zeigte ein tiefes Rot. Ein Stehpult war noch vorhanden. In einer kleinen Mulde lagen bunte Kreidestücke. Mit ihnen war der Mittelpunkt und der eigentliche zentrale magische Kern des Raumes aufgezeichnet worden.

Ein geheimnisvolles Fünfeck aus schwarzen Kreidestrichen, deren breite Linien glänzten, als wären sie mit Öl lackiert worden. Fünf Ecken hat ein Pentagramm, und diese geometrische Figur bildet oft die Basis der Magie. Jede Seite hatte die Länge eines Menschen, und direkt neben die Striche hatte der Professor geheimnisvolle Zeichen und Formeln gemalt, deren Sinn nur er selbst kannte, nicht aber Maria. Seltsamerweise war die Farbe innerhalb des Fünfecks nicht mehr zu sehen. Das Rot des übrigen Bodens war einem stumpfen Grau gewichen. Eine Erklärung wusste die Frau nicht, sie wagte auch nicht, danach zu fragen.

Der Professor hatte sie vorgehen lassen und schloss hinter ihr behutsam die Tür. Nur ein leises Geräusch war zu vernehmen, aber Maria fühlte sich eingesperrt.

Sie fröstelte.

Das lag nicht nur an der Kühle, die innerhalb des Raumes herrschte, sondern auch an ihrem Zustand. Von innen her kroch ein beklemmendes Gefühl in ihr hoch, das Licht der zahlreichen Kerzen empfand sie ebenfalls als kalt. In ihrem Widerschein wirkte das Gesicht des Professors seltsam bleich.

»Du bleibst an der Tür stehen!«, sagte er flüsternd zu seiner alten Freundin, lächelte knapp, sah Marias Nicken und schritt auf das Fünfeck in der Mitte des Raumes zu.

In der Mitte dieser Figur blieb er stehen. Die Arme hatte er vor seine Brust gelegt und er griff in die Tasche, um etwas hervorzuholen. Es war ein Zirkel.

Er bestand aus dunklem Holz und mit ihm zeichnete der Professor um seine eigene Gestalt einen Kreis auf den Boden.

Maria Kugler wunderte sich, dass die Rundung rot schimmerte und den Farbton von Menschenblut annahm. Als der Kreis geschlossen war, drückte sich Chandler in die Höhe, nickte Maria zu und legte den Zirkel zur Seite.

»Was geschieht jetzt?«, hauchte die Frau.

»Lass dich überraschen, meine Liebe«, erklärte der Mann mit einem rätselhaften Lächeln. »Ich bitte dich nur um eins. Schau mich an, und präge dir mein Aussehen genau ein!«

»Ja, natürlich ...«

Chandler hob beide Hände. Er drehte die Flächen nach außen zu Maria hin. »Ich möchte dir noch sagen, liebe Freundin, dass du keine Angst zu haben brauchst. Dir kann nichts passieren, aber du wirst erleben, dass die alten Legenden die reine Wahrheit sind.«

Dies waren die vorerst letzten Worte, die der Mann verständlich für Maria von sich gegeben hatte, danach erklang zwar auch noch seine Stimme, jedoch verlor sie sich in einem für die Frau unverständlichen Gemurmel.

Woher sollte sie auch wissen, dass dies magische Formeln waren, die über die Lippen des Gelehrten drangen?

Aber sie sah die Wirkung!

Hatte zuvor der Kreis nur an seinem äußeren Rand eine rote Farbe gezeigt, so wanderte diese nun nach innen und füllte den auf den Boden gezeichneten Kreis aus. Das Rot und das Grau gingen ineinander über, beide Farben vermischten sich und bildeten eine neue.

Es war ein intensives Blau!

Eigentlich ein fast normaler Vorgang, trotzdem war Maria Kugler beeindruckt. Die Frau stand vorgebeugt und hatte ihre Hände zu Fäusten geballt. Noch nie war sie so direkt mit der Magie des Professors konfrontiert worden. Bisher hatte ihr der Mann nur immer von seinen Forschungen berichtet, alles war für sie graue Theorie gewesen. Nun aber erlebte sie die ganze Szene mit. Ihr Blick tauchte förmlich ein in die magische Umwandlung, und sie spürte dabei, dass andere Kräfte aus unergründlichen Tiefen und Weiten eines nicht erfassbaren Raumes frei wurden und allmählich von dem Besitz ergriffen, was Maria als ihre nähere Umgebung bezeichnete.

An den Rändern des Pentagramms begannen die Zeichen zu leuchten. Sie strahlten nicht alle auf einmal auf, sondern nacheinander und intervallartig. Manchmal erinnerte es Maria an das Flackern von Glühbirnen, die eingeschaltet wurden, für wenige Sekunden ihr Licht verstreuten und dann wieder verlöschten.

Auch der Professor bewegte seine Lippen. Er sprach die magischen Worte, geheimnisvolle Formeln, irgendwann einmal in ferner Zeit aufgeschrieben und für die Ewigkeit verwahrt.

Immer wenn eine Formel aus seinem Mund drang, wurde das entsprechende Zeichen am Rand des Fünfecks lebendig. Dann nahm er das geheimnisvolle Leuchten an, und Maria Kugler sah, dass ein feiner Nebel aus den Rändern stieg.

Als würde von außen her Wind gegen ihn drücken, so wurden die dünnen Nebelschleier in das Innere des Pentagramms geweht, damit sie ihr Ziel finden konnten.

Wie lange, geisterhafte Figuren umwoben sie den Gelehrten, stiegen an ihm hoch, als wollten sie sich in seiner Kleidung festkrallen und ihn nie mehr loslassen.

Rauch und Magie. Wo sich beides vereinte, entstand der Zugang in eine andere Welt.

Bisher hatte der Professor die Frau immer ein wenig überragt. Plötzlich stellte Maria fest, dass sie ihm in die Augen sehen konnte, ohne ihren Kopf heben zu müssen.

War der Mann kleiner geworden?

Maria Kugler wollte daran nicht glauben. Sie rechnete mit einer Täuschung, aber als sie zum zweiten Mal hinschaute, bekam sie das alles bestätigt. Sie war größer als der Professor, und sie sah auch im nächsten Augenblick den Grund.

Dabei hatte sie Mühe, einen Schrei zu unterdrücken, denn der Professor war nicht kleiner geworden, er sank allmählich in den Boden. Die Frau hatte das Gefühl, als würde auf dem Kopf des Professors ein Gewicht liegen, das genug Kraft hatte, um den Mann in die Erde zu drücken.

Zentimeterweise sackte der Professor tiefer. Seine Füße waren längst nicht mehr zu sehen, inzwischen verschwanden bereits die Knie des Mannes.

Die Erde nahm ihn auf.

Marias Atem drang stoßweise aus ihrem Mund. Sie konnte es nicht begreifen, was da vor sich ging. Es war zudem müßig, nach einer Erklärung zu suchen, gefunden hätte sie sowieso keine, denn schwarze Magie war für sie ein Buch mit sieben Siegeln.

Sie hatte dem Professor versprochen, dazubleiben. Und dieses Versprechen wollte sie auch halten. Deshalb blieb sie stehen, den Blick starr auf das Pentagramm gerichtet, und schaute weiter zu, wie der Professor tiefer in den Schacht einsackte.

Er saugte ihn auf.

Unbewegt blieb dabei der Blick des Mannes. Kein Muskel zuckte, keine Fingerspitze bewegte sich bei dem Mann, der seine Hände vor der Brust verschränkt hatte, dabei wie auf Wolken schwebte und noch tiefer in den Schacht hineingepresst wurde.

Maria beugte sich ein wenig weiter vor. Nun konnte sie einen Blick in den kreisrunden Schacht werfen. Die alten Geschichten fielen ihr ein. Von einer Hölle, die in der Erde lag, hatte ihre Mutter immer gesprochen. Vielleicht war es die Hölle, der der Professor einen Besuch abstatten wollte, doch vergeblich suchte sie nach dem roten, unheimlichen Leuchten des höllischen Feuers.

Sie sah nur das blaue, geheimnisvolle Licht, das den Schacht von Rand zu Rand ausfüllte.

Maria hatte sich so dicht an das Pentagramm herangetraut, dass ihre Fußspitzen es fast berührten. Nun zuckte sie wieder aus Angst vor ihrer eigenen Courage zurück und wartete ab, wie der unheimliche Vorgang weiterlief.

Ein Ende hatte der Schacht. Es befand sich vor ihren Augen. Doch wo er einmündete, war ihr unbekannt. Vielleicht war die Hölle tatsächlich sein Ziel, obwohl sie keine Anzeichen dafür entdeckte. Aber wer konnte schon mit Bestimmtheit sagen, wie die Hölle wirklich aussah? Höchstens der Teufel.

Die Magie verstärkte sich. Plötzlich verschoben sich die Linien des Pentagramms. Manchmal überdeckten sie sogar die aufgeschriebenen Formeln und Buchstaben, während gleichzeitig immer mehr Dampf und Nebel aus dem Schacht quollen.

Stoßweise pufften die Wolken in die Höhe. Die Frau schaute in den bläulich schimmernden Rauch, der mittlerweile so kräftig und dicht geworden war, dass er ihr die Sicht raubte.

Sie trat zurück, eine instinktive Furcht vor diesem Rauch trieb sie dazu.

Der Professor war nicht mehr zu sehen. Wie ein geheimnisvolles Orakel war er hinter dem Schleier verschwunden.

Maria hätte niemals gedacht, dass sie so etwas, was sie hier geboten bekam, auch durchstehen würde. Noch vor Tagen wäre sie vor Angst vergangen, hätte ihr jemand erzählt, was sie erleben sollte. Zudem hätte sie ihm nicht geglaubt.

Durch den Professor war sie in eine Welt geführt worden, die den meisten Menschen versagt blieb und vor der sie auch Furcht hatten. Magie, Zauberei, Hexenkunst, finstere Beschwörungen – Dinge, die zusammengefasst die Urfurcht des Menschen ausmachten, wurden aus finsteren Tiefen fremder Dimensionen wieder an die Oberfläche gezerrt. Dem Professor waren die Beschwörungen gelungen. Er vereinigte all das, was sich Magier und Medizinmänner fremder Völker auch immer zu Eigen machten. Und er spielte diese Trumpfkarten aus.

Für eine Frau wie Maria war dies besonders überzeugend. Sie hatte den Legenden und Sagen der Vergangenheit immer geglaubt. Ihr war klar gewesen, dass etwas im Verborgenen lauerte, das nur die Chance erhalten musste, geweckt zu werden.

Der Professor hatte es getan.

Und weil Maria immer fest davon überzeugt gewesen war, spürte sie auch nicht die Furcht, die ein anderer Mensch vielleicht gehabt hätte. Es war mehr eine Angespanntheit, die in ihr lauerte, und sie wollte wissen, wie es weiterging.

Träge wallten die Rauchschwaden durch den großen Raum. Sie erreichten die Wände kaum, denn kurz zuvor lösten sie sich auf. Als geisterhafte Gebilde stoben sie davon.

Dennoch quoll Rauch nach.

Aus Tiefen, die für Maria nicht einsichtig waren, drang er hervor, und der Schacht stieß ihn aus, als wäre er ein gieriges Maul, das sich intervallartig öffnete und schloss.

Fast übergangslos stoppte der Rauch. Als hätte jemand einen Deckel auf den Schacht gestülpt, was allerdings nicht der Fall war. Maria schaute auf die normale runde Öffnung innerhalb des Pentagramms, und sie sah im Schacht das Zirkulieren des blauen Lichts. Ein geheimnisvolles Blitzen und Flimmern, von winzigen Lichtexplosionen durchdrungen, die wie verglühende Sterne wirkten.

Der Professor war verschwunden!

Keine Spur sah sie mehr von ihm. Der Schacht hatte ihn verschlungen.

Maria Kugler erschrak sehr. Für eine winzige Zeitspanne glaubte sie, dass Chandler sie genarrt haben könnte und einfach verschwunden war.

Das Pentagramm glühte weiter.

Die einzelnen Seiten befanden sich in Bewegung, obwohl sie an der Stelle blieben, wo sie auf den Boden eingezeichnet waren. Die Bewegung huschte im Innern der Seiten entlang, sodass dies für die Frau wie eine sich bewegende optische Täuschung war, wenn sie hin und wieder aufzuckten und danach wieder zurückglitten. Manchmal wurde sie an die Leuchtreklamen erinnert, die sie schon öfter in Wien gesehen hatte.

Noch tat sich nichts.

Maria war sehr dicht an die geheimnisvolle Zeichnung herangetreten, streckte ihren Kopf vor und warf einen Blick in die Schachtöffnung.

Sie konnte sich täuschen, dennoch hatte sie das Gefühl, als wäre das blaue Flimmern stärker geworden.

Der Begriff eines lautlosen Brodelns kam ihr in den Sinn, denn so wirkte das Flimmern innerhalb des Schachts.

Sie hätte gern erfahren, was sich genau dort abspielte, und ihre Gedanken glitten wieder zu dem zurück, was ihr der Professor gesagt hatte. Von der Vergangenheit und der Gegenwart hatte er gesprochen. Mathematisch und magisch hatte er sich mit dem Phänomen der Zeiten beschäftigt. Setzte er dieses Wissen nun in die Praxis um?

Maria wartete.

Ihr Körper zitterte. Ihre Erregung nahm von Sekunde zu Sekunde zu. Wenn sie zurückdachte, mit welch einer Monotonie ihr bisheriges Leben verlaufen war, das sich aus Arbeit und nichts als Arbeit zusammengesetzt hatte, da stand sie nun an der Schwelle zu Dingen, die weder sie noch andere Menschen begriffen. Vielleicht gab es ganz wenige Ausnahmen, die aber waren so dünn gesät, dass man sie nicht finden konnte.

Nun war ihr klar geworden, dass sie am Beginn eines epochalen Ereignisses stand, und sie sollte die Erste sein, die es sah und begriff.

Kaum spürte sie die Erschütterung, die durch ihren Körper lief. Es war wie ein kurzer, heftiger Stoß, der ebenso rasch vorbeiging, wie er gekommen war. Danach war wieder alles ruhig, völlig normal und auch in Ordnung.

Sie konnte sich keinen Reim auf diese Veränderung machen. Wie sollte sie auch? Als sie die Erschütterung gespürt hatte, war das innerhalb des Schachts geschehen, was man vielleicht mit dem Begriff Zeitumwandlung beschreiben konnte.

Seltsamerweise blieb die Burg verschont. Hier geschah nichts. Das Zimmer blieb normal, es stürzten keine Mauern ein, es gab keine Veränderung.

Alles blieb ...

Maria wartete weiter. Kein Laut drang aus dem Schacht. Das Licht gab ihr keine Botschaft, auch die Seiten des Pentagramms bewegten sich nicht mehr.

Sie waren zu einer seltsamen Ruhe erstarrt und hatten dabei einen stumpfen, leicht grauen Farbton angenommen, als wären sie jeglicher magischer Kraft beraubt worden.

Maria verspürte wieder Furcht. Hatte sich der Professor vielleicht übernommen? War es ihm nicht gelungen, das durchzuführen, was er wollte?

Sie zuckte zusammen. Allein die Vorstellung machte ihr Angst, und plötzlich kam ihr die Burg wie ein mittelalterliches Gefängnis vor, sodass sie sich kurz entschlossen umdrehte und zur Tür lief. Maria wusste, dass diese nicht abgeschlossen worden war. Sie schlug ihre Hand auf die schwere Klinke, riss die Tür auf, taumelte in den Gang und lief ihn entlang, bis sie das Arbeitszimmer erreicht hatte.

Dort rannte sie am Schreibtisch vorbei und riss die langen Vorhänge am Fenster zur Seite.

Sie wollte nach draußen schauen.

Maria presste ihr Gesicht gegen die Scheibe. Auf ihrer Haut hatte sich ein Schweißfilm gebildet. Als sie mit der Stirn über die Scheibe fuhr, vermischten sich Schmutz und Schweiß zu einem regelrechten Schmier, doch darauf achtete sie nicht.

Etwas anderes war viel schlimmer.

Normalerweise konnte sie, wenn sie aus dem Fenster schaute, die Berge und Hügel der Umgebung erkennen. Davon sah sie diesmal nichts. Die Landschaft hatte sich völlig verändert. Sie entdeckte zwar auch Bergbuckel, aber die sahen anders aus. Nicht mehr so abgerundet, sondern steiler, hatten die Form von Kratern, und die Frau entdeckte sogar die dünnen Rauchsäulen, die über den Kuppen dieser Berge standen.

Vulkane in Österreich?

Maria begann zu zittern. Sie schluckte, ihr Mund öffnete sich, stoßweise drang der Atem über ihre Lippen, und sie zuckte zurück, als ein gewaltiger Schatten dicht an dem Fenster vorbeiflog.

Ein Vogel!

Doch wie groß!

Der musste mindestens die Spannweite eines Adlers gehabt haben, wenn nicht noch größer.

Maria bebte vor Furcht. Die Angst steigerte sich noch mehr. Sie wollte es einfach nicht begreifen, dass die Magie so gewirkt hatte, wie der Professor es versprach.

Die Frau konnte den Blick einfach nicht vom düsteren Himmel und den Konturen der Berge lösen. Und sie sah genau, wie der Vogel eine Schleife flog und zurückkehrte.

Er rauschte heran. Fast glaubte sie, das Brausen der gewaltigen dunklen Flügel zu hören, und jetzt sah sie auch, dass es kein normaler Vogel war, sondern ein Untier.

Ein grauenvolles Fabelwesen, das sich der Burg näherte, die in der Vergangenheit als Relikt der Zukunft stand.

Ein glühendes Augenpaar war direkt auf das Fenster gerichtet. Zwei rote kleine Kreise, die der Frau Angst machten, wobei sie glaubte, dass der unheimliche Vogel mit seinem langen Schnabel die Scheibe zertrümmern wollte, denn sein Flug führte ihn geradewegs auf das Fenster zu.

Schreiend wich Maria zurück. Sie sah noch, wie die Augen größer wurden, als es schon passierte.

Wie eine Lanze hackte der spitze lange Schnabel die Scheibe entzwei. Glasstücke wirbelten wie ein Splitterregen in den Raum, übergossen den Schreibtisch und erreichten beinahe die angststarre Frau.

Das Fenster selbst war zu schmal, um den unheimlichen Vogel schon beim ersten Anflug hindurchzulassen. Nur der lange Schnabel stach in das Zimmer hinein, wurde aufgeklappt, und die rötlich schimmernde Zunge zuckte hervor.

Gleichzeitig bewegte der Vogel seine großen Schwingen, um sich zu halten. Eine seltsame Luft drang in den Raum. Sie roch verbrannt, nach schwelenden Steinen, Rauch und Feuer. Auch war sie wesentlich wärmer, und der unheimliche Vogel kratzte mit seinen Krallen am Mauerwerk, um den entsprechenden Halt zu finden, bevor er sich ins Zimmer schob, wo er ein Opfer sah.

Maria wich zurück. Sie bewegte ihren Mund. Flüsterlaute drangen über ihre Lippen und zeugten von der Angst, die sie spürte.

»Geh weg, du Bestie!«, hauchte sie. »Verflucht, geh weg!«

Der Vogel dachte nicht daran. Er bemühte sich weiter, drehte seinen Körper mit der lederartigen Haut und würde es irgendwann schaffen, sich in das Zimmer zu schieben.

Da hörte Maria hinter sich Schritte, dumpfe, stampfende Laute.

Sie drehte sich um.

Ihre Augen weiteten sich entsetzt, denn vor ihr stand ein unheimliches Wesen.

Ein Fremder.

Bandor, der Dämonenjäger!

Der Übergang war nicht fließend. Er hatte uns blitzschnell getroffen und so überrascht, dass wir zunächst alle ratlos waren und uns nicht zurechtfanden.

Ich hörte den kleinen Peter entsetzt aufschreien und dazwischen Sukos beruhigende Stimme, denn er hielt den Jungen fest. Auch Herr Kugler dokumentierte seine Überraschung durch einen entsetzten Schrei, während seine Frau Elke sich an ihrem Mann festklammerte und immer seinen Vornamen Hans rief.

Wir standen noch unter dem Eindruck des schnellen Zeitwechsels.

Erst einmal blieben wir in unseren Positionen. Es war das Beste, um sich einen Überblick zu verschaffen.

Keine Wände, kein Dach und keine Mauern schützten uns. Wir befanden uns in der freien Natur und einer gleichzeitig feindlichen Umwelt. Es hatte sich niemand von uns auf den Beinen halten können. Wir alle lagen auf einem feuchten Boden, der seltsam faulig roch. Auch hier war es dunkel, allerdings stand oben am Himmel ein seltsam bleich schimmernder Mond, dessen Strahlen einen kalten, farblosen Glanz auf die Erde warfen.

Wir hatten den Schock des Zeitwechsels bereits einmal erlebt und fanden uns deshalb besser zurecht. Auch wenn dies an unserer physischen Kraft zehrte, mussten wir uns damit abfinden und das Beste aus unserer Lage machen.

Am härtesten hatte die Veränderung Elke Kugler getroffen. Während ihr Mann sich einigermaßen hielt und sich nur fassungslos umschaute, wobei sein Gesicht immer blasser wurde, kniete sie am Boden, hob in einer verzweifelten Geste die Schultern und flüsterte sinnlose Worte. Ihr Mann war momentan nicht in der Lage, sie zu trösten. Deshalb ging ich zu ihr und legte ihr meine Hand auf die Schulter.

»Frau Kugler«, sagte ich leise zu ihr. »Bitte, Frau Kugler, hören Sie mir zu!«

Sie warf den Kopf zurück. Mit beiden Händen fuhr sie sich durchs Haar, der Knoten löste sich auf, und die langen, blonden Strähnen fielen zu beiden Seiten des Gesichts nach unten. »Was soll ich hören?«, fragte sie erstickt. »Dass wir dem Tod geweiht sind? Dass es keine Chance mehr für uns gibt? Dass man mich aus dem normalen Leben gerissen hat, und dass Sie dafür die Schuld tragen? Wenn Sie mir das sagen wollen, dann bitte! Sagen Sie es! Sagen Sie mir, dass Sie mich und meine Familie vernichten wollen, durch welchen Trick auch immer!«

»Frau Kugler, bitte …«

»Nein, nein, nein!« Sie schüttelte den Kopf und schlug gegen meinen Arm, sodass ich meine Hand nicht mehr auf ihrer Schulter lassen konnte. »Ich will wieder zurück!«, rief sie plötzlich, drehte sich um und fasste meine Beine in Höhe der Knie. »Hören Sie, ich will zurück! Sorgen Sie dafür, so wie Sie dafür gesorgt haben, dass die Welt um uns herum eine andere wurde. Wie immer Sie es angestellt haben, denken Sie auch an unseren Sohn. Sie – Sie, ich hasse Sie!«

Was sollte ich darauf erwidern? Irgendwie konnte ich ihre Reaktion sogar verstehen. Ja, sie war verständlich. Vielleicht hätte ich an ihrer Stelle nicht anders gehandelt, und ich warf meinem Freund Suko einen um Hilfe suchenden Blick zu.

Der hielt noch immer den Jungen fest, der am besten mit diesem mörderischen Zeitwechsel fertig wurde und sich jetzt aus Sukos Griff befreite.

Ein wenig schwankend lief er auf seine Mutter zu, und ich ließ ihn. Vielleicht war er es, der seiner Mutter über die ersten Minuten hinweghelfen konnte.

Die Frau verstand, streckte die Arme aus und umfing ihren Sohn. Hans Kugler stand neben den beiden und schaute zu. Er wusste manchmal nicht, wohin er den Blick richten sollte. Einmal starrte er uns an, dann wieder seine Familie.

»Mammi!«, flüsterte Peter. »Mammi, ich kenne das, ich habe es schon einmal erlebt. Wir sind in einer anderen Zeit, wo die Geschichten spielen, die Oma immer erzählt.«

Das Lachen der Frau klang schrill. »Nein, Peterle, das ist nicht möglich. So etwas gibt es nicht. Das sind doch alles Sagen und Legenden. In den Büchern …«

»Doch, Mammi. Ich habe ihn doch gesehen.«

»Wen?«

»Graax!«

Zischend holte Hans Kugler Atem. »Hör auf damit, Peter! Ich habe dir verboten, darüber zu sprechen. Es gibt keinen Graax, es …«

»Moment, Herr Kugler«, unterbrach ich ihn mit leiser, dennoch scharfer Stimme. »Sie müssen umdenken und sich darauf gefasst machen, dass ein Krieger namens Graax existiert. Wir sind in einer fernen Epoche der Erde gelandet, und dort hat es diese Völker gegeben, die längst ausgestorben sind, noch bevor der alte Kontinent Atlantis entstand.«

Kugler wollte lächeln. Seine Mundwinkel verschoben sich schon, dann froren sie ein, und das Lächeln verzerrte sich zu einer Grimasse. »Was sagen Sie da?«

»Sie haben mich genau verstanden!«

»Ja, aber nicht begriffen!«

Ich hob die Schultern. »Es tut mir leid, aber gehen Sie bitte davon aus, dass es für uns keine andere Möglichkeit gibt. Wir sind in einem Stadium der Geschichte gefangen, in dem sich die Erde praktisch erst entwickelte. Ich würde schätzen, dass gerade eine Eiszeit vorbei ist. Vielleicht liegt England sogar noch unter gewaltigen Gletschern begraben und ist keine Insel wie in der Gegenwart. Machen Sie sich mit dem Gedanken vertraut und behalten Sie auf alle Fälle die Nerven, denn nur gemeinsam sind wir stark genug, um uns gegen diese feindliche Umwelt behaupten zu können.«

Meine Worte hatten einen Nerv bei ihm getroffen. Hans Kugler schwieg. Er starrte auf seine Hände. Die Finger waren in Bewegung. Dann hob er ruckartig den Kopf und blieb so stramm stehen wie ein Soldat vor seinem Vorgesetzten. »Meinen Sie das, was Sie da gesagt haben, wirklich so?«

»Es ist mein voller Ernst, Herr Kugler!«

Der Förster wandte sich ab. Wütend stampfte er dabei mit dem Fuß auf. Vielleicht wollte er noch etwas sagen, aber ihm fehlten die Worte.

Mutter und Sohn redeten miteinander. Der kleine Peter hielt sich wirklich tapfer. Mit geflüsterten Worten erklärte er seiner Mutter, dass man auch in dieser Welt leben könnte. In seinen Büchern hatte er alles gelesen, und wenn man sich vor Graax versteckte, war alles gar nicht so schlimm.

Ich musste lächeln, als ich die Worte hörte. Vor dem Kleinen konnte man als Erwachsener den Hut ziehen. Aber vielleicht musste man in der Abenteuerwelt des Kindes leben, um diese Gefahr zu begreifen und auch mit der Zeitumwandlung so fertig zu werden, wie Peter es geschafft hatte. Anders konnte ich es mir nicht vorstellen.

Ich wollte mit Suko reden. Als ich mich umschaute, war mein Partner verschwunden. Großen Grund zur Besorgnis hatte ich nicht. Der Inspektor würde schon wieder zurückkehren. Bestimmt schaute er sich nur die nähere Umgebung an.

Schließlich hörte ich ihn. Er war zunächst den Hang hinaufgelaufen, jetzt rutschte er wieder herunter. Sein Schatten tauchte zwischen den mit dichtem Moos bewachsenen Felsbrocken auf, die den Hang bedeckten. Hin und wieder stützte er sich ab.

Schweiß glänzte auf der Stirn meines Freundes, als er neben mir stehen blieb und in mein fragendes Gesicht schaute.

»Ich habe mich ein wenig umgesehen«, erklärte er.

Auch Hans Kugler hatte die Worte gehört und trat neugierig näher. Neben Suko blieb er stehen.

»Und?«

Mein Freund lächelte. »Du wirst es kaum glauben, John, aber was ich entdeckt habe, ist irre.«

»Los, Alter, rede!«

Suko drehte sich um. Er deutete den Abhang hoch.

»Oben auf dem Kamm hast du einen guten Blick. Der Mond scheint, und das Licht ist seltsam klar. Deshalb hob sich das Gemäuer so deutlich vor dem Hintergrund ab.«

»Welches Gemäuer?«, fragte ich überrascht.

»Das weiß ich auch nicht.«

»Moment mal«, sagte Hans Kugler. »Können Sie es vielleicht beschreiben?«

»Natürlich.« Suko erklärte ihm mit präzisen Worten, was er da gesehen hatte.

Noch während er sprach, nickte der Mann. Er ließ Suko auch nicht zu Ende reden, sondern sagte: »Mein Verdacht hat sich bestätigt. Während unser Haus in der Gegenwart zurückgeblieben ist, wurde die Burg des Professors mit in die Vergangenheit geschleudert. Das ist eigentlich alles, meine Herren.«

Es war verdammt viel. Mehr jedenfalls, als wir gedacht hatten. Suko und ich waren platt. Damit hätte nun keiner von uns gerechnet. Eine Burg aus der Gegenwart in der Vergangenheit zu sehen. So etwas war unwahrscheinlich.

»Was sagst du, John?«

»Wir haben also ein Ziel!«, stellte ich fest. »Und vielleicht finden wir dort Professor Chandler. Ich kann mir gut vorstellen, dass er mehr weiß als wir.«

»Das ist möglich.«

Ich wandte mich wieder an meinen Freund. »Gesehen hast du ihn nicht zufällig – oder?«

»Nein, das nicht. Ich entdeckte nur einen schwachen Lichtschein, bin mir allerdings nicht hundertprozentig sicher.« Suko legte eine kurze Pause ein, bevor er die nächsten Worte sprach. »Und dann sah ich noch etwas. Es waren große Schatten am Himmel, die sich bewegten. Ich tippe auf Vögel.«

»Oder Drachen. Fliegende Drachen.«

»Auch möglich.«

Kugler schüttelte den Kopf. »Was reden Sie denn da, zum Henker? Fliegende Drachen?«

»Wir müssen damit rechnen.«

»Ja, Paps, ja. Sie kamen auch in meinen Büchern vor.« Die Worte rief der kleine Peter. Nickend rannte er auf uns zu. »Ich habe oft darüber gelesen. Richtige Drachen. Ehrlich.«

Hans Kugler zog ein Gesicht, als hätte er Essig getrunken. Er sagte nichts weiter, denn er schien mittlerweile einzusehen, dass er mit den normalen Erklärungen keine Chance hatte, diese furchtbare Welt zu begreifen.

»Und was hast du noch alles gelesen?«, wollte ich wissen. Peter konnte mir eine wertvolle Hilfe sein, wenn er von dieser vergangenen Epoche berichtete.

Der Junge war jetzt in seinem Element. Endlich gab es Erwachsene, die ihn ernst nahmen. Er berichtete von dem unheimlichen Graax, von gefährlichen Barbaren, kriegerischen Stämmen und fliegenden Ungeheuern. Sein Vater wurde immer blasser, dennoch war der Unglaube aus seinem Gesicht verschwunden, schließlich hatte Suko ebenfalls von den großen Vögeln berichtet, die über der Burg hoch am Himmel kreisten.

»Richten wir uns also darauf ein«, erklärte ich.

Suko dachte ebenfalls praktisch, als er sagte: »Haben wir entsprechende Waffen?«

»Ich hoffe.«

»Was heißt das?«, fragte mich Hans Kugler, während er seinen Arm um die Schultern seiner Frau legte. Sie hatte sich inzwischen zu uns gesellt.

»Wir tragen Pistolen bei uns. Zudem noch einen Dolch, eine Dämonenpeitsche, magische Kreide, eine Gnostische Gemme und mein Kreuz.«

Hans Kugler meinte: »Das wird Ihnen wohl kaum etwas nutzen.«

»Meinen Sie das Kreuz?«

»Sicher.«

Ich wiegte den Kopf. »Da könnten Sie leider recht haben. Davon einmal abgesehen, sollten wir uns tatsächlich auf den Weg machen und versuchen, die Burg zu erreichen. Vielleicht finden wir dort den Professor.«

»Ich habe auch noch meine Pfeile und den Bogen«, erklärte Peter. »Damit kann ich schießen. Ich habe es oft geübt.«

Ich streichelte sein Haar. »Na prima, mein Kleiner, dann kann uns ja nichts passieren.«

»Ich bin gar nicht so schwach.«

»Hat auch niemand behauptet.«

»Komm an meine Hand!«, sagte Hans Kugler. »Der Weg zur Burg ist weit, und ich will, dass du in meiner Nähe bleibst.«

Peter schaute erst mich an. Als ich nickte, ging er zu seinem Vater.

Suko und ich übernahmen die Führung. Ich ging ein wenig schneller, während der Inspektor nahe der Familie blieb.

Der Boden war ziemlich glatt. Es wuchs kein Gras auf ihm, sondern dichte Flechten, die ein moosartiges Aussehen hatten.

Manchmal war der Untergrund weich wie ein dichter Teppich. Meine Sohlen sanken ein, und wenn ich die Füße wieder zurückzog, sammelte sich Wasser in den Druckstellen.

An den Felsen, die den Hang bedeckten, hielt ich mich fest. Auch diese Steine zeigten eine dunkle Moosschicht, und ich blieb erst stehen, als ich die Kuppe des Abhangs erreicht hatte.

Diesmal sah ich die Burg.

Sie stand wie vergessen in einer seltsamen Urwelt, die überhaupt nicht zu diesem Bauwerk passte. Da war alles verkehrt. Es existierten weder Wege, Straßen noch Pfade. Nur ein wilder, wuchernder Wald, durchzogen von Sümpfen, kleinen Bächen und bedeckt mit winzigen Seen, auf deren Oberfläche das Mondlicht einen dumpfen bleiernen Schimmer gelegt hatte.

An dieser vor mir liegenden Seite mussten wir den Hügel wieder hinunter, erreichten dann eine Senke und konnten uns anschließend auf den Weg zur Burg begeben, hinter der ich die seltsamen abgeschnittenen Kraterkuppen der Vulkane entdeckte.

Ich sah auch die dunklen Punkte in der Luft. Das also waren die geheimnisvollen Vögel, und einer von ihnen schwebte sogar dicht an die Mauern der Burg heran.

Die Senke sah mir nicht Vertrauen erweckend aus. Dort wuchs und wucherte ein dichtes, dschungelartiges Gestrüpp. Bäume mit seltsam breiten Kronen standen so dicht, dass ihr Blattwerk miteinander verflochten war. Und über der Senke lag ein feiner Dunstschleier. Bewegungslos wie ein Tuch stand er in der Luft.

Mittlerweile hatten mich auch die anderen erreicht, blieben neben mir stehen und schauten sich die Landschaft an.

Ich hörte die Stimme der Frau. »Mein Gott, Hans, das werden wir nie schaffen.«

»Warten Sie es ab«, sagte ich. »Solange man lebt, sollte man niemals aufgeben.«

Die Frau schwieg.

Dafür hörten wir ein anderes Geräusch.

Es war zwar noch weit entfernt, in der Stille allerdings deutlich zu vernehmen, zudem trug die Luft den Schall sehr gut zu uns herüber.

Ein dumpfes, unheimlich klingendes Grollen, und der kleine Peter sprach aus, was wir dachten.

»Das ist Graax!«

Natürlich suchten wir ihn. Vergeblich. Trotz des relativ hellen Mondlichts war von dem Untier nichts zu entdecken. Es blieb im dichten Dschungel verborgen, wobei ich das Gefühl hatte, als würde es sich der Burg nähern.

Wenn es stimmte, konnten wir dort unter Umständen die Lösung dieses Rätsels finden.

»Können wir?«, fragte ich über die Schulter gewandt und schaute dabei in sehr blasse Gesichter.

Die Antwort war ein Nicken.

Wenig später machten wir uns an den Abstieg. Schräg liefen wir den Hang hinab und der Senke entgegen. Immer wieder mussten wir achtgeben, nicht auszurutschen. Schon bald erreichten wir die Region, wo der dünne Dunst über der Erde lag. Zwangsläufig atmeten wir ihn ein. Er stank nach Schwefel oder Verbranntem. Irgendwie passte er in diese Luft, die ziemlich feucht und gleichzeitig auch noch warm war, obwohl keine Sonne am Himmel stand.

Das unendlich erscheinende Firmament zeigte einen seltsam grauen Ton. Verwaschen wirkend, aber dennoch klar.

Suko war vorgegangen. Er wand sich als Erster zwischen die hohen Farne, die am Ende der Senke wie lange Arme aus dem Boden wuchsen und nach oben hin zu sehr breiten Blättern auseinander fächerten.

Peter Kugler hatte ja nicht nur von Graax gesprochen, sondern auch von anderen Barbaren, die angeblich dieses Land auf ihren Beutezügen durchstreiften.

Wir mussten also mit jeder Überraschung rechnen.

Suko kam zurück. »Wir müssen einen Bogen schlagen«, sagte er und deutete auf seine Hosenbeine, die nass schimmerten. »Vor uns liegt ein heimtückischer Sumpf.«

»Wie groß ist er?«

Suko wiegte den Kopf. »Jedenfalls können wir ihn nicht überspringen. Wir gehen rechts an ihm vorbei.«

Dagegen hatte niemand etwas einzuwenden.

Das Wort gehen passte nicht zu dem, was wir nun vor uns hatten. Wir tasteten und kämpften uns weiter, brachen Äste ab, wehrten uns gegen dünne, aber sehr biegsame Zweige und hatten bereits nach wenigen Sekunden das Gefühl, mitten in einem Treibhaus zu stecken. So feucht und stickig war die Luft.

Als ständige Begleitmusik hörten wir das Schwirren der Insekten. Es waren ziemlich große, fliegenähnliche, kleine Bestien, die sich auf der Haut festsetzen und stechen wollten.

Die Familie Kugler hielt sich erstaunlich tapfer. Auch Elke klagte nicht. Sie biss, tapfer wie ihr Sohn, die Zähne zusammen und schritt weiter.

Sehr weich war der Boden. An manchen Stellen federte er, dann wieder sanken wir ein und hatten Mühe, die Füße aus dem feuchten Schlamm zu ziehen.

Suko räumte aus dem Weg, was wegzuräumen war. Als er einmal innehielt und die Hände anhob, sah ich die dunklen Streifen auf den Innenflächen.

Es war Blut!

»Ziemlich scharf, diese Gräser«, murmelte mein Freund, aber er machte weiter. Aufgeben gab es für ihn nicht.

Wir kamen nur sehr langsam voran. Bisher hatten wir nur mit einer feindlichen Umwelt zu kämpfen. Ich hoffte, dass es so blieb, und sorgte für eine Änderung der Reihenfolge.

Suko ging weiterhin als Erster, ich ließ mich zurückfallen, und die Familie Kugler nahmen wir in die Mitte.

Kein Mondlicht durchbrach die ineinander verfilzten Kronen der gewaltigen Bäume über uns. Wir kamen uns vor wie in einem dunklen Kasten, der angefüllt mit schwüler, stickig warmer Luft war. Hin und wieder schaltete ich meine Bleistiftleuchte ein, um wenigstens etwas sehen zu können. Der schmale Strahl zitterte durch die Dunkelheit, und ich sah nur die dicken Stängel der hohen Gewächse vor mir.

»Es wird besser!«, meldete Suko von vorn. Er bewegte sich schneller, und plötzlich befanden wir uns auf einer kleinen

Lichtung. Ich brauchte nicht erst stehen zu bleiben, um erkennen zu können, dass dieser freie Flecken keinen natürlichen Ursprung hatte. Jemand hatte ihn geschaffen und die Pflanzen dieses Urwaldes mit Brachialgewalt weggeräumt.

Deutlich waren Schnittstellen zu erkennen, wo eine Machete oder ein Schwert den Weg durch die grüne Wand gebahnt hatten.

Von der Burg sahen wir nichts. Wahrscheinlich befanden wir uns jetzt an der tiefsten Stelle der Senke.

Ich sah die Erschöpfung auf den Gesichtern der Familie Kugler. Wir waren schweißnass. Unsere Haut schimmerte in der Dunkelheit wie glänzendes Metall.

Ruhig konnten wir nicht stehen bleiben. Permanent wurden wir von den verdammten Insekten attackiert, die im Sturzflug auf uns zujagten.

Suko wischte seine blutigen Handflächen an der Hose ab, bevor er die Schultern hob. »Mir gefällt das alles nicht«, sagte er. »Die Ruhe ist trügerisch.« Er drehte sich dabei auf der Stelle und blickte sich witternd um.

»Rechnest du mit einer Gefahr?«

Mein Freund nickte.

Auch Elke Kugler hatte die Worte gehört. Sie presste sich noch dichter an ihren Mann und barg den Kopf an seiner Schulter. Der kleine Peter hatte die Hand seines Vaters losgelassen, einen Pfeil auf den Bogen gelegt und die Sehne gespannt.

»Damit kann ich sogar Füchse erschießen«, erklärte er.

Ich schaute kurz auf die Spitze. In der Tat. Sie glänzte – und schien aus Metall zu sein. Eigentlich hätte der Junge nicht mit dieser Waffe herumlaufen dürfen, aber es war müßig, jetzt darüber nachzudenken. Wir hatten andere Probleme.

Sukos Gesicht nahm einen immer besorgteren Ausdruck an. Ich kannte meinen Freund lange genug, um zu wissen, dass er eine Gefahr spürte, die in der Nähe lauerte.

Meine Blicke tasteten den Rand der Lichtung ab. Wenn jemand irgendwo lauerte und uns beobachtete, dann nur dort.

Und ich sah die Bewegung zuerst.

Es war ein Schatten, der das Unterholz zur Seite drückte, sich löste und auf die Lichtung sprang.

Kein Ungeheuer, kein Raubtier, sondern ein Mann, bewaffnet mit einem Schwert.

Er war fast nackt, trug nur einen eisernen Lendenschurz und einen ebensolchen Helm auf den Kopf. Sein Schreien steigerte sich zu einem wilden Gebrüll, und es übertönte die anderen Geräusche, die entstanden, als zwei weitere Barbaren hinter unserem Rücken aus den Büschen brachen und sich mit gezückten Waffen auf uns stürzten.

Ich hörte noch den Schrei Elke Kuglers und sah im nächsten Augenblick etwas Unglaubliches …

Der Professor hatte Maria von Bandor erzählt. Auch ohne ihn je gesehen zu haben, wusste sie genau, wer da vor ihr stand. Es gab einfach keine andere Möglichkeit.

Das musste er sein!

Eine Figur aus der Vergangenheit der Erde. Er war damals nicht getötet worden, sondern verschollen. Nun hatte man ihn durch Magie zurückgeholt, und er war der Gleiche geblieben. Er wollte seine Feinde vernichten.

Starr blieb er vor ihr stehen. Auch Maria wagte nicht, sich zu rühren. Sie dachte nicht mehr an die Gefahr in ihrem Rücken, sondern sah nur Bandor, den Dämonenjäger.

Eine finstere Gestalt stand vor ihr. Sein Haar war pechschwarz und sehr lang. Es reichte bis auf die Schultern, war aber hinter die Ohren gedrückt worden, sodass Maria sein ganzes Gesicht sehen konnte. Es war sehr breit. Die Wangenknochen sprangen hart hervor, und die Haut glänzte, als wäre sie mit einer fetten Flüssigkeit eingerieben worden. Die Brauen der Augen wuchsen dicht über der Nasenwurzel zusammen, eine Oberlippe war kaum zu sehen. Dafür stach die Nase aus dem Gesicht hervor wie ein gekrümmter Säbel.

Sein Oberkörper war nackt. Auch dort glänzte die Haut. Seine Beine steckten in einer Hose, von der nur mehr Fetzen übrig waren. Sie endete in Wadenhöhe. Schuhe trug der Kämpfer überhaupt nicht. Seine nackten Füße waren mit einer dicken Hornhaut überzogen.

Aber er war bewaffnet.

In der rechten Hand hielt er ein Schwert, das eine seltsame Klinge zeigte. In Griffhöhe begann sie relativ schmal, wurde zur Mitte hin breiter und lief dann vorn zu einer gefährlichen Spitze zusammen. Der Stahl schimmerte bläulich, und Maria sah auch einige eingetrocknete Flecken auf der Klinge.

Wahrscheinlich Blut.

Nur wenige Sekunden hatte die Musterung gedauert. Niemand wagte zu reden. Maria blieb ebenso stumm wie der Dämonenjäger, durch dessen Gestalt plötzlich ein Ruck ging. Er hob seine Schultern, und dann lief die Szene, die für Maria wie eingefroren gewirkt hatte, plötzlich weiter.

Bandor stürmte vor.

Maria stand im Weg. Wie in einem Film kam ihr die nächste Sekunde vor, als der Mann das Schwert hob, aus der Klinge ein flirrendes Schemen wurde und sich Maria schon geköpft sah.

Sie erhielt nur einen Stoß, der sie aus dem Weg und bis gegen die Wand katapultierte, wobei sie noch eine Kerze umriss, die zu Boden fiel, jedoch verlöschte.

Danach konnte sie nur noch zuschauen, wie Bandor kämpfte und wie hart er gegen seinen Gegner vorging.

Dem unheimlichen Drachenvogel war es bisher nicht gelungen, in das Zimmer zu dringen. Noch setzte ihm das Fenster einen zu großen Widerstand entgegen. Er schaffte es einfach nicht, sich durch die für ihn zu enge Lücke zu zwängen. Er saß für den einsamen und wilden Kämpfer wie auf dem Präsentierteller.

Mit den nackten Füßen rannte dieser durch die Glasscherben. Maria hörte noch das Knirschen, sah jedoch kein Blut an den Füßen des Mannes, dafür spritzte der dunkle Lebenssaft des Drachenungeheuers, als die Klinge ihm mit einem einzigen Hieb den langen Hals vom Rumpf trennte.

Hals, Kopf und Schnabel kippten in das Zimmer hinein,

während der Torso draußen in die Tiefe des Schlossgrabens fiel und auf dessen Grund klatschte.

Bandor beugte sich aus dem Fensterloch, schaute nach unten und drehte sich wieder um.

Sein Mund verzog sich, als er mit einem Tritt die Reste des Drachenvogels zur Seite räumte. Für Maria hatte er keinen Blick übrig. Er marschierte durch das Zimmer, schaute in allen Ecken nach und drehte sich danach abrupt um, wobei er dicht vor der angststarren Frau stehen blieb, seinen rechten Arm hob und mit der Spitze der Klinge auf Marias Hals zielte.

Die Furcht der Frau steigerte sich zur Panik. Sie konnte nicht mehr an sich halten, und ihre Zähne klapperten aufeinander.

Über die Klinge hinweg bohrte sich ihr Blick in das Gesicht des Kämpfers.

Die klare Sicht der Frau war getrübt. Sie sah den Kopf nur verschwommen, in dem ihr die Augen wie zwei düstere Perlen vorkamen. Ein Monstrum hatte der Krieger getötet. Würde er auch sie aus dem Weg schaffen oder Gnade walten lassen?

Es kostete Maria eine ungeheure Überwindung, den Mund zu öffnen und den Mann vor ihr anzusprechen.

»Bandor!«, hauchte sie. »Du bist Bandor, der Dämonenjäger …«

Das Schwert zuckte. Für einen Moment durchflutete Maria die wahnsinnige Furcht, dass der andere zustoßen könnte, doch er überlegte es sich. Er brachte die Spitze dicht an den Hals der Frau, dass sie die Haut berührte, eine winzige Wunde riss, aus der eine Blutperle quoll, die allmählich am Hals hinabrann und vom Kragenstoff des Kleides aufgefangen wurde.

Der Wilde hatte die Worte zwar nicht verstanden, jedoch seinen Namen. Denn er flüsterte: »Bandor …«

Maria glaubte, die erste Gefahr hinter sich zu haben. Deshalb sprach sie weiter. »Ich kenne dich. Ich habe von dir gehört. Du bist ein guter Mensch. Du vernichtest nur das Böse, das andere lässt du leben, und ich weiß, dass du mich nicht töten wirst. Hast du verstanden, Bandor? Du darfst nicht töten – niemals …«

Sie hatte die Sätze so ruhig wie möglich gesprochen, und sie erhoffte sich durch ihre Worte eine ebenfalls beruhigende Wirkung auf den Wilden. Sie sollten sein Temperament zügeln. Wenn er wirklich auf der besseren Seite stand, dann würde er nicht grundlos töten, auch nicht in einer Welt der Barbarei.

Und sie hatte recht.

Unmerklich senkte sich die schwere Schwertklinge dem Boden zu, bis der rechte Arm des Wilden einknickte und die Klingenspitze zu Boden zeigte. Aber noch blieb Bandor stehen und starrte Maria an.

Die alte Frau hatte Mühe, sich auf den Beinen zu halten. Ihre Knie wollten nachgeben, am liebsten hätte sie sich zu Boden fallen lassen und wäre eingeschlafen. Woher sie dennoch die Kraft nahm, auf den Beinen zu bleiben, wusste sie selbst nicht zu sagen.

Vielleicht war es auch der Halt, den ihr die Wand gab, und so blieb sie stehen.

Bandor ließ sie nicht aus dem Blick. Maria glaubte, dass er ihre Seele durchforschen wollte, so sehr starrte er sie an. Bis er seinen Kopf bewegte, sich umdrehte und ihr den Rücken zu wandte.

Dann ging er.

Er hatte einen schwerfälligen, gleichzeitig auch geschmeidigen Gang, und Maria ahnte etwas von der Kraft, die in diesem wilden Menschen steckte.

War er ein Mensch?

Jedenfalls sah er so aus. Woher er kam und welchem Volk er angehörte, das wusste niemand. Sie erinnerte sich wieder an das Buch, in dem die Sagen und Legenden standen. Eine Zeit hatte man dort nicht angegeben. Es hieß dort nur immer: Bevor die Menschen noch waren, gab es sie, die Barbaren. Und Graax gehörte zu den Gefährlichsten unter ihnen, während Bandor ihn bekämpfte, die Geister der Finsternis jagte und sie tötete, wo er sie treffen konnte.

Die Schritte verklangen. Maria kamen die letzten Minuten wie ein Traum vor, doch sie wusste, dass sie nicht geträumt hatte, denn sie brauchte nur auf die Reste des Drachenvogels zu schauen, die im Zimmer lagen. Der spitze Schnabel war auf sie gerichtet. Er sah aus, als wollte er sie noch im Tode aufspießen.

Sie schüttelte sich, löste sich von der Wand und wunderte sich darüber, dass sie noch laufen konnte. Der kalte Schweiß bedeckte ihren Körper, als sie auf das zerstörte Fenster zuging, so viele Scherben wie möglich umrundete und durch die zerstörte Scheibe nach draußen starrte.

Zunächst einmal wunderte sie sich über die Luft. Sie war anders als noch vorhin. Viel wärmer, schwüler, und der Wind trug den Geruch von Fäulnis und Verbranntem heran.

Ein düsterer, dunkelgrauer Himmel spannte sich endlos über der Burg, den Bergen und dieser gesamten fremden, so unwirklich erscheinenden Landschaft.

In der Ferne schienen die offenen Kratertrichter der Berge zu glühen, und über den Öffnungen standen dünne Rauchfahnen, die wie helle, zitternde Finger in die Dunkelheit stachen.

Konnte man als Mensch in dieser Welt und dieser Zeit überhaupt leben? Maria wollte daran nicht glauben, und sie hatte auch nicht vor, die Burg zu verlassen, denn sie fühlte irgendwie, dass ihr die Mauern einen gewissen Schutz gaben, obwohl sie wieder die gewaltigen, dunklen Punkte am Himmel erkannte.

Die Riesenvögel lauerten …

Im nächsten Augenblick stürzten sie wie Pfeile nach unten, denn aus der Tiefe war ein mörderisch klingendes Grollen an die Ohren der Frau geklungen.

Graax war unterwegs.

Und die Vögel wollten ihr Opfer!

Die Riesenschlange, deren Oberkörper wie der Rücken eines Pferdes wirkte, fand ihren Weg durch den Dschungel. Graax, der Barbar, brauchte ihr nicht zu erklären, wohin sie sich zu wenden hatte. Sie kannte das Ziel ebenso wie er.

Es war Bandor, der Dämonenjäger!

Mit einem untrüglichen Instinkt hatte Graax erkannt, dass sich Bandor in seiner Nähe aufhielt. Er musste ihn unbedingt finden. Denn einer von ihnen war zu viel auf dieser Welt.

Der Dschungel nahm sie auf. Hoch und kräftig waren die Bäume. Selbst die Schlange wirkte gegen diese Gewächse klein, beinahe zierlich. Und wie eine Puppe sah der Krieger auf dem Rücken des Tieres aus.

Natürlich hatte die Schlange auch Feinde. Diese allerdings hüteten sich, das Tier anzugreifen. Schon manches Ungeheuer war von ihr zerdrückt und zermalmt worden, denn den Kräften des Tieres konnten selbst Baumstämme nicht widerstehen.

Graax hielt sich mit dem linken Arm fest. Aus der rechten Faust stach der Stiel seiner Streitaxt mit der mörderisch scharfen Klinge, und damit räumte er die Hindernisse aus dem Weg. Der Arm war immer in Bewegung. Präzise führte er die Schläge, trennte Lianen und Äste ab und schlug sich den Weg durch die hohen Blätter der Farne.

Irgendwo vor ihm musste Bandor lauern. Graax war sicher, dass dieser längst wusste, wer da zu ihm auf dem Weg war. Aber das sollte er auch. Er würde sich dem endgültigen Zweikampf stellen.

Durch Tümpel und kleine Moore wand die Riesenschlange ihren Körper. Sie glitt über die handdicken Rinden der Baumstämme hinweg und tauchte wieder ein in den undurchdringlichen Filz des Urwelt-Dschungels.

Immer fand sie ihren Weg.

Es war gefährlich für einen Menschen, den Dschungel zu durchqueren, nicht aber für die Schlange. Und Graax, der Krieger, war so etwas gewohnt. Er schlug und hämmerte sich den Weg frei, wenn Äste oder Zweige sein Gesicht peitschen wollten.

Schließlich ließen sie den Dschungel hinter sich. Sie gelangten in ein Tal, das sich zu einer Ebene weitete und erst in der Ferne von Bergen umschlossen war.

Und Graax sah die Burg.

Ein grollender Kampfschrei drang aus seinem weit aufgerissenen Maul. Er wusste, dass sich dort sein Gegner versteckt hielt, und nun hatte er es nicht mehr weit bis zu seinem Ziel.

Die Schlange bäumte sich auf. Auch sie spürte, dass die Entscheidung dicht bevorstand, aber sie merkte auch die Gefahr, in der sie plötzlich schwebte.

Es gab zahlreiche Feinde, die schlimmsten jedoch waren die gefährlichen Drachenvögel mit ihren langen Schnäbeln. Ihnen war es gelungen, so manche Riesenschlange zu töten, und auch diese hatten sie mit ihren scharfen Augen entdeckt.

Noch schwebten sie weit oben, aber im nächsten Augenblick jagten die drei gefährlichen Tiere dem Boden und damit ihrem Ziel zu.

Bisher hatte Graax sie noch nicht bemerkt. Erst das Rauschen der gewaltigen Flügel alarmierte ihn.

Er fuhr auf dem Rücken der Schlange sitzend herum und ließ sich sofort zu Boden fallen. Geschickt rollte er sich über die rechte Schulter ab, kam wieder auf die Füße und stellte sich den drei fliegenden Monstern zum Kampf.

Die Vögel waren blitzschnell und sie flogen in einer Formation. Dabei bildeten sie ein Dreieck.

Etwa in doppelter Manneshöhe jagten sie über den flachen Untergrund. Wenn sie ihre Schwingen bewegten, streichelten sie mit den Rändern das Gras und brachten es in Wallung. Es sah so aus, als würden sie auf einer gewaltigen Woge gleiten. Die spitzen Schnäbel stachen wie lange Lanzen vor, die rötlich schimmernden Augen hatten das Ziel längst ins Visier genommen.

Graax bewies Todesmut, dass er sich diesen Bestien entgegenstellte. Er hatte seine Füße hart in den Boden eingestemmt. Der Oberkörper war etwas nach vorn gebeugt.

Unter der violetten Haut spielten die Muskeln. Die Schneide der Axt schaute zusammen mit einem Stück Griff aus seiner geschlossenen Faust hervor. Hart umklammerten seine Finger den Griff, wobei die Knöchel hervorsprangen wie kleine, spitze Hügel.

Graax war bereit.

Die Schlange hatte sich ein wenig entfernt. Noch Sekunden zuvor war aus ihrem weit aufgerissenen Maul ein donnerndes Grollen geklungen und hineingepeitscht in diese Urweltlandschaft, wobei es die am Himmel kreisenden Vögel gelockt hatte.

Kurz bevor der erste Flugdrache den einsamen Kämpfer erreichte, bewegte er wie nickend seinen Schnabel nach unten. Er wollte dem Wilden mit einem Hieb den Kopf spalten, doch der Mann stand längst nicht mehr da, wo er sich noch vor einem Augenblick aufgehalten hatte. Er lag am Boden, hatte sich auf den Rücken gerollt, und die Bewegung seines rechten Arms war kaum zu verfolgen, als er die scharfe Axt in die Höhe schlug und den Unterkörper der Bestie nicht nur traf, sondern gleichzeitig aufriss.

Der dunkle Blutstrom floss erst wie ein gewaltiger Wasserfall aus der Wunde, als das Tier bereits vorbei war. Den Todeskampf beobachtete Graax nicht mehr. Er hatte abermals seine Stellung gewechselt und robbte wieselflink durch das hohe Gras.

Es war eine Angewohnheit dieser Bestien, ihre Gegner während des Fluges zu schlagen. Ansonsten waren sie relativ hilflos, und auch die beiden anderen mussten erst an Graax vorbei, bevor sie sich wieder drehten und zu einem erneuten Angriff starteten.

Da stand Graax wieder.

Sein Gesicht hatte sich verzerrt. Aus den Augen leuchtete wilder Kampfeseifer. Dieser erste Teilsieg hatte ihm den Mut zu weiteren Kämpfen gegeben, und er schaute zu, als sich die beiden Vögel trennten, um ihn in die Zange zu nehmen.

Von zwei Seiten griffen sie an. Diesmal ging Graax

volles Risiko ein. Er zuckte nicht zur Seite, als der erste ihn packen wollte, sondern riss seinen rechten Arm hoch und klemmte ihn zwischen die beiden zuschnappenden Schnabelhälften.

Diese trafen nicht auf Fleisch, sondern auf den gelbgold schimmernden Rüstungsschutz. Er bestand aus bestem Metall, hergestellt von den Schmieden eines alten Volkes, und einen Augenblick später wurde Graax von den Beinen gerissen, da ihn der unheimliche Vogel einfach nicht losließ.

Plötzlich befand sich der Krieger in der Luft. Er schwebte über dem Gras und hämmerte mit der Axt zu, bevor er zu hoch in den dunklen Himmel gezogen werden konnte.

Diesmal fiel das dunkelrote Blut wie ein Regen auf ihn herab. Der Axthieb hatte die gesamte Körperlänge des widerlichen Vogels aufgerissen und im Abgleiten noch den rechten Flügel verletzt.

Das Untier sackte durch.

Gleichzeitig öffneten sich die beiden Schnabelhälften, und Graax krachte zu Boden.

Dumpf schlug er auf, doch er war solche Stürze gewohnt. Er drehte sich gedankenschnell um die eigene Achse und sah den dritten Vogel direkt über sich.

Keine Chance mehr für Graax. Fast jeder hätte aufgegeben, nicht dieser Wilde, der gelernt hatte, sich in einer mörderischen und feindlichen Umwelt zu behaupten.

Diesmal schleuderte er die Waffe. Sie überschlug sich einmal und traf genau dort, wo sie auch treffen sollte. An der Stelle, wo Hals und Körper ineinander übergingen und die Grenze fließend war.

Diese Stelle gehörte zu den absolut schwächsten. Wenn der Vogel dort verletzt wurde, überlebte er nicht mehr.

Trotz allem war dessen Reaktion noch sehr gefährlich für Graax.

Er wuchtete sich zur Seite, und es war sein Glück, dass er es getan hatte, denn dicht neben seinem Rücken stach die Schnabelspitze wie ein Speer in den Boden.

Tief blieb sie stecken. Bis zur Hälfte war sie verschwunden, während die Flügel des Vogels wahllos schlugen, ohne jedoch irgendeinen Schaden anzurichten.

Mit einem geschmeidigen Sprung sprang Graax wieder auf die Füße. Er sah den tödlich verletzten Vogel dicht vor sich, sein Gesicht verzerrte sich, und dann schlug er zu.

Immer wieder ließ er die Axt auf das Monstertier hinabsausen. Die Klinge durchdrang die Haut, als wäre sie aus einem weichen Material gefertigt und nicht aus harter Panzerhaut.

Das Tier verendete mit letzten Zuckungen. Seine Reste blieben in einer gewaltigen Blutlache liegen

Graax gönnte dem Gegner keinen Blick mehr. Er schaute zu, was die anderen beiden machten.

Auch sie waren nicht in der Lage, noch einmal zu kämpfen. Die Treffer der Axt waren absolut tödlich gewesen.

Langsam schritt der Wilde einen Kreis ab. Triumph spiegelte sich auf seinem Gesicht wider. Die dicken Lippen waren zu einem Grinsen verzogen, und im nächsten Augenblick stieß er einen so lauten und irren Siegesschrei aus, dass dieser bis zum Schloss zu hören sein musste.

Er sollte es auch, denn sein großer Gegner sollte wissen, dass Graax auf ihn wartete.

Diesmal würde er nicht entkommen. Die endgültige Entscheidung war fällig

Der Wilde wandte sich wieder seinem seltsamen Reittier zu. Die Schlange hatte im dichten Gras gelegen und so lange gewartet, bis der Kampf vorbei war. Ihr wäre es nicht so leicht gefallen, auch nur einen der Flugdrachen zu besiegen, denn oft genug war es passiert, dass die Drachen schneller waren als die Schlange.

Auf ihrem Körper nahm Graax wieder Platz.

Noch einmal brüllte er seinen Triumph hinaus in die Nacht. Dann ließ er sich weitertragen.

Sein Ziel war die Burg …

Peter Kugler stand, im Verhältnis zum ersten Angreifer gesehen, am günstigsten. Und der Junge hielt den Bogen in der Hand, hatte den Pfeil auf die straffe Sehne gelegt und zielte.

Ich befand mich in einer so ungünstigen Position, dass ich Peter nicht mehr hätte wegkriegen können, denn der unheimliche Barbar war schon viel zu nah.

Aber der Junge half sich selbst.

In einer reflexartigen Reaktion ließ er die Sehne los. Ich glaubte noch, das Sirren des Pfeils zu hören, dann stieß ich den Jungen zu Boden, um ihn aus der Gefahrenzone zu haben.

Vor mir hörte ich einen urigen Schrei. Ich kümmerte mich nicht mehr um Peter, sondern starrte nach vorn.

Der Krieger bot ein groteskes Bild. Er hatte den Pfeil genau in die Stirn bekommen.

Ein absoluter Treffer, denn der andere kam nicht mehr dazu, sein Schwert nach vorn zu wuchten. Die Kraft verließ ihn, die Klinge rutschte aus seiner Hand, dann krachte er zu Boden und blieb liegen.

Ich aber riss seine Waffe an mich. Im ersten Augenblick wunderte ich mich über das Gewicht. Mit beiden Händen musste ich den Griff umklammern, um die Klinge überhaupt kampfbereit halten zu können.

Mit zwei gefährlichen Angreifern hatten wir es noch zu tun. Im Moment versuchte Suko, sie sich vom Leib zu halten. Man ließ ihm keine Zeit, die Beretta zu ziehen, denn einer der Kerle hatte ihn in die Enge getrieben.

Er stand vor ihm, die beiden Arme gestreckt, und in den Händen hielt er zwei Kurzschwerter.

Überlange Messer. Sie zielten jeweils abwechselnd auf den Chinesen.

Der andere wandte sich der Familie Kugler zu. Er drang auf sie ein, und die beiden zogen sich immer weiter zurück, während sich Hans schützend vor seine Frau gestellt hatte.

Ich musste mich schnell entscheiden, wen ich mir vornehmen sollte. Die Familie. Die Menschen waren nicht so kampferprobt wie mein Freund, von dem ich glaubte, dass er es trotz der Bedrohung schaffen würde.

Einem gewaltigen Schwertstreich konnte Hans Kugler nicht mehr völlig ausweichen. Der Barbar hatte den Schlag schräg angesetzt, von oben nach unten fuhr er auf den Familienvater zu. Ich hörte nicht nur seinen Schrei, sondern auch den seiner Frau und des Jungen.

Am Arm und an der Schulter war Hans Kugler getroffen worden. Dort hing die Kleidung in Fetzen, während aus der langen Wunde das Blut strömte. Der Mann taumelte und sank zu Boden.

Ich schleuderte das Schwert, als sich der Wilde über Hans Kugler beugte.

Von der Seite her wirbelte die Waffe auf ihn zu. Sie traf nicht mit der Spitze, sondern hieb mit der flachen Seite gegen seinen Körper. Der Treffer warf ihn zu Boden.

Als er wieder auf die Beine zu kommen versuchte, hatte ich die Distanz mit zwei gewaltigen Sprüngen überbrückt, stand neben ihm und holte zu einem Fußtritt aus, der ihn am Kinn traf.

Fast schien es, als würde er aus dem Gras gehoben werden. Ein röchelnder Laut drang aus seinem Mund, seine Augen nahmen einen glasigen Ausdruck an und er blieb in verkrümmter Haltung bewusstlos liegen.

Frau Kugler hatte die Arme um den Hals ihres Mannes geschlungen. Daneben stand Peter. Er weinte ebenso wie seine Mutter.

Suko hatte den anderen noch immer nicht überwältigen können. Die beiden schritten über die Lichtung. Der Wilde ging vor, und in dem gleichen Tempo zog sich mein Freund zurück.

Plötzlich tat Suko etwas Wahnsinniges. Für mich jedenfalls sah es so aus. Er wirbelte vor und passte genau in die Lücke zwischen den beiden Kurzschwertern.

Dann war er am Mann.

Seine Hände wurden ebenfalls zu Waffen, und sie trafen den wilden Krieger zweimal.

Ich hörte noch das Klatschen der Schläge, als der Kerl bereits zusammenbrach und nicht mehr an seine Waffen dachte. Vor Sukos Füßen blieb er liegen.

Der Inspektor bückte sich, nahm die beiden Kurzschwerter an sich und klemmte eines hinter seinen Hosengürtel. »Willst du auch eins?«, fragte er mich.

Ich nahm Sukos Angebot gern an. Es war zwar leichter als das große Schwert, dennoch ein gewisser Ballast. Ich wollte aber nicht auf die Waffe verzichten. Wer konnte denn voraussagen, was uns noch alles bevorstand?

Die drei waren besiegt. Wir lebten noch. Doch um Hans Kugler mussten wir uns kümmern.

Als ich mir die Wunde anschaute, verzog sich mein Gesicht bedenklich. Das sah böse aus. Der Mann musste zu einem Arzt, denn der Schwerthieb hatte ihm den Arm von oben nach unten aufgeschnitten. Zwar nicht sehr tief, dennoch musste die Wunde verarztet werden.

»Er wird verbluten«, flüsterte Elke Kugler. Sie schaute uns aus bittenden Augen an. »Tun Sie was, ich – ich …«

Suko nickte. »Klar wir werden etwas tun«, erwiderte er, packte das Hemd des Mannes am Kragen und riss es in zwei lange Fetzen. »Damit können wir ihm einen Notverband anlegen.«

»Und der hält?«

»Das will ich hoffen.« Suko lächelte, bevor er sich an die Arbeit machte.

Das Gesicht des Mannes war verzogen. Er musste starke Schmerzen haben. Sein Gesicht glänzte nass. Die Finger der Frau strichen über seine Wangen, und Elke sprach beruhigend auf ihren Mann ein.

Suko wischte sich über die Stirn und schaute zufrieden auf sein Werk. »Das wird hoffentlich reichen«, sagte er. »Wenigstens für eine Weile.«

»Und dann?«, fragte die Frau.

Suko hob die Schultern. »Was soll ich dazu sagen? Wir müssen erst einmal abwarten.«

Sie schüttelte den Kopf. »Abwarten? Wie denn? Bis die Zeiten sich wieder geändert haben?«

»Zum Beispiel.«

»Können Sie das steuern?«

Darauf wusste Suko keine Antwort. Er warf mir einen Hilfe suchenden Blick zu, doch etwas anderes konnte ich auch nicht sagen.

»Vielleicht sollten wir so rasch wie möglich zur Burg gehen«, schlug ich vor. »Sie ist ja in der Gegenwart mit in diese Zeit hineingeschleudert worden, und auch ihr Inventar. Dort werden wir bestimmt etwas finden, um Ihrem Mann helfen zu können.«

Elke Kugler nickte. »Sicher, das hört sich gut an. Ich frage mich nur, ob diese Barbaren nicht auch auf der Burg hocken. Ich rechne inzwischen mit allem.«

»Wir schauen uns auf jeden Fall die Sache mal an.«

Peter hatte bisher geschwiegen. Nun aber meldete er sich zu Wort: »Da oben, die Vögel, sie sehen mir so seltsam aus und beobachten uns wohl.«

Wir schauten hoch.

Der Junge hatte sich nicht getäuscht. Vor dem dunkel grauen Himmel hoben sich in der Tat die schwarzen Punkte scharf ab. Ich zählte nach und kam auf fünf.

»Drei sind weg«, sagte Peter.

»Wieso?«

»Ich habe gesehen, wie sie vorhin zu Boden geflogen sind. Da habt ihr aber gekämpft.«

»Und sie sind nicht wieder aufgestiegen?«, fragte Suko.

»Nein, ich habe sie nicht gesehen.«

Alle Anzeichen deuteten darauf hin, dass wir unbedingt die Burg erreichen mussten. Sie würde uns keine absolute Sicherheit bieten, aber hinter den Mauern konnte man sich wohler fühlen als inmitten der feindlichen Umwelt.

Hans Kugler saß noch immer auf dem Boden und stöhnte. Ich fragte ihn, ob er laufen könne.

»Muss ich versuchen!«

»Kommen Sie!«

Suko und ich halfen ihm hoch. Er hatte Mühe, auf die Beine zu gelangen, und knickte auch sofort ein, sodass wir ihn stützen mussten, damit er überhaupt auf den Füßen blieb.

Elke Kugler blieb ängstlich in unserer Nähe. Immer wieder schaute sie ihren Mann an, aber sie wagte nicht, irgendwelche Fragen zu stellen.

Der Junge hatte seinen Bogen umgehängt. Keiner von uns hatte mit ihm über den tödlichen Treffer gesprochen. Wir wollten es erst einmal dahingestellt sein lassen und nichts sagen. Wenn er selbst die Sprache darauf brachte, würde ich ihm eine Antwort geben.

Und so marschierten wir weiter.

Die Burg immer vor Augen und umgeben von einer unheimlichen, fremden und gefährlichen Landschaft.

Hin und wieder hörten wir das markerschütternde Fauchen.

Die Riesenschlange und ihr gefährlicher Reiter schienen den gleichen Weg zu haben wie wir.

Eine Tatsache, die mir überhaupt nicht gefiel.

Maria Kugler stand am Fenster. Sie hatte nach unten geschaut, wollte sehen, wo die unheimlichen Vögel blieben, doch sie tauchten nicht mehr auf.

Keine der Bestien stieg in die Höhe, dafür vernahm sie wenig später einen irren Schrei, der ihr entgegenzitterte. Wer ihn ausgestoßen hatte, wusste sie nicht, aber sie war sicher, dass er nicht von einem der Drachenvögel stammte.

Sie dachte wieder an Bandor. Er hatte den Raum verlassen, und sie wusste nicht, wo sie ihn suchen sollte. Dabei war sie froh gewesen, dass er sie am Leben gelassen hatte, aber welch ein Leben war das überhaupt? Verschollen in einer anderen Zeit, in tiefster Vergangenheit der Erde, wo eine Rückkehr in die Gegenwart fast unwahrscheinlich war.

Maria Kugler wollte zurück. Tief atmete sie ein, als sich

der Entschluss gefestigt hatte. Aus eigener Kraft würde sie es sicherlich nicht schaffen, ein anderer musste ihr dabei helfen.

Bandor!

Nur – wo fand sie ihn? Er war gegangen, ohne ihr ein Ziel genannt zu haben, und deshalb musste sie sich auf die Suche nach ihm machen. Einen letzten Blick warf sie aus dem Fenster. Sie nahm noch einmal die schaurige, unheimliche Atmosphäre in sich auf, die sie trotz allem auf eine gewisse Weise kannte, denn wer die alten Geschichten und Legenden richtig zu lesen verstand, der konnte sich schon bei der Lektüre der Bücher in diese Zeit hineinversetzen.

Maria wusste auch, dass die Burg so etwas wie eine Schlüsselposition in dem rätselhaften Fall einnahm. Sie war als Teil der Gegenwart mit in die Vergangenheit gerissen worden, nur ihre Umgebung hatte sich verändert, und daran trug allein Bandor die Schuld.

Maria Kugler drehte sich um. Sie schaute in das leere Zimmer und sah die offene Tür, durch die Bandor verschwunden war.

Ob er in seinem Experimentierraum steckte? Sein Raum, das stimmte wohl nicht ganz, er gehörte schließlich dem Professor Chandler. Wenn es eine Chance gab, wieder in die normale Zeit zurückzukehren, dann durch den geheimnisvollen Schacht, denn Maria Kugler fragte sich mit Recht, ob diese Magie nicht auch umgekehrt funktionierte.

Eine seltsame Ruhe lag innerhalb der Mauern. Die Ruhe vor dem Sturm, die Maria genau spürte. Sie kam sich vor wie auf einer Bühne stehend, nur gehörte sie nicht zu den Schauspielern, sondern nur zu den Statisten. Andere führten Regie.

Auf der Schwelle des nächsten Raumes blieb sie stehen. Dort hatte der Professor experimentiert.

Es hatte sich nichts verändert. Noch immer befand sich das geheimnisvolle Fünfeck auf dem Boden, und noch immer leuchteten die einzelnen Seiten, sodass Maria das Gefühl hatte, sie wären in einer immerwährenden Bewegung und würden die Umrisse des Fünfecks genau nachzeichnen.

Von Bandor sah sie nichts. In den alten Sagen hatte sie über ihn gelesen. Er war als Dämonenjäger bekannt und ging sicherlich dieser Pflicht nach.

Zauberei, Hexerei, Magie – in dieser Urwelt gehörte dies einfach dazu. Die normalen Menschen lebten noch nicht. Ihre Entwicklung hatte nicht einmal begonnen, und dennoch existierten Völker.

Woher kamen sie? Wer waren sie? Darauf wusste Maria keine Antwort zu geben. Man hatte mal von Sternenvölkern gesprochen, von anderen Zivilisationen. Ob Graax und Bandor vielleicht dazugehörten?

Der Schacht interessierte die ältere Frau besonders. Als wäre er ein Magnet und ihre Augen kleine Eisenstücke, so sehr wurden sie von diesem geheimnisvollen Zauber angezogen.

Ein Schacht in die Tiefe! In welche aber? Konnte es ein Tunnel in die Dimensionen sein? Vielleicht ein Zeit-Tunnel? Eine fantastische Vorstellung, und Maria Kugler erregte sich darüber. Sie kreiste diese Vermutung mit ihren Gedanken ein, denn falls sie einem Zeittunnel gegenüberstand, war das natürlich der absolute Hammer. So etwas gab es sonst nicht mehr.

Mit vorsichtigen Schritten und dabei nur auf den Zehenspitzen gehend, näherte sie sich dem geheimnisvollen Schacht. Aus seiner Öffnung flutete ein unheimlicher Widerschein. Dieses blaue fluoreszierende Licht, das auch sie erfasste und ihre Haut mit einem fahlen Schein bedeckte. Am Rande des Pentagramms blieb sie stehen. Intensiv dachte sie an Bandor. Er hatte die Zeiten manipulieren können und Voraussetzungen geschaffen. Die jahrelangen Forschungen des Professors waren auf fruchtbaren Boden gefallen. Vielleicht brauchte diese Magie noch ein auslösendes Moment, um die Zeiten wieder wechseln zu können.

Der Entschluss, in den Tunnel zu steigen, reifte immer stärker in der Frau.

Sie wollte es wagen, obwohl sie ahnte, dass sie Professor Chandler, alias Bandor, keinen Gefallen damit tat. Aber es gab für sie keinen anderen Weg. Lange genug hatte sie schließlich darüber nachgedacht.

Geheimnisvoll leuchteten die Seiten des Fünfecks. Hin und wieder glühten die von Chandler aufgeschriebenen Formeln an den Seiten auf. Sie mussten die Garanten dafür sein, dass die Vergangenheit existent blieb und die Zeiten nicht mehr wechselten.

Was würde sie erwarten?

Obwohl sie es nicht gern zugab, hatte sie dennoch Angst, sich in den Schacht zu zwängen.

Ihr Herz klopfte überlaut, die Hände zitterten, das Gesicht war angespannt, als sie den rechten Fuß vorsetzte und ihn über eine Linie des Pentagramms schob.

Kaum hatte die Fußspitze den Boden berührt, als sie die Reaktion bereits spürte. Der Kontakt ließ einen Kraftstrom fließen. Er drang in ihren Fuß ein und stieg durch das Bein immer höher, bis er den Arm erfasste und die Schulter erreichte.

Hastig zuckte der Fuß der Frau wieder zurück, und das Kribbeln stoppte sofort.

Maria Kugler schluckte hart. So hatte sie es sich nicht vorgestellt. Bei ihrem Versuch hatte sie einen ersten Eindruck der Kräfte erhalten, die innerhalb des magischen Fünfecks wohnten, und sie fürchtete sich plötzlich davor.

Nein, da hatte sie sich zu viel vorgenommen. Mit dieser Magie musste jemand fertig werden, der sie beherrschte, und das war nicht sie. Es gab nur eine Chance für Maria Kugler: Bandor, der Dämonenjäger!

Er allein war in der Lage, die Magie zu beherrschen und sie zu manipulieren. Maria hatte ihm einmal gegenübergestanden. Sie war mit dem Leben davongekommen, und sie glaubte fest daran, dass ihr dies auch ein zweites Mal gelingen würde, deshalb musste sie den Dämonenjäger finden. Im Schloss hielt er sich nicht auf. Wahrscheinlich lauerte er draußen in der feindlichen Umwelt, die so gefährlich für den Menschen war, dass er kaum überleben konnte.

Dschungel, wilde Tiere, grausame Kämpfer, das alles erwartete Maria, wenn sie das Schloss verließ.

Es war trotzdem ihre einzige Chance. Sie würde Bandor holen und wieder in ihre Zeit zurückkehren.

Maria nickte entschlossen, als sie sich umwandte. Sie befand sich noch in der Bewegung, als sie den Laut hörte.

Es war ein lang gezogenes Schaben und drang aus der Richtung, aus der sie gekommen war. Freude durchzuckte sie, denn sie glaubte an Bandors Rückkehr, lief einige Schritte vor, erreichte den Gang, schaute hinein und versteinerte.

Nicht Bandor stand vor ihr.

Ein anderer.

Graax!

Wir hatten es geschafft!

Unter ungemein schweren Strapazen war es uns gelungen, die Burg zu erreichen.

Dabei hatten wir uns nicht nur durch einen dichten Dschungel schlagen müssen, sondern auch unsere liebe Not und Mühe mit Hans Kugler, dem nach jedem Schritt schwerer fiel, sich auf den Beinen zu halten. Suko und ich stützten ihn abwechselnd. Manchmal schleiften wir ihn auch nur weiter, weil er nicht in der Lage war, seine Beine zu heben.

Als wir die Mauern der Burg vor uns sahen, verhielten wir unsere Schritte.

Es sah unheimlich aus, denn in Bodenhöhe dampften die Dunstwolken und krochen wie Qualm am Mauerwerk allmählich in die Höhe, um irgendwann zu zerflattern.

Mir kam es vor wie eine Tropenhölle. So feucht und heiß war die Luft. Unsere Kleidung klebte am Körper, das Luftholen wurde zu einer Qual, aber wir hatten jetzt endlich ein Ziel.

Die Burg war für uns wie ein Hoffnungsschimmer, und ich hörte Hans Kugler lachen.

»Was ist los?«, fragte ich.

Erschöpft hing der Mann in Sukos Griff. Sein Gesicht war verzerrt. Es bereitete ihm Mühe, den rechten Arm zu heben und mit dem Finger auf das Gemäuer zu weisen.

»Verdammt!«, keuchte er. »Das ist sie. Das ist die Burg aus unserem Land. Sie gehört – sie gehört – dem Professor …«

»Stimmt das?« Diese Frage richtete ich an Elke Kugler.

»Ja«, flüsterte sie.

»Lasst uns doch hineingehen!« Peter war plötzlich wieder aufgeregt. Den Weg über hatte er sich still verhalten, jetzt war es mit seiner Ruhe vorbei. Wie wir alle spürte auch er, dass wir vor einer Entscheidung standen.

Die Burg war tatsächlich mit in diese geheimnisvolle Urzeit der Erde geschafft worden. Wenn sich Professor Chandler in ihr aufgehalten haben sollte, musste er ebenfalls anwesend sein und konnte uns vielleicht helfen.

Noch mussten wir den Weg zum Eingang ein Stück hochgehen, das jedoch taten wir gern. Zudem hatte uns die Hoffnung beflügelt, und auch Hans Kugler riss sich zusammen.

»Das schaffen wir«, machte ich ihm Mut. »Sie werden sehen, bald ist alles nur ein böser Traum.«

»Für mich ist es das jetzt schon!«, keuchte Kugler.

»Ich freue mich, dass Sie es so sehen«, sagte ich ehrlich. »Nehmen Sie es wie einen Traum hin, dann ist dieses Leben besser zu ertragen.«

Danach redeten wir nicht mehr. Ein jeder wollte seine Kräfte schonen. Die Burg kam immer näher. Von den großen Vögeln hatten wir nichts mehr gesehen. Zum Glück waren sie nicht auf die Idee gekommen, uns anzugreifen, denn diese Tiere waren mehr als gefährlich, das wusste ich aus anderen Abenteuern.

Suko schob sich an meine Seite. »Ich frage mich die ganze Zeit, John, ob wir tatsächlich noch in unserer Welt stecken oder in irgendeine Dimension geschleudert worden sind, aus der eine Rückkehr so gut wie unmöglich ist.«

»Mal den Teufel nicht an die Wand«, erwiderte ich. »Mir reicht diese Welt schon.«

»War ja nur eine Vermutung, die mir so durch den Kopf ging.«

Wir hatten zum Schluss Schwierigkeiten mit dem Gelände. Es ging steiler zum Tor hinauf als wir gedacht hatten. Auch Hans Kugler konnte sich nicht mehr auf den Beinen halten.

Suko packte kurz entschlossen zu, bückte sich und legte den Mann über seine Schulter.

Elke hatte Angst um ihren Gatten. Mit bangen Worten beschwor sie meinen Freund, doch vorsichtig zu sein, und Suko nickte ihr beruhigend zu.

»Es ist wirklich besser für Paps«, sagte Peter und sprach dabei wie ein Erwachsener.

Ich musste über die Worte lächeln, aber der junge Mann hatte wirklich recht.

Im nächsten Moment verging mir das Lachen.

Niemand von uns hatte ihn bemerkt. Er tauchte auf wie ein Schatten, der sich gedankenschnell zu einer Gestalt hervorkristallisierte und uns den Weg versperrte.

Er sprach kein Wort, doch seine Haltung sagte genug. Keinen Schritt weiter, bedeutete dies. Diese stumme, finstere Drohung unterstrich er mit seiner Waffe, einem langen Schwert, das er in der rechten Hand hielt und dessen Spitze auf uns zeigte.

Ich fühlte plötzlich die Hand des kleinen Peter Kugler an meiner Hüfte und hörte auch seine Stimme.

»Das ist er!«, flüsterte der Junge. »Das ist Bandor …«

War er ein Feind?

Diese Frage stellte sich uns automatisch, aber niemand von uns reagierte.

Wir blieben stehen und starrten den Krieger an. Ein Wilder aus tiefster Vergangenheit, der schon gelebt und existiert hatte, als es die normalen Menschen noch nicht gab. Also vor der großen Entwicklung, in einem Zeitabschnitt, der noch tiefer im Dunkel der Geschichte versunken war als der Komplex Atlantis.

Wild sah er aus. Er präsentierte sich uns mit nacktem, sehnigem Oberkörper, zerfledderten Hosen und einem Gürtel, in den er sein Schwert stecken konnte.

Schuhe brauchte er nicht, denn die Füße waren mit so starker Hornhaut bedeckt, dass sie die Schuhe ersetzten. Sein Haar war pechschwarz und lang, und wohl niemand wünschte sich diesen Kämpfer als Feind. Trotz seiner Wildheit verspürte ich keine Angst. Auch den anderen schien es so zu gehen, vor allen Dingen auch dem kleinen Jungen, denn er flüsterte mir zu: »Das ist der Dämonenjäger Bandor. Ich habe über ihn gelesen. Er will das Böse vernichten.«

Ich musste lächeln. Da schienen wir den gleichen Job zu haben. Bandor war so etwas wie ein Vorgänger von mir, und ich hob grüßend die Hand, indem ich die Fläche nach außen drehte, ein Zeichen meiner Friedfertigkeit. Ich hoffte, dass Bandor diese Geste verstand.

Er rührte sich nicht. Nur an der Bewegung seiner Augen stellte ich fest, dass er meine Geste überhaupt wahrgenommen hatte. Ansonsten verhielt er sich still.

Elke Kugler verlor zwar nicht die Nerven, doch ihre Angst drückte sich in den nächsten Worten aus.

»Er wird uns töten!«, keuchte sie. »Schauen Sie ihn sich an. Er …«

»Halten Sie den Mund!«, zischte ich. Die Frau musste ich scharf anfahren, denn ich wollte nicht, dass Bandor durch ihre emotionalen und überängstlichen Reaktionen falsche Schlüsse zog.

Elke wollte etwas erwidern, verstummte jedoch, als sie in mein Gesicht sah. Deutlich hatte sie die unausgesprochene Warnung darin erkannt.

Ich wollte mit Bandor reden. Wenn er meine Worte nicht verstand, dann vielleicht die Gesten, die meine friedliche Absicht dokumentieren sollten.

Über die Situation als Ganzes dachte ich nicht nach.

Es wäre auch verrückt gewesen, nach einer Erklärung zu suchen. Wir alle mussten diese Zeit und Umgebung so hinnehmen, wie sie war. Daran gab es nichts zu rütteln.

Einen Schritt vor Bandor blieb ich stehen. Nicht freiwillig, denn der Wilde senkte seinen Arm, damit auch das Schwert, und die Spitze zeigte auf meine Brust.

Ich traute mich nicht, eine Bewegung zu machen. Wie eingefroren stand ich da. Mein Atem ging flach, selbst das Zucken der Augendeckel vermied ich.

Die anderen hinter mir taten es mir nach. Es rührte sich keiner. Dennoch wusste ich, dass Suko trotz seiner menschlichen Last, die er auf der Schulter trug, auf dem Sprung stand. Auch sein Eingreifen würde zu spät kommen, denn Bandor war immer schneller, wenn die Schwertklinge vorzuckte.

Sekunden vergingen.

Sie kamen mir vor wie kleine Ewigkeiten, während über meinen Rücken der kalte Schweiß in kleinen Bächen rann.

Wie würde sich Bandor entscheiden? Hatte meine Geste etwas genutzt? Wusste er von unseren friedlichen Absichten? Er war ein Dämonenjäger, und ich ebenfalls.

Ich schaute in seine Augen. Sie waren ebenso dunkel wie das Haar. Nichts las ich aus seinem Blick.

Der Wilde hatte sich hervorragend in der Gewalt. Sein breitflächiges Gesicht schien aus Marmor zu bestehen, nur an den Lippen erkannte ich ein winziges Zucken.

Im nächsten Augenblick glaubte ich, am Ende meines Weges angelangt zu sein. Ohne mich irgendwie vorzuwarnen, bewegte er seinen rechten Arm und damit auch das Schwert. Plötzlich spürte ich die Spitze auf meiner nackten Brust, merkte den leichten ziehenden Schmerz, als das Schwert die Wunde hinterließ, schielte nach unten und sah eine dünne, rote Spur in Richtung Bauch laufen.

War das der Anfang?

Scharf flüsterte Suko meinen Namen.

»Sei ruhig«, quetschte ich hervor.

Kaum hatte ich die Worte ausgesprochen, als sich das Gesicht des Wilden verzerrte. Die Augen wuchsen dabei, er senkte seinen Blick und stierte auf eine bestimmte Stelle an meiner Brust.

Ich wusste, was ihn so interessierte.

Das Kreuz!

Wie war das möglich?

Er konnte es nicht kennen. Es war erst viel, viel später hergestellt worden, dennoch war es für ihn etwas Besonderes, denn es fiel ihm schwer, seinen Blick davon zu lösen. Von dem Kreuz musste eine Faszination ausgehen, die ihn in ihren Bann schlug.

Er bewegte den Mund. Irgendetwas wollte er sagen, vielleicht sogar Worte formulieren, doch er brachte keine hervor. Nur dumpfe, irgendwie urig klingende Laute, die ich nicht verstand.

Was interessierte ihn so an meinem Kreuz?

Er kam näher. Dabei verschwand der leichte Druck der Schwertspitze nicht von meiner Brust, nur sein rechter Arm winkelte sich dabei an.

Plötzlich streckte er seine linke Hand aus. Ich zuckte leicht zusammen, als ich die Berührung seiner Fingerspitzen auf meiner Haut spürte. Sie waren warm, feucht, ein wenig schweißig, und ich nahm jetzt auch den scharfen Geruch auf, den er ausströmte. Es war ein strenger, wilder Geruch, der in diese Zeit und in dieses Land passte.

Längst kamen mir seine Augen nicht mehr so dunkel vor. Etwas wie eine Erinnerung schien darin zu stehen. Erinnerung an die Zukunft vielleicht?

Paradox, dennoch nicht von der Hand zu weisen.

Eine winzige Bewegung nur, und er schaffte es, mein Kreuz zu berühren. Im selben Augenblick löste sich ein heller Schrei aus seinem Mund, er zuckte zurück, hob die Hände und wollte etwas sagen, aber wir verstanden die kehligen Laute nicht. Zudem hörten wir auch ein anderes Geräusch.

Es drang aus dem Schloss, und es glich dem Donnern und Fauchen, das wir schon mehrere Male vernommen hatten.

Graax!

Plötzlich schrie der kleine Peter: »Er ist da! Graax mit der Schlange, jetzt …«

Seine nächsten Worte gingen in einem rasenden Wirbel unter. Ich sah noch das entsetzte Gesicht des Dämonenjägers, dann packte auch uns ein gewaltiger Strudel, dem wir nichts entgegenzusetzen hatten.

Wir wurden zu Opfern der Zeiten …

Vor ihr stand Graax, der Barbar. Daran gab es nichts zu zweifeln und zu rütteln!

Maria Kugler spürte die unheimliche Angst, die sie umfangen hielt. Ihr Atem ging für einen Moment so flach, dass ihr Herzschlag wesentlich lauter klang.

Die alten Legenden und Sagen waren also wahr. Der Autor oder Erzähler, der von Graax geschrieben hatte, musste ihn gesehen haben, anders konnte sich Maria die detailgenaue Beschreibung nicht erklären.

Sein Reittier war die Schlange.

Eine Riesenschlange mit einem Körper so hoch wie die Hälfte eines ausgewachsenen Menschen. Schuppig die Haut, an der unteren Seite rötlich schimmernd und an der zweiten Hälfte des Körpers mit einem Kamm versehen.

Graax selbst sah ebenfalls zum Fürchten aus. Die Teile der Rüstung schienen an seinem Körper zu kleben, in der rechten Hand hielt er die Streitaxt, und Maria Kugler erkannte, dass von der Klinge etwas in dicken Tropfen zu Boden fiel.

Es war Blut!

Allerdings schimmerte es nicht so rot wie das der Menschen, sondern wesentlich dunkler, als wäre es mit einer schwarzen Flüssigkeit gefärbt worden.

Graax hatte getötet.

Aber wen?

Maria Kugler dachte an die großen Vögel, die sie so steil nach unten fliegen gesehen hatte. Wahrscheinlich war Graax im Kampf gegen sie der große Sieger geblieben. Dass er es geschafft hatte und sein Körper auch keine Verletzungen oder Schrammen zeigte, bewies der Frau, wie gefährlich er sich wehren konnte.

Dem konnten auch drei Monstervögel nichts anhaben. Hinzu kam die Schlange, dieses grausame Untier, das sein Maul weit aufgerissen hatte, sodass Maria die beiden scharfen Zähne und auch die Zunge erkennen konnte.

Gehört hatte sie den anderen leider nicht. Er konnte sich zu lautlos bewegen und wurde von der Schlange unterstützt, die trotz ihrer Größe die Geschmeidigkeit ihrer Nachfahren hatte.

Bandor war ein Dämonentöter gewesen. Einer, der das Böse jagte, doch dieser Krieger hier verkörperte es. Er wollte töten, seine Streitaxt mit der blutigen Klinge bewies es.

Maria sah, wie seine Beinmuskeln zuckten. Für einen Moment klemmten sich die Oberschenkel härter um den Leib der Schlange, und das war für sie ein Zeichen.

Sie bewegte sich.

Der gesamte Körper schien einzurollen, und er hatte sich als Ziel Maria Kugler ausgesucht.

Das bärtige Gesicht des Kriegers verzog sich. Aus seinem offenen Mund, der wie eine helle Höhle innerhalb des schwarzen Barts klaffte, drangen urige Laute.

Kampfschreie!

Und die galten ihr.

Maria wusste nicht, wohin sie sich wenden sollte. Sie konnte nicht nach vorn in den Gang fliehen, denn dort versperrte ihr die Riesenschlange den Weg.

Was blieb ihr?

Zurück!

Ja, sie musste zurück. Wenn sie in das andere Zimmer floh, dann überlebte sie ein paar Minuten länger. Unter Umständen konnte sie auch aus dem Fenster klettern. Doch sie war inzwischen eine alte Frau geworden. Die Gelenke wollten nicht mehr so wie früher, sie hatten längst ihre Geschmeidigkeit verloren.

Nein, sie konnte Graax nicht entrinnen.

Noch weiter öffnete die Schlange ihr Maul. Der Wilde schwang seinen Arm. Er drehte sich dabei, und die Waffe zog pfeifende Kreise durch die Luft. Mit einem Ruck beugte sich Graax vor und schlug über dem Kopf der Schlange hinweg, sodass die Streitaxt in die gefährliche Nähe von Marias Gesicht geriet.

Das gab den Ausschlag.

Die Frau sprang zurück. Mit einem zweiten Schritt trat sie über die Grenze des Fünfecks. Das wurde ihr erst bewusst, als sie das Kribbeln bemerkte, das wie elektrischer Strom durch ihren Körper rann, und die Schlange im selben Augenblick ein furchtbares Grollen ausstieß.

Dieser Laut erschreckte die Frau derart, dass sie noch einen Schritt zurücktrat.

Mit dem linken Fuß zuerst.

Da war die Schachtöffnung.

Plötzlich war der Widerstand verschwunden. Ihr Gesicht verzerrte sich in namenlosem Schrecken. Sie hörte noch ein fauchendes, hell klingendes Geräusch, dann war von ihr nichts mehr zu sehen.

Die Magie aber reagierte!

Jemand berührte mich an der Schulter, und ich hörte im nächsten Moment die scharf geflüsterten Worte an meinem rechten Ohr.

»Komm hoch, John!« Suko drängte.

Ich kniete auf dem Boden und wusste nicht, aus welchem Grund. Keine Ahnung, wie ich in die Haltung gelangt war. Die letzten Sekunden – oder waren es Minuten? – konnte ich sowieso nicht nachvollziehen. Das kam mir vor wie ein Film, der angehalten und dem Betrachter entzogen worden war.

Ich spürte die kalte Luft. Sie wirkte doppelt kalt nach dieser unnatürlichen und widerlichen Schwüle, die wir hinter uns hatten. Aber kalte Luft hatte es in der Urzeit nicht gegeben, also mussten wir uns in der Gegenwart befinden. Schlagartig war ich wieder »da«. Wenn wir tatsächlich in der Gegenwart steckten, war auch die Familie Kugler mit hinübergeschafft worden, zudem Bandor, der Dämonenjäger, und vielleicht auch Graax?

Ich streifte Sukos Hand ab, als mir der Inspektor auf die Füße helfen wollte. »Danke, Alter, das schaffe ich allein.«

Ich stemmte mich hoch, blieb stehen und schüttelte den Kopf. Ja, wir befanden uns wieder in der Gegenwart. In einer Zeit, die auch ihre Tücken hatte, doch nicht mit dieser unheimlichen Vergangenheit zu vergleichen war, die hinter uns lag.

Trotzdem war die Umgebung für mich fremd. Wir lagen nicht mehr im Gras, sondern sahen einen normalen Weg der sich in Windungen dem Schloss entgegenschraubte und erst vor den Mauern sein Ende fand.

Rechts und links sah ich den dichten Wald. Die Kronen der Bäume bewegten sich im Nachtwind. Auch in dieser Zeit stand ein Mond hoch oben am Himmel, und hinter mir hörte ich die Stimmen der Kuglers.

»Paps, Mama, wir sind wieder da! Juhu, wir sind wieder da!« Der kleine Peter sang die Sätze und tanzte wie ein Irrwisch umher. Er freute sich für sein Leben.

Auch ich musste lächeln. Ja, wir hatten es geschafft.

»Bandor ist nicht da!« Mit diesen Worten riss mich Suko aus meinen Überlegungen wieder in die Gegenwart hinein.

Auch die Kuglers hatten seine Worte verstanden. »Vielleicht ist er dageblieben«, vermutete Hans. Er sprach gepresst. Seine Verletzung machte ihm schwer zu schaffen.

»Das glaube ich nicht«, sagte ich und nickte meinem Freund zu. »Los, Alter, wir suchen ihn.«

Bevor wir uns in Bewegung setzten, hörten wir bereits das Knirschen und Kratzen. Es war dort aufgeklungen, wo sich das Tor befand.

Da keiner von uns dorthin gegangen war, gab es nur eine Möglichkeit, dass Bandor, die Burg bereits erreicht und sie betreten hatte.

Das war ein Ding.

Peter wollte an mir vorbeilaufen. Ich jedoch bekam ihn

an der Schulter zu fassen und riss ihn herum. »Nein, mein Kleiner«, sagte ich, »für dich ist jetzt Schluss. Du gehst fort von hier. Am besten nach Hause.«

Dagegen hatten auch seine Eltern nichts. Besonders Elke Kugler griff ein und sprach ihrem Sohn ins Gewissen. Peter maulte zwar, musste sich aber schließlich fügen.

Suko sprach noch mit Hans Kugler. Wir hatten Angst, dass er es nicht schaffen würde, doch er winkte ab und sagte, dass der Weg nach Hause nicht so weit wäre.

»Dann viel Glück«, wünschten wir ihnen noch.

»Danke, euch auch«, sagte Elke leise.

Das konnten wir brauchen. Obwohl wir uns in der Jetztzeit befanden, waren Gefahren nicht auszuschließen, denn wir hatten etwas aus der Vergangenheit mitgenommen, das unberechenbar war.

Als die Kuglers um die letzte Wegbiegung verschwunden waren, atmeten wir auf.

Uns hielt auch nichts mehr, und wir liefen den Weg zur Burg hoch. Es war nicht mehr weit. Nur einige Kehren, danach sahen wir schon das Tor.

Es gab vor dem Gemäuer keinen Hof oder freien Platz, und es sah mir auch nicht so aus, als würde es hinter dem Tor existieren. Wahrscheinlich gelangten wir direkt in den Bau hinein, wenn wir das Tor aufstießen.

Bandor hatte es geschafft, also mussten wir es auch packen. Als Suko zweimal an der Klinke rüttelte, war uns klar geworden, dass die Tür nicht so einfach zu öffnen war. Der Wilde musste sie von innen verschlossen haben.

Jetzt war guter Rat teuer.

Ich schaute mich um und ging dabei drei Schritte zurück.

Mein Blick flog an der rauen Steinmauer hoch. Ich entdeckte einige Fenster, und als ich mich weiter nach rechts wandte, glaubte ich hinter wenigen Fenstern Licht zu sehen.

»Da scheint jemand zu wohnen«, erklärte ich Suko.

»Der Professor.«

»Und der Wilde ist bei ihm.«

Der Inspektor schwieg. Da auch ich nichts mehr sagte, hörten wir das Furcht erregende Grollen doppelt laut. Die Mauern schienen zu erzittern, und da wussten wir, dass nicht nur Bandor allein aus der Urwelt mit in diese Zeit hinübergeschleift worden war, sondern auch das andere Untier namens Graax.

Diese Burg war praktisch ein Platz, der zwischen den Zeiten wandern konnte, ohne sich zu verändern. Wir dachten nicht länger darüber nach, sondern nahmen die Tatsache einfach hin.

Wir schauten uns das Schloss an.

Da war nicht viel zu machen. Es sah ziemlich stabil aus, wir hätten es sicherlich irgendwann einmal geknackt, dies jedoch hätte viel Zeit in Anspruch genommen, und die hatten wir nun überhaupt nicht.

Suko hatte den gleichen Gedanken wie ich. »Vielleicht gibt es noch eine andere Möglichkeit, in die Burg hineinzugelangen«, meinte er und war schon verschwunden.

Es gab sie tatsächlich. Da wir uns nahe der Mauer hielten, sahen wir im Gras plötzlich das matte Blinken. Bei genauerem Hinsehen stellten wir fest, dass es sich um Glas handelte. Gar nicht mal so hoch über uns war ein Fenster!

»Kommen wir da rauf?«, fragte ich.

Suko gab mir ein Zeichen als Antwort. Er legte beide Hände zusammen, und ich begriff sofort.

Meinen Fuß setzte ich in Sukos gefaltete Hände, federte ein wenig nach und nickte dem Chinesen zu. Er schleuderte mich förmlich in die Höhe, sodass es mir gelang, mit den Händen meiner ausgestreckten Arme den Rand des Fensters zu erreichen.

Dort klammerte ich mich fest, hatte für einen Moment die Angst, dennoch abzurutschen, musste nachgreifen und bekam die Kante zu packen. Jetzt ging es besser.

Wir hatten abgesprochen, dass ich, wenn ich erst einmal in der Burg war, zur Tür lief und sie aufschloss, denn Suko hätte schon ein Affe sein müssen, wollte er die Mauer hochklettern. Sie war einfach zu glatt.

Von außen hatte jemand die Scheibe zerstört. Daran zu erkennen, dass die meisten Scherben im Innern lagen. Vor der Burgmauer hatten wir nur wenige gesehen.

Im Zimmer dahinter brannten Kerzen. Sie leuchteten es so weit aus, dass ich Einzelheiten erkennen konnte. Ich sah die Reste eines Untiers auf dem Boden liegen.

Diese großen Vögel hatte ich zwar nie aus der Nähe gesehen, aber der lange Schnabel, der noch zu erkennen war, erinnerte mich daran, dass es sich nur um dieses Tier handeln konnte.

Es war durch einen Hieb in zwei Hälften geschlagen worden, wobei sich die Frage stellte, wer dies getan hatte.

Ich drehte mich wieder um, schaute aus dem Fenster und starrte nach unten, wo mir Sukos Gesicht entgegenleuchtete, denn er hatte seinen Kopf in den Nacken gelegt.

»Ich versuche die Tür zu …«

Das letzte Wort ging in dem gewaltigen Grollen unter, das durch die Burg hallte. Ich zuckte zusammen, wirbelte herum, sah allerdings keinen Gegner vor mir. Dafür hörte ich Sukos Stimme von unten.

»John, lass es sein. Der Weg zur Tür wird dir sicherlich verdammt schwergemacht.«

Da hatte mein Partner recht. Er konnte mir jetzt nur die Daumen drücken, und das tat er sicherlich auch, als ich mich abwandte und das Zimmer durchquerte.

Die Tür lag in meinem Blickfeld. So leise wie möglich huschte ich auf sie zu, vernahm wieder das Brüllen des urwelthaften Tieres und sah einen Augenblick später, wie die schwere Tür von der anderen Seite her einen gewaltigen Schlag erhielt, dem sie nichts mehr entgegenzusetzen hatte. Sie wurde aus dem Rahmen gefetzt.

Die Splitter flogen mir um die Ohren. Ich sprang hastig zurück und warf mich zur Seite, denn etwas schleuderte wuchtig auf mich zu. Als ich zu Boden prallte, sah ich den

Teil des schuppigen Körpers und wusste nun genau, dass Graax und die Riesenschlange ebenfalls den Weg in die Burg gefunden hatten …

Auch Bandor hatte den Zeitenwechsel gut überstanden. Sogar besser als alle anderen, denn er war schon nach wenigen Sekunden klar, fand sich neben einem Weg liegend wieder, sprang auf die Füße und schaute sich um.

Natürlich war ihm diese Umgebung fremd. Er musste sich erst daran gewöhnen, hier zurechtzukommen. Mit dem sicheren Instinkt eines Urmenschen erkannte er schnell, wo sich der Gegner befand.

In dem Gemäuer, das er in einer anderen Zeit bereits einmal betreten hatte.

Jetzt war es wieder sein Ziel. Und er wusste, dass sein Feind in der Burg lauerte.

Es gab einfach keine andere Möglichkeit. Über Bandors Gesicht glitt ein Grinsen. Diesmal würde ihm Graax nicht mehr entkommen, das war sicher. Er wollte eine endgültige Entscheidung erzwingen und er jagte mit großen Sprüngen auf das Tor der Burg zu. Um die anderen Menschen kümmerte er sich nicht, erreichte sein Ziel und drückte den Eingang zur Burg auf.

Das Tor quietschte in den Angeln, was ihn nicht weiter irritierte. Er betrat die Burg, drehte sich um und drückte die Tür wieder zu. Da fiel ihm der Schlüssel auf.

Bandor wusste nicht, welche Bedeutung er hatte. Seine linke Hand tastete nach ihm, er zog und drehte ein paar Mal, wobei er hörte, dass sich innerhalb der Tür etwas bewegte.

Dass er mit seiner Bewegung ein Schloss gesperrt hatte, wurde ihm nicht bewusst. Er war auch zu sehr auf seinen Gegner fixiert und machte sich auf die Suche nach ihm.

Bandor stand in dem kahlen Gang. Vom Licht der Fackeln wurde er ausgeleuchtet, und das Spiel von Hell und Dunkel malte seltsame Figuren auf seinen nackten Oberkörper. Es ließ den Mann erscheinen wie einen Geist. Fast nichts war zu hören, als er weiter in den Gang hineinhuschte, dabei sein Schwert zog und die beiden Kurven nahm, die vor den Treppenstufen endeten.

Er kannte sich hier aus. Die große Doppeltür in dem Mauergefüge stand weit offen, selbst das Kaminfeuer flackerte noch schwach, und es brannten auch noch einige Kerzen.

Für einen Moment blieb Bandor stehen, obwohl er es so eilig hatte. Er krauste die Stirn, schüttelte den Kopf, und in sein Gesicht strömte so etwas wie eine gewisse Nachdenklichkeit.

Er durchwanderte den Raum, passierte das Feuer, sah die Möbel und strich manchmal mit den Händen darüber, als wollte er etwas ertasten, was ihm irgendwie gehörte und dennoch so fremd war.

Bandor fand sich nicht zurecht.

Erst an dem runden Tisch mit der brennenden Kerze verhielt er seinen Schritt, und er sah auch die offene Tür, die in den anderen Raum führte, wo Chandler immer experimentiert hatte.

Dort lauerte der Schatten.

Abermals hörte er das gewaltige Grollen. Noch während dieses Lauts bewegte sich der Schatten. Was es genau war, konnte Bandor nicht erkennen, er wusste jedoch, dass sein Gegner auf ihn lauerte.

Und der kam.

Nicht Graax selbst griff ihn an, sondern die Riesenschlange. Sie passte soeben durch die Tür, befand sich mit dem hinteren Teil des Körpers noch in Bewegung und schob sich schlängelnd auf den Dämonenjäger zu. Dabei peitschte aus dem weit aufgerissenen Maul ihre Zunge. Sie fuhr dicht über den Boden, wobei Bandor genau wusste, wie gefährlich sie war, denn er sprang hastig in die Höhe, sodass ihn die Zunge verfehlte.

Graax aber lachte und schwang seine Streitaxt. Ein pfeifendes Geräusch erklang, als die Waffe, ungemein wuchtig geschlagen, durch die Luft schnitt. Bandor musste zurück, und er ging auch weiter nach hinten, als die Schlange sich so heftig bewegte, dass sie einige Möbelstücke zertrümmerte, die innerhalb des Raumes standen.

Bandor geriet in die Nähe des Kamins. Noch war die Entfernung für ihn ungünstig. Er konnte seine Waffe nicht direkt gegen Graax einsetzen, dafür drehte er sich um, griff nach hinten und bekam die glühenden Kaminscheite zu packen. Mit der nackten Hand riss er einen an sich, holte kurz aus und schleuderte den Scheit auf Graax und die Schlange zu.

Der Barbar duckte sich. Dabei dröhnte ein Lachen aus seinem weit aufgerissenen Maul. In diesem Geräusch ging das Poltern unter, mit dem der Scheit zuerst gegen die Wand und danach zu Boden krachte, wobei einige Funken in die Höhe stoben.

Der nächste Scheit war besser gezielt. Und auch mit ungeheurer Wucht geworfen. Bandors Körper streckte sich, das glühende Teil verließ seine Hand und hätte Graax am Kopf getroffen, aber der Wilde riss den rechten Arm mit der Axt hoch, eine kurze Bewegung, und die Klinge traf das Holz.

Plötzlich bestand der glimmende Scheit aus zwei Teilen, die rechts und links der Schlange zu Boden prallten.

Damit hatte Bandor nicht gerechnet. Für einen Moment stand er starr auf dem Fleck und sah danach, dass nun Graax ihn wieder angriff. Durch die Bewegungen seiner Oberschenkel trieb er sein unheimliches Reittier an, und die Schlange wurde so schnell, dass Bandor ihr erst im letzten Moment durch einen Sprung nach links ausweichen konnte. Er wurde zurück durch die offene Tür und in den Gang getrieben, wobei ihm die Schlange sofort folgte.

Bandor sah nicht mehr, dass ein Mann durch das zerstörte Fenster kletterte, er befand sich auf dem Rückzug.

Er wusste nur, dass er einem Kampf nicht mehr ausweichen konnte, und innerhalb des kahlen Ganges, wo die Pechfackeln ihr unheimliches Licht verbreiteten, stellte er sich.

Zwei Gegner aus einer fernen Vergangenheit der Erde standen sich gegenüber, um ein für alle Mal abzurechnen …

Im Zimmer herrschte ein regelrechtes Chaos. Zuletzt war die Tür zerstört worden, aber Graax musste schon vorher da gewesen sein, denn ich sah die umgekippten Möbelstücke. An einigen Stellen hatte sich das Feuer der Kerzen bereits ausgebreitet. Die Flammen waren nicht erloschen, und es bestand die große Gefahr eines Brandes.

Die gefährlichsten Flammenherde konnte ich durch hastiges Trampeln löschen. Ich entdeckte auch zwei glühende Holzscheite, sie lagen allerdings außerhalb der Gefahrenzone. Einer dicht an einer offenen Tür, die in den Nebenraum führte.

Eigentlich hatte ich die beiden Kämpfer verfolgen wollen, doch durch die Tür schimmerte ein seltsam blauer Widerschein. Ein fluoreszierendes Leuchten, das aufflackerte, dann wieder erlosch, erneut heller wurde und sich anschließend wieder verdunkelte.

Irgendetwas ging in diesem Raum vor. Es kam nicht auf die Sekunde an, und ich wollte genau wissen, was sich jenseits der Schwelle abspielte. Schnell war ich da, blieb in Höhe der Tür stehen und schaute überrascht nach vorn.

Auf dem Boden sah ich das Fünfeck. Ein magisches Zeichen, in dessen Mitte sich eine runde Öffnung befand, aus der das bläuliche Leuchten drang. Ich hatte das Gefühl, auf einen Schacht zu blicken und sah auch die aufgezeichneten Formeln an den Seiten des Pentagramms. Sie waren es, die aufleuchteten, etwas schwächer wurden und danach wieder stärker. Der Schein dieses Intervalls hatte sich mit dem blauen Licht vermischt und war bis in den Nebenraum gedrungen.

Irgendwo hinter mir hörte ich Kampfgeräusche. Wahrscheinlich hatten sich die beiden Feinde getroffen und suchten die Entscheidung. Ich hätte mich gern eingemischt, aber auch die magische Zone interessierte mich, denn ich war mir sicher, hier vor dem Zentrum aller Magie zu stehen, mit der die Burg erfüllt war.

Unruhig bewegte ich meine Hände. Ich sah auch, dass mein Kreuz reagierte.

Es begann ebenfalls zu funkeln und zu gleißen und verstärkte sich, je mehr ich an den Rand des Pentagramms herantrat.

Jetzt konnte ich direkt auf den Schacht schauen.

Mein Blick blieb an der Oberfläche hängen. Das blaue Vibrieren war trotz der zahlreichen Bewegungen der Partikel als glatt zu bezeichnen und so dicht, dass mir ein tieferer Blick in den Schacht verwehrt wurde. Wie seine Magie nun genau funktionierte, war mir ebenfalls unbekannt, da hätte ich schon den Professor fragen müssen, doch der war nicht zu sehen.

Mir juckte es in den Fingern, die Magie des Fünfecks zu manipulieren. Aber ich hatte Angst, dass die Zeiten wieder durcheinander gerieten, und so schaute ich mir die Formeln an den Seiten an.

Geheimnisvolle Zeichen. Vergeblich kramte ich in meinem Gedächtnis nach, doch den Sinn verstand ich auch nach langem Überlegen nicht. Diese Formeln hatte es auch nicht in atlantischer Zeit gegeben, sie mussten viel früher entstanden sein, es war keine regelrechte Schrift, sondern nur Zeichen.

Ich sah Halbbögen, Vierecke und dazwischen so etwas, das man vielleicht als einen Buchstaben hätte bezeichnen können. Um Genaueres zu erfahren, hätte ich Chandler fragen müssen.

Vielleicht sah ich ihn noch. Dann musste er mir einfach Erklärungen abgeben.

Bisher hatte ich daran geglaubt, einen leeren Schacht vor mir zu sehen. Das stellte sich als Irrtum heraus, denn dicht unter der Oberfläche bemerkte ich eine Bewegung.

Noch schärfer schaute ich nach, beugte mich auch weiter nach vorn und entdeckte einen Schatten.

Er war dunkler als das blaue Flimmern. Konturen erkannte ich nicht, zudem veränderte sich dieser Schatten laufend. Einmal war er länglich, dann schob er sich in die Breite, sodass er die Ränder berührte.

Je länger ich stand und schaute, umso mehr wurde mir klar, dass sich möglicherweise ein Mensch innerhalb dieses mit praller Magie gefüllten Schachts befand.

Sollte Chandler eingetaucht sein?

Ich riskierte einen Versuch und streckte meinen Fuß vor. Augenblicklich verspürte ich ein seltsames Kribbeln, das durch meinen Körper schoss, sodass ich den Fuß hastig wieder zurückzog.

Einen Moment später erschien der Schatten deutlicher. Ja, es handelte sich bei ihm um einen Menschen. Sehr gut war er zu erkennen. Die Umrisse stachen hervor, und einen Herzschlag später schob sich etwas aus dem Schacht hervor.

Es sah schaurig aus, und ich wurde an Szenen erinnert, wie ich sie schon bei Gräbern gesehen hatte, wo lebende Tote ihre letzten Ruhestätten verließen.

So auch hier.

Eine Hand drang aus dem Schacht.

Die Finger waren gespreizt. Deutlich erkannte ich die straffe Haut, die einige Altersflecken zeigte.

Professor Chandler hatte ich kennengelernt. Ich wusste genau, wie er aussah, und mir war sofort klar, dass es sich bei dieser Hand nicht um seine handeln konnte.

Die gehörte jemand anderem.

Aber wem?

Gespannt wartete ich ab. Immer höher schob sich die Hand.

Der Kleiderstoff fiel zurück und bildete dabei Falten, und im nächsten Augenblick erschien der Kopf.

Das Gesicht einer alten Frau!

Meine Augen wurden groß. Damit hatte ich nicht gerechnet. Die Frau drehte während ihrer Vorwärtsbewegung den

Kopf, sodass sie mich anschauen konnte. Ich las die Qualen und die Angst von ihrem Gesicht ab.

Sie öffnete den Mund, ihr Gesicht verzerrte sich dabei zu einer Grimasse, und sie flüsterte: »Bitte – bitte – helfen Sie mir! Ich kann nicht mehr …«

»Wer sind Sie?«

»Kugler. Maria Kugler!«

War das eine Überraschung! Mir wurde vieles klar. Das musste die Großmutter sein. Peter hatte viel von ihr gesprochen. Von dieser Frau hatte er die Bücher bekommen, in denen so viel über die längst vergessene und versunkene Welt geschrieben stand.

Wie sie in den Schacht geraten war, wusste ich nicht. Auf jeden Fall war es leichter für sie, hineinzugelangen als wieder nach draußen. Sie hatte mich um Hilfe gebeten. Ich wollte sie ihr nicht abschlagen, beugte mich vor und streckte dabei meinen Arm aus.

Unsere Finger fanden sich.

Es war nur eine kurze Berührung, ich musste härter zugreifen, meine Stellung auch ein wenig verändern. Da ich mein Kreuz um den Hals hängen hatte und ich jetzt gebückt dastand, geschah es zwangsläufig, dass es über die Linien des Pentagramms geriet.

Das Kruzifix, ebenfalls mit einer großen Magie aufgeladen, befand sich nun im Zentrum dieser anderen fremden Kraft.

Vielleicht hätte eine Zehntelsekunde der Berührung ausgereicht, meine Reaktion dauerte natürlich länger, und so kam es zu dem längeren Zusammenprall zweier Magien.

Und es erfolgte die Reaktion.

Ich merkte noch den Ruck, der mich erfasste, als ich die Frau aus dem Schacht zog. Im nächsten Augenblick wurde ich nach hinten katapultiert. Etwas blitzte, ein grelles Licht strahlte auf. Dann krachte ich zu Boden, während ich Maria Kugler mit mir zog, ihre Schreie hörte und merkte, dass sie auf mich fiel.

Im nächsten Moment hüllte uns das Licht wie eine Wolke

ein. Ich hatte die schreckliche Befürchtung, wieder in eine andere Zeit geschleudert zu werden. Das geschah nicht, denn die beiden Magien hatten sich aufgehoben und damit auch den geheimnisvollen Zeittunnel zerstört.

Es dauerte nicht lange, bis ich wieder klar sah. Als ich danach nach vorn schaute, war nichts mehr zu entdecken.

Kein Pentagramm, kein Schacht, keine Formeln. Der normale Boden lag vor mir.

Ich vernahm tiefe Atemzüge. Maria Kugler stieß sie aus. Sie lag neben mir, drückte ihren Oberkörper hoch und stützte sich auf ihren Ellbogen ab.

Als sie den Kopf drehte, sah ich die großen, ängstlichen Augen. Ihre Mundwinkel zuckten, sie wollte mir etwas sagen.

»Nicht jetzt«, flüsterte ich, obwohl mir die Neugierde auf den Nägeln brannte.

»Doch!«, stieß sie hervor. »Doch, ich muss es ...«

Ich half ihr hoch. Mit zitternden Beinen blieb sie stehen, krallte sich an meinen Schultern fest und flüsterte: »Der Professor. Er ist verschwunden, in den Schacht gegangen.«

Ich erschrak. Die Frau hatte ich zurückholen können. Dabei war die Magie wirkungslos geworden, und ich glaubte auch nicht daran, dass es mir gelingen würde, Chandler wieder in die normale Welt zu transportieren. Die Verbindung war leider gerissen.

»Ist er dageblieben?«

»Ja und nein«, schluchzte die Frau. »Ein anderer ist stattdessen zurückgekehrt. Der Wechsel der Zeiten – es ist alles so schwierig. Der Professor sagte mir, dass er schon einmal gelebt hat. In einer fernen Zeit als wilder Krieger. Man nannte ihn Bandor ...«

Also doch! Chandler und Bandor waren ein und dieselbe Person. Ich hatte es geahnt, nun erhielt ich die Bestätigung, und ich presste für einen Moment beide Handflächen gegen die Stirn. Bandor hatten wir gesehen, er existierte, der Professor nicht. Also war er im Tunnel der Zeiten verschwunden.

Es hatte einen Seelenaustausch gegeben, denn Chandler war wieder zurück in seine erste Gestalt gekehrt und würde als Mensch aus der Urzeit vielleicht hier weiterleben.

Mein Gott, wie schrecklich!

»Begreifen Sie, mein Herr? Begreifen Sie das?« Die Stimme der Frau klang drängend.

Ich ließ die Hände sinken. »Ich habe es erfasst«, flüsterte ich.

»Wollten Sie denn zu ihm?«

»Natürlich.«

»Dann sind Sie sicherlich dieser Engländer, von dem er immer gesprochen hat?«

»Das bin ich tatsächlich.«

Maria Kugler begann zu weinen. »Sie werden ihn nicht wiedersehen. Aber er hat alles gewusst. Er schrieb auch die Bücher. Viele lachten ihn aus. Es waren keine Sagen oder Legenden, er hatte sich nur erinnert und sein erstes Leben nacherzählt. Nun …« Die Stimme der Frau erstickte.

Ich hätte Maria Kugler gern getröstet, doch mir blieb nicht die Zeit. Bandor und Graax kämpften. Sie wollten eine Entscheidung, wobei ich nicht mit Bestimmtheit behaupten konnte, dass Bandor auch Sieger blieb. Zu gefährlich war der andere.

»Bleiben Sie hier«, sagte ich zu Maria Kugler. »Rühren Sie sich nicht vom Fleck! Alles andere erledige ich.«

»Und wo wollen Sie hin?« Ihre Stimme zitterte, als sie mir die Frage stellte.

»Ich will Bandor helfen.«

Dann war ich weg und hörte die urigen Kampfschreie sowie das wilde Grollen wie eine Höllenmusik …

Bandor hatte sich zurücktreiben lassen. Bis in den Gang hinein, doch dort war Schluss.

Jetzt würde er sich stellen und dem anderen seine Trumpfkarten auf die Hand legen.

Das Schwert hatte er gezogen. Breitbeinig stand er vor der

Treppe und schaute zu, wie die gewaltige Schlange mit dem Barbaren auf dem Rücken sich allmählich durch die offene Tür zwängte.

Ein jeder der Gegner vertraute auf seine Waffen. Bandor auf das Schwert, Graax auf seine Streitaxt, in deren Handhabung er es zu einer wahren Meisterschaft gebracht hatte.

Schwert gegen Axt!

Wer würde siegen?

Auch die Schlange wusste, dass jetzt die Entscheidung bevorstand, denn sie bewegte sich schneller.

Aus dem Maul des Graax drangen urige Kampfschreie. Er schlug bereits mit seiner Axt Kreise in die Luft. Das Pfeifen sollte seinen Gegner nervös machen, und die Klinge rauschte jedes Mal dicht über den Kopf der Schlange hinweg.

Bandor hielt das Schwert waagrecht. Mit einer Hand hatte er den Griff umklammert, die anderen Finger lagen um die Spitze der Waffe. Er bog den Stahl etwas durch, ein Zeichen seiner Kraft, aber er wollte auch die Geschmeidigkeit der Klinge prüfen.

Das Haar war zurückgestreift, es fiel nicht mehr in die Augen, und er lauschte mit einem Ohr nach hinten, wo dumpfe Schläge gegen die Tür hämmerten.

Dort verlangte jemand Eintritt. Es war Suko, der versuchte, in das Schloss zu gelangen. Doch Bandor dachte nicht daran, zu öffnen, ihn interessierte nur der Kampf gegen Graax.

Plötzlich ließ die linke Hand die Klinge los. Er hatte sie zuvor ein wenig gebogen, sie schnellte förmlich nach vorn, und genau in dem Augenblick verließ die Zunge der Schlange peitschengleich das weit aufgerissene Maul.

Sie erinnerte an eine klebrige, lederne Schnur, die dem Mann entgegenfegte, aber das Schwert befand sich bereits auf dem Weg. Ein mit den Augen kaum zu verfolgender Hieb, ein gedankenschnelles Drehen, und die Zunge war abgetrennt.

Sie klatschte zu Boden, wo sie noch zweimal zuckte und dann still lag.

Das Untier drehte durch.

Auf die doppelte Lautstärke wuchs das Schreien an. Es brandete gegen die kahlen Mauern, schien sie einreißen zu wollen, und das Licht der Fackeln geriet in heftige Bewegungen. Ein heißer Hauch streifte den Kopf des Dämonenjägers, der nicht aufgab und sich mit gezücktem Schwert nach vorn warf, es in den Rachen der Schlange stoßen wollte, während Graax vorgerutscht war und seinen rechten Arm gehoben hatte, um seinem Gegner mit der Axt den Schädel zu spalten.

Bandor wäre schneller gewesen, aber er hatte Pech. Von den Fackeln war flüssiges Pech zu Boden getropft und darauf rutschte der Angreifer aus. Bandor fiel hin, prallte fast auf den Rücken, doch er drehte sich sofort wieder zur Seite, um seinem Gegner nicht wehrlos gegenüberzustehen.

Mit einem Sprung kam er hoch, kniete plötzlich vor dem Ungeheuer, das die Gunst des Augenblicks nutzen und Bandor zerschmettern wollte.

Weit hatte der Dämonenjäger seine Arme erhoben. Jetzt umklammerten beide Hände den Griff der Waffe, bis er die linke losließ, sie in die Höhe streckte und mit der rechten im selben Augenblick das Schwert nach oben wuchtete.

Er stach wie ein metallener Strahl der unheimlichen Schlange entgegen, die sich in einem regelrechten Angriffstaumel befand und ihr Maul nicht mehr so rasch schließen konnte.

Bandors Waffe drang voll hinein. Sie jagte schräg in den Oberkiefer, trat an der anderen Seite wieder hervor und schleuderte in einer Wolke von Schleim auch ein Auge der Riesenschlange in die Höhe.

Es klatschte irgendwo zu Boden, während die Schlange ihren Oberkörper gegen die Decke wuchtete, sich so aufbäumte, dass Graax das Gleichgewicht nicht halten konnte und zu Boden geschleudert wurde.

Bandor, der seine Waffe eisern festhielt und sie jetzt aus der Wunde riss, schrie triumphierend auf. Dann sprang er zurück, weil er nicht wollte, dass ihn die Riesenschlange während ihres Todeskampfes zerquetschte.

Fast bis zur Tür rannte der Dämonenjäger und vernahm weiterhin von außen her die Schläge.

Schwer atmend stand er da. Sein Oberkörper glänzte, die Augen leuchteten wild, denn nun hatte er Graax am Boden, der sich vor der eigenen Schlange in Sicherheit bringen musste, damit sie ihn nicht durch ihr gewaltiges Gewicht zermalmte.

Er tat dies auf seine ureigenste Weise, indem er mit seiner Axt zuhieb.

Graax hackte den Körper seines Reittieres buchstäblich in Stücke. Er glich dabei einer Maschine. Bandor sah immer nur, wie Graax' Arm in die Höhe fuhr. Er konnte die Streitaxt erkennen, die Hand und einen Teil des Unterarms. Alles andere wurde vom Körper des Riesentieres verdeckt.

Die Schlange kam nicht mehr dazu, Graax zur Seite zu schleudern. Die harten, erbarmungslosen Schläge gaben dem Ungeheuer den Rest, und Bandor vernahm Graax' gewaltigen Triumphschrei, als er das verendete Tier gekrümmt vor sich liegen sah.

Jetzt hatte er freie Bahn!

Mit einem gewaltigen Satz sprang er über den Körper der Schlange hinweg. Aus dem weit aufgerissenen Mund drang ein uriger Schrei des Triumphs. Die Augen blitzten, in ihnen stand ein unbändiger Siegeswille.

Auch Bandor startete und rannte ebenfalls auf ihn zu.

Beide schwangen ihre Waffen.

Wie gespenstische Gestalten tauchten sie in den flackernden Widerschein der Pechfackeln, atmeten keuchend, und eine Sekunde später klirrten die Waffen gegeneinander.

Der Dämonenjäger hatte mit dem Schwert zugeschlagen, Graax mit seiner Streitaxt.

Metall hieb gegen Metall. Da sprühten Funken und zogen ihre Bahnen wie winzige Kometen.

Niemand wollte aufgeben. Jeder war von seinem Sieg

überzeugt. Für einen Moment standen sie sich gegenüber, die Waffen gekreuzt, bis sich die Feinde durch kräftige Schübe voneinander lösten und in verschiedene Richtungen taumelten.

Sie drangen erneut aufeinander ein.

Wieder klirrten die Waffen. Keiner gewann einen Vorteil. Graax beherrschte seine Streitaxt wie ein Künstler. Er hatte keine Angst vor dem wesentlich längeren Schwert und egalisierte diesen Vorteil durch seine Behändigkeit.

Stach Bandor zu, glitt er geschmeidig zur Seite. Mehrmals wischte die blanke Klinge dicht an seiner Hüfte vorbei, ohne ihn zu verletzen.

Bandor fightete verbissen. Er gab nicht auf, setzte seine Kräfte ein, und die Klinge fauchte durch die Luft. Die Schläge wurden schräg angesetzt, von oben nach unten rasten sie auf Graax zu, der immer wieder auswich.

Einmal lachte er hart auf, als die scharfe Schwertspitze schnell wie ein Schatten durch den Flammenkranz der Fackel huschte und mit einem hässlichen Laut über die Wand ratschte.

Fur einen Moment war Bandor nicht Herr der Lage.

Graax schlug zu. Plötzlich wuchtete seine Streitaxt nach vorn. Die durch das Schlangenblut dunkel gewordene Klinge geriet in die gefährliche Nähe des Gesichts seines Feindes, und Bandor schwebte plötzlich in akuter Lebensgefahr.

Er ließ sich fallen.

Fast hätte ihm die Schneide ein Ohr abgehackt. So aber verfehlte sie es um Haaresbreite, aber sie streifte die Schulter des Dämonenjägers und hinterließ nicht nur gewaltige Schmerzen, sondern auch eine klaffende Wunde, aus der sofort ein Blutstrom schoss.

Trotzdem gab Bandor nicht auf.

Er war auf die Knie gefallen, sah, dass der andere zu einem erneuten Schlag ausholte und brachte trotz der Schmerzen seine Waffe blitzschnell in die Höhe.

Gegen den Kopf des anderen hatte er gezielt. Er wollte

ihn zerstören, aber die Klinge traf mit einem hell singenden Geräusch nur den golden schimmernden Helm und glitt an der Seite ab und schlug danach gegen die Armrüstung, die diesen Treffer aushielt.

Graax brüllte auf.

War das der Sieg?

Er trat zu.

Damit hatte Bandor nicht gerechnet. In seinem Gesicht explodierte der Tritt. Es war ein Kampf ohne Pardon, zwei Todfeinde standen sich gegenüber, einer nur sollte übrig bleiben.

Bandor fiel durch die Wucht des Trittes zurück. Aus seiner Nase strömte das Blut. An der Stirn war ebenfalls eine Wunde zu sehen, und der rote Lebenssaft rann ihm in die Augen, sodass er sekundenlang nichts sehen konnte.

Dieses Handikap war bei einem Kampf wie diesem absolut tödlich. Das wusste Graax. Er schnellte hoch, warf sich nach vorn und ließ mit seinem rechten Arm die Klinge der Axt nach unten sausen, auf den Kopf des Dämonenjägers zu …

Da fielen die Schüsse.

Zweimal hatte ich abgedrückt, und die beiden Detonationen vereinigten sich zu einer einzigen. Die geweihten Silberkugeln hieben in den Körper des sich in Bewegung befindlichen Kriegers, rissen ihn herum. Er geriet aus der ursprünglichen Richtung und krachte gegen die Wand, wobei er mit seiner Streitaxt noch gegen das Mauerwerk hieb und eine lange Funkenspur hinterließ.

Ich stand da, hielt die Beretta schussbereit und schaute über den toten Körper der Riesenschlange auf die beiden Kämpfer.

Graax hatte es voll erwischt.

Er lag auf dem Bauch. Zwei rote Rinnsale liefen aus seinem Körper. Genau dort, wo ihn meine Geschosse erwischt hatten. Aber es hatte keine andere Möglichkeit für mich gegeben, um Bandors Leben zu retten.

Ein letztes Zucken durchrann den Körper des Barbaren, dann lag er endgültig still.

Ich stieg über die tote Riesenschlange hinweg und hörte draußen vor der Tür die Stimme meines Freundes Suko.

»Verdammt, John, die Tür!«

Ich schloss sie auf.

Suko stürmte in den Gang, blieb nach zwei Schritten stehen und schaute sich um. Er schüttelte dabei den Kopf, und auch ich erlaubte mir diese Reaktion.

Das Finale dieses Kampfes war zum größten Teil ohne unsere Mitwirkung über die Bühne gelaufen. Es hatte vielleicht auch so sein müssen, weil es im Reich der Dämonen ungeschriebene Gesetze gab.

Wir kümmerten uns um Bandor. Er hatte nichts dagegen, dass wir ihm das Blut aus dem Gesicht wuschen. Er starrte uns nur an. In seinen Augen leuchtete kein Kampfeswille mehr, sondern Verständnislosigkeit und offene Fragen.

Dann kam Maria Kugler. Sie schrie leise auf, als sie Bandor erblickte. Ich aber beruhigte die Frau. »Er ist nicht tot, meine Liebe.«

»Dann hat er sich retten können«, flüsterte sie. »Aber was ist mit dem Professor?«

Eine gute Frage, auf die wir leider keine Antwort wussten, obwohl wir gern eine gehabt hätten. Der Wissenschaftler war und blieb verschwunden. Vielleicht steckte er für alle Ewigkeiten im Tunnel der Zeiten.

Suko deutete auf den toten Graax. »Ich werde ihn draußen begraben«, erklärte er.

Dagegen hatte ich nichts. Später, als es Bandor besser ging, gesellte auch ich mich zu meinem Partner. Er hatte den Toten schon weggeschafft. »Es ist nicht einfach«, sagte er zu mir. »Denn wir haben Bandor, und ich frage mich, wohin mit einem Menschen, der vor vielen Jahrtausenden mal gelebt hat und …«

Ich winkte ab. »Wir nehmen ihn mit nach London. Möglicherweise erinnert er sich wieder. Vielleicht kreuzen sich auch der Geist des Professors und seiner, sodass wir eine großartige Mischung bekämen. Wir packen die Unterlagen ein, alles muss hier verschwinden.«

»So sang- und klanglos?«

»Ja, mein Lieber. Sang- und klanglos. Und ich hoffe, dass auch die Kuglers nichts sagen.«

»Das hoffe ich auch.«

Die Familie Kugler zeigte sich kooperativ. Als wir sie besuchten, graute schon längst der Tag. Der Arzt war auch bei ihnen gewesen und hatte Hans Kugler einen dicken Verband verpasst.

Natürlich wollte jeder wissen, ob diese schreckliche Magie noch einmal zurückkehren würde.

Eine konkrete Antwort konnten wir ihnen nicht geben, waren jedoch guter Hoffnung, dass es nicht passierte.

Es würde ein Problem werden, Bandor nach London zu schaffen, aber so mancher hat schon eine Reise in einer großen Kiste überlebt. Weshalb sollte dieser Dämonenjäger aus der Urzeit da eine Ausnahme machen? Außerdem wollten wir wissen, welches Leben er geführt hatte und wie diese Zeit damals gewesen war.

Eins stand fest. Die Zukunft würde nicht nur gefährlich werden, sondern auch sehr interessant …

IM TERRORNETZ DER MONSTER-LADY

Schlagartig verstummten die Gespräche der Gäste. Eine unnatürliche Ruhe lag plötzlich über dem Raum. Selbst der Mann am Spielautomat ließ seine Hand mit dem Geldstück sinken und drehte sich erstaunt um.

Was er und die anderen sahen, war mehr als ungewöhnlich. Eine Frau hatte die Kneipe betreten. Und das kurz vor Mitternacht.

Allein dies wäre schon ungewöhnlich gewesen. Noch ungewöhnlicher war das Aussehen der Frau. Als klassische Schönheit konnte man sie zwar nicht bezeichnen, aber ihr Gesicht hatte einen gewissen Reiz, und die goldfarbenen Haare umspielten es. Man hätte auch blond zu dieser Farbe sagen können, doch im Licht der Lampe schimmerten die Haare wie Gold.

Die Fremde trug einen Mantel. Den modernsten Schnitt zeigte er nicht, aber darauf achtete auch niemand. Es fiel den Leuten nur auf, dass der Mantel bis zum Hals zugeknöpft war.

Die Frau blieb dicht hinter der Tür stehen und schaute sich um. Was sie sah, konnte sie sicherlich nicht ermutigend finden. Einen fassungslosen Wirt, der in seiner Pose eingefroren zu sein schien und eine Hand noch in ein Spülbecken getaucht hatte. Dann erkannte sie die Gäste, Männer jeder Altersstufe, und sie sah einen Mann, der allein an einem viereckigen Tisch hockte, sein Kinn auf die Hände gestützt hatte und in ein leeres Glas schaute.

Die Frau bewegte sich auf ihn zu. Sie ging langsam und nahm von den anderen überhaupt keine Notiz. Die Gäste und der Wirt wunderten sich auch darüber, dass die Frau kein Wort sprach und auch einen beinahe lautlosen Gang hatte.

In der Tat war kaum etwas von ihren Schritten zu hören, als sie das Ziel ansteuerte.

Der Kerl am Tisch merkte nichts. Erst als die Frau dicht vor ihm stand, hob er den Kopf.

»Hallo«, sagte die Fremde.

Der Mann lächelte. Er erinnerte im Aussehen an einen Stadtstreicher. Bartstoppeln bedeckten sein Gesicht, die Nase zeigte einen leicht roten Säuferfarbton, aber die Augen blickten klar, scharf und forschend in das Gesicht der Frau.

»Was ist denn los?«, fragte er.

»Deine Zeit ist angebrochen.«

»Wieso?«

»Du musst mit mir kommen«, erklärte die Frau und lächelte gewinnend. »Ich habe dich gesucht und gefunden.«

»Aber …« Der Mann lachte leise. »Ich sehe nicht ein, weshalb ich dich begleiten soll.«

»Weil es dir dein Blut befiehlt.«

»Mein was?«

»Dein Blut befiehlt dir, mit mir zu gehen und an meiner Seite zu bleiben.«

Endlich löste sich der Wirt von seinem Platz hinter der Theke. Er räusperte sich, als er den Bauch einzog und eine Respektsperson darstellen wollte. Denn so ging das nicht weiter. Auch in seiner miesen Kaschemme wurden keine Gäste belästigt und auch nicht angesprochen, wenn sie es nicht wollten.

»He, du!« Hinter der Frau blieb er stehen und tippte ihr auf die Schulter. »So geht das aber nicht, dass du hier hereinkommst und meine Gäste ansprichst. Hier ist kein Bordell.«

Die Frau hatte bisher nicht reagiert. Auch als die Worte ausgeklungen waren, sagte sie nichts, sondern wandte sich an den Mann am Tisch. »Kommst du nun mit oder nicht?«

»Mach den Gast nicht an!«, regte sich der Wirt auf.

Er schaute nicht in die Augen der Frau. Denn dann hätte er das gelbe Funkeln sehen können, ein Zeichen, dass es ratsam war, sich nicht mit ihr anzulegen.

Der Mann war es, der die Lage entschärfte. Er schob seinen Stuhl zurück und stand auf.

»Gut, ich gehe mit«, sagte er dabei und schaute den Wirt an. »Was habe ich zu zahlen?«

Der Wirt nannte den Preis, den allerdings die Blonde beglich, was der Mann mit einem Nicken und der Wirt mit einem erstaunten Blick quittierte.

Die Frau schien eine regelrechte Macht über den Gast zu haben. Der Wirt und auch die übrigen Männer schauten zu, wie beide das Lokal verließen.

Erst dann redeten sie. Jemand lachte hoch und schrill. »Träume ich, oder war das ein Spuk?«

»Nein, die waren echt.« Der Wirt schaute zu dem Tisch hin, wo der Gast gesessen hatte. »Da habe ich ihn gesehen.«

»Und auch das Weib«, sagte einer der anderen.

»Klar, die war ebenfalls keine Täuschung.«

»Mann, wo kommt die her?«

Der Wirt fühlte sich angesprochen. Er hob nur die Schultern. Dann räumte er den Tisch leer, wo der Typ gesessen hatte.

»Mich würde mal interessieren, was die beiden da draußen jetzt anstellen«, klang es vom Spielautomaten her, und ein bärtiges Gesicht verzog sich zu einem Grinsen.

»Was macht man wohl in einer lauen Juninacht?«, wurde der Bärtige gefragt. »Kannst dich nicht mehr daran erinnern, wie?«

»Unsinn, aber daran glaube ich nicht.«

»Was?«

»An die Nummer, die sie schieben wollen.« Der Mann mit dem Bart schüttelte den Kopf. »Ich glaube, dahinter steckt etwas anderes.«

»Und was, du Hellseher?«

»Keine Ahnung, aber ungewöhnlich ist es schon, wie die den Knaben angemacht hat.«

»Vielleicht kannte sie ihn von früher.«

Der Bärtige hob die Schultern. »Das sah mir nicht so aus. Jedenfalls interessiert mich die Sache. Ich werde mal nachschauen, ob ich etwas entdecke.«

»Spanner!«, rief ein anderer. »Du Spanner …«

Der Bärtige blieb stehen. »Das hat damit nichts zu tun. Ihr könnt ja mitkommen.«

Das wollten sie auch nicht. Schließlich entschloss sich der Wirt, seine Kneipe zu verlassen. »Ich gehe mit«, erklärte er. »Dann sind wir schon zu zweit.« Er schloss die Kasse ab, weil Kontrolle besser ist als Vertrauen.

Sekunden später standen sie vor der Tür und schauten in die Dunkelheit. Rechts vor ihnen lag ein Schrottplatz. Dort roch es immer verbrannt, und auch in der Nacht trieb der Wind den Geruch von verbranntem Gummi heran. Vorn führte die Straße vorbei, auf der um diese Zeit kaum noch jemand fuhr. Dass sich überhaupt jemand in die Kneipe verirrte, war ein Wunder. Vielleicht lag es daran, dass dieses Lokal so abgelegen in einer miesen Gegend stand und die Gäste sich dort unbeobachtet fühlten.

»Siehst du was?«, fragte der Wirt.

»Nein, nichts.«

»Wo können die denn sein?«

»Es gibt noch freie Stellen auf dem Gelände der Firma. Ich kenne den Schrottplatz. Da kannst du deine Braut ins Gras legen und bist ungestört.«

»Und musst über den Zaun klettern.«

»Na und? Jede Arbeit ist ihres Lohnes wert.« Der Bärtige kicherte.

»Die sahen mir nicht danach aus, als hätten sie was miteinander«, meinte der Wirt, schaute noch einmal in die Dunkelheit und gähnte. Als er den Mund wieder geschlossen hatte, brummte er: »Ich gehe jetzt wieder rein und schmeiße euch raus. Ich bin müde und habe keine Lust mehr.«

»Lassen wir den beiden das Vergnügen«, sagte auch der Mann mit dem Bart. Er drehte sich ebenfalls um. Der Wirt hatte bereits seine Hand auf die Türklinke gelegt, als die beiden Männer plötzlich das schaurige Heulen hörten.

In der Bewegung erstarrten sie. Selbst bei diesen spärlichen Lichtverhältnissen war zu erkennen, wie blass beide wurden, denn dieses Geräusch passte nicht hierher.

Das Heulen war schlimm, zu vergleichen mit dem auf- und abschwellenden Ton einer Sirene. Es jagte schaurig durch die Nacht und hallte in unheimlichen Schwingungen weiter.

Dann verstummte es.

Die beiden Männer standen noch immer reglos. Der Wirt flüsterte nach einer Weile: »Als hätte ein Köter den Mond angeheult, so kam es mir vor.«

Der Bärtige deutete zum Himmel. »Der Mond ist da«, sagte er. »Sogar voll, aber einen Hund sehe ich nicht. Außerdem hört sich das Heulen eines Hundes anders an.«

»Woher weißt du das denn?«

»Ich hatte mal selbst einen.«

Von innen wurde die Tür aufgestoßen. Die letzten Gäste drängten ins Freie, blieben stehen und fragten: »Habt ihr auch das komische Heulen gehört?«

»Ja, zum Henker.«

»Was war das?«

»Ein Hund«, erwiderte der Wirt.

Einer der Leute meinte: »Hörte sich eher an wie ein Wolf. Ich habe so etwas mal in Kanada ...«

Die anderen lachten. »Wolf, du Idiot! Wo soll der denn herkommen? In London gibt es keine Wölfe. Wenigstens keine vierbeinigen. Nein, das war ein ...«

»Aaaauuuuhh ...!«

Der Sprecher verstummte erschrocken, als er das Heulen abermals vernahm. Klagend durchschnitt es die Stille der Nacht, und die Töne zauberten eine Gänsehaut auf die Rücken der Männer. Sie schluckten, und sie hatten Angst, obwohl es keiner von ihnen zugeben wollte, aber das Gefühl stand in ihren Gesichtern geschrieben.

»Das geht doch nicht mit rechten Dingen zu«, sagte der Bärtige. »Wir sollten mal nachschauen.«

»Sind wir Bullen?«, fragte einer.

»Was hat das denn damit zu tun?«

»Sollen die sich doch um so etwas kümmern.«

Der Bärtige schüttelte den Kopf. »Ihr könnt mich alle mal. Jedenfalls sehe ich nach. Will jemand mit?«

Einige wollten wohl, doch in diesem Augenblick hörten sie wieder das unheimliche Heulen, und da kriegten sie Angst vor der eigenen Courage, sodass der Wirt nur in ablehnende Gesichter schaute. Bis auf den Bärtigen. Der nickte nämlich.

»Allright, Pete«, sagte der Wirt, »dann gehen wir eben allein. Warte, ich hole nur mein Argument.«

»Dein was?«

»Meinen Schlagstock.«

Einer der Männer begann zu kichern. »Argument ist gut, wirklich.«

Die Leute verschwanden wieder in der Kneipe. Pete blieb stehen. Er zündete sich eine Zigarette an und schaute in die Nacht hinein. In dieser Ecke war es ziemlich dunkel. Hätte nicht die einsame Lampe über der Kneipentür gebrannt, wäre es sogar stockfinster gewesen. Auch Pete fühlte sich nicht wohl in seiner Haut. Irgendwie hatte er das Gefühl, einen Fehler zu begehen, wenn er jetzt mitging, aber er hatte sich einmal entschlossen, und dabei wollte er auch bleiben. Er nahm die Zigarette nicht aus dem Mund. Wie ein Glühwürmchen steckte sie zwischen seinen Lippen und leuchtete hin und wieder auf, wenn er daran zog.

Der Wirt kam zurück. Den Schlagstock hielt er in der rechten Hand. Die Waffe war mit einer Schlaufe versehen, die er um sein Gelenk geschlungen hatte. Der Mann grinste Pete an. »Jetzt werden wir mal sehen, wer da durch sein Heulen zu später Stunde die Leute noch aufschreckt.« Mit dem Stock schlug er in seine freie Linke, und es gab ein klatschendes Geräusch.

»Ein Wolf«, spottete Pete.

»Hör auf, Mensch! Hier gibt es keine Wölfe. Lass dir doch nicht einen solchen Quatsch einreden!«

»Aber so heult kein Hund. Ehrlich nicht.«

»Wir werden nachschauen.« Der Wirt ging drei Schritte und blieb stehen. Dabei legte er den Kopf in den Nacken und schaute sich um. Jetzt glich er einem witternden Tier. »Es ist doch vom Schrottplatz gekommen!«

»Wahrscheinlich.«

»Okay, dann gehen wir in diese Richtung«, erklärte der Kneipenbesitzer, während er unternehmungslustig seinen Schlagstock schwang und sich anscheinend auf eine Begegnung freute.

Pete hielt sich an seiner Seite. Die beiden Männer mussten um das alte Haus herum, in dem die Kneipe lag. An der Rückseite sah das Gebäude noch schlimmer aus. Dort war der Verputz längst abgeblättert, sodass die Steine zum Vorschein kamen.

An der Hauswand standen die Mülleimer. Daneben lagen alte Kisten und Kartons, zum Teil vom Regen aufgeweicht und nur noch als Matsch zu bezeichnen.

Ein Stück entfernt parkte der Wagen des Kneipeninhabers. Ein kleiner Kombi, mit dem er einige Dinge transportieren konnte. Er holte sich sogar selbst die Bierfässer aus der Brauerei.

Wildes Gras wucherte auf einem schmalen Pfad, den die beiden Männer gingen. Ihre Füße schleiften durch die Halme, zerdrückten sie, und hin und wieder stießen sie gegen herumliegenden Unrat.

»Wir hätten eine Taschenlampe mitnehmen sollen«, beschwerte sich Pete. »Hier kann man ja kaum etwas erkennen.«

»Ja, die habe ich vergessen.«

Links von ihnen glänzte etwas. Es war der Zaun, der den Schrottplatz umschloss. Als offizieller Eingang diente ein Tor. Es lag jedoch an der entgegengesetzten Seite des Areals. Trotzdem wusste der Wirt genau, wie er auf das Gelände kommen konnte. Nach etwa fünfzig Yards blieb er stehen und bückte sich.

Seine Hände fassten in das Drahtgitter, hoben es an, und so schuf er eine Lücke, durch die er sich winden konnte. Er betrat als Erster den Platz und hielt die Öffnung für seinen Gast hoch.

»Und jetzt?«, fragte der Bärtige.

»Machen wir einen Spaziergang zwischen lauter Blechleichen«, meinte der Wirt mit einem Grinsen.

Er hatte kaum ausgesprochen, als sie abermals das Heulen vernahmen. Diesmal in ihrer Nähe. Es klang so schaurig und unheimlich, dass beide zusammenzuckten und regelrecht Angst bekamen.

»Glaubst du noch immer an einen Hund?«, fragte der Wirt, als das Heulen verklungen war.

Der Bärtige schüttelte den Kopf.

»Dann komm mit!«

»Hast du dir das wirklich gut überlegt?«

»Wieso? Wolltest du nicht?«

Pete hob die Schultern. »Ehrlich gesagt, Dick, mir kommt das Heulen nicht geheuer vor. Vielleicht ist da ein Tier aus dem Zoo ausgebrochen und …«

»Weißt du, wie weit der Zoo von hier entfernt ist?«

»Ich bin trotzdem skeptisch.«

»Aber ich gehe jetzt. Wenn du willst, kannst du ja hier stehen bleiben und auf mich warten.«

»Mitgefangen, mitgehangen«, sagte Pete und setzte sich gleichzeitig mit dem Wirt in Bewegung.

Sie wandten sich nach links. Von dort war das Geräusch auch aufgeklungen. Die alten Schrottautos waren zu gewaltigen Bergen aufeinander gestapelt worden, sodass diese künstlichen Hügel oft bizarre Formen annahmen. Der Platz wäre ein Mekka für jeden modernen Bildhauer gewesen, um sich Anregungen zu holen.

Auf diesem Teil des Autofriedhofs brannte kein Licht. Erst weiter dem Eingang zu glitt ein bläulich schimmernder Schein über die Blechwracks. Der Mond stand voll und reif am Himmel. Eine gelbe Zitrone, rund wie ein Ball und fahl leuchtend.

Pete schüttelte sich und flüsterte: »Richtig unheimlich ist das hier.«

»Hast du Angst?«

»Ein wenig schon.«

Der Wirt lachte und schlug mit dem Schlagstock gegen einen alten Autoreifen. »Die Blechwracks tun dir nichts, keine Sorge. Die sind tot und bleiben auch tot.«

»Und wer hat geheult?«

»Ein Auto bestimmt nicht.«

Die beiden Männer waren in eine Gasse aus aufgestapelten, alten Reifen getaucht. Sie bewegten sich dorthin, wo die große Pressmaschine stand und sich die blanken Skelette der Kräne in den dunklen Himmel reckten.

»Uuuuuaaaahhhh …!«

Erschrocken blieben sie stehen, als ihnen wieder das Heulen entgegenklang. Jetzt waren sie beide ängstlich geworden. Sie liefen nur geduckt weiter, umrundeten noch ein Hindernis und hatten einen guten Blick auf die große Fläche vor der Presse.

Der Mond badete diesen Teil des Schrottplatzes mit seinem unheimlich wirkenden Licht. Und er leuchtete auch die beiden Gestalten an, die sich genau im Zentrum aufhielten.

Die Augen der Männer wurden groß. Jeder wollte etwas sagen, aber keiner brachte einen Ton hervor. Pete fasste sich als Erster. Er hatte Muhe, das Klappern seiner Zähne zu unterdrücken, als er flüsterte: »Verdammt, das sind doch Wölfe …«

Von Dick, dem Wirt, erhielt er keine Antwort. Der Mann umkrampfte nur den Griff des Schlagstocks fester, zudem fuhr seine Zunge nervös über die Lippen.

Hatte Pete nicht von Wölfen gesprochen? Das stimmte nur zum Teil, denn was die beiden Männer da sahen, waren Mutationen, Mischungen zwischen Mensch und Bestie.

Besonders fiel die Frau auf. Sie hatte ihren Mantel zur Seite geschleudert und präsentierte ihren nackten Körper.

Nackt war er schon, aber auch mit einem dichten, dunklen Fell bewachsen, auf das das Mondlicht einen silbrigen Schimmer gelegt hatte. Die Wölfin hatte ein menschliches

Gesicht. Sie hatte ihren Kopf gedreht, und die beiden Männer sahen die gelblich schimmernden Augen geradewegs auf sich gerichtet.

Sie mussten entdeckt worden sein, und beide spürten die Angst. Es war für sie ein unbeschreibliches Gefühl. Mit allem hätten sie gerechnet, nur nicht mit so etwas Schlimmen, und sie wagten kaum, Luft zu holen.

Das Gesicht eines Menschen, und der Körper gehörte einem Wolf. So etwas hatten sie noch nie gesehen, und sie wussten auch nicht, dass sie Lupina, der Königin der Wölfe, gegenüberstanden.

Bei ihr war der Mann aus der Kneipe.

Er hockte am Boden. Und er war es auch, der die seltsamen Schreie ausgestoßen hatte. Er konnte einfach nicht ruhig sitzen. Er befand sich immer in Bewegung und badete sich im Licht des Erdtrabanten. Im Augenblick zuckte er hoch, streckte seine Arme aus, als wollte er den Mond greifen, heulte und drehte sich um seine eigene Achse, bevor er sich wieder auf die Erde warf und die beiden Männer zusehen konnten, wie bei ihm die Verwandlung weiter fortschritt.

Ein Teil seines Körpers war bereits mit einem dichten Fell bedeckt. Es fehlten nur noch das Gesicht und die Arme.

Auch diese Körperteile blieben nicht mehr lange menschlich, denn das Tier in ihm gewann die Oberhand. Mit beiden Händen trommelte er auf den Boden, und es waren erst wenige Schläge vergangen, als sich aus den Händen bereits lange, spitze Krallen geformt hatten, mit denen die Bestie in den Körper eines Menschen schlagen und das Opfer reißen konnte.

Jetzt wühlte er den Boden auf. Staub wölkte in die Höhe, nahm den beiden Beobachtern sekundenlang die Sicht und hüllte die Werwölfin mit seinem Schleier ein.

Pete und Dick waren fasziniert. Obwohl sie liebend gern geflüchtet wären, war es ihnen nicht möglich. Sie blieben da und schauten dem unheimlichen Vorgang weiter zu.

Das Tier war wie von Sinnen. Es überrollte sich, hackte

mit seinen Krallen in die Erde, riss große Brocken hervor, stieß seltsame, klagende Laute aus, und das Menschliche aus seinem Gesicht zog sich immer weiter zurück.

Die Fratze der Bestie kam zum Vorschein.

Da bildete sich eine Schnauze. Ein gefährliches Gebiss leuchtete zwischen beiden Kiefern, und die Augen zeigten eine kalte, gelbe Farbe.

Ein unheimliches Wesen, das sich die Kleidung vom Körper fetzte und nur noch die Hose anbehielt. Es präsentierte den Zuschauern seinen fellbewachsenen Oberkörper und seine starken Muskeln, denn der Körper war gleichzeitig in die Breite gegangen.

Aus einem Menschen war ein gefährliches, raubtierhaftes Ungeheuer geworden, das nach seiner abgeschlossenen Verwandlung mit einem Sprung auf die Beine kam.

Ein drohendes Knurren schwang den beiden Beobachtern entgegen, und es hörte sich sehr gefährlich an, sodass sich die Angst der Männer weiter steigerte.

Der Wirt fand seine Stimme zuerst wieder. »Wäre es nicht besser, sofort zu verschwinden?«, hauchte er.

Pete gab ihm keine Antwort. Er hatte die Hände geballt und starrte unverwandt nach vorn, wo sich die Verwandlung des Menschen in den Wolf ihrem Ende zuneigte.

Ein Werwolf war geboren!

Für einen Moment blieb er starr stehen, bevor er den Kopf in den Nacken legte, sein Maul weit aufriss und ein schauriges Heulen ausstieß. Diesmal besonders laut und kräftig. Er blickte direkt in den Mond und heulte diesen an.

Klagend fuhr der auf- und abschwellende Ton über den Schrottplatz. Die Männer bekamen einen Eindruck von dem, was Werwölfe so gefährlich macht. Aber sie wollten es nicht so recht glauben, obwohl sie es mit eigenen Augen sahen.

Das war zu unglaublich, einfach zu unwahrscheinlich, um es als Tatsache anzusehen. Die Zuschauer glaubten sich in einem Horrorfilm. Dass sie in der Wirklichkeit standen, konnten sie kaum fassen. Es war einfach zu schlimm.

Und der Wolf heulte weiter. Sein klagendes Lied ertönte gegen den Nachthimmel und schien den Mond streicheln zu wollen. Wie ein lauter Triumph hörte es sich an, und es verstummte ebenso rasch, wie es aufgeklungen war.

Bisher hatten die beiden Bestien von den Zuschauern keine Notiz genommen. Das allerdings änderte sich.

Plötzlich fuhren sie herum. Die Männer sahen die Blicke der Raubtieraugen auf sich gerichtet, und erst jetzt wurde ihnen richtig bewusst, in welch einer Klemme sie steckten.

Gnadenlos waren die Augen.

Sie glitzerten kalt wie gelbes Eis.

Es war ein Taxieren und Fixieren der Beute, denn so fühlten sich die Männer auf einmal.

Beute für die Wölfe!

Sie schluckten, wussten genau, dass sie etwas tun mussten, aber sie schafften es nicht, sich zu bewegen und wegzulaufen. Wie angeleimt blieben sie auf der Stelle stehen.

Der Werwolf kam näher. Er riss seine beiden Kiefer auseinander, und die Reißzähne leuchteten so hell wie frisch gefallener Schnee. Dazwischen lag, einem langen Lappen ähnlich, die Zunge, die ebenfalls aus dem Maul schnellte.

Lupina, die Wölfin, stieß plötzlich ein drohendes Knurren aus. Für einem Moment schienen ihre Augen noch stärker aufzuleuchten, dann fauchte sie dem anderen Wolf etwas zu.

Für ihn ein Startsignal.

Die beiden Männer konnten überhaupt nicht so schnell wegrennen, wie der Wolf bei ihnen war. Sie hörten noch das Klatschen der großen Füße auf dem Boden, dann tauchte die Gestalt wahrhaft riesig vor ihnen auf, und sie sahen ebenfalls die Pranken mit den gefährlichen Krallen.

Pete war als Erster an der Reihe. Er hatte sich zwar noch umdrehen können, das jedoch war alles. Fliehen konnte er nicht mehr, denn die Krallen waren schneller.

Und sie fanden ihr Ziel.

Rasend war der Schmerz, den Pete fühlte, als die Klauen links und rechts des Halses in seine Schultern schlugen. Er wurde zurückgerissen, kippte nach hinten und genau gegen den Wolf, der ihn mit seinen starken Armen umfing, als wollte er mit ihm tanzen.

Es wurde auch ein Tanz.

Allerdings ein tödlicher. Ein hässliches Ratschen erklang, als das Hemd des Mannes in Fetzen ging und nur noch in mehreren langen, flatternden Streifen vom Körper hing. Die Krallen hatten gleichzeitig Haut mit aufgerissen. Als Pete nach unten starrte, sah er aus mehreren Wunden an seiner Brust das Blut rinnen.

Er begann zu schreien.

Ein schriller, hoher, sich überschlagender Ton der Angst, der von dem nächsten Hieb erstickt wurde.

Pete gurgelte, warf die Arme nach hinten und stürzte schwer zu Boden. Auf dem Rücken blieb er liegen. Für einen winzigen Moment starrte ihn der Werwolf an. Er sah das Blut, und seine Augen leuchteten noch stärker.

Ein furchterregendes Knurren drang aus seinem Maul. Gelblicher Geifer fiel in schweren Tropfen nach unten, und gleichzeitig ließ sich der Wolf fallen.

Ein letztes Entsetzen flackerte in den Augen des Mannes, dann verdunkelte der Schatten des Tierkörpers sein Blickfeld, und er spürte die elementare Wucht des Aufpralls.

Eine Gegenwehr erstickte der Werwolf bereits im Keim. Er war jetzt in seinem Element und wütete.

Nicht einmal einen Schrei konnte Pete mehr ausstoßen, er starb lautlos unter den mörderischen Pranken der unheimlichen Gestalt.

Das alles war sehr schnell gegangen. Dick, der Wirt, hatte zugesehen. Seine Augen waren übergroß geworden, er flatterte am gesamten Körper, und als sein Begleiter fiel, wobei sich der Werwolf auf ihn stürzte, war ihm klar geworden, dass er hier nichts mehr retten konnte. Gegen diese Kräfte kam er nicht an. Da half ihm auch kein Schlagstock, sondern nur noch eins.

Flucht!

Er schleuderte seinen Körper herum. Dabei wusste er nicht einmal, wohin er rannte, die Beine bewegten sich fast automatisch, nur angetrieben von der Furcht, die der Mann durchlebte. Wenn er rasch genug war, konnte er dem Grauen vielleicht entgehen.

Jetzt büßte er dafür, dass er zu lange unsolide gelebt hatte. Er stand nur hinter dem Tresen seiner Kneipe, rauchte viel, trank auch, und so etwas zehrt an der Kondition.

Er war nicht mal hundert Yards gelaufen, als er bereits begann, schlapp zu werden. Der Atem pumpte. Keuchend stieß er die Luft aus, sein Herz schien von einer unsichtbaren Hand zusammengepresst zu werden, und die Schläge hämmerten in einem harten Rhythmus in seiner Brust.

War der Lauf am Beginn noch ziemlich gerade gewesen, so wurde er jetzt schon torkelnd. Auch der Kopf bewegte sich im Takt der Schritte, aber Dick schaute nicht, wohin er lief. Er stolperte prompt über alte Autoreifen, ruderte noch mit den Armen, konnte sich nicht mehr halten und krachte schwer zu Boden.

Ein stechender Schmerz zog durch die Knie bis hoch in den Oberschenkel. Gegen einen spitzen Stein war er gestoßen, und als er sich auf die Füße quälte, dabei mit dem linken Bein auftrat, knickte er sofort wieder zusammen.

»Verdammter Mist!«, keuchte er und hätte heulen können vor Wut. Nur humpelnd bewegte er sich weiter, warf einen Blick zurück, lauschte zudem, aber er hörte und sah nichts.

Die Flamme der Hoffnung vergrößerte sich wieder. Sollte er tatsächlich noch einmal Glück haben und dem Grauen entkommen können? Bisher hatte er keinen Verfolger entdeckt, allerdings wollte er nicht so recht daran glauben, dass man ihn laufen ließ. Schließlich war er ein Zeuge.

Egal, nur weiter.

Er wuchtete sich voran. An den aufgestellten Wrackbergen torkelte er vorbei, schaute sich um und suchte dann nach dem Loch im Zaun, wo er hindurchschlüpfen konnte.

Der Wirt war damit so sehr beschäftigt, dass er auf seine Umgebung nicht mehr achtete.

Das war sein Fehler!

Die Werwölfin entdeckte er erst, als es längst zu spät für ihn war. Sie hatte einen Bogen geschlagen, ihn dabei überholt und löste sich dann aus der Deckung eines Blechhaufens.

Wie ein Geist stand sie vor ihm.

Dick schrie vor Schreck auf, stoppte seinen Schritt und hob beide Arme, wobei der Schlagstock nach unten hing.

Vielleicht sollte es ein Lachen sein, das die Bestie ausstieß, aber es wurde nur ein fauchendes Geräusch, das sich zu einem schrillen Heulen steigerte.

Dick schüttelte den Kopf. »Nicht!«, schrie er. »Nicht!« Er sah, wie die Wölfin die Arme hob und mit den Pranken nach ihm zielte.

Da schlug er zu. Im letzten Moment hatte er sich wieder an seinen Schlagstock erinnert. Schräg fegte er durch die Luft, und er klatschte gegen den Arm der Wölfin.

Das Geräusch tat dem Mann gut. Für einen Moment schöpfte er neuen Mut und Hoffnung, es gelang ihm sogar, mit einem zweiten Schlag die Bestie zu treffen, aber dann war es aus mit der Herrlichkeit.

Lupina ließ sich durch diese Dinge nicht abschrecken. Sie griff an. Und sie war schnell.

Der Wirt spürte den Aufprall, gleichzeitig hackten die Krallen der Bestie in seinen Körper, fetzten auch seine Kleider auseinander und trafen die blanke Haut.

Dick begann zu schreien.

Und er schrie noch, als er längst am Boden lag und die Pranken der Bestie blutige Spuren zeigten.

Lupina wurde rasend.

Sie hieb und drosch zu. Es kam wie ein Rausch über sie, und die Urkraft der Wölfe schaffte sich freie Bahn.

Dick, der Wirt, starb. Es war ein sinnloser Tod, aber er hatte ihm nichts entgegensetzen können.

Als Lupina sich aufrichtete, glänzten ihre Augen wie im

Fieberwahn. Nur ihr Gesicht war menschlich. Auf der blassen Haut hatten sich einige rote Spritzer verteilt. Als sie dann den Mund öffnete, hallte ihr schrilles Heulen weit über den alten Schrottplatz …

Wir hatten einiges hinter uns!

Nicht allein, dass wir jetzt eine neue seltsame Waffe besaßen – die goldene Pistole –, nein, mich hatte es zudem in eine Dimension der Ghoul-Parasiten verschlagen, wo ich einen gewissen Professor Chandler kennenlernte, der mir half, aus dieser Falle zu entkommen.

Anschließend hatten wir den Professor in Österreich besuchen wollen und waren in ein fantastisches Abenteuer hineingeraten. Durch eine Zeitmagie waren wir in die Urzeit der Erde versetzt worden und hatten harte Kämpfe bestehen müssen. Dabei war uns auch Professor Chandler begegnet, aber nicht als der Mann, den wir kannten, sondern als Bandor, der Dämonenjäger.

Der Professor hatte schon einmal gelebt. Und er hatte das auch stets gewusst. Es war zu seiner Lebensaufgabe geworden, sich mit diesem Problem zu beschäftigen. Der Erfolg gab ihm recht. Von zahlreichen seiner Kollegen belächelt, ging er seinen Weg und fand einen Zeittunnel, in den er einstieg, die Zeiten veränderte, sodass die Vergangenheit hervorgeholt wurde und er selbst nicht mehr als Professor Chandler zurückkehrte, sondern als Bandor, der Dämonenjäger.

Leider gelang es ihm nicht mehr, den Tausch wieder rückgängig zu machen. So blieb Professor Chandler im Tunnel der Zeiten verschollen, während Bandor in der Gegenwart lebte.

Er kam damit überhaupt nicht zurecht. Und wir standen nun vor dem Problem, uns um ihn zu kümmern.

Das war eine Sache, die wir noch gar nicht überblicken konnten. Nach London hatten wir ihn geschafft, aber wohin mit ihm?

Suko wusste keinen Rat, ich ebenfalls nicht, bis uns Sir James auf die Idee brachte.

»Fragen Sie mal Ihren Freund Bill Conolly«, hatte er uns geraten. »Er ist doch so etwas wie ein Hüter seltsamer Gestalten.« Dabei dachte Sir James an die Wölfin Nadine Berger, die ebenfalls im Haus der Conollys lebte.

Wohl war mir bei der ganzen Sache nicht gewesen, aber ich hatte letztlich zugestimmt.

Bill zeigte sich sehr verständnisvoll, wollte aber zuvor mit seiner Frau Sheila reden. Das hatte er getan, und eine Stunde nach unserem ersten Gespräch erfolgte sein Rückruf.

»Ihr könnt kommen!«

Wir packten Bandor in meinen Bentley, kutschierten ihn durch halb London und brachten ihn zu den Conollys.

In deren Garten saßen wir jetzt.

Es war ein herrlicher Frühsommertag. Am Himmel stand eine blanke Junisonne und schickte ihre wärmenden Strahlen in unsere Gesichter. Wir saßen im Garten. Zwischen mir und Suko hockte Bandor, und es war fast selbstverständlich, dass keiner von uns den Blick von ihm wenden konnte.

Er war ein Typ, wie man ihn wohl nicht mehr fand. Noch vor den ersten Menschen hatte er gelebt, und seine Abstammung war unbekannt. Woher er kam, wusste er vielleicht, aber er konnte sich nicht mit uns unterhalten, weil er die Sprache nicht beherrschte. Kein Wissenschaftler hatte jemals so weit zurückforschen können, um die gesamte Wahrheit über die Entstehung der Erde zu erfahren.

Vor allen Dingen nicht, was das Menschsein anging, denn Bandor hatte ja vor der Evolution der Menschheit gelebt.

Sein Haar war schwarz wie Kohle. Da er den Oberkörper vorgebeugt hatte, fiel es zu beiden Seiten seines Gesichts nach vorn und erinnerte an einen Vorhang. Bandor hatte einen kräftigen, ja muskulösen Körper, und er konnte auch mit dem Schwert umgehen, das hatte er uns hinlänglich bewiesen, als er gegen Graax, seinen Erzfeind, angetreten war, der auf einer Riesenschlange ritt.

Über das Schwert hatte ich mich auch gewundert, denn es bestand aus Metall.

Und das noch vor der Steinzeit!

Also konnte Bandor nicht von unserer Welt abstammen. Seine Herkunft lag im Dunkel der Zeiten, wobei wir hofften, dass es uns gelang, ein wenig Licht in diese Schwärze zu bringen.

Sheila hatte sich zurückgezogen. Sie war sehr misstrauisch gewesen, als sie Bandor zum ersten Mal sah, und so etwas wie Furcht war in ihren Augen aufgeflackert.

Bill Conolly, im lockeren Sommeranzug, sah die Sache gelassener. »Jetzt haben wir auch unseren Conan«, erklärte er breit grinsend.

So unrecht hatte er mit dieser Behauptung nicht, nur, würde sich Bandor an die Zivilisation gewöhnen können? Während wir uns unterhielten, stierte er zu Boden, zeigte uns nicht sein Gesicht, und so sprachen wir an ihm vorbei.

Sheila kam zurück. Sie trug ein Tablett in beiden Händen. Darauf standen eine Kanne und mehrere Gläser. In der Kanne schimmerte rötlich gelber Obstsaft.

Auch Sheila war locker angezogen. Das Oberteil des luftigen Leinenkleids fiel schwingend bis an die Hüften, und die Bermudashorts leuchteten in einem strahlenden Marineblau.

Die langen Beine zeigten bereits die erste Gartenbräune, wie auch die bloßen Arme, auf denen die blonden Härchen wie ein goldener Flaum schimmerten.

Sheila stellte das Tablett auf den Tisch. Den Urzeit-Mann beäugte sie mit einem scheuen Blick. Unheimlich war er ihr schon, und es war fraglich, ob sich Sheila daran gewöhnen konnte, ihn als Gast in ihrem Haus zu wissen.

Johnny, das Kind der Conollys, hatte den Mann noch nicht gesehen. Ebenso wenig wie Nadine, die Wölfin. Nadine befand sich im Keller, und Johnny war zu einer Geburtstagsfeier eingeladen. Sheila stellte die Gläser auf und warf Bandor einen fragenden Blick zu.

»Ich weiß nicht, ob er etwas trinkt«, sagte ich zu ihr. »Vielleicht nur Wasser.«

»Soll ich einen Eimer holen?«, fragte Bill.

Ich musste lachen. »Einen ganzen Eimer?«

»Warum nicht? Wer weiß, was der Knabe sonst alles zu sich genommen hat.«

Sheila ging wieder. Sie fühlte sich in der Nähe des Fremden irgendwie unwohl. »Falls ihr noch etwas braucht, lasst es mich wissen«, rief sie über die Schulter zurück.

Wir nickten.

Es war eine seltsame Szene. Niemand wusste so recht, was er sagen sollte. Ein jeder wartete darauf, dass der andere anfing. Schließlich bewegte sich Bill Conolly. »Da ich hier der Gastgeber bin, will ich auch meinen Pflichten nachkommen«, erklärte er, beugte sich vor und griff zur Saftkaraffe. Bill schenkte ein, grinste dabei und schüttelte den Kopf.

»Was hast du?«, fragte ich.

»Ich kann es noch immer nicht begreifen. Da sitzt hier ein Mensch, der aus einer Zeit stammt, die wir überhaupt nicht fassen können. Bandor, der Dämonenjäger. Hör mal, John, kann das nicht ein Vorganger von dir gewesen sein?«

»Durchaus möglich.«

»Dann müsst ihr euch doch verstehen.«

»Wir haben uns auch nie gestritten, wenn du das meinst. Als wir aufeinander trafen, war es so etwas wie gegenseitige Anerkennung, die zwischen uns stand.«

»Und wo befindet sich Chandler?«

»Wenn ich das mal wüsste.«

»Dafür haben wir eine neue Waffe«, sagte Suko und wog die goldene Pistole in der Hand. Sie war sehr eckig und kantig, unterschied sich von den normalen Waffen völlig, und ihre Herkunft war ebenso rätselhaft wie die des Dämonenjägers. Suko hatte sie einem Ghoul-Parasiten abnehmen können, damit er nicht noch weiteres Unheil anrichtete, denn die Waffe war mit einer seltsamen und unheimlichen Flüssigkeit geladen, die in der Lage war, den Menschen – ähnlich wie der Todesnebel – die Haut vom Körper zu lösen. Wir hatten die Opfer in der Londoner U-Bahn gesehen, und es war kein schöner Anblick gewesen.

Suko hütete sich natürlich, die Waffe einzusetzen, er ließ sie auch nicht aus den Augen, damit sie nicht in fremde Hände geriet.

Noch immer saßen wir herum wie Statuen. Es wollte kein normales Gespräch aufkommen, und ich fragte mich zum wiederholten Male, ob es richtig gewesen war, Bandor mit zu den Conollys zu nehmen.

Plötzlich hob er den Kopf.

Dies geschah so schnell, dass ich erschrak.

Was hatte ihn gestört?

Auch meine Freunde schauten angespannt, und Suko saß lauernd wie auf dem Sprung.

Bandor zeigte uns sein Gesicht. Sehr breitflächig war es. Von der Hautfarbe her ähnelte er einem Südfranzosen oder einem Spanier, vielleicht noch einen Ton dunkler. Das Schwert hatten wir ihm abgenommen, jetzt war er waffenlos, aber er trug noch seine Kleidung, ein hosenähnliches Stück Stoff, das seine muskulösen Beine umspannte. Natürlich lief er barfuß, und im nächsten Augenblick öffnete er den Mund, wobei ein seltsamer krächzender Laut über seine Lippen kroch.

Tief atmete er ein. Sein gewaltiger Brustkasten geriet dabei in Bewegung. Er hob und senkte sich. Unter der Haut spielten die Muskeln, und witternd wie ein Raubtier bewegte er seine Nasenflügel.

Irgendetwas störte ihn.

Keiner von uns ließ ihn aus dem Auge. Seine Hände mit den breiten Gelenken öffneten und schlossen sich. Mit einem Ruck warf er das pechschwarze Haar nach hinten und verließ mit zwei gleitenden Schritten unsere Runde.

Auf dem Rasen blieb er stehen.

»Da stimmt doch was nicht«, hauchte Bill Conolly, der genau auf den Mann achtete.

Auch ich war seiner Ansicht, unternahm jedoch nichts und behielt Bandor nur im Auge.

Plötzlich redete er. Es waren allerdings keine Worte, die er sprach, sondern seltsame Laute, deren Sinn uns nicht bekannt war. Er blickte uns der Reihe nach auffordernd an, als schien er einzusehen, dass wir ihn nicht verstanden hatten.

Plötzlich zitterte ein Schrei aus seiner Kehle. Es war ein gewaltiger Ruf, der nicht nur uns aufschreckte, sondern auch Sheila, die sich im Haus befand.

Sie rannte in den Garten und blieb dicht hinter der Tür stehen, als sie Bandor sah.

Er hatte jedoch für Sheila ebenfalls keinen Blick, sondern schaute zum dichten Gebüsch am Ende des Grundstücks hin. Auch wir drehten uns in diese Richtung.

Dort lauerte tatsächlich etwas. Jeder von uns konnte erkennen, wie sich die Zweige bewegten, und daran trug nicht der leichte Wind die Schuld, der durch den Garten strich.

Das hatte eine andere Ursache.

Die sahen wir im nächsten Augenblick.

Plötzlich huschte ein Schatten aus den Büschen. Ein Tier mit braunrotem Fell und den Augen eines Menschen.

Nadine, die Wölfin!

Und sie kannte nur ein Ziel.

Bandor, den Dämonenjäger!

Nadine war ungemein schnell. Durch kräftige Sprünge wuchtete sie ihren Körper voran, und Bandor blieb stehen. Er breitete sogar seine Arme aus, um den Sprung der Wölfin abzufangen.

»Nadine!«, schrie ich und sprang aus dem Gartenstuhl. »Zurück, verdammt, komm zurück!«

Bisher hatte mir die Wölfin immer gehorcht. Diesmal jedoch reagierte sie überhaupt nicht, sondern raste weiter vor und stieß sich zu einem letzten Sprung ab.

Die beiden Körper klatschten zusammen. Bandor wurde zwar etwas zurückgedrückt, er hielt sich jedoch auf den

Beinen, wobei er mit seinen starken Armen den Körper der Wölfin umklammerte.

In den nächsten Sekunden erlebten wir etwas, das über unser Begriffsvermögen ging. Die Wölfin und der Dämonenjäger Bandor begrüßten sich wie alte Freunde.

Aus dem Maul der Wölfin fuhr die Zunge, und sie leckte das Gesicht des Fremden ab.

Wir waren perplex, sprachlos, völlig überrascht. Diese Begrüßungsszene deutete darauf hin, dass sich Nadine Berger, die Wölfin, und Bandor kannten.

Aber wie war das möglich?

Bandor hatte vor zigtausenden von Jahren gelebt. Nadine Berger war ein Mensch aus der Gegenwart gewesen, bis ihre Seele in den Körper eines Wolfes gelangte und sie von den Conollys aufgenommen wurde. All dies schoss mir durch den Kopf, als ich sah, wie sehr die beiden aneinander hingen.

Schließlich sprang Nadine zu Boden und umkreiste den Mann. Sie leckte auch seine Beine, stieß seltsame Laute aus, die ich nie gehört hatte, und Bandor antwortete in derselben Art.

Verstand er die Sprache der Tiere? Der Wölfe vielleicht?

»Das ist doch nicht möglich«, hörte ich meinen Freund Bill Conolly flüstern. »Ich glaube, ich stehe im Wald. So etwas kann es nicht geben. Das ist irre, John, sag du was!«

Ich hob nur die Schultern. Auf dieses Verhalten Nadines konnte ich mir keinen Reim machen. Ich war ebenso überrascht wie auch meine Freunde.

Suko schwieg. Ein paar Mal nur räusperte er sich, mehr allerdings tat er nicht.

Allmählich beruhigte sich Nadine Berger wieder. Sie kauerte sich zu den Füßen des Mannes zusammen, strich mit dem Kopf gegen seine Waden und kuschelte sich auf seine nackten Füße.

Wir hörten Schritte. Sheila Conolly kam in den Garten. Staunen stand in ihren Augen. Zudem war sie blass geworden, weil sie es einfach nicht fassen konnte.

»Was hat Nadine denn?«, fragte sie mich.

»Kann ich dir auch nicht sagen.«

»Ob die sich kennen?«

»Sieht so aus.«

Bisher hatte sich Bandor relativ ruhig verhalten. Das änderte sich nun, denn er begann aufgeregt herumzulaufen. Dabei schaute er mal zu Boden, dann wieder auf Nadine, und plötzlich stoppte er, wobei er seine Blicke diesmal auf uns richtete.

Wir alle sahen sein Gesicht, und wir alle erkannten auch, wie er seinen Mund öffnete.

Die Augen nahmen dabei einen suchenden Ausdruck an, wobei ich das Gefühl hatte, als würde er versuchen, sich an irgendetwas zu erinnern, das in ferner Vergangenheit lag.

Aber was konnte das sein?

Ein paar Mal setzte er an, schaffte es leider nicht, Worte auszustoßen. Bis es ihm plötzlich gelang, und die Überraschung legte uns fast lahm.

»Gefahr!«, sagte er. »Gefahr!«

Wir blieben sitzen, als wären wir mit unseren Stühlen verwachsen. Keiner von uns erwiderte etwas, zu sehr hatte uns die Reaktion dieses Urmenschen getroffen. Er konnte also sprechen, redete in unserer Sprache, nur mit der Stimme eines anderen.

Sehr deutlich hatte ich sie gehört, und sie war mir auch in Erinnerung geblieben. Es lag noch nicht so lange zurück, dass ich sie vernommen hatte. Erst bei unserem letzten Fall in Österreich, denn mit dieser Stimme hatte Professor Chandler gesprochen.

Und nun redete Bandor, in genau diesem Dialekt. Unvorstellbar. Ich spürte, dass mir der Schweiß ausbrach, sogar Suko, der sich immer gut beherrschen konnte, fasste dieses Phänomen nicht. Er schüttelte den Kopf, und Bill Conolly stieß prustend die Luft aus.

»Wie kommt es, dass er plötzlich sprechen kann?«, fragte mich der Reporter.

»Das ist nicht er.«

»Sondern?«

»Professor Chandler.«

»Ach du gütiger Himmel!« Bill Conolly schlug die Hände über dem Kopf zusammen. »Das kann doch nicht wahr sein.«

»Es stimmt aber.«

»Und was machen wir jetzt?«

»Ich weiß es nicht, Bill. Ehrlich nicht. Ich stehe selbst vor einem Rätsel.«

»Das Bandor unter Umständen aufklären kann«, fügte mein Freund Suko hinzu. Er wandte sich an ihn. »He, Bandor, verstehst du mich?«

Der Urweltmann hörte ihn zwar, doch er gab keine Antwort. Er hatte nichts begriffen, also klaffte in seiner Erinnerung eine große Lücke. Irgendwas musste ihn gestört haben. Sein Gesicht veränderte sich. Die Züge wirkten nicht mehr so angespannt wie zuvor. Er schob die Schultern vor, ging zwischen Suko und mir her, trat an den Tisch und nahm die Karaffe mit dem Obstsaft. Er benötigte nur eine Hand, um sie an die Lippen zu setzen. Mit einem Schluck leerte er sie und stellte sie wieder hart zurück.

Nadine Berger hatte bisher im Gras gehockt. Jetzt erhob sie sich und tappte zu ihm.

Bandor hob die Hand. Er presste den Ballen gegen seinen Kopf, die Lippen bewegten sich, und jeder von uns ahnte, dass wieder ein Stück Erinnerung zurückkehren würde.

Dann sprach er. Seine jetzigen Worte überraschten uns noch stärker als die ersten.

»Bevor die Menschheit war, waren schon die Wölfe!«

Ein Satz wie eine Sprengladung. Trotz der Wärme rann es kalt meinen Rücken hinab. Diesen Satz hatte ich schon gehört. Er hing mit Lupina zusammen, vielleicht jetzt auch mit Nadine oder dem Fenriswolf.

Tief holte ich Luft, während ich mich mit einer konkreten Frage an den Dämonenjäger wandte: »Was bedeutet das, was du eben gesagt hast, Bandor? Bitte, sprich!«

Bandor redete nicht. Er schüttelte nicht mal den Kopf, sein Gesicht veränderte sich und nahm einen stumpfen Ausdruck an. Dann drehte er sich um und ging.

Verfolgt wurde er von unseren Blicken, als er quer über den Rasen schritt und sich am Ende des Grundstücks auf den Boden kauerte, wobei die Zweige eines Buschs seinen Rücken kitzelten.

Da blieb er sitzen, rührte sich nicht und starrte dumpf ins Leere.

Bill Conolly schlug mit der flachen Hand auf den Tisch, sodass die Gläser hüpften. »John, ich sage dir etwas. Da läuft noch so einiges.«

»Scheint mir auch so. Nur – was?«

»Das muss mit den Wölfen zusammenhängen«, meinte Suko. »Vielleicht sogar mit den Urwölfen. Nicht umsonst hat er diesen Satz gesagt.«

»Mir macht Bandor auf jeden Fall Angst«, erklärte Sheila.

»Er ist harmlos«, schwächte Bill ab. »Solange du ihn nicht zum Feind hast, wird er dir nichts tun.«

»Ich fürchte ihn trotzdem.« Sheila wollte noch etwas hinzufügen, im Haus jedoch läutete das Telefon. Sheila ging hin.

»Der Anruf gilt bestimmt euch«, meinte Bill.

Er hatte sich nicht geirrt. Sheila erschien plötzlich, blieb in der offenen Tür stehen und winkte.

»John, es ist Sir James.«

»Das bedeutet Arbeit«, sagte Suko. Er stand gleichzeitig mit mir auf, während ich schnell ins Haus lief und den Hörer an mich nahm.

»Haben Sie Bandor gut untergebracht?«, hörte ich die Stimme meines Chefs.

»So einigermaßen.«

»Bleibt er bei den Conollys?«

»Er muss.«

»Das ist günstig. Ich brauche Sie nämlich. Man hat am heutigen Morgen auf einem Schrottplatz zwei Leichen gefunden, die sollten Sie sich anschauen.«

»Gibt es etwas Besonderes dabei?«

Sir James stieß ein leises Lachen aus. »Das kann man wohl sagen. Ich entnehme dem ärztlichen Untersuchungsbefund, dass die beiden Männer unter den Prankenhieben eines Raubtiers gestorben sein müssen.«

»Kann es auch ein Werwolf gewesen sein, Sir?«

»Daran dachte ich ebenfalls.«

»Wir kommen sofort«, erklärte ich. »Wie lautet die genaue Adresse?«

»Da brauchen Sie gar nicht hin. Oder erst einmal nicht. Fahren Sie ins Schauhaus oder setzen Sie sich mit dem zuständigen Leiter des Reviers in Verbindung. Der kann Ihnen mehr sagen.«

»Geht in Ordnung, Sir.« Nach dieser Antwort legte ich auf und verließ den Raum.

Wieder im Garten, berichtete ich meinen Freunden von dem Gespräch mit Sir James.

Es wusste natürlich keiner eine direkte Lösung. Bill Conolly meinte nur: »Raubtiere vermutet man. Das können auch Wölfe gewesen sein. Ich denke da an eine spezielle Art von Wölfen.«

Er brauchte nicht hinzuzufügen, welche er da meinte. Wir wussten auch so Bescheid.

»Vielleicht wollte uns Bandor davor warnen«, vermutete Suko. »Er hat zudem das Wort Gefahr formuliert. Oder liege ich da so falsch mit meinen Vermutungen?«

Ich schüttelte den Kopf. Auch Bill schloss sich meiner Ansicht an. »Es ist alles möglich«, erklärte ich. »Wahrscheinlich können wir uns auf die tollsten Überraschungen gefasst machen.«

»Zudem haben wir lange nichts mehr von Lupina und ihrem Söhnchen Orapul gehört«, warf Suko ein.

Ich hob beide Hände. »Lass sie ja in Ruhe. Mir hat der Rest der Mordliga völlig gereicht. Lupina kann ich vergessen.«

»Aber sie wird es nicht.«

Ich schlug meinem Partner auf die Schulter. »Wir sehen uns

erst einmal die Toten an. Vielleicht finden wir noch irgendwelche Hinweise.« Ich drehte mich zu Bill Conolly um. »Und gib du gut auf deinen Gast acht. Du weißt, er ist ein wenig schwierig.«

Bill schaute zu ihm hin. Bandor und Nadine Berger hockten zusammen. Der Reporter grinste. »Mir kommt es vor, als hätten sich die beiden ineinander verliebt.«

Eine Antwort erwartete er wohl nicht. Suko und ich verließen rasch das Haus und stiegen in den Wagen.

Es wurde eine Fahrt in das östliche London, wo sich Industrie ausgebreitet hatte. Natürlich lebten hier Menschen zwischen den Fabrikgebäuden, zumeist in grauen Hochhäusern oder Vorkriegsbauten.

Die Gegend sah entsprechend düster aus. Auch der Sonnenschein konnte sie kaum erhellen.

Das Revier lag mitten in der Szene. Wegen des sommerlichen Wetters stand die Eingangstür weit offen. Wir hörten die Stimmen bis auf die Straße. Ich hätte mit den Kollegen gerne getauscht. Sie mussten sich um betrunkene Jugendliche kümmern und gleichzeitig um drei Strichmädchen, die Theater machten. Eine hatte ein blutverschmiertes Gesicht und presste ein Taschentuch gegen die Nase, während sie oben ohne war, denn die zerfetzten Träger ihres billigen Kleides hingen traurig nach unten.

Wir wiesen uns aus und ließen uns den Weg zu dieser Kneipe, wo alles seinen Anfang genommen hatte, erklären.

Suko und ich waren übereingekommen, dort erst eine Befragung durchzuführen, bevor wir ins Schauhaus fuhren.

Wir bedankten uns für die Auskünfte und gondelten los. Schon bald erreichten wir den Schrottplatz. Er lag nicht weit von einer Bahnlinie entfernt, wo der Güterverkehr rollte.

»Dann muss hier in der Nähe die Kneipe sein«, sagte Suko.

Wir fuhren am Schrottplatz vorbei und erreichten den alten Bau. Als ich den Bentley anhielt, erschien in der offenen Tür ein Mann. Sein Gesicht verzog sich. Er schien uns den Beruf anzusehen, anscheinend mochte er keine Polizisten.

Wir stellten uns vor.

»Ich bin nicht der Wirt«, klärte er uns sofort auf.

»Wer dann?«

»Sein Bruder.«

»Aha. Und können Sie uns sagen, was gestern alles passiert ist?«

»Nein.«

»Wieso nicht?«, fragte Suko.

»Ich war nicht dabei.«

Wir waren nicht in das Lokal gegangen, standen vor der Tür und forderten den Mann auf, uns trotzdem alles zu erzählen. Es hatte sich natürlich herumgesprochen, was vorgefallen war, und wir konnten Sir James für den Tipp mit dieser Kneipe dankbar sein, denn als wir erfuhren, wer zu dieser nächtlichen Stunde das Lokal betreten hatte, gab es nur eine Erklärung.

Lupina!

Als Werwölfin kam keine andere in Frage, denn sie allein hatte langes blondes Haar, und wahrscheinlich hatte sie auch die Männer getötet.

»Sie ging also auf einen Gast zu.«

Der Mann nickte. »Klar, das sagte ich.«

»Kennen Sie den Namen?«

»Meinen Sie den Typ, der angesprochen wurde?«

»Richtig.«

»Der heißt Roscoe Gable. Wie der berühmte Filmstar. Nur einen anderen Vornamen.«

»Und was wissen Sie von Roscoe?«, fragte Suko.

»Nicht viel. Er kam öfter her und hat einen getrunken. Ich habe mit ihm auch hin und wieder gespielt. Das ist alles.«

»Hatte er Arbeit?«

»In der letzten Zeit nicht.«

»Womit verdiente er sein Geld?«

Der Mann vor uns grinste. Wir waren sicher, dass er es wusste, dennoch stritt er es ab. »Tut mir leid, aber das kann ich euch auch nicht sagen. Er hat nie anschreiben lassen, konnte immer alles bezahlen.«

»Hatte er Familie?«

»Eine Frau hatte er.«

»Und die wohnt?«

»Meist geht sie wohl auf den Strich, wie ich hörte. Ist aber nur ein Gerücht. Ich selbst habe noch nicht mit ihr …«

»Danke, das reicht«, sagte ich und hob die Hand. »Wir wollen nur die Adresse haben.«

Die gab er uns. Allerdings nur den Namen der Straße. Die genaue Hausnummer wusste der Knabe angeblich nicht. Wir bedankten uns trotzdem und verschwanden.

»Was sagst du dazu?«, fragte Suko, als wir wieder im Auto hockten.

»Die Spuren deuten eindeutig auf Lupina hin.«

Der Inspektor nickte. »Der Ansicht bin ich auch. Also ist sie wieder aktiv geworden. Wenn man nur erfahren könnte, was sie vorhat. Damit wäre uns schon viel geholfen.«

Da hatte mein Freund ein wahres Wort gesprochen. Lupina gehörte zu den unbekannten Größen in unserer Rechnung. In der letzten Zeit hatte sie sich zum Glück zurückgehalten, und uns waren einige Erfolge vergönnt gewesen. Ich brauche da nur an die Vernichtung von Lady X und Vampiro-del-mar zu denken. Die Mordliga hatte praktisch aufgehört zu existieren. Nur einer war noch übrig geblieben: Xorron.

Lupina hatte sich schon vorher von der Mordliga getrennt. Sie wollte ihre eigenen Wege gehen. Wie Lady X, so träumte auch sie von einer gewaltigen Allianz. Bei ihr jedoch waren es Werwölfe. Sie wollte diese vereinigen und ihre Königin sein.

Lady X war es nicht gelungen, ihren Traum in die Tat umzusetzen. Sie lag in Rumäniens kalter Erde und war sicherlich längst nur noch Staub und Asche. Bei Lupina sah es anders aus. Sie ging mit einer ungeheuren Zielstrebigkeit vor und hatte zudem den Vorteil einer Doppelexistenz. In ihrem Körper existierten zwei Wesen. Sie selbst und Luparo, ihr Sohn. Sie konnte sich praktisch zweiteilen und widerstand selbst geweihten Silberkugeln, wie Lady X es damals erlebt hatte. Ich hielt Lupina für gefährlicher als die Vampirin.

Es wäre natürlich toll, wenn es uns gelänge, sie auszuschalten. Dann konnten wir uns auf die anderen großen Probleme konzentrieren, wie die Großen Alten zum Beispiel.

Da Lupina diesen Roscoe Gable geholt hatte, musste sie mit ihm in irgendeiner Verbindung stehen. Oder zumindest eine gemeinsame Plattform oder Basis haben. Ohne Grund oder ohne Motiv taten auch Dämonen nichts, das hatten wir längst herausgefunden.

Als vornehm konnte man die Gegend wirklich nicht bezeichnen, in der Gable wohnte. Eine typische Industriesiedlung, in der sich die Anzahl der Fabriken mit denen der Wohnhäuser die Waage hielt. Unser Bentley fiel auf, obwohl er fast zehn Jahre auf dem Buckel hatte.

Als wir in die Straße einbogen, wurde soeben der Müll geholt. Der große Wagen versperrte uns die Weiterfahrt. Wir fuhren links ran und stellten den Bentley ab.

Eine Auskunft erhielten wir erst, als ich etwas Geld lockermachte. Da sagte man uns, wo Gable wohnte.

»Aber Judy ist heute nicht in Form«, erklärte uns ein Knirps und grinste wissend.

Wir gingen.

Das Haus war von der Sonne nicht nur außen, sondern auch innen aufgeheizt worden. Die Luft im Flur konnte man schneiden. Sie war stickig und heiß, obwohl Durchzug herrschte.

In der ersten Etage, wo Judy Gable wohnte, wurde es noch schlimmer. Da kriegten wir kaum Luft, und vor einer verschlossenen Tür blieben wir stehen und klopften.

Ein altes Messingschild war an die Tür geschraubt worden. Wir lasen den Namen Gable.

Suko klopfte.

»Ich bin jetzt nicht in Form!«, quietschte eine Stimme. »Hau ab und komm später wieder!«

»Machen Sie keinen Unsinn, Mrs Gable, und öffnen Sie!«, verlangte mein Freund.

»Das hört sich nach Bullen an. Shit! Warum muss mir das

immer passieren? Ich weiß doch nicht, wo mein Alter ist, und ich habe auch mit den Morden nichts zu tun.«

»Sie können trotzdem öffnen.«

»Ja, ja, Mann.«

Sekunden später war die Tür offen, und wir standen Judy Gable gegenüber. Die Ginfahne wehte uns entgegen. Wäre sie sichtbar gewesen, hätte sie Judy sicherlich eingehüllt. Die Frau trug einen weißen Pullover und rote Shorts. Der Pullover und die glänzende Hose saßen hauteng. Judy war nur etwas für solche Kunden, die barocke Formen liebten. Ihr Gesicht erinnerte mich ein wenig an das der Filmschauspielerin Liz Taylor. Obwohl Judy jünger war als sie, sah sie älter aus.

Sie strich sich mit fünf Fingern durch ihr schwarzes Haar, stand ein wenig schwankend da und schaute uns aus trüben Augen an. Die Wimperntusche war verlaufen, das Gesicht sah entsprechend aus, und wir betraten das Zimmer.

Dort war es noch heißer. Es stank nach Gin und nach billigem Parfüm.

»Es sind nur zwei Räume«, sagte sie mit schwerer Zunge. »Die Küche und das Arbeitszimmer.«

»Wieso Arbeitszimmer?«, fragte ich.

Sie kicherte. »Schlafzimmer, du Hirnie.«

»Ach so.«

Wir blieben in der Küche. Der Fernseher lief. Allerdings war der Ton abgestellt worden. An einem wackligen Tisch nahmen wir Platz. Auf der Platte lag Staub, in einem Waschbecken stapelte sich das Geschirr, und der Küchenschrank hatte nur drei Beine. Er sah aus, als würde er jeden Moment umkippen.

»Was wollt ihr wissen?«

»Erzählen Sie uns was von Ihrem Mann!«, forderte ich sie auf.

Judy ließ sich auf einen Stuhl fallen. »Von Roscoe, diesem alten Affenkopf?«

»Den meinen wir.«

Sie schüttelte den Kopf und nahm einen Schluck aus der Flasche. »Da gibt es nicht viel zu erzählen, wirklich nicht. Der alte Roscoe ist ein Idiot.«

»Sie haben ihn aber geheiratet.«

»Vor fünf Jahren war er noch besser. Da gehörte er zu den Typen aus der Szene, aber jetzt ...«

»Ist er verschwunden«, erklärte Suko. »Können Sie uns vielleicht sagen, wo er steckt?«

»Nein.«

»Er ist von einer blonden Frau aus der Kneipe abgeholt worden«, erklärte ich und fügte die Beschreibung hinzu. »Kennen Sie diese Person vielleicht?«

Sie kicherte und wollte wieder trinken. Suko nahm ihr die Flasche ab, was sie mit einem wütenden Kiekser quittierte. Sie drehte sich auf dem Stuhl und schlug die Beine übereinander. »Roscoe ist ein Lumpenhund. Aber seit wann steht er auf Blondinen?«

»Das wollen wir von Ihnen wissen.«

»Keine Ahnung.«

Ich wechselte das Thema. »Hat er sich in der letzten Zeit vielleicht irgendwie verändert?«

»Wie?«

»War er anders?«

Sie nickte. »Schon, ja. Er ging öfter weg.«

»Und wohin?«

Sie lachte breit. »In die Kneipe, Mann.«

»Sonst ist Ihnen nichts aufgefallen?«, erkundigte sich Suko.

Judy Gable wandte ihm ihr Gesicht zu. »Nein, mein kleiner Chinamann, nichts Besonderes, wenn man mal davon absieht, dass mein Alter gesponnen hat.«

»Wieso?«

Sie kicherte und lehnte sich lässig zurück. Dabei sprengte ihr Busen fast den Pullover. »Roscoe war – wie soll ich sagen? – er war ein Vollmondfan. Verstehen Sie?«

Wir ahnten es zwar, schüttelten dennoch die Köpfe. »Erklären Sie es uns«, bat ich und lächelte.

Sie klatschte in die Hände. »Blöd, dieser alte Bock, unheimlich blöd. Immer wenn Vollmond war, kriegte der es in den Kopf. Dann rannte er los.«

»Wohin?«

»Nach draußen, den Mond anschauen.«

»Und was war dann?«

»Nichts. Er kam zurück, wenn es hell wurde. Wenn ich ihn fragte, grinste er nur und sprach vom Blut der alten Rasse. Alles Quatsch.« Sie winkte ab. »Ich weiß es auch nicht mehr so genau, ehrlich nicht. Es ist mir auch egal.«

»Hat er ein bestimmtes Ziel gehabt, wenn er wegging?«, fragte Suko.

»Die Kneipe.«

Ich grinste. »Sie wollen mir doch nicht sagen, dass er sich von der Kneipe aus den Vollmond angesehen hat.«

»Nein, das nicht.«

»Und von wo aus hat er den Mond betrachtet?«

»Draußen war er dann. Ein Bekannter hat ihn mal am alten Klärwerk gesehen. Vielleicht hat er sich dort hingehockt.«

»Wo liegt das Klärwerk?«

»Vielleicht 'ne Meile von hier. Wo so etwas wie ein Wald beginnt. Die wollten damals mal eine grüne Lunge schaffen. Haben es aber aufgegeben, weil sie kein Geld mehr hatten. Da wurde er gesehen.«

Der Tipp war vielleicht nicht schlecht. Jedenfalls wollten wir uns dort einmal umschauen.

»Wissen Sie sonst noch etwas?«

Sie warf Suko einen verhangenen Blick zu. »Nein, nichts. Überhaupt nichts. Durch das Verschwinden meines Alten habe ich nur Ärger. Verdienstausfall und so.«

»Tut uns leid.«

Sie lächelte plötzlich und strich mit beiden Händen über ihren Oberkörper. »Das braucht euch gar nicht leid zu tun. Ich habe hin und wieder auch einen Bullen unter meinen Kunden, und die fühlen sich bei mir immer sehr wohl. Bullen kriegen bei mir Rabatt.«

Ich schaute sie an. »Darf ich Ihnen einen Rat geben, Judy?«

»Aber immer.«

»Kochen Sie sich einen Kaffee.«

Ihr Gesicht verzog sich. »So ein Rat kann auch nur von einem Polizisten kommen. Mann, haut endlich ab!« Sie griff wieder zur Flasche.

Sie trank noch, als wir bereits aufgestanden waren und das Zimmer verlassen hatten. Im Flur stank es entsetzlich. Jetzt hörten wir sie auch schimpfen. Das kümmerte uns nicht.

Hintereinander schritten wir die Treppe hinab. »Von dem Klärwerk habe ich zuvor noch nie etwas gehört«, sagte Suko. »Du vielleicht, John?«

»Nein.«

»Sollen wir sofort hin?«

»Ich will mir erst die Leichen anschauen.«

Das taten wir auch. Die Toten waren im Kühlhaus des Yard aufgebahrt worden. Man hatte sie mit einem Gummilaken bedeckt. Ein Arzt führte uns hin. Er schüttelte permanent den Kopf. »So etwas habe ich selten gesehen«, sagte er mit rauer Stimme. »Das müssen Bestien gewesen sein.«

»Wahrscheinlich«, gab ich ihm recht.

Es war kalt hier unten. Mir lief ein Schauer über den Rücken, und wenig später sahen wir die Toten.

Wir warfen nur kurze Blicke auf die Körper, dann deckte sie der Arzt wieder zu.

»Und?«, fragte er.

»Der Verdacht scheint sich zu bestätigen«, erklärte Suko. »Das sind bestimmt Werwölfe gewesen.«

»Wenn Sie das sagen.«

»Glauben Sie uns nicht?«

»Es fällt mir schwer.«

»Uns auch, mein Lieber, das können Sie mir abnehmen.«

Wir sprachen auch noch mit Sir James Powell. Auch er sah ein, dass die Spur heiß war, und natürlich war er einverstanden, dass wir uns das Klärwerk näher anschauten. Durch einen Anruf bei den zuständigen Stellen erfuhren wir mehr darüber.

Es war tatsächlich stillgelegt worden, weil man drei Meilen entfernt ein neues gebaut hatte. Durch irgendeine Fehlplanung der zuständigen Ämter war es so gelaufen. Jetzt stank es vor sich hin und verschandelte die Gegend.

»Ist ja eigentlich ein idealer Unterschlupf für unsere Freunde«, bemerkte Sir James.

Da stimmten wir ihm zu. Beide waren wir gespannt, was uns dort erwartete ...

Eine Steintreppe führte im geschwungenen Bogen in die Tiefe. Von oben war sie kaum zu sehen, weil dichtes Buschwerk vor dem Eingang wucherte. Aber wer den Fleck kannte, dem bereitete es keine Schwierigkeiten, die Treppe zu finden.

In dieser Gegend wohnte niemand. Der Fluss befand sich nicht weit entfernt, und für das alte Klärwerk interessierte sich kaum ein Mensch. An den Bunker dachte ebenfalls niemand mehr. Er war noch vor dem Zweiten Weltkrieg gebaut worden, als die Zeiten allmählich schlechter wurden und es nach Krieg roch.

Die Männer, die den Bunker damals fertiggestellt hatten, waren verwundert gewesen, als sie in der Tiefe etwas Seltsames fanden. Ein Bauwerk, das aus einer längst vergangenen Zeit stammte, aber sehr gut erhalten war. Sogar die hohen Stützsäulen standen noch und hielten die Decke.

Wer früher dort gewohnt hatte, dafür interessierten sich die Bauarbeiter nicht. Sie sorgten nur dafür, dass brüchige Stellen ausgebessert wurden und die Menschen aus der Umgebung hier vor den vom Festland kommenden Fliegerangriffen Schutz finden konnten.

Und wer hatte sich damals schon für die Historie einer längst vergangenen Epoche interessiert?

Der Zahn der Zeit hatte an vielem genagt und einiges zugedeckt. Unter anderem die seltsamen Zeichnungen und Zeichen auf den steinernen Wänden. Sie waren zwar vergessen worden, doch es brauchte nur jemand zu kommen, der sie wieder entdeckte.

Und dieser Jemand war erschienen.

Lupina, die Königin der Wölfe.

Lange, sehr lange hatte sie gesucht. Ihr war alles egal gewesen. Es interessierte sie kein John Sinclair, keine Mordliga, nicht der Teufel und auch nicht die anderen Dämonen, die sich mit ihm verbündet hatten. Sie wollte ihren eigenen Weg gehen und hatte ihrer Ansicht nach genau das Richtige getan.

Lupina fand das Gewölbe.

Schon bei ihrem Eintritt hatte sie gewusst, hier an der richtigen Stelle zu sein. Zwar waren lange, kaum messbare Zeiten vergangen, doch die hatten das nicht verdecken können, was im Höhlenversteck lauerte.

Lupina hatte es geweckt.

Für sie war es wie eine Rückkehr in die alte Heimat gewesen. Urplötzlich hatte sie sich wohl gefühlt und hatte sofort damit angefangen, Vorbereitungen zu treffen.

Sie hatte den alten Bunker wieder zu dem gemacht, was er vor langer Zeit einmal gewesen war.

Eine Stätte der Magie.

Bevor die Menschen waren, waren die Wölfe!

Das hatte Lupina nicht vergessen, und hier fand sie die entsprechenden Spuren. Sie reinigte die Säulen und Wände. Überall fand sie Anzeichen.

In den Felsen geritzte Wolfsköpfe. Geheimnisvolle Zeichen. Manchmal nur ein einfaches Dreieck, dann ein verschlungenes, schnörkelhaftes Gebilde, dazwischen ein Kreis.

Er sollte den Mond darstellen.

Und wenn sein fahles Licht auf die Erde fiel, dann wurde es nicht vom Boden absorbiert, sondern sickerte durch. Es gelangte in dieses unterirdische Verlies, das von dem Schein ausgefüllt wurde und die Zeichen zu einem unheimlichen Leben erweckte.

Sie leuchteten plötzlich auf.

Plötzlich schien der unheimliche Raum zu leben. Fahlgelb

leuchteten die Kreise, in einem tiefen Rot die Dreiecke, und die ineinander verschlungenen Zeichen strahlten ein intensives Blau ab.

Die einzelnen magischen Ströme trafen zusammen, aber, das hatte Lupina auch festgestellt, sie hoben sich leider gegenseitig auf. Die Magie blieb ohne Wirkung.

Lupina überlegte lange, wie sie das ändern konnte.

Sie wollte die Vergangenheit zurückholen. Die Werwölfe mussten die Macht übernehmen. Zeiten sollten anbrechen, die schon einmal gewesen waren, bevor es Menschen gab.

Lupina fand eine Lösung.

Sie und ihr Sohn Luparo, die eine Person waren, erinnerten sich der uralten Magie, denn es gab Spuren von Menschen, die einmal hier unten gelebt hatten.

Wann das gewesen war, wusste Lupina nicht, aber diese Menschen waren vom Keim der Wölfe infiziert worden.

Sie lotete das Gewölbe genau aus, fand die Spuren und kam auf die Zahl drei.

Drei Personen existierten, die über den Zauber Bescheid wussten. Die musste sie finden.

Lupina hatte alles versucht, den Wohnort der drei herauszukriegen. Wenn sie tatsächlich zu ihr gehörten, musste sie der Ruf erreichen und sie mussten ihm auch folgen.

Monate waren vergangen. In den Vollmondnächten hatte sie im Gewölbe sitzend die Beschwörungen durchgeführt und auf einen Erfolg gehofft. Ihr Ruf war hinausgedrungen, unhörbar für die Masse der Menschen, aber für die genau zu verstehen, die das Blut der Wölfe in sich trugen.

Und sie hatte Erfolg gehabt!

Irgendwo wurde er aufgefangen. Weit, sehr weit weg, doch Lupina war keine Mühe zu groß. Sie fand den Mann hoch im Norden des Landes, wo er sich niedergelassen hatte.

Lupina holte ihn.

Schnell war auch der zweite Kandidat gefunden. Da brauchte sie nicht mehr so weit zu fahren. In Cornwall lebte er als Schafzüchter. Und der Dritte wohnte ganz in der Nähe, in London.

Jetzt hatte sie die drei zusammen.

Diese Männer ahnten nicht, dass sie dazu verflucht waren, das Erbe der Wölfe wieder aufleben zu lassen. Sie kamen gern zu Lupina, und es gelang ihnen auch, sich zu verwandeln. Das schwarze Blut reagierte. Aus Menschen wurden Werwölfe.

Lupina hatte ihr Ziel erreicht!

Mit dem Blut eines geschlachteten Tieres war auf den Boden des Gewölbes ein großes Dreieck aufgemalt worden. Eine magische Zone, die von Lupina und ihren drei Helfern besetzt werden sollte.

Und in dieser Nacht wollte sie das Unmögliche schaffen. Alle Vorbereitungen waren getroffen.

»Kommt her!«, rief sie mit lauter Stimme, die dumpf durch das unterirdische Gewölbe hallte. »Kommt zu mir, meine Freunde, denn jetzt wollen wir es versuchen!«

Im ersten Moment regte sich nichts. Lupina, die in der Mitte des Dreiecks stand, drehte den Kopf und schaute zur Treppe hin, die den Bogen nach oben schlug.

Sie hatte ihren Dienern befohlen, dort zu warten, und sie wollte sehen, ob sie ihr gehorchten. Ihr Drang zum Töten war jedenfalls vorhanden, das hatte vor allen Dingen Roscoe unter Beweis gestellt, als er den Mann aus der Wirtschaft umbrachte.

Der Ruf war kaum verhallt, als sie die ersten Geräusche hörte. Sie klangen vom Ende der Treppe her zu ihr nach unten. Es war das Tappen der Füße auf dem alten Gestein.

Der Erste erschien in ihrem Blickwinkel. Eine schaurige Gestalt. Er trug ein weißes Hemd, das an einigen Stellen zerfetzt war, dazu eine dunkle Hose. Genau wie er sahen auch die beiden anderen aus. Es hätten Drillinge sein können.

Werwolf-Drillinge!

Sie lächelte rau, als sie daran dachte.

Den Anfang der kleinen Reihe machte Roscoe. Er hatte seine mit Fell bedeckten Arme ausgebreitet, und sie schwangen im Rhythmus des sich bewegenden Körpers auf und ab.

Ihm folgte Wayne, der Mann aus dem Norden. Sein Wolfsgesicht war vielleicht um eine Idee breiter als das von Roscoe. Im gleichen Laufrhythmus bewegte auch er sich nach unten.

Der Dritte im Bunde hieß Gordon. Er bildete den Schluss und blieb zwei Stufen hinter Wayne.

Sie schwiegen. Sie stießen auch keine kehligen oder fauchenden Laute aus. Ihre kalten, gelben Raubtieraugen waren starr auf die wartende Lupina fixiert.

Sie zeigte sich in ihrer halb menschlichen, halb tierischen Gestalt. Der Körper war der eines Wolfes. Ihr Kopf jedoch sah menschlich aus. Wieder einmal konnte man sich über ihren klassischen Gesichtsschnitt nur wundern, und das lange Haar fiel bis auf die fellbedeckten Schultern hinab, wobei es sich an den Spitzen noch zu einer Lockenpracht aufgerollt hatte.

Im Dreieck stehend erwartete Lupina ihre Diener, und sie brauchte nichts mehr zu sagen, denn die drei wussten von allein, was sie zu tun hatten.

Sie bauten sich an den Ecken des Dreiecks auf.

Roscoe stellte sich dort hin, wo die beiden Schenkel zusammenliefen. Die anderen Werwölfe standen an den Enden der Grundlinie. Sie hatten die gleiche Haltung angenommen. Die Füße dicht zusammengestellt, die Arme jedoch ein wenig ausgestreckt und ausgebreitet.

So warteten sie.

Lupina drehte sich um die eigene Achse. Ein zufriedenes Leuchten stand in ihren Augen, als sie sich ihre Diener anschaute und sich ihr Blick der Reihe nach in deren Gesichtern festhakte.

Ja, sie konnte zufrieden sein! Die standen voll auf ihrer Seite. Sie hatten den Ruf empfangen und würden ihm auch folgen. Egal, was Lupina befahl, in diesen drei Wesen hatte sie die perfekten Diener.

Über ihr menschliches Gesicht zuckte ein Lächeln, als sie damit begann, die Namen der drei aufzurufen.

»Roscoe?«

»Ich bin bereit, Herrin!«

Lupina nickte. Es klang peitschend, als sie den nächsten Namen rief: »Wayne?«

»Ja, Herrin!«

So genau wollte sie es haben, und sie sprach auch noch den dritten Namen aus. »Gordon?«

»Ich stehe dir zur Verfügung, Herrin!«

Lupina war zufrieden. Es lief genau nach Plan. Ihr Fell auf dem Rücken sträubte sich bei dem Gedanken, was ihnen alles noch bevorstand. Sie dachte dabei an die nahe Zukunft, aber auch an die Vergangenheit. Diese beiden Dinge musste sie unter einen Hut bringen.

»Bevor die Menschen waren, da waren die Wölfe«, begann sie ihre Rede. »Sie haben die Erde zuerst erobert. Sie waren es, die sich durchsetzten, gegen alle Gefahren, gegen Mächte, die aus anderen Welten kamen. Die Wölfe haben überlebt. Sie sind gejagt worden, man hat sie schon damals vernichtet, aber sie konnten zurückschlagen, und sie wurden immer grausamer. Sie lernten auch hinzu. Die gefährliche schwarze Magie vervollkommneten sie, denn sie merkten sehr schnell, dass das Licht des Vollmonds ihnen Kraft und Stärke gab, die sie nur noch in die richtigen Bahnen zu lenken brauchten. Die Wölfe entwickelten sich allmählich, und sie wurden zu den Führern unter den Raubtieren. So waren die Anfänge. Dann kamen die Menschen. Die Wölfe lebten bereits lange vor ihnen und beobachteten die Entwicklung der Menschheit. Sie stellten rasch fest, dass sie wieder gejagt wurden. Diesmal nicht von den Völkern anderer Dimensionen, sondern von der Menschheit. Sie wehrten sich. Sie zerfetzten diejenigen, die ihnen ans Leben wollten, und irgendwann einmal, da geschah es, dass Menschen und Wölfe eine Verbindung eingingen. Der Mensch hinterließ seinen Körper, der Wolf aber seine Seele. Und so entstand er – der Werwolf! Von diesem Tage an gab es zwei verschiedene Wolfsarten. Einmal den normalen Wolf, neben ihm den Wolf im Menschen. Er wartete weiter auf den Vollmond, und wenn er am nachtdunklen Himmel stand und sein Licht auf die Erde goss, da erwachten die alten Kräfte wieder. Habt ihr dies begriffen, meine Freunde?«

»Ja, Herrin!«, antworteten die drei Werwölfe im Chor.

»Gut, dann wisst ihr fortan, dass ihr zu den Besonderen gehört, zu einer auserwählten Rasse, und daran solltet ihr immer denken. Egal, was ihr tut, ihr seid etwas Besonderes. Hier unten liegt das Erbe eurer und meiner uralten Rasse. Dieses Gewölbe hat viel erlebt. Es waren zahlreiche Wölfe hier. Und sie haben den Schutz gefunden, den sie brauchten. Aus Dankbarkeit hinterließen sie uns eine starke Magie, die wir wieder aktivieren können. Es ist die Magie der Urzeit. Die Magie der Urwölfe. Wir wollen sie nun hineinbringen in die moderne Zeit und hoffen, dass sie nichts von ihrer einstigen Wirkung verloren hat. Habt ihr mich genau verstanden, meine Freunde?«

»Ja, das haben wir.«

»Dann macht euch bereit, die Kraft in euch aufzunehmen, die schon in der Urzeit allem getrotzt hat. Wenn ihr so weit seid, wenn ihr es geschafft habt, gibt es nichts mehr, das euch gefährlich werden könnte. Dann, meine Freunde, seid ihr unschlagbar. Und der Clan der Wölfe wird größer werden.«

Nach diesen Worten war es einen Moment still. Auch Lupina musste sich auf das große Ereignis konzentrieren. Sie dachte noch einmal daran, wie viel Mühe es sie gekostet hatte, nun war alles ausgestanden. Nichts stand ihr mehr im Wege.

Ein Beben lief durch ihren Körper, als sie sich in die Hocke senkte. Sie tat es langsam und bedächtig, denn sie wollte in der entscheidenden Phase nichts überstürzen.

Lupina begann sich zu drehen. Auf den Hacken hockte sie dabei, während sie ihren Mund geöffnet hielt und über die menschlichen Lippen fauchende Laute drangen. Es waren die alten Formeln, an die sie sich wieder erinnert hatte, denn sie sprach genau das nach, was auf den Zeichen an den Wänden und Säulen zu lesen war.

Sie hatte Erfolg.

Waren die magischen Zeichen bisher blass gewesen, so änderte sich das nun. Die einzelnen Farben wurden heller, sie strahlten ihr buntes Licht ab, das trotz seiner Vielfalt auf irgendeine Weise seltsam beklemmend wirkte, denn selbst Lupina fühlte sich nicht wohl und zeigte sich irritiert.

Da stimmte was nicht.

Sie blieb hocken, hob jedoch den Kopf und schaute in die Runde. Ihre drei Diener standen an den Ecken des Dreiecks wie angewachsen. Sie rührten sich nicht, während sie die Mäuler geöffnet hatten und ihre gefährlichen Gebisse zeigten.

Nein, diesen dreien konnte Lupina keine Schuld in die Schuhe schieben. Sie hatten mit dem Misserfolg nichts zu tun.

Was störte dann?

Sie schaute auf die Zeichen an der Wand. Deren Widerschein ließ auch die Gesichter der Werwölfe düster und farbig zugleich aussehen. Dennoch existierte eine große Hemmschwelle, die auch Lupina nicht überwinden konnte.

Sie forschte verzweifelt nach dem Grund. Es war alles in Ordnung, sie hatte die alten überlieferten Formeln aufgesagt, dennoch klappte es nicht. Eine Sperre war aufgebaut.

Plötzlich sprang Lupina in die Höhe. Dies geschah so schnell, dass sich ihre drei Diener erschreckten. Sie wagten allerdings nicht, irgendeine Frage zu stellen. Zu groß war der Respekt.

Lupina stieß ein drohendes Knurren aus. Tief drang es aus ihrem Rachen und flog gefährlich laut über ihre Lippen. Sie merkte auf einmal die Gegenkraft, die von Sekunde zu Sekunde stärker wurde und sie an ihrer eigenen Beschwörung hinderte.

Wer baute die Kraft auf?

Diese Frage beschäftigte Lupina sehr. Sie konnte sich nicht vorstellen, dass es jemanden gab, der noch von den alten Ritualen und Formeln wusste, der sie kannte und auch das

Gegenmittel oder die Gegenmagie beherrschte. Für sie war es völlig unklar.

Was lief da schief?

Sie blickte zu Boden. Dann befahl sie den drei Dienern, sich an den Pranken zu fassen.

Das taten die Werwölfe auch. Sie mussten sich arg strecken, um sich gegenseitig zu berühren. Schließlich war das Dreieck geschlossen, und Lupina versuchte es erneut.

Abermals ohne Erfolg. Die andere Kraft stand zu stark dagegen. Sie hinderte die Königin der Wölfe daran, ihre vollen Kräfte auszuspielen und die uralte Magie zurückzuholen.

Im nächsten Augenblick entdeckte sie etwas, das sie erschreckte. Die von ihr gezeichneten Linien des Dreiecks verblassten, auch die Beine der Werwölfe verschwanden immer mehr.

Durchsichtig wie Glas wurden sie …

Lupina stöhnte vor Wut. Geifer schoss plötzlich aus ihrem Mund. Im Schwall fiel er zu Boden. Sie drehte sich im Kreis und brüllte ihre Diener an.

»Weg! Geht weg!«, schrie sie. »Ihr könnt nicht mehr bleiben. Die Magie ist zu stark!«

Die Werwölfe versuchten es. Sie kämpften dagegen an. Ihre fratzenhaften Gesichter verzerrten sich noch mehr. Auch aus ihren Mäulern sprühte der gelbliche Geifer, aber sie konnten sich aus der Falle nicht mehr befreien.

Der Gegenzauber hielt sie fest.

»Wer?«, brüllte Lupina und fiel auf die Knie. »Wer wagt es, sich mir entgegenzustellen? Wer?«

Als unheimliches Echo schwang die Stimme durch das unterirdische Bunkergewölbe. Und was Lupina nie gedacht und womit sie auch nicht gerechnet hatte, trat ein.

Sie vernahm eine Antwort.

»Ich trete diesem Zauber entgegen! Ich allein …«

Seit dem Verschwinden der beiden Freunde waren bereits einige Stunden vergangen, und die Conollys konnten wirklich nicht behaupten, dass sie ruhiger geworden waren.

Im Gegenteil, ihre Nervosität hatte beträchtlich zugenommen, denn sie wussten nicht, was sie noch alles erwartete.

Johnny war nach Hause gekommen. Freudestrahlend und mit Dingen bepackt, die er bei einer Tombola gewonnen hatte. Der Kleine wunderte sich allerdings, dass man ihm riet, in seinem Zimmer zu bleiben.

Er stellte Fragen.

»Das erkläre ich dir später«, sagte Sheila mit einer wahren Engelsgeduld und fügte noch ein »vielleicht« hinzu.

»Ich erinnere dich daran, Mummy.«

»Sicher, das darfst du auch.«

Bill war in den Wohnraum gegangen. Dicht vor dem Fenster blieb er stehen und schaute in den Garten. Die Schatten waren länger geworden, bald würde die Sonne sinken, die Dunkelheit hereinbrechen und damit auch die Nacht. Bill fragte sich, wie Bandor die erste Nacht in der Fremde wohl überstehen würde. Sollte man ihn in ein Bett legen? Schlief er im Freien? Alles Probleme, über die sich der Reporter Gedanken machte und leider keine Antwort wusste.

Sheila betrat auf leisen Sohlen das Zimmer, stellte sich hinter ihren Mann und legte ihm eine Hand auf die Schulter. »Du bist so nachdenklich, Bill.«

»Habe ich nicht auch einen triftigen Grund?«

Sheila lachte leise auf. »Den hast du tatsächlich. Ich frage mich wirklich sehr oft, wie es eigentlich weitergehen soll.«

»Mit Bandor?«

»Das natürlich auch. Aber vor allem uns. Wir stehen ja unter einem permanenten Druck. Manchmal habe ich schon daran gedacht, irgendwo ans andere Ende der Welt zu ziehen.«

»Denkst du denn, dass wir dort in Sicherheit sind?«

»Das ist es ja gerade. Wir werden nirgendwo die Sicherheit finden, die wir brauchen. Unser Haus ist zwar durch weißmagische Zeichen geschützt worden, aber die halten nicht alle Dämonen ab.«

Bill drehte sich um und lächelte. »Weißt du, Sheila, es ist schon einige Zeit her, dass du dich entschlossen hast, mich zu heiraten …«

»Moment mal, wenn du meinst, dass ich mich beschweren will, dann irrst du dich gewaltig.«

Bill schüttelte den Kopf. »Davon war keine Rede. Beide haben wir gewusst, was auf uns zukommen würde, und wir sind trotzdem das Risiko eingegangen. Ich bin sicher, dass wir es auch in Zukunft durchstehen. Zum Glück stehen wir nicht immer im Brennpunkt, aber wir können uns auch nicht völlig heraushalten.«

»Das habe ich inzwischen gemerkt«, erklärte Sheila. »Ich habe mich ja auch geändert und sage mittlerweile nichts mehr. Nur – so normal wie andere können wir nicht leben.«

»Das stimmt.«

Sheila lehnte ihren Kopf an Bills Schulter. Die beiden genossen die Sekunden der Ruhe, während draußen die Schatten noch länger wurden und wie breite, dunkle Balken ein Gittermuster auf den grünen Rasen des Gartens legten.

»Bandor wird schwere Probleme mit sich bringen«, sagte Sheila nach einer Weile.

»Falls er bleibt.«

»Rechnest du damit, dass er verschwindet?«

»Wenn es für ihn eine Möglichkeit gibt, in die Vergangenheit zurückzukehren, bestimmt.«

»Und der Professor, von dem John berichtet hat?«

»Frag mich was Leichteres, Sheila. Ich weiß es wirklich nicht.«

»Mir macht auch Nadine Sorgen«, gestand Sheila. »Ich verstehe einfach nicht, was sie an diesem Urmenschen gefunden hat. Sie kommt mir plötzlich vor wie jemand, der alles von sich wegwirft, was ihm früher einmal wertvoll gewesen ist. Das muss doch einen Grund haben.«

»Den wir auch herausfinden werden«, erklärte Bill mit fester Stimme. »Darauf kannst du dich verlassen.«

»Aber mit Johns Hilfe.«

»Natürlich. Ich hoffe stark, dass er und Suko das Geheimnis lüften werden.«

Sheila ließ Bill los und wandte sich ab. »Wohin willst du?«, fragte der Reporter.

»Ich muss mir etwas zu trinken holen. Und Johnny sein Abendessen bringen. Er wird sich seine Gedanken machen.«

»Er soll uns nur nicht in die Quere kommen«, erklärte Bill Conolly. »Alles andere ist mir egal.«

»Das sag ihm mal.«

Als Sheila gegangen war, nahm Bill in einem Sessel Platz. Aus der Bar holte er sich kaltes Sodawasser und nahm einen kräftigen Schluck. Es passte ihm nicht, in der Wohnung zu sitzen und zuzusehen, wie andere agierten. Bill Conolly gehörte zu den Menschen, die selbst eingreifen wollten und auch mal etwas riskierten.

Sein Blick fiel weiterhin in den Garten. Er wusste nicht, wo Nadine und Bandor steckten. Sie hatten irgendwo in der Tiefe des Gartens ihren Platz gefunden. Vielleicht übten sie sogar gegenseitige Verständigung. Bill Conolly schloss inzwischen nichts mehr aus.

Als er auf dem Rasen eine Bewegung sah, zuckte er wieder hoch. Da kamen die beiden an. Sie hielten sich dicht zusammen, als wären sie die besten Freunde. Bei jedem Schritt, den Bandor machte, drückte sich die Wölfin an seine Beine. Da sie auf direktem Weg den Wohnraum ansteuerten, stand Bill Conolly auf und öffnete ihnen die Tür.

Beide traten in den Raum.

Nadine Berger drückte sich gegen seine Beine. Fast kam es Bill so vor, als wollte ihn die Wölfin um Verzeihung bitten, weil sie sich so sehr mit Bandor abgegeben hatte. Das tat sie sicherlich nicht grundlos, und Bill hätte gern mehr gewusst, doch leider konnte die Wölfin nicht sprechen.

Der Reporter hatte hinter den beiden die Tür wieder angelehnt. Als er sich umdrehte, sah er Nadine nahe der Tür hocken. Bandor aber stand unschlüssig im Zimmer.

»Willst du dich nicht setzen?« Bill sprach ihn an, und Bandor reagierte auch. Er drehte sich und schaute Bill dabei aus großen Augen an, bis dem Reporter einfiel, dass er ihn ja überhaupt nicht verstehen konnte, und so lächelte er ein wenig verlegen.

Bandor wusste nicht, was er hier eigentlich sollte. Scheu schaute er sich um. Seine Blicke glitten durch den Raum, er zwinkerte mit den Augen. Die Zungenspitze drang aus dem Mund und fuhr über die dicken, etwas vorstehenden Lippen.

Bill deutete auf einen Sessel. Bandor folgte dieser Bewegung, drehte sich und schaute gleichzeitig zu, wie Bill Conolly in einem anderen Sessel Platz nahm.

Auf einmal lächelte der Urmensch. Im nächsten Augenblick tat er es dem Reporter nach.

Er hatte sich ziemlich hart fallen lassen und drückte die Fläche fast bis zum Boden durch. Dann aber saß er und legte beide Arme rechts und links auf die Lehnen.

Er schaute Bill an. Der Reporter fühlte sich unbehaglich, verzog das Gesicht, wollte etwas sagen, doch er brachte keinen Ton hervor. Auch kein Lächeln zeigte er.

Dafür hob er sein Glas und trank einen Schluck.

Bandor schaute nur zu. Nadine hielt es auch nicht mehr auf ihrem Platz. Sie kam leise herbei. Im allmählich dunkler werdenden Zimmer glühten ihre Augen geheimnisvoll.

Neben dem Sessel, in dem der Dämonenjäger hockte, ließ sie sich nieder.

Bill stellte sein leeres Glas weg. Er dachte darüber nach, was ihm John und Suko über Bandor erzählt hatten. Dieser Mann aus der Urzeit, der Dämonenjäger, war wie ein Phönix aus der Asche der fernen Vergangenheit gestiegen, die für John und Suko gleichzeitig Gegenwart geworden war. Die mächtigen Krieger Graax und Bandor waren aus dieser fernen Zeit mit in die Gegenwart geschleift worden, nachdem sie sich zuvor in der Vergangenheit befunden hatten, in die John, Suko und eine Familie namens Kugler hineingeschleudert worden waren.

Bandor blieb, Professor Chandler, der eigentliche Initiator, war nirgendwo zu finden.

Verschollen in den Zeiten, so konnte man es ausdrücken ...

Bill Conolly wusste nicht, was er unternehmen sollte. Zum ersten Mal fühlte er sich in seiner eigenen Wohnung unwohl. Da saß ihm jemand gegenüber, zu dem er keine Verbindung aufnehmen, nicht mit ihm reden konnte. Manchmal, wenn Bandor den Kopf hob, hatte Bill das Gefühl, dass der andere ihn ansprechen wollte, sich letztendlich doch scheute.

Es blieb nicht einmal Stückwerk.

Automatisch blendeten vor und hinter dem Haus die Lampen auf, als die Dämmerung fortgeschritten war. Bandor sah den Schein durch die Scheibe und zuckte irritiert zusammen. Seine Haltung wurde gespannter. Er umklammerte mit den kräftigen Fingern die Sessellehnen, und Bill entging nicht der lauernde Ausdruck in seinen Augen.

Diese Reaktion konnte nicht nur allein damit etwas zu tun haben, dass die Beleuchtung eingeschaltet worden war. Da musste etwas anderes dahinterstecken.

Plötzlich hielt es ihn nicht mehr im Sessel. Er katapultierte sich förmlich in die Höhe, blieb in dieser Haltung stehen, öffnete den Mund und formulierte ein Wort.

»Schwert!«

Bill sprang ebenfalls auf. Endlich hatte sich Bandor wieder erinnert. Und er wollte etwas zurückhaben, das ihm gehörte. Das hatte Bill genau begriffen.

Das Schwert! Bandor hatte es aus der alten Zeit mitgebracht. Niemand wusste ja, woher die Waffe stammte, doch Bill wollte sie dem Dämonenjäger nicht vorenthalten.

Wieder hatte Bandor mit der Stimme des Professors gesprochen, und Bill Conolly hetzte aus dem Zimmer. Als er die Tür aufdrückte, wäre er fast mit Sheila zusammengestoßen. Im letzten Augenblick konnte Bill noch stoppen.

Sheila erschrak. »Was ist denn geschehen?«, flüsterte sie.

»Er redete wieder«, erwiderte Bill hastig. »Er möchte sein Schwert haben.«

»Und? Gibst du es ihm?«

»Natürlich!« Der Reporter ließ seine verdutzte Frau stehen und rannte davon. Er hatte die Waffe in einer kleinen Abstellkammer untergebracht. Der winzige Raum befand sich am Ende des Flurs. Der Schlüssel steckte von außen. Bill schloss auf, drehte sich dabei um und erkannte, dass ihm die Wölfin gefolgt war.

Aus ihren klugen, menschlichen Augen schaute sie zu, wie Bill das Schwert aus der Kammer nahm.

Wieder einmal wunderte er sich über das Gewicht der Waffe. Es erforderte große Kräfte, um mit dieser Klinge schnell und geschickt kämpfen zu können.

Der Reporter schlug die Tür zu und lief zurück in den Wohnraum.

»Schwert!«

Das Wort wurde ihm von Bandor zugerufen, der sofort seine Hände ausstreckte, als er Bill Conolly sah. Sheila stand in einer Ecke. Sie schaute zu, was da geschah, und sie sah ebenso wie ihr Mann Bill, dass der Dämonenjäger den Griff sehr hart umfasste.

Dann bewegte sich Bandor.

Sheila schrie auf. Bill zuckte zurück. Selbst Nadine huschte in eine entfernte Ecke des Raumes, denn Bandor schlug um sich. Er trainierte, und er bewies, mit welch einer Leichtigkeit er diese Waffe handhabte und wie gut er damit umgehen konnte.

Er zeigte regelrechte Kunststücke mit der schweren Klinge. Dabei führte er sie mit der Leichtigkeit eines Könners.

Bill und Sheila hatten Angst um ihr Mobilar. So manch teure Vase, auch als Erinnerungsstück gedacht, stand im Weg, aber nichts wurde von der Klinge getroffen.

So schnell, wie er begonnen hatte, stoppte Bandor die Demonstration. Er schien plötzlich einzufrieren, und nichts deutete mehr daraufhin, in welcher Form er noch wenige Sekunden zuvor gewesen war. Sein Gesicht zeigte einen zufriedenen Ausdruck.

»Das war eine Leistung«, sagte Bill und klatschte in die Hände. Er wandte sich Sheila zu. »Ich habe das Schwert kaum anheben können, und der schwingt es mit geradezu spielerisch anmutender Leichtigkeit. So etwas habe ich noch nie erlebt.«

»Besser als Destero damals?«

Bill nickte. Er wollte noch etwas hinzufügen, als Bandor plötzlich einen Schrei ausstieß. Im selben Augenblick sackte er zusammen, kippte nach hinten in den Sessel und blieb in dieser Haltung liegen.

Nadine, die Wölfin, stieß einen jaulenden Laut aus, huschte an Bill und Sheila vorbei, stellte sich neben dem Sessel aufrecht auf die Hinterpfoten, wobei sie die beiden vorderen gegen die Lehne drückte.

Die beiden Conollys hielt ebenfalls nichts auf ihrem Fleck. Sie hatten nur Augen für Bandor, der wie ermattet halb im Sessel lag und dessen Haut allmählich blass, bleich und durchscheinend wurde, wobei sich aus ihrer Tiefe ein neues Gesicht hervorschob.

Das eines alten Mannes mit grauweißen Haaren.

Professor Chandler!

Wir hatten uns ziemlich verspätet. Dies allerdings nicht ohne Grund, weil wir nähere Informationen über dieses alte Klärwerk wollten.

Die konnten wir uns nur bei den entsprechenden Ämtern besorgen, und da war man leider nicht von der schnellen Truppe.

Zudem lagen die Bauarbeiten ziemlich lange zurück, die Pläne verstaubten in irgendeinem Archivschrank, dann wollten die Leute Feierabend machen, und wir mussten ziemlich energisch werden, damit sie sich endlich bequemten, unsere Wünsche zu erfüllen.

»Da finden Sie sowieso nichts«, hatte man uns zu verstehen gegeben.

»Das lassen Sie mal unsere Sorge sein.«

Suko und ich hatten uns die Unterlagen sehr genau angeschaut, und es war uns etwas aufgefallen.

In der Nähe des Klärwerks gab es einen Bunker. Auf der Karte war er eingezeichnet. Dieser Bunker war ebenfalls vergessen worden, und er befand sich in und unter einem Wald.

Suko hatte den gleichen Gedanken wie ich, denn er meinte: »Das könnte auch ein idealer Schlupfwinkel sein.«

»Und wie«, gab ich zu.

Kurz entschlossen nahmen wir die Pläne mit und fuhren zu dem verlassenen Klärwerk. In den großen Becken befand sich kein Wasser mehr. In einem nur schimmerte auf dem Boden eine große Pfütze.

Mittlerweile war es dämmrig geworden. Da wir bisher keinerlei Spuren entdeckt hatten, glaubten wir nicht daran, später noch Erfolg zu haben.

»Wie wär's mit dem Bunker?«, fragte Suko.

»Wenn der Eingang nicht verschüttet ist, können wir ihn uns mal anschauen.«

»Das meine ich auch, denn dieser Roscoe Gable muss ja nicht unbedingt dem Klärwerk einen Besuch abgestattet haben. Sollte er in dem Bunker ein Versteck für irgendwelche gestohlenen Dinge besitzen, wäre es ein Riesenerfolg, wenn wir das Lager ausräumen könnten.«

Ich grinste. »Du bist ja heute schwer in Form.«

»Klar. Ich platze vor Unternehmungsgeist.«

»Dann los!«

Den Wagen ließen wir am Klärwerk stehen. Wir fanden einen schmalen Weg, der in den Wald hineinführte, unter dem, laut Karte, ja der Bunker liegen sollte.

Ich leuchtete die Karte noch einmal ab und verglich die Angaben mit den eigentlichen Entfernungen.

Da stimmte eigentlich alles.

Der Weg änderte sich in seiner Breite nicht, dafür war er an einigen Stellen zugewachsen. Wie lange Arme griffen die Zweige der Bäume von den Seiten her zu. Über uns in den

Kronen lärmten noch Vögel. Sie stimmten ein Nachtkonzert an.

Es war ein typischer Großstadtwald. Den Bunkereingang fanden wir noch nicht, dafür jede Menge Müll, den so »nette« Leute einfach in die Natur gekippt hatten.

Wir blieben noch einmal stehen und schauten auf die Karte. Ich hatte meine kleine Leuchte hervorgeholt. Der gelbe Punkt wanderte über die Fläche; wir orteten unseren Standplatz und verglichen ihn mit der Karte.

»Über dem Bunker sind wir schon«, sagte Suko mit leiser Stimme. »Jetzt müssen wir nur noch rein.«

»Das ist ein Stück weiter.«

Suko schaute nach hinten. Genauso wie ich blickte er in die Dunkelheit. Am Himmel aber war der Vollmond aufgegangen. Das richtige Wetter und die passende Umgebung für Werwölfe.

Das Gelände war nicht abschüssig, die Bunker also nicht in Hügel hineingebaut worden, deren Zugänge leicht zu entdecken gewesen wären. So mussten wir eben suchen und auf unser Glück vertrauen.

Es war sehr schwer. Vom Weg gerieten wir auch ab. Ich hielt den Plan und orientierte mich. Leider sah die Wirklichkeit anders aus. Hier war alles zugewuchert. Der Plan und die Gegebenheiten vor Ort waren kaum in Einklang zu bringen.

Wir hätten wahrscheinlich Stunden suchen können, wenn uns nicht das Glück zu Hilfe gekommen wäre.

Suko und ich blieben zur selben Zeit stehen, da wir beide die Geräusche vernommen hatten.

Waren es Stimmen?

Wenn ja, weshalb klangen sie so dumpf? Hatten sie ihren Ursprung unter der Erde?

Im Bunker vielleicht?

Mit neuem Eifer machten wir uns auf die Suche. Wie Indianer schlichen wir durch den Wald, schreckten Tiere auf und bogen die Zweige des Unterholzes zur Seite.

Suko entdeckte die frischen Bruchstellen als Erster. »John, komm mal her!«, zischte er mir zu und winkte dabei.

Ich brauchte nur wenige Schritte, um ihn zu erreichen.

Mit dem Zeigefinger deutete Suko schräg nach unten. »Hier kannst du genau sehen, dass dort jemand hergegangen ist. Kein Zweifel, wir sind auf der richtigen Spur.«

Der Meinung war ich auch. Sehr aufmerksam verfolgten wir die weiteren Spuren und erkannten Abdrücke im Boden.

Es hatte zwar seit einigen Tagen nicht mehr geregnet, doch auf dem durch zahlreiche Büsche geschützten Waldboden hatte sich die Feuchtigkeit noch länger gehalten. Deshalb konnten wir die Spuren auch relativ gut sehen.

Wir verfolgten sie und kamen unserem Ziel immer näher. Als sie aufhörten, war es wieder Suko, der den Eingang fand. Hohes Farngras, Brennnesseln und Dornenzweige verdeckten ihn. Sie alle wiesen Zeichen auf, dass sie schon des Öfteren bewegt worden waren.

Wir taten das Gleiche.

Und schafften es.

Plötzlich standen wir am Ziel. Vor uns gähnte der Eingang des Bunkers. Es war ein viereckiges Loch, an den Rändern durch Holzbalken abgestützt, und wir sahen den Beginn eines Weges, der in die Tiefe führte. Er war so schräg gehalten wie ein Abhang.

»Sollen wir?«

Ich nickte. »Klar, das lassen wir uns nicht entgehen.« Hinter Suko betrat ich den Bunker.

Eine feuchtwarme, muffige Luft empfing uns wie ein Tuch. Das Atmen fiel uns zwar nicht gerade schwer, dennoch kratzte die Luft irgendwie im Hals.

Dann vernahmen wir eine Stimme.

Sie gehörte einer Frau, die wir beide zu unseren gefährlichsten Feinden zählten.

Lupina!

Nach dieser Entdeckung gingen wir nicht weiter. Die Überraschung musste jeder von uns erst einmal verdauen.

Aber wir hatten den Beweis, dass Lupina wieder aktiv war.

Da sie uns so spät wie möglich sehen und hören sollte, schlichen wir auf Zehenspitzen voran. Dabei gingen wir geduckt, obwohl wir nicht bis an die Decke stießen.

Es war nicht völlig dunkel. Vor uns musste irgendein farbiges Licht leuchten, denn in dessen Widerschein erkannten wir den Beginn einer Treppe.

Vor der obersten Stufe blieben wir stehen und stellten fest, dass die Treppe in einem Bogen in die eigentliche Bunkertiefe führte. Etwas machte uns beide stutzig. Wir trieben uns nicht zum ersten Mal in solchen unterirdischen Gewölben herum und kannten sie deshalb. Bunker wurden aus Beton angelegt. Da waren die Wände glatt, hier aber sahen wir große Steine, aus denen auch die Treppe gefertigt worden war.

»Die ist doch nie von den Bauarbeitern damals angelegt worden«, wisperte mein Freund.

Ich gab ihm recht.

Weiter ging es.

Wir hatten die erste Stufe erreicht und riskierten einen Blick in die Tiefe. Leider konnten wir nichts sehen, da die Treppe einen Bogen schlug. Unsere Sicht änderte sich wesentlich, als wir einige Stufen hinter uns gelassen hatten und uns etwa auf der Treppenmitte befanden. Da konnten wir nach unten schauen.

Was wir sahen, ließ unseren Atem stocken.

Lupina stand im Mittelpunkt eines Dreiecks. Es war mit Farbe oder Blut auf den Boden gemalt worden. An seinen Enden standen drei Werwölfe.

Im ersten Augenblick hätte man sie als Drillinge einstufen können, denn sie unterschieden sich von der Kleidung her nicht. Die drei trugen helle Hemden, dunkle Hosen, waren kräftig und hatten die Schnauzen aufgerissen, sodass ihre kräftigen Gebisse schimmerten.

Ich hatte die Atmosphäre, die hier unten herrschte, sofort gespürt. Sie war unheimlich, prall gefüllt mit einer gefährlichen Magie, und ich sah an den Wänden seltsame Zeichen, die farbig aufglommen und für eine schwache Beleuchtung sorgten.

»Keine Betonwände«, wisperte Suko.

Wahrscheinlich zog er die gleichen Schlussfolgerungen wie ich. Es war uns gelungen, eine magische Stätte zu erreichen.

Vielleicht sogar einen uralten Kultplatz, den Lupina gefunden und für ihre Zwecke benutzt hatte.

Interessant war es auf jeden Fall. Ein direktes Eingreifen war nicht nötig, wir konnten uns Zeit lassen und erst einmal genau beobachten. Die drei Werwölfe befanden sich in einer Art Trance. Jedenfalls rührten sie sich nicht. Sie lauschten Lupinas Worten, und wir erfuhren plötzlich eine unwahrscheinliche Geschichte.

Bisher hatten wir über die Entstehung der Werwölfe nur Vermutungen anstellen können, Lupina aber wusste es besser. Sie berichtete von einer fernen Zeit, in der noch keine Menschen existierten, dafür aber Wölfe.

Bevor Menschen waren, waren die Wölfe!

Dieser Satz hatte mich sehr beschäftigt. Nein, ich hatte ihn nicht vergessen und immer darüber nachgedacht. An diesem Tag nun hörten Suko und ich, was es eigentlich mit ihm alles auf sich hatte. Laut Lupina sollten die Wölfe damals schon die Größten gewesen sein.

Suko und ich vergaßen unsere Umwelt. Die Worte waren zu spannend und zu interessant. Wir merkten uns fast jedes Einzelne und waren sicher, dass wir sie niemals wieder vergessen würden.

Dann aber trat ein Ereignis ein, das nicht nur Lupina und ihre Helfer überraschte, sondern auch uns. Von irgendwoher wurde eine Gegenmagie aufgebaut.

Und sie traf voll! Es waren nicht die Schattenwesen, die zuerst von ihr gepackt wurden, sondern die Linien des auf den Boden ge-zeichneten Dreiecks. Sie verloren von ihrer kräftigen roten Farbe und wurden allmählich blasser, sodass sie nur noch einen rosafarbenen Ton hatten.

Lupina geriet außer Fassung. Es war ihr anzumerken, dass sie diese Gegenströmung nicht begreifen konnte. Sie sah sich in ihren Aktivitäten gestört, und als es auch die noch immer reglosen Diener erfasste, da drehte sie fast durch.

Sie fiel auf die Knie. »Geht weg!«, schrie sie. »Weg mit euch! Die Magie ist zu stark!«

Die Diener rührten sich nicht.

Lupina schäumte vor Wut. Und das im wahrsten Sinne des Wortes, denn aus ihrem Mund drang gelblicher Geifer, obwohl sie noch ein menschliches Gesicht hatte.

»Wer?«, brüllte Lupina. »Wer wagt es, sich mir entgegenzustellen? Wer?«

Keiner von uns rechnete mit einer Antwort.

Aber Lupina erhielt sie. Es war wie ein grollendes Echo, das durch den unterirdischen Bunker schwang.

»Ich trete deinem Zauber entgegen. Ich allein …«

Wenn wir mit allem gerechnet hatten, nur nicht mit der Stimme des Mannes, der antwortete.

Es war, obwohl er sich nicht in der Nähe befand, unser neuer Bekannter aus der Urzeit.

Bandor!

Ich warf Suko einen raschen Blick zu. Er schaute mich ebenfalls an, und in unseren Gesichtern stand das zu lesen, was wir fühlten.

Überraschung, Staunen. Denn das konnte einfach nicht wahr sein. Wir hüteten uns davor, einzugreifen. Nur zog ich vorsichtig die Kette mit dem Kreuz über meinen Kopf, weil ich eine Waffe haben wollte, falls irgendetwas passierte. Möglicherweise reagierte das Kreuz, obwohl die Gegenmagie doch sehr, sehr alt war. Es war die älteste, mit der wir es bisher zu tun bekommen hatten. Sie lag noch weit vor Atlantis, auch vor der Entstehung der Menschen, und sie musste aus den Tiefen des unergründlichen Weltraums mitgebracht worden sein. Vielleicht aus anderen Dimensionen und fernen Dämonenreichen.

Ich hielt den Atem an.

Wie würde es weitergehen?

Lupina kniete noch immer. Sie wollte mit allen Kräften gegen die Magie ankämpfen, doch es war ihr nicht möglich. Die Mächte einer unfassbaren Kraft schüttelten sie durch, und sie griffen auch ihre drei Diener an, um die sich Lupina nicht mehr kümmern konnte.

Fast vollständig waren die Seiten des Dreiecks verblasst. Nur noch ein paar kaum zu erkennende, rosafarbene Streifen sahen wir auf dem Boden, während Lupina von einer Seite auf die andere schwankte, wobei sie Mühe hatte, sich überhaupt noch zu halten. Sie schien von einem Windstoß gepackt zu werden, wuchtete ihren Oberkörper hoch und hob beide Arme.

»Zeig dich!«, brüllte sie in den Bunker hinein. »Ich will dich sehen! Wer bist du denn?«

Ja, auch wir waren gespannt, ob Bandor erscheinen würde. Seine Stimme hatten wir gehört. Eigentlich musste er ja bei den Conollys sein, und plötzlich flimmerte im Hintergrund der Höhle die Luft. Dies geschah dicht an einer Säule, die mit seltsamen Zeichen bedeckt war, und mit einem Mal sahen wir da eine Gestalt.

Sie war bewaffnet, hatte Kampfhaltung angenommen, und ich wurde wieder an mein letztes Abenteuer erinnert, das mich in die tiefe Vergangenheit geführt hatte.

So hatte ich ihn gesehen, so kannte ich ihn.

Es war Bandor!

Bill und Sheila hielten den Atem an. Nadine hatte sich neben den beiden aufgebaut, die Schnauze weit geöffnet. Aus ihr drang ein hohes Winseln, denn auch sie hatte Angst vor dem, was da auf sie zukommen konnte.

Bandor, der Dämonenjäger, verschwand vor ihren Augen. Er wurde zu einem Schemen, einem Geist, und sein Körper schien nur noch aus Gaze oder hauchdünnem Glas zu bestehen.

Ein anderer Körper entstand!

Der eines älteren Mannes. Professor Chandler war dabei, aus den Tiefen von Zeit und Raum wieder an die Oberfläche zu tauchen und den Wechsel mit seinem Erstkörper vorzunehmen.

Nach einer Erklärung zu suchen war für die beiden Conollys sinnlos. Es gab magische Gesetze, die niemand erfassen und begreifen konnte. Jedenfalls war Bandor verschwunden. Und er hatte sein Schwert mit auf die wunderliche Reise genommen.

Bill fasste sich als Erster. Einen halben Schritt ging er vor, um den Arm auszustrecken. Er bewegte seine Fingerspitzen, denn er wollte Chandler anfassen und überprüfen, ob auch tatsächlich ein Mensch vor ihm lag.

Kaum hatte Bill Kontakt, da zuckte seine Hand zurück, als hätte sie einen Schlag erhalten.

»Was ist?«, flüsterte Sheila.

»Ich, ich weiß nicht …« Bill verzog den Mund. »Da scheint irgendetwas nicht zu stimmen.«

»Wieso?«

»Dieser Mann ist doch nicht normal. Den umgibt eine seltsame Aura. Er wird nicht …«

»Was werde ich nicht?« Normale Sprache tönte den beiden entgegen, und die Frage war so gestellt worden, dass der Professor auch eine Antwort von den Conollys verlangte.

Bill holte tief Luft. Irgendwie hatte er zwar damit gerechnet, dennoch war er zu geschockt, um etwas sagen zu können. Pfeifend atmete er ein und sah stumm zu, wie sich der Professor aus dem Sessel in die Höhe stemmte.

Er war schon älter. Grauweiß das Haar. In sein gebräuntes Gesicht hatten die Falten ein Muster gelegt. Vor dem Sessel blieb er schwankend stehen, als müsste er sich erst einmal überlegen, wie es weitergehen sollte.

Sein stummer, fragender Blick traf Sheila und Bill, aber sie konnten ihm keine Antwort geben. Er musste schon etwas sagen.

»Professor!«, flüsterte Bill, der sich endlich überwunden hatte. »Hören Sie mich?«

»Ja, ich höre Sie.«

»Und wie geht es Ihnen?«

Chandler lächelte. Seine Wangenmuskeln zuckten dabei. »Es geht mir nicht gut, da ist etwas, das mich stört.«

»Was?«

»Es ist wie Glas. Eine seltsame Magie, die mich zurückhalten will. Ich kann nicht ...«

»Was können Sie nicht?«

Ein Stöhnen drang aus dem Mund des Mannes. »Etwas hindert mich«, flüsterte er. »Eine Wand aus Glas. Ich will euch anfassen, bitte, gebt mir eure Hände.« Er selbst streckte seine Arme aus.

Sheila schüttelte den Kopf. »Ich nicht«, flüsterte sie. »Ich kann es nicht, Bill.«

»Mach schon, Sheila! Es passiert nichts.«

»Nein, nicht, Bill. Ich habe Angst. Auch du solltest es nicht tun. Es ist zu gefährlich. Wenn du Kontakt hast und er kein richtiges Wesen ist, dann kann er dich ...«

»Unsinn, er wird schon wissen, was er will. Nicht wahr, Professor Chandler?«

»Die – Hände ...«

Jetzt gab es für Bill Conolly kein Zurück mehr. Er war fasziniert von diesem Vorgang, den er mit eigenen Worten nicht erklären konnte. Bill gierte danach wie ein Durstiger nach dem frischen Wasser.

»Professor, ich komme zu Ihnen ...«

»Bill, bitte – nicht!«

Der Reporter hörte nicht auf Sheilas Warnungen. Vielleicht hatte er hier Gelegenheit, endlich einmal etwas Entscheidendes aus einer Zeit zu erfahren, in der es noch keine Menschen gegeben hatte. Er dachte sogar an seinen Beruf. Daraus einen Bericht zu machen, das wäre revolutionär, und der Reporter ergriff die einmalige Chance beim Schopf.

Er fasste zu.

Kaum hatte er die Hände des Professors berührt, da spürte er das Vibrieren, das sich auf seinen Körper übertrug. Er zitterte, als hätte er einen Kälteschock erlitten. Zunächst wollte er die Hände zurückziehen, denn die plötzliche Angst überflutete ihn wie eine gewaltige Woge. Dann jedoch wagte er alles.

»Bill, komm zurück!«

Er hörte Sheilas Stimme. Aber sie klang so seltsam. Wie aus einer unendlichen Ferne drang sie an seine Ohren. Sheila schien nicht mehr direkt hinter ihm zu stehen, sondern meilenweit entfernt zu sein. Oder von einem anderen Stern zu ihm zu sprechen, wobei ihre Stimme durch das All hallte und Raum und Zeit überbrückte.

Sheila hatte es gesehen, und sie wusste, dass ihr Mann in einer großen Gefahr schwebte. War diese Gefahr tödlich? Man musste mit allem rechnen. Nadine, die Wölfin, schien diese Gefahr stärker zu spüren als die beiden Menschen.

Sie war kaum noch zu halten, rannte um die beiden herum, hütete sich jedoch, sie anzuspringen. Das war für Sheila Warnung genug. Bill hatte sich da in eine Gefahr begeben, aus der er mit eigener Kraft nicht mehr herauskam, denn Sheila sah, wie sich sein Körper veränderte.

Er war längst nicht mehr so fest und konturenscharf wie normal. Seine Umrisse wurden weicher, schienen zu flimmern, als wollten sie sich auflösen.

Sheila wusste nicht mehr, was sie unternehmen sollte. Sie selbst traute sich nicht, einzugreifen, denn ihr wäre vielleicht das gleiche Schicksal widerfahren, und dann wäre Johnny allein gewesen.

So blieb nur die Hoffnung. Die Frau hoffte vergeblich. Bill Conolly war nicht mehr zurückzuholen. Er steckte bereits inmitten des Kraftfeldes einer unfassbaren Magie und wurde, ob er wollte oder nicht, mit den Folgen konfrontiert.

Vor den entsetzten Augen seiner Frau Sheila löste sich Bill Conolly auf. Und mit ihm der Professor ...

Bandor stand bereit!

Da er wie aus dem Nichts erschienen war, musste er über ähnliche Kräfte verfügen wie Myxin und Kara. Sie beherrschten ebenfalls die Gebiete der Telekinese und Teleportation.

Bandor und Lupina! Waren es Feinde? Man musste es annehmen. Aber wieso, denn die beiden konnten sich nicht kennen, es sei denn, Lupina hätte schon zu Bandors Zeit gelebt, und dies schien mir so gut wie unmöglich zu sein.

Ich schaute auf Lupinas Helfer. Sie rührten sich nicht vom Fleck, schienen zu Statuen geworden zu sein und erlebten ebenfalls einen Horror, denn auf uns wirkten sie wie gläserne Puppen.

Es war müßig, nach einer Erklärung zu suchen, dennoch meinte Suko: »Die stehen an einer Schwelle zum Zwischenreich.«

»Wie meinst du das?«

»Vielleicht mischen sich in diesem magischen Dreieck Vergangenheit und Gegenwart.«

Diese Vermutung hatte schon ihre Berechtigung. Möglicherweise war dies der Fall, und so wären die Gegner vor unseren Augen entschwunden. Das wollte ich auf keinen Fall. Ich rechnete damit, dass die drei Wölfe immer wieder aus der Vergangenheit zurückkehren konnten. Damit so etwas nicht wieder geschah, mussten wir sie erledigen.

Falls uns Bandor die Arbeit nicht abnahm.

Ich nickte Suko zu. Er verstand das Zeichen, und so bewegten wir uns langsam und vorsichtig die Stufen der Treppe hinab. Direkt am Schauplatz des Geschehens konnten wir sicherer eingreifen. Unsere Erfolgschance wuchs.

Zuerst entdeckte uns Bandor.

Beide sahen wir, wie der Dämonenjäger zusammenzuckte und seinen Blick starr auf uns gerichtet hielt. Ich hatte plötzlich das Gefühl, als Störenfried aufzutreten, und hoffte, dass Bandor nicht durchdrehte und uns als Feinde ansah. So gut kannten wir ihn schließlich nicht, um eine Hand für ihn ins Feuer zu legen.

Lupina, die Bandor nicht aus den Augen gelassen hatte, merkte, dass sich etwas verändert hatte. Sie kniete nach wie vor auf dem Boden. Manchmal wurde ihr Körper geschüttelt, als würden Wellen gegen ihn anlaufen, und sie drehte sich so gemächlich um, als hätte sie ungeheure Mühen mit ihren Bewegungen.

Dann entdeckte sie uns! Und Lupina sah sich in einer Klemme, denn sie wusste genau, dass noch zwei Feinde hinzugekommen waren.

Sie wollte etwas sagen, öffnete auch den Mund, brachte aber keinen Laut hervor. Stumme Worte schleuderte sie uns entgegen. Ich glaubte, den Namen Sinclair von ihren Lippen abzulesen.

Wir gingen weiter.

Suko hielt sich an meiner Seite. Aus den Augenwinkeln bemerkte ich, dass er seine neue Waffe gezogen hatte. Er hielt die goldene Pistole in der rechten Hand.

Dann würde er sie auch einsetzen.

Ich sagte nichts. Die Auswirkungen dieser Waffe gingen mir gegen den Strich, doch kam es hart auf hart, würde sie uns helfen.

Auch Bandor sah die Waffe. Sein Gesicht verzerrte sich. Er zeigte einen Schrecken, den ich zuvor noch nie bei ihm gesehen hatte. Dies brachte mich auf den Gedanken, dass auch Bandor die goldene Pistole kennen musste, denn vor ihr hatte er Angst.

Woher sie stammte, konnten wir nicht genau sagen. Vielleicht von einer alten, raumfahrenden dämonischen Rasse, die damals die Urwelt besucht hatte.

Die Treppe kam uns plötzlich ungewöhnlich lang vor. Wir atmeten auf, als wir die letzte Stufe hinter uns gebracht hatten und nun inmitten dieses Gewölbes standen, das nun so gar keine Ähnlichkeit mit einem Bunker aufwies.

Hier musste etwas anderes als nur ein Bunker gewesen sein. Dessen war ich sicher.

Auch sahen wir die geheimnisvollen Zeichen an den Wänden und Säulen jetzt deutlicher. Ihr Leuchten hatte sich zwar abgeschwächt, doch es reichte zum Glück immer noch aus, um das Gewölbe einigermaßen zu erhellen, sodass wir uns orientieren konnten.

Die drei Wölfe rührten sich nicht. Sie standen da, starrten uns an, wobei ich das Gefühl hatte, dass sie uns eigentlich gar nicht sahen, sondern durch uns hindurchblickten.

Mir kam eine gute Idee. Wenigstens hielt ich sie für gut. Ich wollte in das Dreieck hinein und an Lupina herankommen. Selten war die Chance dazu so günstig gewesen.

Suko sah mir an, dass ich irgendetwas vorhatte. Flüsternd stellte er seine Frage.

Ebenso leise gab ich die Antwort.

»Verdammt, John, das ist gefährlich!«

»Ich weiß, du kannst mir ja den Rücken decken.«

»Ob ich das schaffe?«

Wir hörten Lupinas Stöhnen. Ihr menschliches Gesicht zeigte einen verzerrten Ausdruck. Der Schweiß klebte dick auf ihrer Haut. Sie konnte sich kaum noch halten, und sie starrte auf Bandor, der ebenfalls vorging, wobei er sein Schwert senkte und mit der Spitze genau auf Lupina zielte.

Das sah mir nach einem Todesurteil aus!

Ich hielt den Atem an, als Bandor sich in Bewegung setzte. Mit jedem Schritt, den er zurucklegte, wuchs die Gefahr für die Königin der Wölfe, endgültig ihr dämonisches Leben zu verlieren.

Wurde damit auch Luparo getötet?

Ich wusste von der gefährlichen Doppelexistenz, die Lupina und ihr Sohn führten. Ob es Bandor bekannt war, stand in den Sternen.

»Er darf sie auf keinen Fall töten!«, zischte ich Suko zu. »Ich werde ihr den …«

Ein Schrei unterbrach mich. Bandor hatte ihn ausgestoßen. Er ruckte plötzlich herum, schien meine Gedanken gelesen zu haben, und im nächsten Augenblick vergaß er alles.

Freunde waren wie nie gewesen, auch keine Feinde. Wie er

mir allerdings entgegenkam, das roch sehr nach einer Feindschaft, und ich hatte erlebt, mit welch einer Meisterschaft er es verstand, sein Schwert zu führen. Das wollte er mir beweisen, durch meinen Tod!

Blitzschnell überbrückte er die Distanz. Ich stand für einen Moment starr, weil ich zu überrascht war und nichts tun konnte. Das nutzte Bandor aus. Sein gewaltiger Körper spannte sich noch einmal, dann fuhr die Klinge von oben nach unten auf mich zu, um mich in zwei Hälften zu spalten ...

Suko erwies sich in diesem Augenblick als Lebensretter. Er hatte die gesamte Szene mit großer Skepsis betrachtet. Zu viele Unklarheiten gab es noch, und er wollte nicht, dass sich sein Freund John Sinclair in eine sinnlose Gefahr begab.

Leider stand der Inspektor zu ungünstig. Er konnte John nur zu einer Seite hinschleudern, und dann würde er haargenau auf das Dreieck zufallen.

Sukos Schlag traf den Geisterjäger in dem Augenblick, als Bandor seine Klinge hoch über den Kopf schwang. Es war ein kraftvoller Hieb, und er katapultierte John Sinclair nicht nur in das Dreieck mit den verblassenden Seiten hinein, sondern wuchtete ihn auch gegen Lupina, die dem Ansturm nichts entgegenzusetzen hatte und gemeinsam mit dem Feind zu Boden ging.

Suko konnte sich um seinen Partner nicht mehr kümmern, denn Bandor brüllte vor Wut und Enttäuschung furchtbar auf. Der mörderische Schlag hatte gefehlt. Die Wucht trieb den Urmenschen nach vorn, die Klinge wurde zu einem blitzenden Halbkreis, fuhr mit der Spitze über den Steinboden und wirbelte eine bogenartige Funkenspur in die Höhe.

Suko wusste genau, dass Bandor nicht nur John Sinclair erledigen wollte, sondern nun auch ihn, denn er hatte dem Geisterjäger das Leben gerettet und damit genau das getan, was der Dämonenjäger nicht wollte.

Der Chinese bewegte sich mit der Geschmeidigkeit eines Raubtiers zur Seite. Es war sein Glück, denn Bandor fuhr sofort wieder herum, schleuderte seine Arme und damit auch die Klinge vor, um seinen Gegner zu treffen.

Wieder fehlte er. Im Kreis drehte er sich, stoppte plötzlich und sah Suko im Hintergrund der Höhle.

Nichts hielt ihn mehr.

Bandor rannte vor. Er vernahm zwar Sukos Ruf, aber der konnte ihn nicht stoppen. Die Instinkte des Urmenschen brachen voll in dem Dämonenjäger durch.

John Sinclair und Suko hatten etwas getan, was ihm gegen den Strich ging. Nach seiner Moral gab es dafür nur eine Strafe.

Den Tod!

Das wusste auch Suko. Er hatte es leicht durch die Reaktionen des Mannes herausfinden können, und ihm war klar, dass er jetzt in großer Gefahr schwebte.

Suko hätte ihn mit den Kugeln stoppen können, dann wäre Bandor vernichtet gewesen und wahrscheinlich auch Professor Chandler, der danach nicht mehr zurückkonnte.

Wie sollte sich Suko entscheiden?

Aus dem Dreieck hörte er seltsame Geräusche, konnte sich leider nicht darauf konzentrieren, denn Bandor stellte eine zu große Gefahr für ihn dar.

Einem Kampf konnte Suko nicht mehr ausweichen!

Der Dämonenjäger kam. Leicht geduckt ging er. Kaum ein Laut war zu hören, da er die Beine vorsichtig bewegte. Noch hatte Suko Zeit, nach einer Möglichkeit oder Chance zu suchen, doch diese Sekunden schmolzen dahin, und ihm blieb eigentlich nur eine Chance, Bandor für eine gewisse Weile zu stoppen.

Bevor das Schwert den Chinesen erreichen konnte, hatte dieser einen Stab gezogen. Für die Zeitspanne von fünf Sekunden gelang es ihm, die Zeit anzuhalten, wenn er ein bestimmtes Wort rief.

»*Topar!*«

Es hallte dem anderen entgegen, der im selben Moment zu einer Figur wurde.

Bandor konnte nicht mehr weiter. Er fror in der Bewegung ein und war auch nicht mehr fähig, seine gefährliche Waffe zu schwingen. Suko überwand die trennende Distanz und fixierte vor allen Dingen das Schwert mit der langen Klinge.

Bandor hielt es in der rechten Hand. Wie fest sich seine Finger um den Griff geklammert hatten, merkte Suko erst, als er sie lösen wollte. Er musste sich ungemein anstrengen, schaffte es beim ersten Versuch nicht, die Finger nach außen zu biegen, und keuchte wild auf, als es ihm endlich nach einigen Mühen gelang, drei der fünf Finger in die Höhe zu bekommen. Trotzdem musste Suko dem Dämonenjäger das Schwert noch aus der Hand reißen. Dabei taumelte er zurück, und es gelang ihm auch, an Bandor vorbeizuschauen. Sein Blick fiel auf das Dreieck.

Es war leer!

Keine Spur mehr von John Sinclair, Lupina und den drei Wölfen. Diese Tatsache traf den Chinesen hart. Sie lenkte ihn für einen Augenblick von seinem eigentlichen Problem ab, bis er das Brüllen hörte und sich wieder auf Bandor konzentrierte.

Da war es fast schon zu spät.

Der Urmensch befand sich bereits auf dem Wege zu ihm, tauchte direkt vor seinem Gesicht auf und schlug nach Suko. Er nahm nicht die Faust, sondern hatte die Finger nur ein wenig nach innen gekrümmt. Der Inspektor wurde vom Ballen der Hand voll getroffen.

Es war wie ein Tritt von einem Pferd, der ihn genau unter dem Kinn traf. Zwar rutschte er an der linken Seite ein wenig ab, weil Suko seinen Kopf zurückgenommen hatte, dennoch wuchtete ihn der Treffer so weit zurück, dass er gegen die Wand krachte.

Nun konnte Suko zum Glück viel einstecken. Mancher Mensch wäre bewusstlos geworden, nicht der Inspektor. Zudem wusste er, um was es ging. Er durfte Bandor keinesfalls zur Entfaltung kommen lassen und musste alles einsetzen, was er zu bieten hatte.

Die goldene Pistole hatte Suko vorher weggesteckt. Er wollte nicht zum letzten Mittel greifen, aber er hielt noch das Schwert fest. Sehr deutlich merkte er das Gewicht der Waffe. Selbst Suko fiel es nicht leicht, die Klinge hochzustemmen und sie waagrecht zu halten. Zudem hatte er Sehprobleme. Der Treffer war zu hart gewesen, wobei Suko zudem glaubte, der Kopf wäre um das Doppelte seines eigentlichen Ausmaßes angeschwollen.

Bandor stoppte seinen Schritt. Er war unschlüssig geworden. Es gefiel ihm überhaupt nicht, vor seinem Gegner zu stehen und auf die Klinge zu starren.

Der Instinkt sagte ihm, dass er es nicht wagen konnte, sich auf den Mann zu stürzen. Er wäre unweigerlich in die Klinge gefallen und das hätte sein Ende bedeutet.

Suko stützte seine rechte Hand mit der linken ab, damit er das Schwert halten konnte. Trotzdem bildete es mit dem Arm keine gerade Linie, sondern wies mit der Spitze im schrägen Winkel nach unten. Hatte es Sinn, den Mann überhaupt anzusprechen?

Suko wollte es zumindest versuchen. Unter Umständen konnte er mit seinen Worten und seiner Stimme den anderen beruhigen und ihn überzeugen, dass keine Feindschaft zwischen ihnen bestand, sondern dass sie, im Gegenteil, mehr zusammenhalten mussten.

»Bandor!«, sagte Suko. »Bandor, hörst du mich?«

Der Urmensch lauschte tatsächlich dem Klang der Stimme. Er stand da, hatte seinen mächtigen Oberkörper leicht vorgebeugt und die Augen ein wenig verengt. Die Angriffshaltung jedoch hatte er nicht aufgegeben, und er schüttelte den Kopf, als hätte er Sukos Worte begriffen, um sie gleichzeitig zu verneinen.

Bandor wollte nicht nachgeben.

Er ging weiter.

Auch Suko trat vor. Er setzte alles auf eine Karte. Bandor

sollte sehen, dass er vor ihm keine Furcht hatte. Während Suko sprang, drückte er seine Arme so weit nach vorn, dass die Spitze der Waffe gefährlich in Bandors Nähe geriet. Suko hoffte, dass der andere zurückweichen würde, doch das tat er nicht.

Er glitt nur zur Seite, und Suko erlebte, dass der Besitz der Waffe für ihn zu einem Hindernis wurde. Seine Reaktionen liefen nicht mehr so schnell ab. Für den anderen war er zu langsam, und Bandor glitt an der Klinge vorbei, wo er sich abstieß und auf den Chinesen zuhechtete.

Im letzten Augenblick schleuderte Suko das Schwert weg, dann prallte er mit dem Dämonenjäger zusammen.

Der Inspektor konnte sich nicht mehr fangen. Wieder wurde er gegen die Wand geschleudert, doch diesmal blieb Bandor am Mann. Von einer Kampftechnik hatte er höchstens etwas gehört, wenn es darum ging, mit Waffen zu streiten. Bei Faustkämpfen verließ er sich auf die reine Kraft und den Überlebenswillen.

Bandor rammte seinen Kopf vor.

Suko verzog das Gesicht, als er den Schlag gegen den Brustkorb hinnehmen musste. Er fiel wieder nach hinten und riss sein Knie hoch. Diesmal traf er. Bandor ächzte, wurde ein wenig schlapp, und es sah so aus, als könnte er es nicht mehr schaffen, sich an den Schultern des Inspektors festzuhalten, vor allen Dingen deshalb nicht, weil Suko noch zweimal nachsetzte.

Zudem hatte er jetzt seine Arme frei und schlug mit den Handkanten zu. Es waren kurz angesetzte Schläge, gegen empfindliche Stellen gezielt, und die Treffer schüttelten den Gegner durch.

Er wankte zurück.

Plötzlich hatte Bandor kein Interesse mehr an Suko. Er war mit sich selbst beschäftigt, als er versuchte, die Unsicherheit in seinen Schritten zu überwinden. Keuchende und gurgelnde Laute drangen dabei aus seinem Mund. Er schüttelte den Kopf und schlenkerte mit beiden Armen.

Suko hätte eigentlich nachsetzen müssen, der Gegner bot ihm die Chance, aber er wollte ihn nicht bewusstlos schlagen. Vielleicht konnte Bandor noch nützlich sein.

Der Urmensch atmete stoßweise. Langsam legte er den Kopf schief, seine Augen glitzerten, obwohl sich allmählich ein trüber Schleier auf die Pupillen legte.

In Kampfstellung stand Suko vor seinem Gegner. Ein Bein vorgeschoben, das andere ein wenig zurückversetzt. Die Hände waren diesmal zur Karatefaust geschlossen, und Suko war bereit, sofort nachzustoßen.

Etwas mühsam hob Bandor den Kopf. Vielleicht war es sogar Unglaube, der sich in seinem Gesicht ausbreitete, denn mit den Fäusten war er bisher wohl noch nicht besiegt worden.

Aber er erholte sich.

Damit hatte Suko kaum gerechnet. Bandor schlug um sich. Seine Arme glichen dabei Dreschflegeln, er wollte den Gegner unbedingt treffen, war für Suko aber zu langsam.

Geschickt tauchte der Chinese unter den Armen weg und brachte selbst zwei Treffer an.

Der Erste riss den Dämonenjäger nach links, der Zweite brachte ihn wieder in die Gerade, dann explodierte der dritte Schlag an seinem Körper, und der schmetterte ihn zu Boden.

Es klatschte, als Bandor hart aufschlug, wobei er nicht besiegt worden war, denn er drehte sich ein paar Mal um die eigene Achse, und Suko erkannte Bandors Vorhaben leider zu spät.

Bandor wollte an sein Schwert.

Als Suko ebenfalls auf die Waffe zusprang, hob Bandor ein Bein und klemmte es zwischen Sukos Füße.

Der Inspektor fiel nach vorn. Zwar fing er den Sturz gut ab, dennoch lag er auf dem Boden und drehte sich über die Schulter herum, wobei er sah, dass Bandor schon den Schwertgriff umklammert hielt. Der Urmensch war in diesem Fall schneller gewesen.

Triumphgebrüll jagte durch das Gewölbe. Im Liegen noch

hob Bandor den Arm, um die Klinge nach unten und in Sukos Körper rasen zu lassen.

Zum Glück lag Suko so weit von seinem Gegner entfernt, dass dieser sich erst noch strecken musste und wegen dieser Bewegung wertvolle Zeit verlor.

Diese kleine Sekunde nutzte der Inspektor zu seinen Gunsten aus. Er griff unter sein Jackett, wollte die Beretta ziehen, doch seine suchenden Finger packten nicht den Griff dieser normalen Waffe, sondern den der goldenen Pistole.

Suko nahm Schwung, wälzte sich herum und zog seine Waffe. Sofort richtete er die Mündung auf Bandor.

Der wollte schlagen. Dies stand in seinem breitflächigen Gesicht zu lesen, doch er zögerte, denn er schaute direkt in die Mündung der seltsamen Waffe.

Die Szene erstarrte.

Keiner der beiden unternahm etwas. Wenn Bandor sich fürchtete, dann sicherlich vor dieser Pistole, die er aus der fernen Vergangenheit her kannte.

»Nun?«, fragte Suko nach einer Weile. »Willst du zuschlagen?« Natürlich hatte ihn Bandor nicht verstanden, trotzdem hoffte der Chinese, dass der Dämonenjäger den Sinn der Worte begriff.

Die Blicke der beiden bohrten sich ineinander. Es war eine unwirkliche, künstliche Situation, und beide Parteien schienen sich in einem Vakuum zu befinden, wobei keiner den Mut hatte, sich daraus zu lösen. Jeder wartete auf ein Zeichen des anderen.

Es war Bandor, der den Anfang machte. Zuerst begann sein Arm zu zittern, dann drehte er sich zur Seite und ließ das Schwert allmählich sinken.

Suko atmete auf. Er nahm dieses Friedensangebot, von dem er hoffte, dass es ernst gemeint war, gern an. Auch er steckte die goldene Pistole wieder weg.

Doch wie sollte es weitergehen? Mit Bandor war eine Verständigung so gut wie unmöglich, es sei denn, er versuchte es mit Magie, was ebenso schwierig sein konnte.

Zum Zeichen seiner friedlichen Absichten drehte Suko dem Dämonenjäger den Rücken zu und schaute auf das magische Dreieck. Viel war nicht mehr zu sehen, verblasst waren die einst so kräftigen roten Seiten dieser Figur. Verschwunden Lupina, ihre Helfer und auch der Geisterjäger John Sinclair.

Suko begann seinen Rundgang. Jetzt besah er sich die Wände. Er entdeckte die seltsamen Zeichen, die ein Unbekannter hineingedrückt und deren Leuchten stark abgenommen hatte. Nur noch sehr blass wirkten sie und hoben sich kaum von der Oberfläche des Gesteins ab.

Eine gewisse Ratlosigkeit erfasste Suko. Er wusste nicht, was er unternehmen sollte, deshalb spielte er mit dem Gedanken, einfach zu den Conollys zurückzufahren.

John Sinclair hatte er verloren. Wer konnte schon sagen, wo ihn die alte Magie hingeschleudert hatte?

Bandor folgte ihm. Auch er schaute auf das Dreieck, doch sein Blick blieb stumpf. Kein Erkennen zeichnete sich darin ab.

»Was sollen wir tun?« Suko sprach ihn direkt an.

Irgendwie schien Bandor ihn verstanden zu haben, denn sein Gesicht hellte sich auf. Er nickte entschlossen und trat plötzlich dort hinein, wo auch John Sinclair und Lupina gestanden hatten.

Suko wollte folgen, als er zurückzuckte, denn ein mörderischer Schrei drang aus der Kehle des Dämonenjägers. Er zuckte in die Höhe, stieß sein Schwert dabei fast gegen die Decke und sackte danach zusammen.

In gekrümmter Haltung, den Kopf nach vorn gerichtet, blieb er liegen. Über ihm aber tanzte die Luft und bildete eine Figur.

Jemand entstand.

Ein Wolf.

Luparo – Lupinas Sohn!

Ich sah noch das mörderische Schwert, wie es auf mich niederfuhr, dann erhielt ich einen Stoß, der mich über die Grenze und damit in die Mitte des allmählich verblassenden Dreiecks katapultierte. Suko hatte mich damit überrascht, deshalb gelang es mir nicht mehr, mich rechtzeitig genug abzustützen. Ziemlich hart krachte ich zu Boden.

Dabei riss ich die kniende Lupina noch mit um, und beide lagen wir plötzlich am Boden.

Eine wahrlich irre, verrückte Situation, mit der ich auch noch nie konfrontiert worden war. Zwei Todfeinde wie wir lagen sich plötzlich gegenüber.

Ich konnte es kaum fassen, und Lupina erging es ähnlich. Nur war sie im Gegensatz zu mir durch die fremde Magie geschwächt, und sie starrte gleichzeitig noch auf mein Kreuz.

Jetzt hatte ich die einmalige Chance, beide zu erledigen. Nämlich Lupina und Orapul oder Luparo, ihren Sohn.

Mit dem Dolch wollte ich sie töten.

Ich riss ihn aus der Scheide, in meinen Augen musste der unbeugsame Wille stehen, denn Lupinas Fell sträubte sich, ein Zeichen, dass sie unter furchtbaren Angstzuständen litt.

»Aus!«, zischte ich, hob den Arm mit der Waffe und …

Der Schlag traf mich voll, ohne Vorwarnung. In der Luft blieb mein Arm hängen, als hätte eine starke Hand das Gelenk umklammert. Ich brachte die Hand nicht mehr nach vorn, sosehr ich mich auch bemühte. Andere, magische Kräfte waren wesentlich stärker als ich und hielten mich zurück.

Lupinas Gesicht wurde zur Grimasse. Ich hörte ihr scharfes Keuchen, dann ein schrilles Lachen, das sehr schnell leiser wurde, weil ein Rauschen heranwehte, das uns beide umfing.

Im nächsten Moment war alles anders. Da wurden die Wände des Bunkers plötzlich dünn, sie zogen sich auseinander, sodass sie in wellenförmigen Bewegungen ausliefen. Eine ferne Kraft, die ich nicht kannte, vernebelte meinen Geist.

Auch die drei Diener der Lupina verschwanden. Ich hörte noch ihr Fauchen, dann traf mich ein Schlag, der mein Bewusstsein rigoros auslöschte und mich in Sphären hineinschleuderte, die von einem menschlichen Hirn nicht zu begreifen waren.

Mich umfing die Schwärze der Dimensionen …

Etwas tropfte auf mein Gesicht. Im ersten Augenblick dachte ich an Wasser, öffnete die Augen und wunderte mich, dass ich klar sehen konnte und nichts mehr spürte.

Keine Kopfschmerzen, kein dumpfes Gefühl, einfach nichts. Es war völlig normal. Und ich erkannte auch, dass nicht Wasser auf mein Gesicht fiel, sondern eine andere Flüssigkeit, die aus den Augen einer Frau rann und mit dem Wort Tränen bezeichnet wurde.

Jemand weinte.

Es war Sheila Conolly. Sie kniete über mir und schaute mich an, während ihre Lippen meinen Namen hauchten.

»John, John«, sagte sie immer wieder. »Mein Gott, ich kann es nicht fassen. Wo kommst du so plötzlich her? Es war …« Ihre Stimme versagte, und ich dachte erst jetzt richtig nach, indem ich mich gleichzeitig auch umschaute.

Verdammt, ich lag im Haus der Conollys. In deren Wohnraum, der ziemlich groß war und zur Terrasse hin durch ein breites, bis zum Boden reichendes Fenster abschloss.

Das verstand, wer wollte. Ich jedenfalls nicht. Als ich auf die Beine kam, hielt mir Sheila ihre helfende Hand entgegen, die ich dankend annahm.

Noch ein wenig weich in die Knien stand ich da und sah auch Nadine in einer Ecke. Sie kam nicht zu mir, sondern beäugte mich nur misstrauisch.

Ich drehte mich zu Sheila um. Sie war dabei, ihre Tränen mit einem kleinen Tuch abzutrocknen, und fragte mich jetzt: »Wo kommst du eigentlich her, John?«

»Das kann ich sagen. Wir haben an einem Klärwerk einen

Bunker entdeckt, sind hineingestiegen und …« Ich stoppte meinen Redefluss. Es hatte keinen Sinn, alles lang und breit zu erklären. Sheila würde es nicht verstehen.

»Bill ist weg!«, sagte sie mit erstickt klingender Stimme.

»Wieso das denn?«

Sie hob die Schultern. »Ich begreife es nicht. Dabei hatte ich ihn gewarnt.«

»Mädchen.« Ich ging auf Sheila zu und fasste sie an beiden Schultern. »Das musst du mir genauer erklären. Wo ist er hingegangen? Weshalb hat er das Haus verlassen?«

»Das hat er ja nicht«, rief sie verzweifelt und weinend. »Wirklich nicht, John!«

Ich wusste, dass Sheila Schlimmes hinter sich hatte, und drückte sie zunächst in einen Sessel. »Jetzt sei mal ganz ruhig und berichte bitte der Reihe nach. Wieso und weshalb ist Bill verschwunden? Das muss doch einen Grund haben.«

Den hatte es. Ich hörte zu, wie mir Sheila in stockenden Worten von den unheimlichen Ereignissen berichtete. Dass Bandor weg war, wusste ich ja, dass es gleichzeitig einen Tausch zwischen ihm und dem Professor gegeben hatte, war mir neu. Ausgerechnet Chandler hatte Bill Conolly mitgenommen. Einfach so.

»Kannst du mir sagen, John, wo die beiden jetzt stecken?« Sheila fragte es verzweifelt, und sie schaute mich bittend an.

Ich aber musste verneinen. »Tut mir leid, Sheila, ich kann dir nichts sagen, wirklich nicht.«

Sie stöhnte auf. »Grauenhaft ist das«, flüsterte sie. »Da sitzt man hier untätig herum und kann nicht helfen. Ich würde gern etwas für Bill tun, glaub mir das, aber ich …« Sie schüttelte den Kopf

Hilflos stand ich neben ihr. Der Fall war wider Erwarten kompliziert geworden. Ich glaubte fest daran, dass wir in irgendeine Magie regelrecht eingebrochen waren. Wir hatten sie gestört, in ihrem Fluss unterbrochen und mussten nun den Tribut zahlen.

Ein wenig Hoffnung blieb mir trotzdem. Professor Chandler war zurückgekehrt. Unter Umständen in einem Austausch mit mir. Möglicherweise hatten sich die Magien überkreuzt, deshalb war es zu den nicht voraussehbaren Reaktionen gekommen.

»Kannst du denn nichts tun?«, fragte mich Sheila.

Ich hob die Schultern. »Im Moment weiß ich nicht ein noch aus. Da gibt es zudem ein Problem. Ich bin ja nicht allein auf diese magische Reise gegangen, sondern mit vier Dämonen!«

»Was?« Sheila wurde kalkweiß.

»Ja, ich muss es dir sagen. Es waren Lupina und drei ihrer Werwolf-Diener, die mich begleitet haben.«

»Und wo sind sie jetzt?«

»Das ist die Frage«, sagte ich. »Sogar die große Frage, wie du dir vorstellen kannst.«

Sheila schaute sich um. »Hier habe ich sie nicht gesehen. Vielleicht sind sie von dir getrennt worden.«

»Was ich schwer hoffe.«

»Doch, John, dich habe ich dort gesehen.« Sheila streckte den Arm aus und deutete auf den Sessel. »Da bist du erschienen und dann auf den Boden gerutscht.«

Ich dachte eine Weile nach. »Ansonsten hast du nichts entdeckt, Sheila?«

»Nein, wenn ich es dir sage.«

»Ich glaube dir ja«, erwiderte ich und lächelte, bevor ich weiter darüber nachdachte, wie ich den Fall beenden konnte. Man hatte mich hier einfach aus dem Spiel gebracht, durch leichte magische Tricks. Wahrscheinlich wollten sie sich um Suko, Bandor und Bill kümmern.

Meine Gedanken wurden unterbrochen, als ich schnelle Schritte hörte. Sie klangen dort auf, wo eine der Wohnzimmertüren in den Flurgang führte.

Auch Sheila hatte die Schritte gehört. »Das ist Johnny«, sagte sie und lief auf die Tür zu.

Bevor sie diese erreichte, wurde sie bereits aufgestoßen, und der Nachwuchs stand auf der Schwelle. Johnny trug einen bunten Schlafanzug mit kurzen Hosen. Sein Gesicht zeigte einen verschlafenen Ausdruck. In der rechten Hand hielt er einen Teddy, den ich ihm vor zwei Jahren einmal geschenkt hatte.

»Johnny, mein Kleiner.« Sheila ging neben ihrem Sohn auf die Knie und hob ihn hoch. »Du sollst doch in dein Bett gehen und schlafen.«

»Du hast geweint, Mummy, nicht?«

Sheila lachte unecht. »Das sieht nur so aus, mein Schatz. Ich bringe dich wieder ins Bett.«

»Kommt Nadine nicht mit?«, fragte er.

Wir schauten dorthin, wo die Wölfin hockte. Sie blickte den Kleinen an, ansonsten tat sie nichts. Schließlich war Johnny ihr kleiner Liebling, und ich konnte ihr Verhalten einfach nicht fassen.

»Nadine wird gleich kommen. Leg du dich mal wieder hin, Johnny.«

»Aber ich habe Angst.«

»Das brauchst du nicht«, erwiderte Sheila mit ruhiger Stimme. »Onkel John ist ja auch da.«

Ich trat einige Schritte näher. »Wovor hast du denn Angst, Johnny?«

»Vor den komischen Männern.«

Ich wurde misstrauisch. »Welche Männer?«

»Die ich draußen gesehen habe. An meinem Fenster. Sie, sie hatten Köpfe wie Tiere.«

Da wusste ich Bescheid. Johnny konnte nur die drei Werwölfe gemeint haben. Und wenn sie in der Nähe waren, dann musste ich auch mit Lupina rechnen.

Wir schwiegen. Unwillkürlich glitt mein Blick zum Fenster. Ich schaute in den Garten. Sheila hatte das Licht brennen lassen, deshalb war es dort nicht dunkel.

Ich sah die Gestalten.

Drei Werwölfe, die ich bereits in dem Bunker gesehen hatte. Nebeneinander schritten sie her, bildeten eine Linie und kamen quer über den Rasen auf die Terrasse und das breite Fenster zu. Sie brauchten nichts zu sagen oder zu unternehmen. Allein ihre Anwesenheit reichte aus, um mir einen Schauer über den Rücken rinnen zu lassen. Jetzt hatte auch Sheila die drei gesehen. Ich hörte ihren erschreckten Ausruf und sah, wie sie zurück wollte.

Doch da stand ein Hindernis. Lupina!

Ich wollte meine Waffe hervorreißen, als die Königin der Wölfe bereits reagierte. Ihre Krallen legten sich von hinten um Sheilas Kehle, und sie benutzte gleichzeitig die Frau als Deckung.

»Das war's dann, John Sinclair«, erklärte sie kalt und begann zu lachen …

Ein Irrenhaus sah zwar anders aus, Suko glaubte sich trotzdem in eine solche Anstalt versetzt.

Das durfte nicht wahr sein! Plötzlich stand Lupinas Sohn vor ihm, dieser gefährliche Werwolf, der gleichzeitig ein so herrliches, kraftvolles Tier war.

Er kam als Wolf, nicht als Mutation, und Suko schaute auf das dichte, fast schwarze Fell des Tieres, das gesträubt war und deren Spitzen leicht zitterten.

Ein prachtvolles, ein fantastisches Tier, gleichzeitig aber eine gefährliche Bestie, deren Mordgier unübertroffen war. Orapul oder Luparo zeigte sich zumeist als normaler Wolf. Von seiner Mutter Lupina wurde er abgöttisch geliebt. Er war auch gleichzeitig durch eine Art von Doppelexistenz mit ihr verbunden und hatte sie sogar gegen die Wirkung geweihter Silberkugeln geschützt.

Dies alles wusste Suko, und er fragte sich, wie es kam, dass nur Luparo erschien und nicht auch seine Mutter.

Der Wolf blieb innerhalb des fast völlig verschwundenen Dreiecks stehen. Er schüttelte sich ein paar Mal und bewegte danach seinen Kopf. Einmal starrte er Suko an, dann wieder Bandor. Beide Männer sprachen nicht. Suko wollte wissen, wie Bandor reagierte, ob vielleicht so etwas wie ein Erkennen in seinen Augen aufleuchtete.

Der Urmensch wartete.

Sekunden vergingen. Auch der Wolf tat nichts. Ruhig blieb er stehen, als müsste er sich überlegen, wen er zuerst angreifen und zerfetzen sollte.

Bandor regte sich als Erster. Zunächst schüttelte er nur den Kopf, als könnte er nicht fassen, was er da mit eigenen Augen sah. Im nächsten Moment begann er zu sprechen. Die Worte drangen stockend aus seinem Mund, waren für Suko jedoch zu verstehen, denn Bandor sprach mit der Stimme des Professors.

»Bevor die Menschen waren, waren die Wölfe. Sie töteten, um zu überleben. Ihr Zauber ist uralt, und dieser Wolf gehört zu den Gefährlichsten!«

Während er die Worte sprach, zeigte sein Gesicht keine Regung. Völlig emotionslos hatte er die Worte ausgestoßen. Für Suko waren sie so etwas wie eine Kampfansage an Orapul.

Bandor beendete seine Rede und nickte. Dabei hob er seine breiten Schultern an, das Gesicht wurde kantig, und alles deutete darauf hin, dass er sich in Kampfstellung begab.

Bandor gegen Luparo!

Suko überlegte, ob nicht er in den Kampf eingreifen sollte. Der Werwolf war gefährlich, aber Bandor hatte das Schwert, und er hatte sich in einer furchtbaren Zeit behaupten müssen, als Ungeheuer und fremde Völker die wahren Herren der Erde gewesen waren. Sicherlich würde er auch gegen Luparo bestehen.

Suko hatte sich so auf das Tier konzentriert, dass er erst jetzt merkte, wie hell es inzwischen geworden war. Dies lag an den geheimnisvollen Zeichen in den Wänden und Säulen. Sie hatten einen neuen Magieschub erhalten und glühten stärker auf. Und sie gaben Luparo Kraft!

Unter dem dichten Fell spielten die Muskeln. Wenn er sie bewegte, übertrug sich dies auch auf sein Fell, sodass es wirkte, als würden unsichtbare Hände drüber streichen.

Bandor war bereit. Er kündigte dies durch seinen Kampfschrei an, und Luparo nahm ihn an.

Er sprang, und zwar ungewöhnlich schnell. Suko konnte es kaum mit den Blicken verfolgen, denn der Wolf wuchtete sich aus dem magischen Dreieck, dessen Seiten jetzt dunkelrot glühten, und jagte mit einem gewaltigen Satz auf seinen Gegner zu.

Bandor schwang die Waffe. Er führte zwei blitzschnelle Schläge und hätte den Wolf auch fast getroffen, doch der, kaum hatte er den Boden berührt, drückte seinen Körper nach unten und rollte sich herum, sodass die Klinge wirkungslos durch die Luft schnitt. Nicht ein Haar seines Felles wurde Luparo abgetrennt.

Sofort stand er wieder, drehte sich, huschte zur Seite und schlug dabei noch einen Bogen. Er wollte seinen Gegner von der anderen Seite her angreifen, doch Bandor ließ sich nicht in die Defensive drängen. Jetzt war er selbst der Angreifer.

Er lief dem Wolf entgegen. Schlag- und stoßbereit hielt er sein Schwert in der rechten Hand. Die mächtige Klinge glänzte, wenn sie von dem farbigen Licht getroffen wurde. Manchmal leuchtete sie in allen Farben des Spektrums auf, und Bandor stieß einen Kampfschrei aus, der wie ein Donner aus seinem Mund hallte.

Suko konnte sein Gesicht erkennen. Es zeigte einen ungeheuren Kampfeswillen, war verzerrt, und er führte einen mächtigen Rundschlag durch, der schräg von oben nach unten lief und dem Luparo nichts entgegenzusetzen hatte.

Suko und Bandor vernahmen ein erschreckt klingendes Jaulen, als sich Luparo gleichzeitig zu Boden warf, dabei überrollte und trotzdem von der Klinge erwischt wurde.

Sie zog einen langen Schnitt in sein Fell, trennte es an der Seite auf und hinterließ eine blutende Wunde.

Bandor schritt weiter, als er dies sah. Auch Suko starrte auf Luparo, der sich vor Schmerzen krümmte, sein Maul weit aufgerissen hatte und gelblichen Geifer spie. Eine Lache hatte sich bereits unter ihm ausgebreitet. Sie war sehr dunkel, denn die Flüssigkeit, die aus der Wunde strömte, konnte man nicht als normales Blut bezeichnen. Es war ein fremdes, ein dämonisches, schwarzes Blut, so wie es fast alle Wesen der Finsternis in sich trugen.

War Luparo erledigt?

Nein, er kämpfte weiter. Zwar musste er mörderische Schmerzen haben, doch aufgeben wollte er nicht. Er schaffte es, durch einen blitzschnellen Sprung vom Boden hochzukommen und dem nächsten Hieb zu entgehen. Mit schnellen Schritten lief er in den Hintergrund des Gewölbes, um erst einmal aus Bandors Nähe zu geraten.

Der Urmensch nickte zufrieden. Zum Zeichen des Sieges hob er seine Klinge, schaute sich die Spitze an.

Er sah das Blut des Werwolfs, das an dem Stahl nach unten rann. Es tat ihm gut, dies zu sehen, denn es bewies ihm, dass er auf dem besten Wege war, den Gegner zu vernichten. Dieser Wolf sollte nicht mehr leben.

Suko nickte Bandor zu. Ein Zeichen, dass der Inspektor mit dem einverstanden war, was der Dämonenjäger vorhatte. Bandor hätte sich auch nicht abhalten lassen. Sein alter Trieb war wieder durchgebrochen. Kämpfen, um zu überleben, so lautete die Devise, und ihr würde er immer folgen, solange er existierte.

Sollte er es wirklich schaffen, Luparo zu besiegen – und alles deutete darauf hin –, würde es Suko interessieren, wie Lupina darauf reagierte.

Konnte sie dann noch die Macht halten, die sie inzwischen über andere Wölfe besaß?

Lupina würde durchdrehen. Vielleicht war das auch ihr Ende, wenn Orapul verging.

Allein aus diesem Grund drückte der Inspektor dem Dämonenjäger beide Daumen, dass er es schaffte. Und wenn nicht, nun ja, Suko war schließlich auch noch da.

Luparo hatte sich so ziemlich in die hinterste Ecke des Bunkers verzogen. Er hockte dort, und seine gelben Augen leuchteten wie zwei kalte Sterne. Aus seinem Maul drang ein dumpfes Knurren. Manchmal bewegte er den Kopf und leckte das schwarze Blut aus seiner Wunde. Es schien ihn doch härter erwischt zu haben, als es zunächst den Anschein gehabt hatte.

Bandor war nicht aufzuhalten. Er ging nicht mehr, sondern sprang. Es waren seltsame Sprünge, die ihn voranbrachten, sie wirkten irgendwie ungelenk, fast stolpernd, aber er überwand rasch die trennende Distanz.

Luparo stellte sich hin.

Suko war ebenfalls mit Bandor gegangen. Er konnte den Werwolf ausgezeichnet erkennen und sah deutlich, dass dessen Flanken zitterten. Ein Zeichen seiner Erregung oder seiner Schwäche, weil er sich kaum auf den Beinen halten konnte.

Bandor heulte vor Triumph. Man konnte Angst bekommen, wenn man die Laute hörte, die als schauriges Echo durch den Bunker hallten und auch von Orapul vernommen wurden.

Und der reagierte darauf so, wie Suko es nie im Leben von ihm erwartet hätte.

Luparo warf sich vor Bandor auf den Rücken!

Überrascht blieb der Dämonenjäger stehen. Mochte er auch aus einer Zeit stammen, in der es noch keine menschliche Sprache und auch keine Menschen im eigentlichen Sinne gegeben hatte, diese Geste war ihm schon bekannt.

Auch heute noch wurde sie von den Tieren praktiziert. Es war das Zeichen, dass sie aufgaben und einen stärkeren Feind als Sieger anerkannten.

Luparo hielt sich an dieses ungeschriebene Gesetz. Er zeigte sich wehrlos und gab damit auf.

Ein Dämon und Aufgabe? Das konnte Suko kaum glauben. Er rechnete mit einem Trick. Schon immer waren dämonische Wesen nicht mit irgendwelchen menschlichen Maßstäben zu messen gewesen, auch nicht mit tierischen, denn so einfach konnte Orapul es seinem Gegner nicht machen. Das ging wider seine Natur.

»Vorsicht!«, warnte Suko den Dämonenjäger, wobei er hoffte, dass dieser einen lichten Moment hatte und ihn verstand.

Bandor reagierte nicht auf Sukos Wort. Er ging weiter und blieb erst dicht vor Luparo stehen, um seine Waffe langsam zu senken. Der Urmensch hatte das Zeichen ebenfalls anerkannt. Er war der Sieger in diesem Kampf.

Suko zog seine goldene Pistole. Als er sich den beiden näherte, schlug er einen Bogen und kam von der rechten Seite. Jetzt hatte er einen besseren Blickwinkel, denn er wollte sehen, ob es dem Werwolf tatsächlich ernst war.

Das Tier lag auf dem Rücken. Es hatte die Pfoten erhoben, während aus seiner langen Schnittwunde weiterhin das dunkle Blut floss und sich auf dem Boden sammelte. Die gelben Augen waren verdreht, sodass er seinen Bezwinger anschauen konnte.

Was würde Bandor tun?

Zunächst einmal nichts. Er stand da und starrte auf den Besiegten hinab.

Dann erschien Suko in seinem Sichtkreis. Bandor drehte den Kopf, sah den Chinesen und zog seine Lippen zu einem Lächeln in die Breite. In diesen Sekunden achtete er nicht auf seinen angeblich besiegten Gegner.

Das rächte sich.

Sukos Misstrauen war berechtigt gewesen, denn Luparo hatte nicht aufgegeben. Eine fast perfekte Täuschung war ihm gelungen. Er hatte nur Zeit gebraucht, um Kräfte zu sammeln. Plötzlich drehte er sich und schnellte gleichzeitig hoch.

Ein gewaltiger, kraftvoller Sprung. Der Wolf wurde zu einem Schatten. Sukos Warnschrei gellte. Bandor flirrte herum, hob wieder sein Schwert, doch er war nicht schnell genug. Luparo wuchtete gegen ihn und hackte seine scharfen Zähne in die nackte Schulter des Urmenschen, der diesem Aufprall nicht standhalten konnte und rücklings zu Boden stürzte …

War es das wirklich? Das Aus, meine ich.

Ich konnte und wollte es nicht glauben, doch alle Anzeichen sprachen für Lupina. Sie hielt in diesem Augenblick sämtliche Trümpfe in der Hand, und das waren nun mal Sheila und ihr Sohn Johnny. Wenn ich eine falsche Bewegung machte, würde sie sofort zudrücken. Ein blitzschneller Biss konnte Sheilas Leben ein Ende setzen.

Und sie hielt noch drei weitere Trümpfe in der Hinterhand. Es waren ihre Diener, die jetzt vor der Scheibe standen und in den Wohnraum starrten.

Die Wölfe hatten gewonnen!

Ich fragte mich verzweifelt, wie es ihr gelungen war, in das Haus einzudringen, aber Lupina war schon immer raffiniert gewesen und hatte alle Möglichkeiten ausgeschöpft.

Die Siegerin!

Sie fühlte sich so, denn ihr Gesicht zeigte genau die Gefühle, die sie empfand. Freude und Triumph!

Ich konnte nichts tun. Trotz meiner Waffen war ich in diesem Fall hilflos und musste nun den Anordnungen der Werwölfe Folge leisten.

Ich war gespannt darauf, wie es weiterging, und Lupina ließ sich auch nicht lange bitten. Sie gab mir den Befehl, die Terrassentür zu öffnen.

»Geh hin, Sinclair, und lass meine Freunde rein!«

Ich zögerte, dann schaute ich in die Gesichter der Frau und des Jungen, las das Entsetzen darin, das stumme Flehen und Bitten, und mir war klar, dass ich es tun würde.

Ich nickte, bevor ich mich in Bewegung setzte und auf die Tür rechts neben dem Fenster zuschritt. Ich ging wie auf Eiern. Vorsichtig, nur keine Bewegung machend, die Lupina hätte missverstehen können.

Bewaffnet war ich. Nur, was nutzten mir meine Waffen in diesem Augenblick? Sogar das Kreuz hing offen vor meiner Brust. Ich würde nicht dazu kommen, es einzusetzen, denn bis ich es aktiviert hatte, konnte Lupina Sheila längst getötet haben.

Der Griff war kühl, als ich ihn zwischen den Fingern fühlte. Ich musste ihn herumhebeln.

Einen Blick nach links warf ich. Die drei Wölfe hatten sich in Bewegung gesetzt, als ich vor der Tür stehen geblieben war. Wenn sie aufschwang, wollten sie sofort ins Zimmer treten.

Ich zog sie nach innen und trat selbst einen Schritt zurück, damit die drei Platz hatten.

Dann blieb ich stehen.

Sie schritten der Reihe nach in das Zimmer und an mir vorbei. Zum ersten Mal konnte ich sie richtig aus der Nähe sehen. Ich schaute in ihre Gesichter. Es waren Monstervisagen. Schrecklich verzerrt, mit einem dunklen Fell bewachsen, breiten Mäulern und erbarmungslosen Augen, die mich drohend musterten.

An dem letzten und zugleich größten Maul erkannte ich das feuchte Schimmern. Es war Geifer, der allmählich eintrocknete.

Sie beeilten sich sogar, an mir vorbeizukommen, denn sie hatten das Kreuz auf meiner Brust gesehen …

Einer von ihnen musste Roscoe Gable sein. Wer, das wusste ich nicht.

Hinter mir hörte ich Lupinas Stimme. Sie gab ihren Dienern Anweisungen, wie sie sich aufzustellen hatten. Während ihrer Worte drehte ich mich um.

Die Königin der Wölfe hatte ihre Haltung nicht verändert. Nach wie vor stand sie da und war bereit, ihrer Geisel die Kehle zu zerfetzen. Wie ich Lupina einschätzte, schaffte sie das mit einem Schlag ihrer gefährlichen Pranken. Sie würde vor nichts Rücksicht nehmen, ein Leben zählte für sie nicht. Da war es egal, ob es sich dabei um das einer Frau, eines Mannes oder gar eines Kindes handelte.

»Stell dich wieder dorthin, wo du schon einmal gestanden hast, Sinclair!«, befahl sie mir.

Vielleicht hatte sie Angst, dass ich aus der offenen Tür nach draußen laufen konnte, aber das brauchte sie nicht zu haben. Mir war das Leben der beiden Menschen wichtiger.

Ich nickte und folgte der Aufforderung. Dieser Standort war auch besser, so konnte ich all meine Gegner im Auge behalten.

Die drei Werwölfe hatten sich so aufgebaut, dass ich eingekreist war. Und die Königin der Bestien lauerte vor mir, wobei sie mich anschaute und weiterhin ihre Pranken um Sheilas Hals lagen.

Sheila trug den Kleinen. Es war zwar nicht viel Zeit vergangen, und Johnny konnte man nicht gerade als ein Schwergewicht bezeichnen, trotzdem würde sie Kraft brauchen, um ihren Sohn für längere Zeit auf den Armen zu halten.

Schon jetzt war es sehr anstrengend für sie. Ich sah ihr verzerrtes Gesicht, den Schweiß auf der Haut und den verzogenen Mund. All dies deutete darauf hin, dass sie Johnny nicht mehr lange halten konnte.

Vielleicht hatte Lupina ein Einsehen, wenn ich sie darum bat, deshalb sagte ich: »Lass sie wenigstens den Kleinen absetzen. Bitte!«

»Natürlich, gern«, erwiderte Lupina zu meiner Verwunderung. »Aber nur, wenn du deine Waffen zur Seite legst. Los, Sinclair, wirf sie weg!«

Das hatte ich mir gedacht. Die Aufforderung hatte noch gefehlt. Konnte ich mich weigern? Nein! Ich musste meine Waffen ablegen. Da half alles nichts.

»Beeil dich!«

»Schon gut«, sagte ich, streifte das Kreuz über meinen Kopf und schleuderte es zur Seite. Dabei hütete ich mich, es einer der Bestien zu nahe kommen zu lassen. Lupina würde sofort kalt und gnadenlos reagieren.

»Vergiss nicht die Pistole und den Dolch, Sinclair!«

Klar, dass sie darauf nicht verzichten konnte. Beides warf ich in die Nähe meines Kreuzes.

Erst jetzt zeigte sich Lupina zufrieden. Sheila durfte den Jungen loslassen.

Der Kleine sprang zu Boden. Er wollte auf mich zulaufen. Ich hörte Lupinas Zischlaut, und auch Sheila verstand.

»Bleib bei mir, Kind!«, schrie sie und riss ihren Sohn an der Schulter zurück.

Lupina lachte. »Es war gut, dass du so reagiert hast, Sheila Conolly. Ich hätte dich getötet!«

Sheila schauderte, als sie die Worte vernahm. Sie hatte eine Hand auf Johnnys Schulter gelegt. Er sollte den Kontakt spüren und wissen, dass er nicht allein dastand.

Lupina lachte plötzlich. Den Grund ihrer Heiterkeit konnte ich verstehen, denn sie hatte es geschafft und sah mich wehrlos vor sich. »Weißt du, Sinclair, eigentlich müsste ich dir dankbar sein, denn du hast in meinem Sinne gearbeitet. Ich wusste schon damals, als ich mich von der Mordliga trennte, dass sie keine Zukunft mehr haben würde. Ich behielt recht. Die Mordliga existiert nicht mehr. Auch gibt es keinen Solo Morasso mehr. Er ist ebenso erledigt wie seine Nachfolgerin Lady X oder Vampiro-del-mar. Du hast wirklich dafür gesorgt, dass mit diesem Übel aufgeräumt wurde. Und dafür möchte ich dir danken. Die Gegner werden immer weniger, ich kann mich frei entfalten. Und eigentlich stehst nur du mir noch im Weg, Sinclair. Deshalb werde ich meinen drei Dienern den Befehl geben, dich zu töten, und ich bin gespannt, ob es dir gelingen wird, dich als Waffenloser gegen diese Bestien zu wehren.«

Dass es so ähnlich laufen würde, hatte ich mir schon gedacht. Nur wollte ich wenigstens wissen, was Lupina vorhatte und weshalb sie das alles inszenierte.

»Wer sind diese drei?«, fragte ich. »Ich möchte schließlich die Namen meiner Mörder wissen.«

Sie lachte. »Das ist pervers, Sinclair, wirklich pervers. Du hast dich nicht geändert. Schade, wir hätten gut zueinander gepasst. Damals, als du dich in mich verliebtest und als Werwolf herumgelaufen bist. Aber lassen wir das. Ich will dir die Namen nennen. Die drei heißen Roscoe, Wayne und Gordon. Drei Männer, die ein Erbe in sich trugen, von dem sie jahrelang nichts wussten, denn ihre Väter waren es gewesen, die ihnen das Erbe eingepflanzt hatten. Du warst selbst in dem Bunker, der neben dem Klärwerk liegt. Es ist vor einigen Jahrzehnten angelegt worden, und zwar von den Vätern dieser drei. Sie entdeckten diese Höhle und bauten sie zu einem Bunker aus. Das ist eigentlich alles. Nur wussten sie nicht, dass die Höhle älter war als die Menschheit. Sie hat die Zeiten überdauert, und sie konnte dies nur deshalb, weil ihr finstere Kräfte dabei halfen. In dieser Höhle lebt die Magie. Eine uralte Magie, und zwar die der Wölfe. Sie waren mit die Ersten, die sich gegen Ungeheuer und fremde Wesen von anderen Sternen oder aus anderen Dimensionen wehren mussten. Und sie waren schlau. Sie arrangierten sich mit einigen mächtigen Dämonen und schufen eine Wolfsmagie. Damit legten sie den Grundstein für die Werwölfe. Sie wurden in dieser Zeit geboren, und sie lernten zu überleben. Völker und Rassen verschwanden. Sie gingen unter, wurden ausgerottet, die Werwölfe aber blieben bestehen. Bevor die Menschen waren, waren die Wölfe, und die drei Männer, die den Bunker ausbauten, wussten davon nichts. Sie wunderten sich nur über die Zeichen, merkten nicht, dass die Magie dabei war, in ihre Körper einzudringen und sie zu verseuchen.«

»Waren es nur die drei?«, fragte ich.

»Ja.«

»Es haben doch während des Krieges auch andere Menschen in dem Bunker Unterschlupf gefunden. Auch sie müssen …«

»Nein, sie müssen nichts, Geisterjäger. Denn der Bunker blieb leer. Es kümmerte sich niemand darum. Es gab andere Ausweichbunker, in denen die Menschen Schutz finden konnten, und so blieb es nur bei den dreien. Aber sie gaben die Magie weiter. Erst bei ihren Söhnen kam sie wieder richtig zum Ausbruch. Diese drei, die du hier im Zimmer siehst, wurden zu Werwölfen! Das spürte ich, denn wie du weißt, bin ich immer auf der Suche nach meinen Artgenossen und Verbündeten. Ich entdeckte sie, holte sie zu mir und musste erkennen, dass ich auf die uralte Magie gestoßen bin. Es gelang mir, sie zu aktivieren, denn ich zeichnete ein magisches Dreieck auf den Boden und benutzte genau die Zeichen, die mir überliefert worden waren. So hatte ich einen Zeitkanal geschaffen. Allerdings ahnte ich nicht, dass wir damit einem anderen Zeitenwechsler in die Quere kamen. Diesem Professor Chandler, der schon einmal gelebt hat. Und zwar in der Zeit, als die Magie der Werwölfe entstand. So kam es eben zu diesem Zeitenwechsel, den ich nicht mehr ändern kann. Es ist auch nicht schlimm. So wird es mir auf diese Weise gelingen, in andere Zeiten zurückzukehren und vielleicht noch viel von der uralten Wolfsmagie zu lernen. Jetzt weißt du Bescheid, John Sinclair!«

Ja, das wusste ich. Und mir war verdammt nicht wohl in meiner Haut. Lupina hatte es geschafft, die magischen Kräfte wieder einmal voll für sich einzuspannen. Sie konnte die Zeiten wechseln, mit einfachen Mitteln einen Tausch durchführen, all dies gelang ihr, wenn ihr die Magie der Urzeit gewogen blieb. Und weshalb sollte sie es nicht? Schließlich gehörte auch sie zu den Wölfen.

»Ich habe nicht vergessen, John Sinclair, dass du mich hast töten wollen. Nun drehe ich den Spieß um. Ich lasse dich von meinen drei Dienern umbringen und schaue zu, um dir vielleicht den Todesstoß zu versetzen.«

Aus diesen Worten sprach all der Hass, den sie gegen mich hegte. Lupina hatte alles eingesetzt, und sie würde diesmal Siegerin sein. Ihre große Stunde hatte geschlagen.

Ich schaute Sheila an. Sie hielt sich tapfer, stand aber da, als wäre sie zu einer Salzsäure erstarrt, wobei ihre rechte Hand nach wie vor auf Johnnys Schulter lag.

Mir war vieles klar geworden, allerdings nicht dieser seltsame Zeitenwechsel. Über ihn dachte ich angestrengt nach, denn Bill Conolly war nach wie vor verschwunden. Man hatte ihn in den Zeitkanal kurzerhand hineingerissen, ohne dass er sich dagegen wehren konnte.

»Wo steckt Bill Conolly?«, fragte ich Lupina.

»Ich kann es dir nicht sagen. Wenigstens nicht genau. Ihn

wird die Magie erfasst haben, denn auch mir gelang es leider nicht, sie zu kontrollieren. Wahrscheinlich befindet er sich in der tiefsten Vergangenheit. Sollte ich ihn auf einer meiner Reisen dorthin treffen, werde ich ihm einen Gruß von John Sinclair bestellen. Von einem toten John Sinclair.« Sie begann zu lachen, stoppte ihren Redefluss und funkelte mich an. »Ich finde alles, was ich will, auch meinen Sohn, denn er ist von mir getrennt worden, als wir die magische Reise unternahmen.«

Das war neu für mich. »Wie ist das möglich? Anscheinend beherrschst du die Magie nicht so, wie du es dir selbst vorgestellt hast. Oder irre ich mich?«

»Du irrst dich nicht, aber ich werde es lernen. Bald weiß ich, wie die Wölfe überlebt haben und mit welchen Schwierigkeiten sie fertig wurden, um gegen die feindliche Umwelt bestehen zu können. Und meine Macht wird wachsen. Den Anfang mache ich mit deiner endgültigen Vernichtung, John Sinclair. Reißt ihn auseinander!«, schrie sie plötzlich ihren Dienern zu.

Das war natürlich ein Befehl, auf den sie schon lange gelauert hatten. Nichts, was sie lieber getan hätten, und sie setzten sich zur selben Zeit in Bewegung.

Sheila schrie auf. »Das, das kannst du doch nicht machen!«, brüllte sie, wollte weg, aber Lupina hatte es erkannt und drückte ein wenig fester zu.

Die Frau stöhnte.

Johnny stand noch immer vor ihr. Auch er hatte Angst. Tränen liefen über sein Gesicht. Den kleinen Teddy hatte er aus der Hand rutschen lassen. Er lag am Boden.

Ich stellte mich auf den Kampf ein.

Einen Werwolf hätte ich unter Umständen geschafft, aber gegen drei zu bestehen, das war fast unmöglich. Ich schielte zu meinen Waffen. Kreuz, Beretta und Dolch lagen nebeneinander, aber in einer für mich unerreichbaren Ferne. Da konnte ich nicht hin, die anderen hätten mich sofort daran gehindert, und Sheilas Leben wäre keinen Pfifferling mehr wert gewesen, ebenso wie das des Jungen.

Sie zogen den Kreis enger.

Drei Bestien, die nach Blut gierten. Angetrieben durch Lupinas Mordbefehl, dachten sie an nichts anderes mehr, als mir, ihrem Gegner, den Tod zu bringen.

Die Lücken zwischen ihnen wurden kleiner.

Ich blieb nicht ruhig stehen, drehte mich im Kreis und schaute mich nach einer anderen Waffe um. An meine eigenen kam ich nicht heran. Ich hätte durch eine Lücke zwischen zwei Bestien laufen müssen, doch die war zu eng.

Ihre Mäuler hatten sie aufgerissen. Gefährliche Reißzähne blitzten in beiden Kieferhöhlen. Gelblicher Geifer und Schaum sprühten aus ihrem Rachen.

Ich sprang zur Seite. Sofort zuckten sie in meine Richtung, einer rannte auf mich zu, da hatte ich bereits einen kleinen Beistelltisch angehoben und hämmerte ihn dem Werwolf auf den Kopf.

Er wurde sehr hart getroffen, fauchte wütend und torkelte zur Seite.

Für einen Moment hatte ich freie Bahn zu meinen Waffen. Ich startete und hörte gleichzeitig die schrille Stimme der Werwölfin.

»Sinclair, nein!«

Aus vollem Lauf stoppte ich.

Da sprangen die beiden mir am nächsten stehenden Wölfe. Für den Bruchteil einer Sekunde blieb mir noch der Blick auf Lupina und ich sah, wie sich ihr Gesicht in einem panischen Schrecken verzerrte, bevor sie gellend aufbrüllte.

Dann waren die Wölfe bei mir!

Bandor lag auf dem Boden, und Luparo kniete auf ihm. Sein Gebiss hatte sich im Schulterfleisch des Dämonenjägers verfangen, eine große Wunde gerissen, und Suko sah, wie dickes Blut hervorquoll.

Der Urmensch schrie.

Wahrscheinlich vor Schmerzen. Es konnte aber sein, dass

er nun begriff, was ihm angetan worden war, dass er in eine Falle geraten war, aus der er nicht mehr herauskam.

Wer von einem Werwolf gebissen wurde, konnte selbst zu einer solchen Bestie werden!

An diesen Satz musste Suko denken, als er Bandor auf dem Boden liegen sah. In der Vergangenheit hatte dieser Urmensch allen Gefahren getrotzt, die auf ihn zugekommen waren. In der Gegenwart hatte es ihn erwischt.

Luparo knurrte. Er biss sich noch weiter fest, bevor Suko eingreifen konnte. Auch das Schwert half Bandor nichts mehr. Sein rechter Arm lag flach auf dem Boden, er war in diesem Kampf nicht mehr zu gebrauchen.

Als Suko die beiden fast erreicht hatte, ließ Luparo seinen Gegner los und kreiselte herum. Er hatte jetzt Suko gesehen, und von seinem ersten Erfolg beflügelt, wollte er auch den zweiten Feind vernichten. Aus der Drehung wuchtete er sich hoch.

Schnell wie ein Phantom war er. Die blutige Schnauze hatte er weit aufgerissen, und er wollte dem Chinesen an die Kehle springen, um diese durchzubeißen.

Mit einer geschickten Bewegung gelang es Suko, dem Wolfskörper auszuweichen. Luparo sprang ins Leere, kam wieder auf die Füße und kreiselte sofort wieder in Sukos Richtung.

Aber er war langsamer geworden. Die Verletzung machte ihm zu schaffen. Vielleicht hatte er auch zu viel von seinem dämonischen Blut verloren, jedenfalls hatte Suko Zeit genug, die Mündung der goldenen Pistole auf ihn zu richten.

Kein einziges Mal hatte er bisher damit geschossen. Diesmal wollte er es tun.

Suko war sich darüber im Klaren, welch eine Kettenreaktion er damit auslösen konnte. Wenn er die Beretta oder die magische Peitsche nahm, erzielte er den gleichen Erfolg. Es war also egal, mit welch einer Methode er sich Luparo vom Hals hielt. Suko zielte genau. Und als Luparo sich abstoßen wollte, drückte der Inspektor ab.

Keine Kugel drang aus der Mündung, sondern eine seltsame Flüssigkeit, deren Farbe irgendwo zwischen Rot und Gelb lag. Der schwere Wolfskörper war breit genug. Suko konnte ihn überhaupt nicht verfehlen, und er hörte sogar, wie das Zeug gegen das Fell des Tieres klatschte.

Sofort sprang Suko zurück. Aus sicherer Entfernung sah er zu, wie sich die schleimige Masse, die eine ähnliche Wirkung hatte wie der Todesnebel, ausbreitete.

Das ging blitzschnell, und Luparo konnte sich dagegen nicht wehren. Er war diesem magischen Schleim hilflos ausgeliefert. Nach seinem Sprung war er zu Boden gefallen, wollte natürlich wieder hochkommen, doch der Schleim hinderte ihn daran. Er war sehr fest, sah zwar durchsichtig aus und sehr dünn, doch seine Zähigkeit konnte auch durch die größte Kraft nicht überwunden werden.

Im Nu befand sich der Wolf innerhalb einer großen Blase, die leicht auf den Boden tickte, in die Höhe gedrückt wurde und dann wieder zurückfiel.

Und noch etwas geschah. Aus dem unteren Teil dieser gefährlichen Blase schoben sich teleskopartig zwei lange, dunkle, dünne Beine, die an Antennen erinnerten, wobei die Kugel nun in der Lage war, sich selbst fortzubewegen.

Sie schaukelte von einer Seite zur anderen. Dieses Schaukeln übertrug sich auch auf den gefangenen Wolf, der verzweifelt bemüht war, die Haut der Kugel zu zerreißen.

Es gelang ihm nicht.

Er versuchte alles. Presste seine Pfoten dagegen, wollte an der Innenwand hochlaufen, schaffte es jedoch nur immer bis zur Hälfte, dann rutschte er ab. Sein eigenes Gewicht drückte ihn nach hinten. Er kippte um, fiel wieder dorthin, wo sich die untere Rundung der Kugel befand und sich etwas gebildet hatte, was die Kugel schon seit ihrer Entstehung produzierte.

Eine unheimliche, alles Organische zerfressende Säure.

Und der Werwolf bestand aus organischen Stoffen.

Die Säure fraß sich in sein Fell. Zuerst wurde es stumpf,

nahm dabei einen grauen Ton an, als hätte man den Körper mit Staub überpudert. Dies war erst der Beginn, denn sehr schnell ging es weiter, und die Säure entfaltete ihre gesamte Kraft.

Sie löste das Fell auf.

Suko schaute zu. Mit eigenen Augen sah er, dass Luparo, Lupinas Sohn, vernichtet wurde. Es gab keine Chance mehr für ihn, die Magie der Kugel war stärker.

Sein Widerstand erlahmte. Zwar schlug er noch immer mit seinen Pfoten um sich, kratzte und versuchte auch zu beißen, doch an der Schnauze hatte sich die Haut bereits aufgelöst, sodass Suko die ersten Knochen erkannte.

Das Gebiss wurde zerstört, die Augen lösten sich aus den Höhlen. Sie rannen dabei wie zwei Kugeln an den Resten des Halses hinab und vereinigten sich mit dem säureähnlichen Schleim am Boden der Kugel.

Orapul brach zusammen.

Er konnte sich nicht mehr halten. Seine Sehnen waren zerstört, die Beine knickten kraftlos unter ihm weg, und der so mächtige Werwolf fiel in das sich in der Kugel angesammelte Säurebad, wo er sein Leben endgültig aushauchte.

Sukos Gesicht zeigte harte Linien, als er dem Todeskampf zuschaute. Mitleid hatte er nicht mit dieser Bestie. Zu viele Menschen hatten durch sie bereits ihr Leben lassen müssen, nun endlich wurde auch sie vernichtet. Lupinas Sohn starb, sie aber würde weiterleben. Doch wie würde sie es verkraften?

Das war die Frage, die sich Suko jetzt schon stellte. Im Augenblick fand er keine Antwort. Sein Interesse galt dem sterbenden Werwolf, dessen ehemals so stolzer Körper nur noch aus Resten bestand. Das meiste waren Knochen, alles andere hatte die Kugel bereits vernichtet.

Eine Kugel, die lebte, die genau wusste, wo Feinde standen und die gleichzeitig unersättlich war. Auf den antennenförmigen Beinen drehte sie sich um und wandte sich Suko zu.

Der ließ sie kommen.

Zwar hatte der Werwolf es nicht geschafft, die Kugel zu zerstören, Suko jedoch traute es sich zu, denn er besaß magische Waffen und brauchte sie nicht mit Pfoten oder Zähnen anzugehen.

Die goldene Pistole legte er weg und holte die Peitsche hervor. Es sah locker und lässig aus, als er einmal einen Kreis über den Boden schlug und die drei Riemen aus der Öffnung rutschten. Sie fielen so weit, dass sie mit ihren Spitzen den Boden berührten.

Suko visierte sein Ziel noch einmal genau an und sprang aus dem Stand los.

Die Peitschenschnur schwang er dabei über die Schulter. Die drei magischen Riemen kippten erst nach hinten, bevor die Gegenkraft sie wieder vorschleuderte, über die Schulter des Angreifers hinweg, und auf die wandernde Kugel zielten.

Sie breiteten sich kurz vor dem Zusammenprall aus, und das war am wichtigsten.

Volltreffer.

Man konnte die Reaktion mit dem eines Ballons vergleichen, so platzte die Kugel auseinander. Suko sprang hastig nach hinten, denn er wollte von den umherfliegenden Tropfen nicht getroffen werden. Das schaffte er auch, und er schaute zu, wie sich die Kugel auflöste, als Schleim zu Boden rann, dort liegen blieb und allmählich austrocknete, wobei sie Luparos Knochenreste umgab.

Das war's also!

Suko atmete tief ein. Er hätte sich nie träumen lassen, einmal Luparo besiegen zu können, aber das Buch des Schicksals schlug immer wieder unbekannte und mit Überraschungen gespickte Seiten auf.

Luparo war zwar erledigt. Trotzdem sah Suko noch eine weitere Aufgabe vor sich. Er musste sich um Bandor kümmern, den der Werwolf noch kurz vor seinem Tod erwischt hatte.

Der Urmensch lag auf dem Rücken. Suko erschrak, als er

ihn sah. Die Zähne des Wolfs waren spitz wie Messer gewesen, und man konnte die Wunde an der Schulter schon als handgroß bezeichnen. Sie blutete stark. Mit einem einfachen Verband war da nichts zu machen.

Noch etwas kam hinzu. Der letzte Biss des Werwolfs hatte vielleicht auch den magischen Keim gelegt, sodass Bandor ebenfalls zu einer ähnlichen Bestie werden konnte.

Noch war es nicht sicher, deshalb wollte Suko auch seiner menschlichen Pflicht nachkommen und sich zunächst einmal um den Dämonenjäger kümmern. Er musste ihn aus dem Bunker und zum Wagen schaffen. Dort konnte er ihm zunächst einen provisorischen Verband aus der Autoapotheke umlegen.

»Kannst du allein gehen?«, fragte Suko ihn.

Bandor verstand ihn nicht, er verzog nur das Gesicht. Erst als Suko ihm seine Hand entgegenstreckte, begriff er. Mit der freien Linken fasste er den Chinesen an und ließ sich von ihm auf die Füße helfen. Auch das Schwert nahm der Inspektor mit. Er steckte es in die Schlaufe des einfachen Gürtels, den Bandor an der Hüfte trug.

Gehen konnte der schwere Urmensch kaum. Suko musste ihn stützen. Er sorgte dafür, dass Bandor seinen Arm um ihn legte, und so bewegten sich die beiden Männer auf die Treppe zu.

Die Füße des Dämonenjägers schleiften über den Boden. An der Treppe hatte er große Mühe, sein Bein anzuheben. Suko half ihm auch hier.

Es wurde zu einer regelrechten Tortur für ihn, Bandor nach oben zu bringen und buchstäblich ins Freie zu schieben. Wo sie gegangen waren, kennzeichnete eine Blutspur ihren Weg, und auch im Wald hinterließen sie diese Spur.

Bandor sprach nicht. Er stöhnte nur, manchmal biss er auch die Zähne zusammen, dass es knirschte, aber er hielt sich ausgezeichnet und brach nicht zusammen.

Suko besaß einen zweiten Wagenschlüssel. Er lehnte Bandor an den Bentley und holte so rasch wie möglich die

Autoapotheke hervor. Dort fand er, was er brauchte. Der Verband färbte sich allerdings.

In der Zwischenzeit hatte sich einiges ereignen können, dies war Suko sehr wohl bewusst, und er wollte sich erkundigen, wie es bei John Sinclair gelaufen war.

Suko hatte keine Ahnung, wohin John mit den Werwölfen verschlagen worden war.

Vielleicht wussten die Conollys etwas.

Dort hob niemand ab.

Sorge zeichnete das Gesicht des Chinesen. Sein nächster Anruf galt Scotland Yard, und zwar Sir James.

Den bekam er sofort an die Strippe, denn der Superintendent war nicht nach Hause gefahren.

Falls er vielleicht etwas geschlafen hatte, rissen ihn die nächsten Worte aus seiner Lethargie. Suko erklärte ihm stichwortartig, wie es gelaufen war – und dass er bei den Conollys keine Verbindung bekommen hatte.

»Fahren Sie sofort hin?«, fragte Sir James.

Suko warf einen Blick auf den Verletzten. Er hoffte, dass Bandor von der Kondition her durchhielt. »Ja, Sir, ich werde zu den Conollys fahren.«

»Gut, dann schicke ich einige Einsatzwagen los!«

Was ich in den folgenden Minuten erlebte, werde ich nie vergessen können. Es war nicht der Schrecken schlechthin, sondern einfach etwas Unwahrscheinliches.

Aber lassen Sie mich der Reihe nach erzählen.

Die beiden Werwölfe stürzten sich auf mich. Sie kamen von verschiedenen Seiten, ich musste praktisch in ihre mörderische Zange geraten, doch es gelang mir, unter ihnen hinwegzutauchen, sodass sie mich nur streiften, aber nicht verletzten.

Mein Blick wurde wieder frei, und ich entdeckte Sheila sowie den kleinen Johnny auf dem Boden liegend. Sheila hatte sich schützend über ihren Sohn geworfen, sie war auch nicht verletzt. Lupina hatte ihre Drohung nicht wahr gemacht.

Weshalb?

Den Grund sah ich sehr schnell. Er spielte sich hinter Sheila in dem Dielengang ab.

Und er hieß Lupina!

Bevor sich die Werwölfe auf mich stürzten, hatte ich noch ihr furchtbares Schreien vernommen. Niemand hatte ihr äußerlich etwas getan, und trotzdem litt sie Höllenqualen. Ihren Wolfskörper wuchtete sie gegen die Wand, hatte den menschlichen Kopf in den Nacken geworfen und brüllte während des Schreiens immer nur einen Namen.

»Luparo! Luparo …!«

Weshalb tat sie das? Rief sie ihn um Hilfe? Das war nicht möglich, schließlich waren sie und er eine Person.

Aber die Magie hatte sie getrennt!

Da heulte sie plötzlich auf. Ein schauriges Gebrüll, das meine Trommelfelle fast zerriss, und ich vernahm auch die Worte, die sie ausstieß. »Vernichtet! Er hat ihn vernichtet – Luparo, mein Sohn …«

Ich zuckte zusammen. Sollte Luparo tatsächlich tot sein? Wenn das stimmte, dann …

Ich konnte mich nicht mehr auf Lupina konzentrieren, denn hinter mir hörte ich ein irres Fauchen.

Mein Gott, die drei Werwölfe! Die hatte ich fast vergessen. Zu sehr hatte ich mich auf Lupina konzentriert.

Ich warf mich nach vorn, vergaß Lupina, da jetzt andere Dinge mehr zählten.

Ich wurde am Hosenbein erwischt. Die Krallen zerfetzten den Stoff, mehr allerdings nicht, und ich schaute, als ich zu Boden prallte, in Sheilas und Johnnys erschreckte Gesichter.

»Weg!«, schrie ich den beiden zu. »Lauft weg!«

Sie rührten sich nicht.

Ich konnte mich nicht um die beiden kümmern, denn ich musste erst noch mit den Bestien fertig werden. Als ich mich auf den Rücken rollte, sah ich einen von ihnen über mir.

Mir kam er wie ein wahres Gebirge vor. Aus seinem offenen Maul klatschte der stinkende Geifer auf meine Kleidung.

Beine anziehen, vorschnellen lassen, Treffer. Tief wühlten sich meine Füße in das Fell. Der Werwolf wurde zurückgeschleudert und riss fast noch einen seiner Artgenossen mit um. Beide hielten die Balance, während ich auf die Füße sprang und mit einem Hechtflug versuchte, die Waffen zu erreichen.

Anders konnte ich sie nicht packen.

Ich war zu kurz gesprungen. Bäuchlings landete ich auf dem Teppich, schleuderte einem Werwolf noch eine Vase entgegen und warf mich wuchtig in einen Sessel, der dem Schwung nicht gewachsen war und umkippte, sodass ich über die Lehne hinweg auf der anderen Seite wieder zu Boden krachte. Im selben Augenblick sprang ich schon wieder hoch, drehte mich, legte die Hände gegeneinander und holte zu einem Rundschlag aus, der einer der Bestien fast den Kopf abriss.

Er flog zur Seite, und für mich war der Weg zu den Waffen für einen winzigen Moment frei.

Wie ein Falke auf seine Beute, so stürzte ich auf Kreuz, Beretta und Dolch zu.

Die Pistole bekam ich zuerst zwischen die Finger. Ich wirbelte mit ihr im Anschlag herum und sah ein breites Ziel.

Dicht unter das weit aufgerissene Maul der Bestie zielte ich und drückte ab.

Wie Musik war das Peitschen des Schusses in meinen Ohren. Das geweihte, silberne Geschoss hieb in die breite Brust der Bestie und wuchtete sie zurück. Torkelnd ging der Werwolf nach hinten, bevor er gegen den Tisch stieß und rücklings über ihn fiel.

Halb auf dem Tisch und halb auf einem Sessel liegend hauchte er sein dämonisches Leben aus.

Das sah ich nicht mehr, denn noch hatte ich zwei weitere Gegner vor mir.

Einer wollte unbedingt töten. Aber nicht mich, sondern

Sheila und das Kind. Er hetzte mit gewaltigen Sprüngen auf die beiden zu, die sich soeben aufgerappelt hatten, um tatsächlich zu fliehen. Als sie den Werwolf sahen, standen sie vor Schreck starr.

Ich musste verdammt schnell sein.

Und ich war es.

Ich schwenkte die Pistole und feuerte zweimal kurz hintereinander. Mit diesen beiden Treffern, die in den Rücken des Monsters wuchteten, rettete ich das Leben von Sheila und Johnny Conolly.

Blieb noch der dritte Werwolf.

Er kam von der Seite, seine Krallen hieben zu, und sie erwischten mich noch, obwohl ich nach hinten sprang. Dabei hatte ich das Pech, über ein herumliegendes Möbelstück zu stolpern, fiel lang auf den Rücken, und jetzt sah die Bestie ihre Chance.

Sie wuchtete auf mich nieder. Dabei gelang es ihr, mit einer Pranke meinen rechten Arm festzunageln, sodass ich die Beretta nicht mehr einsetzen konnte.

Eine andere Waffe trug ich nicht bei mir. Es blieben nur die Fäuste. Aber davon konnte ich nur die linke einsetzen, und die hämmerte ich in die Fratze des Werwolfes, ohne etwas zu erreichen, denn so war diese Bestie nicht zu besiegen.

Sperrangelweit stand ihr Maul offen, als sie den Kopf weiter nach unten beugte, um in meine Kehle zu beißen.

Ich stemmte mich dagegen.

Vergebens. Der Körper war zu schwer. Ich bekam meine Beine nicht hoch, sondern konnte sie nur andrücken, aber damit schaffte ich den Werwolf nicht von mir weg.

Waren das meine letzten Sekunden?

Im selben Augenblick fiel ein Schatten über die Bestie, wurde höher und länger, und ich glaubte, etwas Spitzes zu sehen.

Dann raste der Schatten nach unten.

Es war ein wuchtiger, unerhört hart geführter Stoß, der mitten ins Ziel traf, und zwar in den Rücken der Bestie.

Scharf riechender und faulig stinkender Raubtieratem streifte mein Gesicht. Der gelbe Geifer quoll im Maul der Bestie auf, vermischte sich mit Blut, und gleichzeitig lockerte sich der Griff, sodass ich den Werwolf zur Seite stoßen konnte.

Neben mir krachte er zu Boden.

Nun hatte ich einen freien Blick.

Sheila stand vor mir. Ihre Arme bildeten die Seiten eines Dreiecks und fanden sich vor dem Schoß zusammen, wobei die Hände den Griff eines Dolches umklammert hielten.

Meines Dolches!

Damit hatte Sheila zugestoßen und mir somit das Leben gerettet. Sie stand da und weinte, während sich Johnny gegen ihr rechtes Bein drückte und sie zu trösten versuchte …

Als ich die Sirenen hörte, stand ich auf. Wenig später stürmten Polizisten über das Grundstück, und ich erfuhr, dass Sir James sie geschickt hatte.

Sie konnten an den Tatsachen nichts mehr ändern. Und auch nicht daran, dass der Königin der Wölfe die Flucht gelungen war.

Aber sie hatte eine Niederlage erlitten und war geschwächt worden. Luparo oder Orapul, ihr Sohn, lebte nicht mehr.

Das ließ mich hoffen.

Hoffnungslosigkeit dagegen breitete sich aus, als ich an Bill Conolly dachte. Er war und blieb verschwunden. Niemand konnte sagen, in welcher Dimension oder Zeit er verschollen war. Zusammen mit dem Professor aus Österreich.

Ich fand Sheila in der Küche, wo sie am Tisch saß und ihr Gesicht in beide Hände gestützt hatte. Weinen musste sie, es tat ihr gut, und ich redete beruhigend auf sie ein.

Sheila schüttelte den Kopf. »John, bitte, tu etwas …!«

»Sicher …«

Sie sprang so plötzlich hoch, dass ich erschrak. »John!«, sagte sie mit eindringlicher Stimme. »Hol ihn zurück! Egal woher. Und hol ihn tot oder lebendig. Wenn er wirklich tot ist, dann will ich seine Leiche beweinen. Versprichst du mir das, John?«

Ich schaute sie ernst an. »Ja, Sheila, das verspreche ich!« Dann ließ ich sie allein und ging in den Wohnraum, wo drei tote Menschen abtransportiert wurden, die einmal Werwölfe gewesen waren …

NADINE BERGERS GEHEIMNIS

Sie hatte das Krachen der Beretta vernommen, und jeder Schuss war für sie wie eine Note in einem höllischen Konzert. Sie wusste, dass ihre Diener den geweihten Silberkugeln nichts entgegenzusetzen hatten, aber sie war nicht in der Lage, ihnen zur Seite zu stehen. Sollte der verfluchte Geisterjäger sie doch vernichten, das machte ihr nichts mehr, denn sie war selbst völlig am Ende.

Man hatte einen Teil von ihr zerstört.

Lupina merkte kaum, dass sie durch den Gang in Richtung Tür torkelte. Sie tat dies alles automatisch, die Königin der Wölfe war nicht mehr Herr ihrer Reaktionen.

Mit Luparos Tod war auch für sie der dämonische Alltag wieder eingekehrt. Jetzt musste sie sich vor den geweihten Silberkugeln fürchten, und sie musste wieder dort beginnen, wo sie angefangen hatte. Ganz unten …

Lupina stieß gegen die Tür. Für einen Moment war sie irritiert, da sie die Tür nicht öffnen konnte, dann rutschte ihre Pranke nach unten, sie fand den Griff und zog die Tür auf.

Nach dem langen Sommertag empfand sie die Nachtluft als kalt. Die Werwölfin stolperte fast über ihre mit Fell bedeckten Füße, als sie in den großen Vorgarten torkelte, der vor dem leicht erhöht stehenden Bungalow der Conollys lag. Ein paar Schritte lief sie noch weiter, bevor sie schwankend stehen blieb.

Jetzt musste sie sich entscheiden. Blieb sie hier und rächte den Tod ihrer Diener, oder lief sie weg und suchte eine neue Chance?

Sie durfte nicht zu lange zögern, denn Sinclair würde sicherlich nach ihr suchen.

Und sie entschied sich dafür, nicht am Haus zu bleiben, sondern so rasch wie möglich zu verschwinden. Erst wenn sie wieder neue Kraft gefunden und die Enttäuschung überwunden hatte, konnte sie darangehen, Pläne zu schmieden. Dafür jedoch brauchte sie Ruhe und eine gewisse Abgeschiedenheit.

Ihr Blick flog durch den Garten. In den kalten Raubtieraugen leuchtete noch immer der blanke Hass, aber auch die Wut über die neue Niederlage. Lupina hatte sich nicht völlig verwandelt. Sie lief als eine Mutation zwischen Mensch und Wolf umher. Menschlich war der Kopf, der übrige Körper gehörte einem Wolf.

Auch im Vorgarten brannte Licht. Es waren kleine Gartenlaternen, wahlweise irgendwo verteilt, mal höher hängend, mal tiefer stehend und ein gelbes Licht verbreitend, das helle Inseln in die sonst dunkle Fläche riss.

Diese Abschnitte wollte Lupina bei ihrer Flucht durch den Garten auf jeden Fall vermeiden. Wenn jemand am Fenster stand, sah er sie durch den Lichtschein huschen. Ein leichtes Ziel für einen Gewehrschützen.

Noch einen Blick warf sie zurück. Sie schaute das Haus zwar an, aber sie meinte John Sinclair, denn in ihren Augen loderte ein unbeschreiblicher Hass auf diesen Mann. Obwohl sie nicht beweisen konnte, dass er an der Vernichtung ihres Sohnes die Schuld trug, schob sie ihm alles in die Schuhe.

»Ich kriege dich!«, quetschte sie hervor. »Verdammt, du Hund, ich kriege dich!« Während der letzten Worte verschluckte sie sich fast an ihrem eigenen Hass.

Dann lief sie weg. Sie duckte sich dabei und wandte sich nach links, wo sie in die Dunkelheit eintauchte. Licht gab es nur über dem Eingang.

Während sie durch den Garten hetzte, dachte sie darüber nach, welches Ziel sie anvisieren sollte. Da gab es eigentlich nur eines: der alte Bunker mit seiner unheimlichen Wolfsmagie, wo sich Vergangenheit und Gegenwart trafen und eine folgenschwere Allianz eingegangen waren. Sicherlich ahnte auch Sinclair, wohin sie fliehen wollte, sie musste eben schneller sein als er.

Rasch hatte Lupina den Garten hinter sich gelassen und erreichte das große Tor, das verschlossen war. Schwierigkeiten, den Zaun zu überklettern, gab es für sie nicht. Sie hatte zwar den Kopf eines Menschen, dafür den Körper eines Raubtieres, und der hatte die Geschmeidigkeit eines Wolfes.

Kaum war sie an der anderen Seite zu Boden gesprungen, als sie die heulenden Sirenen vernahm.

Polizeiwagen rollten an.

Blitzschnell zog sie sich in die Deckung eines großen Baumstamms zurück, und als der Widerschein des ersten Rotlichts über den Stamm geisterte, war sie längst nicht mehr zu sehen.

Wie kam sie am schnellsten voran?

Diese Frage stellte sich ihr automatisch. Sie brauchte einen fahrbaren Untersatz!

Da keiner zur Hand war und sie auch nicht zaubern konnte, musste sie ihn sich besorgen. In dieser Straße nicht. Die Häuser hatten samt und sonders Garagen, in denen die Wagen standen. Aber es gab Zweitautos, kleinere Modelle, und die waren auf einem Parkplatz abgestellt worden.

Lupina suchte sich einen Golf aus. Sie hielt sich nicht lange mit dem Knacken des Türschlosses auf, sondern drosch ihre Krallen einmal hart gegen die Seitenscheibe.

Mit einem klirrenden Laut brach das Glas. Zwei Sekunden später hatte die Königin der Wölfe den Wagen geöffnet, blieb auf dem Fahrersitz hocken, schaute sich um und sah eine Decke auf dem Rücksitz. Die schnappte sie sich. Wenig später hing sie um Lupinas Schulter, die es jetzt riskieren konnte, sich wieder in einen Menschen zu verwandeln. Das beherrschte sie ausgezeichnet, sie brauchte sich auf diesen Vorgang nur zu konzentrieren.

Starr saß sie da. Die Augen waren halb geschlossen, sodass sie kleine, gelbe Halbmonde bildeten. Lupina konzentrierte sich auf ihre Rückverwandlung und schaffte es tatsächlich, wieder zu einem Menschen zu werden. Hätte die Decke nicht um ihre Schultern gehangen, wäre sie eine nackte Frau gewesen, so aber war sie wenigstens zum Teil bedeckt.

Mit weicheren Gesichtszügen hätte man sie durchaus als schöne Frau bezeichnen können. So aber waren die Züge wutverzerrt. Das bleiche Oval zwischen den Haaren sprühte vor Hass.

Lupina wusste genau, wie man einen Wagen kurzschließen musste. So etwas hatte sie sich damals von Lady X zeigen lassen. Es war eine Sache von zwei Minuten, der Motor sprang willig an. Sie manövrierte den Wagen aus der Lücke. Die beiden Scheinwerfer bildeten helle Lanzen, als Lupina sie einschaltete. Und sie glaubte, in dem Licht etwas entdeckt zu haben.

Er war vierbeinig, huschte quer über die Straße und sah aus wie ein Wolf!

Lupina wollte schon bremsen, als der Schatten wieder verschwunden war. Vielleicht war es eine Täuschung, dachte die Werwölfin, allerdings erinnerte sie sich an Nadine Berger. Sie hatte sich ebenfalls bei den Conollys befunden, sich aber aus dem Kampf herausgehalten, aus welchen Gründen auch immer.

Lupina fuhr durch London. Sie musste in Richtung Osten und über die Themse. Dabei hielt sie sich genau an die Vorschriften, fuhr nicht zu schnell, denn sie wollte keiner Polizeistreife auffallen. Das hätte vieles zerstören können.

Den Weg kannte sie natürlich, und sie nahm die Vauxhall Bridge, um über den Strom zu gelangen. Des Öfteren verrutschte ihre Decke. Jedes Mal griff sie danach und zog sie sofort wieder gerade, sodass ihre Blößen verborgen blieben.

Je mehr sie sich von dem eigentlichen Ort des Geschehens entfernte, umso ruhiger wurde sie. Lupina hatte Zeit, die Sache zu überdenken, und sie wusste genau, dass der Fall noch nicht ausgestanden war. Luparo gab es nicht mehr, aber sie würde alles daransetzen, um seinen Tod zu rächen und in seinem Sinne weiterzumachen.

Wie konnte er nur umgekommen sein? Wie war so etwas möglich? Und wer war dafür verantwortlich? Sollte es ihr jemals gelingen, ihn in die Finger zu bekommen, würde sie ihn in Stücke reißen.

Aus ihrem Mund drang ein drohendes Knurren, als sie daran dachte. Und sie hoffte stark, dass sie in der Höhle, wo die Uralt-Magie noch vorhanden war, neue Kraft finden konnte.

Weit hatte sie es nicht mehr bis zu ihrem Ziel. Die Straßen waren enger geworden, die Gegend ärmlicher. Wer hier lebte, musste auf Luxus verzichten. Zahlreiche Menschen nutzten die Kühle der Nacht und hockten vor ihren Häusern, wo sie so manche Flasche kreisen ließen.

Ein paar Mal wurde Lupina zugewinkt, sie fuhr stur weiter. Es fehlte ihr noch, wenn sich jetzt jemand mit ihr beschäftigen wollte.

Sie fuhr auch dort in der Nähe vorbei, wo sie den dritten Werwolf aus der Kneipe geholt hatte. Und bald schon tauchte der Schrottplatz auf. Dort hatten zwei Männer ihr Leben lassen müssen, von den Werwölfen grausam getötet.

Wie ein großes, gelbes Auge stand der Vollmond am Himmel. Es war Werwolfwetter, Lupina hatte die Nacht ausgenutzt, aber ihre Aktionen waren schiefgegangen.

Nun musste sie neue magische Energie tanken. Das wollte sie in der Höhle, die einmal ein Bunker hatte werden sollen, um Menschen vor den Bomben des Krieges zu schützen.

An einer Bahnschranke musste sie stoppen. Ausgerechnet zu dieser Zeit fuhr noch ein Zug. Der Golf war der einzige Wagen, der vor der Schranke stand. Lupina schaute in den Innen- und Rückspiegel und war beruhigt.

Kein Verfolger hatte sich auf ihre Fersen gesetzt. So jedenfalls glaubte sie.

Dann donnerte der Zug heran. Eine Maschine zog Dutzende von Güterwaggons hinter sich her. Als der Zug vorbeigerauscht war, öffnete sich die Schranke noch immer nicht, denn aus der anderen Richtung kam noch ein zweiter.

Lupina verlor Zeit.

Ein Dämon kannte eigentlich keine Nervosität, doch sie konnte eine gewisse Unruhe nicht verbergen.

Als sie wieder einmal in den Rückspiegel schaute, glaubte sie abermals, den Schatten heranhuschen zu sehen.

Endlich öffnete sich die Schranke.

Sie war erst zur Hälfte hochgefahren, als Lupina bereits das Gaspedal trat und der Golf einen Satz nach vorn machte.

Die Strecke, die jetzt noch zu fahren war, hätte sie auch zu Fuß laufen können, aber die Zeit drängte.

Links lag das Klärwerk. Verlassene Bauten, die den Steuerzahler viel Geld gekostet hatten und nicht mehr genutzt wurden. Der sich daran anschließende Wald wirkte wie eine Wand.

Lupina fuhr links heran und stellte den Wagen ab. Sie stieg aus, nachdem sie die Scheinwerfer gelöscht hatte, und schaute sich um.

Immer lebte sie in einer gewissen Gespanntheit, in einer Art von Angst, dass sie auf andere, härtere Gegner treffen konnte, aber in diesem konkreten Fall konnte sie nichts entdecken.

Lupina selbst war eingebettet in die Dunkelheit und verschmolz mit ihr. Die Decke hatte sie zurückgelassen. Nackt lief sie auf den Waldrand zu, blieb dort für einen Moment stehen und drehte ihren Kopf dem am Himmel stehenden Vollmond zu. Er gab ihr die Kraft, und sie konzentrierte sich fest auf ihn und darauf, dass sie sich wieder verwandeln wollte.

Schon sehr bald lief ein Schauer über ihre Haut. Dieser Schauer wurde dunkler, und es waren die ersten Fellhaare, die aus den Poren drangen. Lupina schüttelte sich. Sie genoss die Umwandlung in eine Bestie. Ihre Augen leuchteten, den Mund hatte sie geöffnet. Heulende Laute drangen aus ihm hervor, nicht sehr laut, eher verhalten und auch unterdrückt klingend.

Das Fell wuchs schnell. Auch die Trennung von Luparo hatte diesen Vorgang nicht stoppen können. Lupina wurde wieder zu einer Bestie, was sie ja eigentlich war, nur ihr Gesicht blieb weiterhin menschlich. Und auch das Haar fiel blond und lockig bis auf die fellbedeckten Schultern hinab.

Erst als diese Verwandlung abgeschlossen war, drehte sie sich um und huschte in den Wald. Ihre Bewegungen waren wesentlich geschmeidiger geworden, sie erinnerten jetzt mehr an das Raubtier. Den Menschen hatte sie völlig zurückgedrängt, und sie dachte auch nicht mehr wie ein Mensch. Das Tier überwog.

Hin und wieder bewegten sich einige Zweige, als würde Wind über sie hinwegstreichen. Diese Bewegungen kennzeichneten die Strecke, die Lupina zurücklegte. Sie machte keinen Umweg, denn sie wusste genau, wohin sie zu gehen hatte.

Schon bald hatte sie den Bunker erreicht. Deutlich war zu erkennen, dass der Eingang in der letzten Zeit des Öfteren benutzt worden war. Zahlreiche abgeknickte Zweige lagen auf dem Boden. Lupina brauchte kaum etwas zur Seite zu räumen, um in das viereckige Loch steigen zu können, und sie glitt geschmeidig hinein, bevor der abwärtsführende Gang sie verschluckte und die Werwölfin an der Treppe stehen blieb.

Sie lauschte.

Eine absolute Stille umgab sie. Wäre ihr eigenes Knurren nicht gewesen, hätte sie überhaupt nichts gehört. Es war niemand da, der sie erwartete, und so schritt sie ziemlich unbelastet die Treppe hinab in die Tiefe des Bunkers.

Sehr deutlich spürte sie die Magie. Auch wiesen ihr die farbigen Zeichen den Weg, denn diese uralte Kraft einer längst vergessenen Welt hatte hier unten ihre Heimat gefunden. Ein Lächeln glitt über ihr Gesicht, als sie daran dachte, dass diese Kraft nicht hatte gelöscht werden können.

Lupina erreichte den Bunker. Kaum hatte sie die letzte Stufe hinter sich gelassen, als ein Gedanke besonders stark in ihr wurde. Es war der Gedanke an ihren Sohn Luparo.

Er lebte nicht mehr, man hatte ihn vernichtet, und Lupina spürte genau, dass es hier geschehen war. Fast an der Stelle, wo sie stand. Ihr Gesicht zeigte eine gewisse Spannung, als sie den Kopf nach links drehte und gleichzeitig vorging.

Eine unsichtbare Wand hielt sie auf. So hastig stoppte Lupina, denn sie hatte etwas gesehen, das vor ihr auf dem Boden lag.

Es waren die Gebeine eines Tieres. Eines Wolfes!

Luparo! Ja, Lupina war sicher, dass es sich dabei um Luparo handelte, ihren Sohn, der ihr so viel bedeutet hatte und den sie nun völlig zerstört vor sich liegen sah. Ohne Fell, ohne Haut, all das war zerfressen worden.

Luparos Reste!

Die Werwölfin stand davor und konnte es nicht glauben. Sie schüttelte sich. Wie im Zeitlupentempo öffnete sich ihr Mund, und im nächsten Augenblick stieg ein unheimliches Geräusch aus ihrer Kehle. Es war ein qualvolles Stöhnen und Klagen, ein verzweifeltes Jammern, das Trauern um den toten Sohn.

Das Innere dieses Bunkers war angefüllt mit jaulenden Lauten, mit dem verzweifelten Schreien und Wehklagen.

Die unheimlichen Laute wurden von den kahlen Wänden zurückgeworfen und hätten einen Menschen in den Wahnsinn treiben können.

Den Kopf hatte Lupina in den Nacken gelegt. Noch immer zeigte ihr Gesicht menschliche Züge, aber das, was da aus dem Mund drang, war das verzweifelte Schreien einer Bestie, die nicht mehr wusste, wie es weitergehen sollte.

Die leuchtenden Zeichen an den Wänden und Säulen warfen ihren Widerschein über die Gestalt der Wölfin und hüllten sie in ein farbiges Muster.

Auch das Dreieck auf dem Boden leuchtete wieder intensiv. Die Magie hier hatte sich regeneriert, war wieder bereit zum Einsatz, und das wollte Lupina auch.

Abrupt stoppte sie ihr Wehklagen. Mit einem Schlag praktisch hörte es auf, nur noch ein Echo schwang durch den Bunker, das aber allmählich verstummte.

Es wurde still.

Lupina empfand diese Stille als bedrückend. Sie näherte sich den Knochen, sah die eingetrocknete Lache um die Reste herum und kratzte mit den Krallen darüber.

Wie kleine Kristalle fühlten sich die Reste an, und sie zerbröckelten zwischen ihren Klauen.

Lupina war ratlos. Sie wusste nicht, wie es hatte möglich

sein können, dass jemand ihren Sohn tötete, ohne dass sich dieser gewehrt hatte. Wer besaß eine so furchtbare Waffe, um Wesen auf diese Art umbringen zu können?

Lupina schüttelte den Kopf. Sie war tatsächlich ratlos und hätte schon ein Orakel befragen müssen, um eine Antwort zu erhalten. So aber blieb sie im Unklaren über das, was hier geschehen war.

Sie ging zurück. Noch immer war ihr Gesicht verzerrt. Diesmal zeigte es auch Wut und Hass auf den Mörder. Sie wollte ihn zur Rechenschaft ziehen und ihn grausam töten. Obwohl sie es nicht wusste, ahnte sie dennoch, dass als Mörder ihres Sohnes eigentlich nur jemand aus dem Sinclair-Team in Frage kam. Sollte es denen vielleicht gelungen sein, den Würfel des Unheils in die Hände zu bekommen? Denn die Spuren wiesen darauf hin, dass der Todesnebel Luparo getötet haben konnte.

Dieser Gedanke erschreckte sie. Wer den Würfel des Unheils besaß, war so gut wie unbesiegbar, und Lupina glaubte nicht, dass die Magie der Wölfe dagegen bestehen konnte.

Diese Magie war die Älteste überhaupt. Wenigstens kannte Lupina keine, die vor ihr gewesen war, und wenn sie ihren Sohn rächen wollte, musste sie diese Magie in Anspruch nehmen und zu ihrer vollen Stärke aktivieren.

Die Königin der Wölfe wandte sich dem Dreieck zu, dessen Seiten rot leuchteten. Es hatte genau die Kraft, die Lupina brauchte. Sie würde wieder in diesen Zeittunnel eintauchen, um in einer Zeit Kraft zu tanken, die sie in der Gegenwart einsetzen wollte. Sie musste die alten Plätze finden, wo die Wolfsmagie entstanden war, wobei sie hoffte, dass diese noch existierten, wenn sie jetzt eine Zeitreise unternahm, denn auch vor der Existenz der eigentlichen Menschheit hatte es schon Feinde gegeben, wobei die Wolfsmagie aber stärker gewesen war.

Die Königin der Wölfe wusste genau, dass sie auch scheitern konnte. Sie stand jetzt an einem Scheideweg. Klappte alles, konnte sie wieder hoffen.

Wenn nicht, dann – sie dachte nicht mehr weiter, sondern betrat das Dreieck.

Lupina konzentrierte sich. Wieder einmal bog sie ihren Raubtierrücken durch, hob den Kopf, streckte die Pfoten aus und schaute starr auf die Spitze des Dreiecks.

Sie merkte die Kraft, die an ihr zerrte. Es war wie ein Kribbeln, das über ihre Haut fuhr und einen Schauer auf dem Fell hinterließ, sodass es sich sträubte.

Lupina wollte alles!

Sie musste sich stark konzentrieren. Geheimnisvoll und unheimlich glühten die Wände und Säulen an den bezeichneten Stellen, und Lupina merkte, dass die Kraft allmählich stärker wurde.

Was um sie herum geschah, sah sie nicht.

Sie schaute nicht mehr zur Treppe und bemerkte deshalb nicht den Körper des Wolfes, der sich dort im Schlagschatten der Wand zusammengekauert hatte.

Es war ein Tier mit der Seele eines Menschen und mit menschlichen Augen. Sogar einen menschlichen Namen hatte das Tier.

Nadine Berger.

Sie wartete ab. Den ganzen Weg über hatte sie Lupina verfolgt, war dabei Abkürzungen gelaufen und hatte es geschafft, den Wagen immer wieder einzuholen.

Jetzt lauerte sie.

Auch Nadine spürte, dass es bald so weit war. Sie drückte ihren Oberkörper hoch, stand auf den zitternden Beinen und merkte, wie Lupinas Umrisse allmählich schemenhaft wurden.

Jetzt oder nie – so lautete Nadines Devise. Und schnell wie ein abgeschossener Pfeil jagte sie los, setzte zu einem gewaltigen Sprung an und wurde zu einem fliegenden Schatten, den Lupina noch im Stadium der Auflösung entdeckte.

Es war zu spät, um etwas zu unternehmen, denn der Schatten übersprang die Trennlinie des Dreiecks, und Nadine Berger löste sich gemeinsam mit Lupina auf.

Beide Wölfinnen wurden von der uralten Magie gepackt und zurückgeschleudert in eine Zeit, über die kein Geschichtsbuch je etwas geschrieben hatte.

Das Wohnzimmer der Familie Conolly glich einem Schlachtfeld. Da stand kaum ein Sessel an seinem Platz. Vasen waren von den Tischen gefegt worden, Stühle lagen auf dem Boden, und man konnte es eigentlich als Wunder bezeichnen, dass es noch intakte Fensterscheiben gab.

Ein Teil des Falles war erledigt, aber wirklich nur ein Teil. Lupina, die Initiatorin, war uns entwischt, nachdem sie einen fürchterlichen Tanz aufgeführt hatte, denn sie hatte bemerkt, dass – obwohl räumlich von ihr getrennt –, Luparo, ihr Sohn, sein Leben verloren hatte. Daran wäre sie fast zerbrochen, doch sie konnte sich wieder fangen und leider Gottes verschwinden.

Zurückgeblieben waren Sheila, Johnny und ich. Der Kleine lag inzwischen wieder in seinem Bett, die Gefahr war also gebannt, aber es blieben Fragen offen.

Die Größte hieß: Wo befand sich Bill Conolly? Sheila machte es schwer zu schaffen, dass sie nicht wusste, wo sie ihren Mann suchen sollte. Der Reporter war vor ihren Augen verschwunden, nachdem wie aus dem Nichts Professor Chandler aufgetaucht war. Und ich vermisste noch jemanden.

Nadine Berger!

Seltsamerweise hatte die Wölfin nicht in den Kampf eingegriffen. Sie hatte sich zurückgehalten. Für mich war dieses Verhalten fast unbegreiflich gewesen, aber ich ging davon aus, dass Nadine ihre Gründe gehabt hatte.

Meiner Ansicht nach trieb sie sich nicht mehr in der unmittelbaren Nähe des Hauses herum, denn auf meine Rufe hatte sie nicht reagiert.

Ich sorgte mich um sie und fragte mich, wo sie stecken könnte. Vielleicht wollte sie ihren eigenen Weg gehen.

Zudem war Nadine eine Wölfin. Sie musste etwas von dem unheilvollen Zauber gespürt haben. Der hatte sie bestimmt irgendwo gelockt, und ich drückte beide Daumen, dass sie zurückkehren würde.

Für die Besatzungen der Streifenwagen gab es nichts mehr im Haus zu tun. Die Männer erkundigten sich, ob ihr Einsatz beendet sei. Ich bejahte und entließ sie.

Danach rief ich Sir James an.

Der Superintendent saß auf heißen Kohlen. Er atmete zunächst einmal erleichtert auf, als er meine Stimme hörte. »Dann haben Sie es also geschafft, John?«, fragte er.

»Ja, aber mit Mühe.« Da Sir James nichts mehr sagte, las ich daraus die Aufforderung, ihm einen kurzen Bericht zu geben. Das tat ich auch. Er hörte gespannt zu und erkundigte sich nach Suko und Bandor.

»Von den beiden habe ich noch nichts gesehen, Sir.«

»Dann werden sie noch kommen, hoffe ich.« Er räusperte sich. »Und Bill Conolly?«

Ich atmete tief ein und schaute mich um, ob Sheila auch nicht in der Nähe war. Sie war es nicht, deshalb konnte ich reden. »Er ist verschollen, Sir. Wahrscheinlich in der Urzeit! Ich weiß nicht, ob wir ihn wieder herausholen können.«

»Das wäre ja fatal.«

»Da sagen Sie was, Sir.«

»Und Bandor? Wäre es nicht möglich, dass er Ihnen dabei zur Seite steht? Er kennt schließlich diese Zeit. Man müsste nur hinkommen.«

»Genau das ist das Problem. Wir werden natürlich nichts unversucht lassen. Vielleicht erinnert sich Bandor auch wieder, aber viel Hoffnung habe ich nicht.«

»Seien Sie nicht so pessimistisch, John. Sie werden das Kind schon schaukeln.«

Ich musste lächeln, als ich meinen Chef so reden hörte. Er gab nie auf, und das gefiel mir so an ihm. Na ja, wir würden sehen, was uns die Zukunft noch alles bringen würde.

Als ich das Geräusch eines fahrenden Wagens hörte, legte

ich auf. Ich hatte meinen Bentley erkannt. Die Haustür musste offenstehen, sonst hätte ich ihn nicht vernommen.

Es war tatsächlich mein Freund und Kollege. Er winkte mir zu, als ich auf der Türschwelle stand.

»Du musst mir helfen, John. Ich habe Bandor mitgebracht.«

Mein Herz schlug plötzlich schneller. »Ist etwas Schlimmes mit ihm passiert?«

»Wie man's nimmt, John. Aber sieh selbst!«

Suko hatte die Fondtüren geöffnet, und ich sah Bandor auf dem Rücksitz liegen. Er musste an der Schulter verletzt worden sein, denn Suko hatte ihm einen Verband darum gewickelt.

Ich schaute in das Gesicht des Dämonenjägers und sah den Schweiß auf der Haut. Als ich mit meinem Finger gegen seine Stirn tippte, zuckte er nicht einmal zusammen.

»Bewusstlos?«, fragte ich.

»Wahrscheinlich.« Suko war um den Bentley herumgegangen und beugte sich wieder vor, um die Beine des Mannes hochzuhieven, während ich meine Hände unter seine Schultern legte. Wir zogen ihn zu meiner Seite hin. Suko drückte nach und ließ die Beine erst los, als sie über die seitliche Kante des Sitzes rutschten.

Gemeinsam schafften wir ihn ins Haus und betteten ihn auf die Couch im Wohnzimmer.

»Bill?«, fragte der Inspektor.

»Verschwunden!«

»Mein Gott!« Suko wurde blass.

Schnell erzählte ich, was sich ereignet hatte, und dann berichtete Suko. Bisher hatte ich noch nicht gewusst, dass er es gewesen war, der Luparo getötet hatte. Nun erfuhr ich es und war ziemlich überrascht.

»Dann wird dich Lupina mit all ihrem Hass verfolgen«, sagte ich ihm. »Mach dich auf was gefasst.«

»Das sehe ich auch so. Aber wichtiger sind jetzt Bill Conolly und auch Bandor.«

»Was hat er denn?«

Suko kam nicht dazu, mir eine Antwort zu geben, denn Sheila Conolly erschien im Wohnraum. Sie sah verweint aus, machte einen aufgelösten Eindruck und sagte: »Nadine ist auch nicht mehr zu sehen.«

»Das wissen wir.«

»Aber wo kann sie sein?«

Ich hob die Schultern. »Tut mir leid, Sheila! Ich weiß es nicht. Ich konnte mich nicht um sie kümmern. Alles ging so verdammt schnell. Das weißt du selbst.«

Erst jetzt wurde Sheila auf Bandor aufmerksam. Der Schreck malte sich auf ihrem Gesicht ab. »Mein Gott, was ist denn mit ihm passiert?«, flüsterte sie, als sie den mit Blut durchtränkten Verband sah.

»Das wollte ich gerade erklären«, erwiderte Suko. Er holte tief Luft und schaute uns beide der Reihe nach an. »Die Wunde stammt nicht von einer Kugel oder einem Messer. Bandor ist gebissen worden.«

Ich ahnte Schlimmes und fragte: »Luparo?«

»Ja, leider. Ich konnte es nicht verhindern. Erst danach gelang es mir, Luparo mit der goldenen Pistole zu erschießen. Von ihm sind nur noch Knochen übrig.«

Ich schaute auf Bandor. »Luparo hat ihn gebissen«, murmelte ich. »Du kannst dir vorstellen, was das bedeutet, Suko?«

»Er wird ebenfalls zum Werwolf«, antwortete mein Partner mit dumpfer Stimme …

Als die Wände, das Zimmer und die Einrichtungsgegenstände um Bill Conolly verschwanden, da wollte der Reporter noch zurück. Er schaffte es nicht. Die anderen Kräfte waren zu stark. Was sie einmal hatten, ließen sie nicht mehr los.

Zuletzt sah Bill noch das entsetzte Gesicht seiner Frau. Er hörte auch ihre verzweifelten Rufe, mit denen sie ihn zurückhalten wollte, warf sich nach links, streckte den Arm aus und wollte in den Teppich greifen, aber da war kein Teppich mehr. Er fühlte etwas anderes zwischen seinen Fingern, etwas Feuchtes, Langes, als wären es die Stengel von Blüten, und gleichzeitig fiel es ihm schwer, Atem zu schöpfen, denn die Luft um ihn herum fühlte sich an wie Wasser.

So schwer, so feucht …

Bill schloss für Sekunden die Augen. Eine wahnsinnige Vermutung schoss durch seinen Kopf, vergleichbar mit einem real gewordenen Albtraum, den er aber nicht wahrhaben wollte.

»Sie können die Augen ruhig wieder öffnen«, hörte er eine dunkle Stimme. »Es ändert sich nichts.«

Bill tat, was man ihm geheißen hatte. Er schaute in ein Gesicht, das er nicht kannte, aber er wusste von John Sinclair die Zusammenhänge, und er flüsterte den Namen.

»Professor Chandler …«

»Sehr richtig, mein Lieber, das bin ich.« Das faltige Gesicht verzog sich zu einem Lächeln. »Und Sie sind der Reporter Bill Conolly. Habe ich recht?«

»Ja, das haben Sie.«

»Dann wären ja die Formalitäten erledigt«, sagte der ältere Mann. »Und wir können uns den eigentlichen Tatsachen zuwenden.« Der Professor richtete sich auf. »Machen Sie sich darauf gefasst, mein Lieber, dass Sie in einer Zeit leben, die vielleicht eine Million Jahre zurückliegt!«

Bill starrte den Mann an, als käme er von einem anderen Stern. »Und das sagen Sie so einfach?«, brachte er mühsam hervor.

»Ja, warum nicht?«

Bill schluckte. Eine Million Jahre? Das konnte man sich überhaupt nicht vorstellen. Diese Zeitspanne war so unvorstellbar lang, dass sich Bills Verstand weigerte, sich näher damit zu befassen. Da hatte es noch keine Menschen gegeben, und die Erde hatte anders ausgesehen als in der Gegenwart.

Bill Conolly fiel wieder das Südpol-Abenteuer ein. Es lag Jahre zurück und hatte ihn an den Friedhof am Ende der

Welt geführt. Da waren sie auch in die Urzeit versetzt worden und hatten sogar die gewaltigen Saurier gesehen und gegen sie gekämpft.

Bill Conolly war zwar kein Historiker, dennoch kannte er sich einigermaßen aus. Er hatte sehr sorgfältig die Veröffentlichungen zahlreicher Wissenschaftler studiert. Jetzt dachte er darüber nach und glaubte, dass er sich in einem Zeitalter des Umschwungs befand.

Damals, für ihn jetzt in der Gegenwart, hatten sich die Alpen gebildet. Das Klima war gemäßigt gewesen. An den Polen gab es kein Eis, in Europa war es warm. Die Meere waren zum Teil entstanden, und manche Wissenschaftler behaupteten sogar, dass es eine Verbindung zwischen Schottland und Grönland gegeben habe. Wahrscheinlich gabelten sich um die Zeit die beiden Stammbäume von Affen und Menschen, dann musste irgendwann in dieser Epoche auch der aufrechte Gang entstanden sein.

Die Saurier allerdings waren ausgestorben. Die Säugetiere hatten sich entwickelt, das Mammut, der Höhlenbär, das Ren. Und natürlich die Vögel. Eine Zeit im Umbruch. Sie stand auf der Schwelle zur Gegenwart. Der Mensch würde damit anfangen, sich zu entwickeln.

Aber hatte es nicht Bandor gegeben? Er hatte nicht den Eindruck eines Affenmenschen gemacht. Bei ihm musste es eine andere Entwicklung gegeben haben.

Bill wusste nicht, welche. Vielleicht konnte ihm der Professor helfen, denn er war ein Teil von Bandor und umgekehrt.

Der Reporter wollte Chandler ansprechen, dieser jedoch war nicht in der Lage zu reden. Er lag auf dem Rücken und stöhnte. Seine Hände hielt er gegen den Kopf gepresst, der Atem drang scharf über die geöffneten Lippen, und der Blick schien in unerreichbare Fernen zu schweifen.

Auch Bill Conolly warf einen Blick in die Höhe.

Er sah einen grauen Nachthimmel, der wie eine mit Sternen übersäte gewaltige Kuppel wirkte und in die Unendlichkeit zu führen schien. Bill dachte daran, dass sich vor einer

Million Jahren die letzten Sterne gebildet hatten, und wieder wollte es ihm nicht in den Kopf, dass er sich in dieser Urzeit befinden sollte.

In einer Zeit, wo vielleicht schon alte »Völker« gelebt hatten. Sternenwanderer, die auf der Erde einen Halt eingelegt hatten, um ihre Kämpfe auszutragen.

Vor Aufregung schlug Bills Herz schneller. Er dachte in diesen Augenblicken nicht einmal an zu Hause, zu überraschend war für ihn alles gekommen. Von Berufs wegen musste er eine gewisse Neugierde mitbringen, und die legte er auch jetzt nicht ab. Wenn er schon in einer Urzeit verschollen war, dann wollte er auch so viele Informationen wie möglich darüber haben.

Der Professor war wieder ruhiger geworden. Sein Atem ging jetzt fast normal. Er stöhnte nicht mehr, sondern schaute Bill an, der den Blick des Mannes erst bemerkte, als er sich dem Professor zuwandte.

Chandler setzte sich auf.

Er schüttelte den Kopf und fragte: »Haben Sie alles kapiert, mein Lieber?«

»Es geht.«

Chandler nickte. »Ja, Mr Conolly, das ist unbegreiflich, dennoch eine Tatsache, die ich durch meine Forschungen herausgefunden habe.«

»Aber wie war das möglich?« Bill stand vor dem Mann und hob die Schultern.

Der Wissenschaftler beugte sich vor, streckte seine Arme aus und umfasste mit den Händen die Knie. »Was ich Ihnen jetzt sage, hört sich angeberisch an, ist es aber nicht. Es gibt Leute, die haben mich einmal als Genie bezeichnet. Als mathematisches Genie, wohlgemerkt. Mir war es gelungen, die Dimension der Zeit zu begreifen, zu errechnen, was immer Sie wollen. Ich habe mich intensiv mit diesem Problem beschäftigt, und ich merkte, dass es nicht alles war. Verstehen Sie das, Mr Conolly?«

Bill lächelte. »Ehrlich gesagt, nein.«

Chandler nickte. »Ich mache Ihnen auch keinen Vorwurf. Es ist kaum zu begreifen. Da wir jedoch zwangsläufig zusammenbleiben müssen, will ich Ihnen etwas von mir erzählen. Wie ich schon erwähnte, merkte ich, dass die Zeit nicht alles ist, und auch andere mathematische Größen waren für mich nur mehr Hilfsmittel. Ich hatte das Gefühl, auf einer Bühne zu stehen, die durch zwei Vorhänge zum Zuschauerraum hin getrennt ist. Einen Vorhang hatte ich lüften können, der zweite jedoch trennte uns nach wie vor. Wenn ich den ersten Vorhang mit dem Begriff Mathematik umschreiben möchte, so will ich zu dem zweiten ein anderes Wort sagen …«

»Magie!«

Bill hatte gesprochen, und der Professor nickte lächelnd. »Sehr richtig, Mr Conolly. Sie haben es genau begriffen. Ja, der zweite Vorhang wurde von mir mit dem Begriff Magie umschrieben. Und ihn musste ich ebenfalls in die Höhe ziehen.« Tief atmete Chandler ein. »Bei der Mathematik war es mir leichtgefallen. Die Magie jedoch stellte mich vor Probleme. Ich musste jahrelang forschen. Ich kniete mich mit einer wahren Verbissenheit in das Gebiet hinein und stellte plötzlich fest, dass die Mathematik und die Magie Gemeinsamkeiten hatten. Magische und mathematische Formeln sind zwar nicht miteinander zu vergleichen, aber die eine Seite kann der anderen Hilfestellung geben. Das hatte ich herausgefunden und ging mit neuem Schwung an meine Arbeit. Ich besorgte mir alte Bücher, interessierte mich auch für die Gestirne, setzte die Erkenntnisse des Mittelalters zu den modernen Forschungen der Mathematik in Relation und sorgte gleichzeitig für magische Beschwörungen, um Dämonen anzulocken.«

»Das haben Sie alles geschafft?«, flüsterte Bill.

»Und wie, mein Lieber. Während ich forschte, kristallisierte sich immer deutlicher mein Verhältnis zur Urzeit heraus, bis mir bewusst wurde, dass ich schon einmal in dieser Zeit, in der wir uns jetzt befinden, gelebt hatte.«

»Als Bandor!«

»Richtig, Mr Conolly. Das genau war der Durchbruch. Ich hatte als Bandor gelebt und wusste, dass Bandor nicht gestorben war. Er musste also noch existieren.«

»Aber das geht doch nicht«, sagte Bill, »wenn er als Sie wiedergeboren wurde.«

»Das ist das Problem, hinter das ich noch nicht gekommen bin. Vielleicht eine Trennung der Seelen, eine Wanderung, alles ist möglich, aber was ich Ihnen berichtet habe, ist zum größten Teil alles nur Theorie. Wir befinden uns in der Praxis, und die gilt es zu meistern, Mr Conolly. Dabei müssen Sie mir helfen.«

»Das ist klar.«

Der Professor grinste verschmitzt. »Dann helfen Sie mir mal auf die Beine«, bat er und streckte seinen Arm aus, um Bill die Hand entgegenzurecken.

Der Reporter griff zu. Ächzend stand Chandler auf. »Man merkt das Alter doch«, flüsterte er. »Vielleicht habe ich auch zu lange allein auf meiner Burg gelebt. Wissen Sie, ich mag die Menschen gar nicht mehr. Das war früher anders.«

»Sind Sie enttäuscht worden?«

»Schwer sogar, Mr Conolly. Man hat mich ausgelacht und als einen Scharlatan bezeichnet. Als Leutefänger, als Wissenschaftler mit Hirnschaden und noch mehr.«

»Wenn sich jemand mit außergewöhnlichen Dingen beschäftigt, hat er es nie leicht«, sagte der Reporter.

»Das stimmt. Und ich hatte noch Erfolg. In meinen Büchern habe ich es niedergeschrieben.«

»Wer hat Ihnen geglaubt?«

»Vielleicht die wenigen Käufer, die meine Bücher erworben haben.« Der Wissenschaftler schaute Bill an. »Oder haben Sie je von mir gehört, Mr Conolly?«

»Nein, leider nicht.«

Chandler drehte sich um. »Was nutzt das ganze Theoretisieren? Kümmern wir uns um die Praxis, und die sieht nicht sehr gut aus.«

Da sich der Professor umschaute und ein bedenkliches

Gesicht zog, stellte Bill die nächste Frage ganz zwangsläufig. »Sagen Sie, Professor, Sie wissen nicht, wo wir hier stecken?«

»So ist es.«

»Aber Sie kennen doch die Zeit …«

»Klar, mein Lieber, klar. Die Zeit schon, nur nicht diesen Ort. Wenn ich von meinem Schloss aus in die Vergangenheit geschleudert wurde, landete ich dort, wo das Schloss gestanden hat. Und zwar immer da, wo sich auch Bandor aufhielt. Nun aber sind wir ganz woanders.«

Bill dachte nach, und sein Gesicht hellte sich auf. »Ich weiß, wo wir uns befinden.«

»Sagen Sie es!«

»Dass Sie nicht selbst darauf kommen, Professor, wundert mich. Hier an diesem Fleck hat sich ungefähr eine Million Jahre später ein gewisser Bill Conolly ein Haus gebaut. Wir befinden uns also im London der Urzeit. Ist doch irgendwie irre, nicht wahr?«

Chandler atmete tief ein. »Da haben Sie recht, wirklich. Und wenn mich nicht alles täuscht, hat um diese Zeit die Themse ihr Flussbett und ihre Mündung gefunden. Das Gleiche geschah mit dem Rhein. Wenigstens behaupten dies die Geologen. Jetzt möchte ich Ihre Meinung hören.«

»Ich schließe mich dem Wissenschaftler an«, erwiderte Bill.

»Dann sind wir die ersten Bewohner von London«, fügte der Wissenschaftler noch hinzu und begann zu lachen.

Er brach allerdings ab, als Bill Conolly fragte: »Und wie kommen wir wieder zurück?«

»Fragen Sie mich was Leichteres.«

»Aber Sie sind doch auch in unserem Haus aufgetaucht«, hielt ihm der Reporter entgegen. »Wie war das möglich?«

»Da ist ein magischer Zeittunnel aktiviert worden.«

»Wahrscheinlich der im Bunker«, murmelte Bill.

»Was sagten Sie?«

Der Reporter winkte ab. »Ach, vergessen Sie es! Wir werden unser Bestes tun. Aber eine andere Frage hätte ich. Haben Sie schon mal etwas von der Wolfsmagie gehört oder gelesen?«

»Ja, und zwar in meinen eigenen Büchern. Ich fand heraus, dass diese Magie noch vor Entstehung der Menschheit bestand. Bevor die Menschen waren, da waren die Wölfe. Ein markanter Satz. Ein Meilenstein in der Welt der Magie. Wir werden ihn genauer untersuchen müssen. Vielleicht finden wir Spuren, die auf die Existenz der Wölfe hindeuten, Mr Conolly.«

»Sehen Sie sonst noch eine Möglichkeit?«

»Nein.«

»Also suchen wir!« Bill schaute sich um, denn bisher war er noch nicht dazu gekommen, sich die nähere Umgebung einmal genauer anzusehen. Er gab den Geologen recht und konnte ihren Aussagen über die klimatischen Bedingungen der Erde nur zustimmen. Hatten die Wissenschaftler nicht gesagt, dass bis weit in den Norden Europas damals Palmen wuchsen?

Es sah so aus, denn Bill erkannte nicht weit entfernt einen tropischen Wald.

Auch war die Luft anders. Feuchter, wärmer und stickiger. In der Ferne hoben sich vor dem Dunkelgrau des sternenübersäten Himmels seltsame Bergformationen ab, die Bill Conolly als Vulkanberge einstufte. Er wusste, dass in dieser Zeit eine große Vulkantätigkeit auf der Erde geherrscht hatte. Sie befand sich damals in einem Umbruch, auf dem Sprung in die Gegenwart gewissermaßen, und nicht zuletzt trugen die Vulkane dazu bei, dass sich Berge, Täler und ganze Landschaften neu gebildet hatten.

Es hatte Erdbeben gegeben. Gewaltige Flutwellen waren über das Land gekommen und hatten es ins Meer gerissen.

Riesige Wälder waren ebenfalls untergegangen, hatten den Druck der Erdmassen über sich gespürt, und es war im Laufe der ungeheuren Zeitspanne zu chemischen Reaktionen bei diesen verschwundenen organischen Pflanzen gekommen, sodass sich neue Stoffe bildeten.

Kohle und Erdöl.

Davon zehrten die Menschen noch in Bills Zeit!

Ein Schauer lief über den Rücken des Reporters, als er daran dachte. Er befand sich wirklich in einer Zeit, die für die Gegenwart ungemein wichtig war.

»Was haben Sie?«, fragte der Professor.

Bill lächelte schief. »Ich denke über einiges nach.«

Chandler nickte. »Ja, das kann ich mir vorstellen. Vielleicht sollte man unserem Schöpfer danken, dass wir so etwas erleben können.«

»Möglich.« Bill ging einige Schritte vor. Der Boden war nicht fest. Eher weich und sumpfig. Noch schliefen die Insekten. Er sah keine großen Tiere, aber wenn sich die Dunkelheit neigte und ein Tag begann, würden sie ihre Verstecke verlassen, und Bill war gespannt, wie er reagierte, wenn er plötzlich einem Mammut gegenüberstand.

Sollte er hier jemals wieder herauskommen, würde er einige Berichte verfassen, das nahm sich der Reporter vor.

Es war eigentlich egal, wohin sie gingen. Sie hätten auch auf dem Fleck stehen bleiben können, das alles spielte keine Rolle, aber Bill wollte zum Wasser. Der Untergrund wies darauf hin, dass der Fluss, der später einmal den Namen Themse erhalten würde, nicht mehr weit entfernt war. Vielleicht war Bill außer dem Professor der einzige Mensch, der die Themse bei ihrer Geburt gesehen hatte.

Er schlug Chandler dies vor, doch der Professor schüttelte den Kopf. »Sie können gehen, Mr Conolly, ich bleibe hier.« Er sprach mit stockender Stimme und hatte Mühe, sich auf den Beinen zu halten.

Bill erschrak. Rasch lief er hin und stützte den Mann. »Was ist mit Ihnen, Professor?«

»Ich weiß es nicht.«

»Macht Ihnen das Klima zu schaffen?«

»Das ist es eigentlich nicht, wenn ich ehrlich sein soll. Es muss etwas anderes sein.«

»Und was?«

»Wenn ich Ihnen meinen Verdacht erkläre, werden Sie mich für verrückt halten, Mr Conolly, aber es hängt irgendwie mit der Zukunft zusammen.«

»Das verstehe ich nicht.«

»Bandor!«, keuchte der Wissenschaftler. »Es muss mit Bandor zu tun haben. Das fühle ich genau.«

»Und was ist mit ihm?«

Chandler holte keuchend und pfeifend Atem. »Ich – ich weiß es nicht genau, aber ich glaube – ich befürchte, er stirbt.«

Bandor machte uns Sorgen!

Er lag noch immer auf der Couch im Wohnraum der Conollys. Suko und ich hatten inzwischen ein wenig aufgeräumt, während Sheila neben dem Dämonenjäger saß und besorgt in sein schweißbedecktes Gesicht schaute, das sie hin und wieder mit einem Tuch abtupfte.

Auch wir holten uns Stühle und nahmen in seiner Nähe Platz. Die große Angst war geblieben. Luparo, der Werwolf, hatte Bandor gebissen. Und dieser Biss musste den Keim gelegt haben, der, wenn er aufblühte, dazu führte, dass Bandor ebenfalls zu einem Werwolf wurde. Wenn dies geschah, blieb uns nur eine Möglichkeit!

Wir mussten ihn töten!

Keiner sprach es aus, ein jeder wusste Bescheid, und ein jeder wusste auch, dass Bandors Tod Chandlers Ende bedeuten konnte und vielleicht auch Bills.

Davor hatten sie alle Angst.

Besonders Sheila. Wenn sie sich nicht gerade um Bandor kümmerte, hockte sie steif auf dem Stuhl, hatte den Rücken durchgedrückt und starrte ins Leere. Wir wussten genau, dass sich ihre Gedanken dabei nur um ihren Bill drehten, der irgendwo in einer nicht fassbaren Zeit verschollen war. Zusammen mit dem Professor, auf den wir unsere Hoffnungen setzten, denn er hatte nicht zum ersten Mal diese Zeitreise unternommen. Er kannte sich in der Urwelt aus und wusste bestimmt, wie man sich dort behaupten konnte.

Wir fühlten uns hilflos. Ich hatte schon daran gedacht, wieder zum Bunker zu fahren, um dort die Magie des geheimnisvollen Dreiecks zu aktivieren, aber dann musste ich Bandor zurücklassen und war nicht dabei, wenn vielleicht etwas Entscheidendes geschah.

Dass Suko ähnlich wie ich dachte, hatte er mir bereits zu verstehen gegeben. Also blieben wir und hofften – so merkwürdig dies auch klingt – auf ein kleines Wunder.

Aber Wunder sind selten, und ich fragte mich, weshalb gerade wir das Glück haben sollten.

Suko erhob sich. Als er unsere Augen auf sich gerichtet sah, erklärte er den Grund. »Ich hole etwas zu trinken«, sagte er. »Aber kein Leitungswasser. Ich weiß nicht, ob Bandor es verträgt, denn er ist anderes Wasser gewohnt.«

»Klar.«

»Im Kühlschrank steht Mineralwasser«, sagte Sheila. »Soll ich es holen?«

»Bleib du mal da. Das mache ich schon. Schließlich kenne ich mich bei euch aus.«

Kaum war Suko aus dem Wohnraum verschwunden, da klingelte das Telefon. Sheila und ich schauten uns an. Sheila hatte das Wort Bill auf den Lippen, sah mein Kopfschütteln und senkte den Blick.

»Ich gehe ran«, sagte ich.

Kaum hatte ich mein »Bei Conolly« gesagt, als ich eine bekannte Stimme vernahm. Es war Shao, die wissen wollte, wie es uns ging.

Shao und Suko gehörten zusammen. Wir hatten keine Geheimnisse voreinander, so erklärte ich ihr, was vorgefallen war und in welcher Klemme wir steckten.

»Soll ich kommen?«, fragte sie.

Ich bemerkte Suko, der wieder ins Zimmer trat, erwiderte: »Moment mal.« und wandte mich meinem Freund zu. »Es ist Shao. Sie fragt, ob sie vorbeikommen soll.«

»Wenn sie will.« Suko stellte die beiden Flaschen und die Gläser ab, bevor er mir den Hörer aus der Hand nahm und selbst mit seiner Partnerin sprach.

Ich schaute inzwischen zu, wie Sheila einschenkte. Als die Gläser gefüllt waren, hatte auch Suko aufgelegt.

»Kommt sie?«, fragte Sheila.

»Ja, sie fühlt sich einsam in ihrer Wohnung. Shao nimmt ein Taxi.«

Sheila lächelte. »Es tut gut, wenn noch eine Frau in der Nähe ist«, gab sie zu.

Sie sah erschöpft aus. Man merkte ihr an, dass sie Schweres hinter sich hatte, aber sie würde auch noch Schweres vor sich haben, das stand fest. Und es war vielleicht eine gute Hilfe für sie, wenn sie Shao in der Nähe wusste.

Ich wandte mich Bandor zu. Er lag auf dem Rücken. Die Augen hielt er geschlossen. Wir hatten den Verband erneuert. Es drang nicht mehr so viel Blut durch wie beim ersten.

Sheila reichte mir ein Glas. Ich hatte mich neben die Couch gekniet und sprach den Dämonenjäger an, der unsere Sprache nicht beherrschte, aber reagierte, wenn er seinen Namen hörte.

»Bandor«, flüsterte ich. »Bandor, hörst du mich?«

Er regte sich nicht und gab durch kein Augenzwinkern zu erkennen, dass er mich verstanden hatte.

»Der liegt im Koma«, erklärte Suko.

Ich strich über Bandors Stirn. Die Haut fühlte sich an einigen Stellen kalt und gleichzeitig auch warm an. Ein verwirrendes Spiel der Körpertemperaturen. Mir war klar, dass der Dämonenjäger in diesen Augenblicken Schweres durchmachen musste. Nahe der Wunde war die Haut wärmer. Dort pochte das Blut. Ich fühlte, wie es unter meinen tastenden Fingern zuckte und sich bewegte.

»Der gehört eigentlich ins Krankenhaus«, stellte Suko fest.

Er traf damit auch meine Ansicht. Trotzdem widersprach ich ihm. »Kein Krankenhaus oder Hospital. Stell dir vor, er wird tatsächlich zum Werwolf, und es passiert in einer Klinik! Die Folgen möchte ich nicht zu verantworten haben.«

»Und wenn einer von uns immer bei ihm bleibt?«

»Fehlt er vielleicht an anderer Stelle. Hier haben wir schließlich auch unsere Chancen.«

»Du rechnest mit einem Auftauchen von Bill?«

Ich nickte. »Sicher.«

Suko nahm einen Schluck Wasser. Auch Sheila trank. Sie hatte unser Gespräch verfolgt, setzte an, um etwas zu sagen, schwieg jedoch und drehte sich um, weil niemand ihre Tränen sehen sollte.

»Es macht sie fertig«, flüsterte Suko, als er gesehen hatte, dass Sheila aus dem Zimmer war.

»Ist es ein Wunder?«

»Nein, das nicht. Wenn wir nur über Bandor an Informationen herankämen. Damit wäre uns viel geholfen.«

Ich sprach ihn noch einmal an. »He, Bandor, hörst du mich?«

Der Urmensch rührte sich nicht. Um seine Mundwinkel zuckte es. Dann aber öffnete er die Augen. Zwar nicht ganz, aber er musste mich sehen können.

»Bandor«, sagte ich drängend, »wir sind es, deine Freunde. Hörst du mich nicht?«

Er bewegte den Mund, als wollte er etwas sagen, brachte aber keinen Ton über die Lippen. Dafür hob er seinen Arm und tastete dorthin, wo sich die Wunde an der Schulter befand. Er wollte mich auf seine Schmerzen aufmerksam machen.

Ich nickte. »Es wird gut«, flüsterte ich. »Es wird alles wieder gut, Bandor. Verstanden?«

»Ja, ja, ich …«

Überrascht zuckte ich zurück. Er hatte etwas gesagt. Auch Suko hatte die Worte vernommen und kam eilig herbei. Er kniete sich neben die Couch, sein Blick war gespannt. Wie auch ich hatte er gehört, dass Bandor mit der Stimme eines anderen sprach.

»Bandor, was ist los?«

»Die Wölfe«, hauchte er, »die Wölfe sind gefährlich. Die andere Welt, die andere Zeit …«

»Wer ist in der anderen Welt?«

»Grausam. Die Schmerzen – ich glaube, dass ich sterben muss. Vorsicht in der Zeit …« Seine Augen zuckten, die

Mundwinkel ebenfalls, dann drang ein stöhnender Atemzug über seine Lippen, und er sackte regelrecht zusammen.

Für einen Moment hatte ich Angst, dass er tot wäre, fühlte nach dem Herzschlag und stellte fest, dass er noch vorhanden war.

»Wir hätten ihn nach Bill fragen sollen«, meinte Suko.

Ich hob die Schultern. »Hinterher ist man immer schlauer. Ob er uns eine Antwort gegeben hätte, ist fraglich. Ich hoffe, dass er durchhält.«

Suko wechselte auf die andere Seite der Couch und beugte sich über die Wunde. Er wollte sie näher untersuchen. Der Verband zeigte einige rote Stellen. An den Rändern schimmerte das Blut braun.

Mit den Fingern fuhr Suko um die Wunde herum. »Da pocht es unter der Haut. Alles ist warm, fast heiß. Meiner Ansicht nach sieht es böse für ihn aus, John.« Sukos Blick war sehr besorgt.

Ich teilte seine Meinung. Es musste rasch etwas mit ihm geschehen. Nur wussten wir nicht, was wir tun sollten und wie wir uns richtig verhielten.

Mein Partner ging noch weiter. Er hob an zwei Stellen den Verband ein wenig an, um sich die darunter befindliche Haut anzuschauen. Auch ich konnte einen Blick darauf werfen und erschrak.

An den Rändern der Wunde hatte sich die Haut bläulich gefärbt. Das war nicht alles. Als Suko und ich leicht mit unseren Fingerkuppen darüberstrichen, spürten wir einen Widerstand.

Die dunkle Färbung rührte nicht allein von der Wunde her, sie hatte auch einen anderen Grund.

Es waren kleine, sehr weiche Haare, die aus der Haut sprossen. Und Haare verdichteten sich schnell zu einem Fell.

Wir starrten uns an. Jeder dachte das Gleiche. Bandor war dabei, sich stufenweise in einen Werwolf zu verwandeln …

Bill Conolly wurde leichenblass, so hart hatten ihn die Worte des Professors getroffen.

»Das ist doch ein Spaß, Professor – oder?«, hauchte er.

»Nein, kein Spaß, Mr Conolly. Ich fühle es, dass Bandor zumindest schwer verletzt ist.«

»Und?«

»Ich glaube kaum, dass er es schaffen kann. Eine andere Zeit, andere Umgebung. Er ist nicht daran gewöhnt. Er kommt aus der Urzeit. Er kann vielleicht die Bedingung auf der Erde der Gegenwart nicht ertragen. Die Luft ist anders, voller Schadstoffe und Bakterien. Umweltverschmutzung. Wenn ihn vielleicht nichts umbringt, das bestimmt.«

»Sehen Sie nicht zu schwarz?«, fragte der Reporter mit zitternder Stimme.

»Ich hoffe es.«

Bill schluckte. Er wusste nicht, was er noch sagen sollte, sondern schaute den Professor nur an. Dieser focht einen innerlichen Kampf aus. Wenn mit Bandor etwas passierte, konnte das auch an ihm nicht spurlos vorübergehen. Vielleicht blieb er am Leben, aber wie sollte er jemals wieder zurück in seine Zeit gelangen?

Chandler hatte den Kopf in den Nacken geworfen. Tief holte er Luft. Sein Gesicht glänzte nass. Die Luft war zu feucht. Bill sah, dass dicke Schwaden herangetrieben wurden. Nebel, vermischt mit den warmen Dämpfen der Vulkane.

»Sollen wir weitergehen?«, fragte er.

Der Wissenschaftler nickte. »Uns bleibt keine andere Wahl. Vielleicht erreichen wir einen Platz, wo es sich besser aushalten lässt.« Er drängte sich von Bill weg. »Mir geht es übrigens wieder besser. Es war nur ein vorübergehender Schwächeanfall. Haben Sie Bandor nicht reden hören, Mr Conolly?«

Bill schaute den Mann überrascht an. »Nein, wie kommen Sie darauf?«

»Er hat doch gesprochen!«

»Bilden Sie sich das nicht ein?«

»Auf keinen Fall. Bandor hat geredet. Und zwar mit Ihren Freunden, Mr Conolly!«

»Davon habe ich nichts bemerkt. Was hat er denn gesagt?«

Chandler hob die Schultern. »Es ist alles so seltsam«, flüsterte er. »Obwohl ich ihn habe reden hören, weiß ich nicht mehr, welche Worte er gebraucht hat. Er unterhielt sich jedenfalls mit Ihren Freunden. Ich hatte wieder Kontakt, und ich glaubte auch, meine Stimme zu vernehmen.«

»Dann haben Sie mit John und Suko …«

Chandler schüttelte den Kopf. »Nicht ich, Mr Conolly. Obwohl ich es war. Wenn Bandor überhaupt redet, dann mit meiner Stimme. Aber ich merke kaum etwas davon. Es ist unfassbar, das weiß ich selbst, doch nehmen wir beide es als eine Tatsache hin. Okay?«

»Was bleibt uns anderes übrig?«

»Eben.«

Nach dieser Antwort standen die beiden Männer ein wenig unschlüssig herum, bis Chandler eine Kopfbewegung machte und zu dem dschungelähnlichen Wald hindeutete. »Kommen Sie, Mr Conolly, wir werden es schon packen und uns ein wenig umschauen. Schließlich wollen Sie etwas zu schreiben haben, wenn wir wieder in der normalen Zeit sind.« Der Professor lachte. »Dann werden Sie erkennen, dass man auch Sie für einen Spinner hält und Ihnen nichts glaubt.«

»Das kann möglich sein.« Bill bewunderte den Mut des Mannes. Chandler hatte wieder einen neuen Energiestoß erhalten. Seine Augen blitzten. So etwas wie Unternehmungsgeist stand darin zu lesen. Er wollte weitermachen und sich nicht unterkriegen lassen, das allein zählte und war für ihn am besten.

Man würde sehen.

Der Waldrand, der sich als ungleicher und welliger Schatten vor dem tiefgrauen Himmel abhob, schien kaum näher zu rücken. In der Dunkelheit hatte die Entfernung getäuscht, und die beiden Männer brauchten ziemlich lange, um die ersten Ausläufer zu erreichen. Sie merkten es daran, dass sich die Beschaffenheit des Bodens änderte. Sie wurde härter, und Bill rechnete damit, über Vulkangestein zu laufen, auf dem nur eine dünne Moos- und Flechtenschicht wuchs.

Tiere hatten sie bisher nicht gesehen. Aber das Wild schwieg auch nicht. Sie hörten seltsame und geheimnisvolle Laute.

Manchmal war es ein Schnauben, dann ein böses Knurren oder hämisch klingendes Krächzen.

Alles Geräusche, die einem Angst einjagen konnten und denen der Reporter nicht traute.

Es gab natürlich keine Wege, die in den Wald hineinführten. Wenn sie in der Richtung weitergingen, mussten sie sich durch einen Wirrwarr von dichtem Unterholz schlagen.

»Eine Machete haben wir nicht«, stellte der Professor fest.

Bill entnahm diesen Worten, dass Chandler keine große Lust hatte, sich durch den Dschungel zu schlagen, und auch Bill wollte seine Kräfte nicht unnötig vergeuden.

»Machen Sie einen anderen Vorschlag«, sagte der Reporter.

»Lassen Sie uns parallel zum Waldrand gehen«, meinte der Wissenschaftler.

»Wobei wir vielleicht irgendwann einmal die Ur-Themse sehen«, sagte Bill.

Chandler schüttelte den Kopf. »Was haben Sie immer mit Ihrer Themse, Mr Conolly?«

»Sie ist schließlich ein Stück Heimat.«

»In der Urzeit?«

»Sicher, Professor. Wer kann schon behaupten, bei ihrer Geburt dabei gewesen zu sein.«

»Mann, Sie haben Humor.«

»Das ist auch das Einzige.« Nach diesen Worten blieb Bill Conolly nicht länger stehen. Er machte sich auf den Weg, und der Professor folgte ihm.

Schon nach wenigen Metern gerieten sie in eine dichte Qualmwolke. Zum ersten Mal stellten die Männer die Quelle des scharf riechenden Dampfes fest.

Sie befand sich im Boden, und das nach Schwefel und Verbrennung stinkende Zeug drang aus einem Vulkangestein, das sich wie ein dunkler Buckel aus der Erde schob.

Sie ließen es rechts liegen und setzten ihren Weg fort.

Es war ein beschwerliches Gehen. Bill lief an der Spitze. Er hatte jetzt Zeit und Muße, über sein Schicksal nachzudenken, und er schüttelte immer wieder den Kopf, wenn er daran dachte, was ihm widerfahren war. Das würde ihm kaum ein Mensch abnehmen, wenn er es erzählte. Bill hoffte, dass er doch einmal dieser verdammten Welt entfliehen konnte. Vielleicht schafften John und Suko eine Zeitbrücke.

Dann fielen ihm wieder die Worte des Professors ein. Chandler hatte von Bandors Tod gesprochen. Davor hatte Bill Conolly die meiste Angst. Wenn der Urmensch starb, war praktisch die letzte Verbindung zur normalen Gegenwart abgerissen.

Muss ich dann sterben?, dachte Bill.

Eigentlich unmöglich. Wenn er in der Urzeit starb, hätte er ja eigentlich in der Zukunft nicht leben dürfen. Oder doch? Konnte man es vielleicht mit dem Tod in einer anderen Dimension vergleichen, der dort ebenfalls eintreten konnte und auch real gewesen wäre?

Fragen, auf die der Reporter so recht keine Antwort fand. Er wollte sich nicht jetzt schon seelisch fertigmachen und versuchte, an das Unwahrscheinliche der Situation nicht mehr zu denken. Nur weitergehen und vielleicht eine Chance finden, daraus setzte sich seine Hoffnung zusammen.

Und so blieb er immer dicht vor dem Professor. Hin und wieder warf Bill einen Blick über die Schulter. Dann grinste ihn Chandler jedes Mal an. Es war kein fröhliches Grinsen, eher eine harte Grimasse, die vom Durchhaltewillen des Mannes zeugte.

Ein wenig Hoffnung verband der Reporter auch mit seiner Beretta. Die trug er als einzige Waffe bei sich. Mit geweihten Silberkugeln war sie geladen. John hatte seine Freunde mit diesen Pistolen ausgerüstet, damit sie wenigstens Schutz bei irgendwelchen plötzlichen Angriffen von Dämonen hatten.

Die hohen Bäume mit den oft seltsamen Kronen, die aussahen wie riesige Nester, wuchsen nicht in einer geraden Linie. Manchmal standen sie vor, bildeten einen kleinen Wald für sich, der wie eine Nase in das Gelände schnitt und von den beiden Männern umrundet werden musste.

Bisher hatten Bill und der Professor noch keine Tiere gesehen. Begleitet wurde ihr Weg nur von den seltsamen, aus dem Dschungel klingenden Geräuschen.

Manchmal wurde der Rauch so dicht, dass sie kaum etwas sehen und auch nicht atmen konnten. Wenn sie es trotzdem taten, hatten beide das Gefühl, der Rauch würde ihre Kehlen zerfressen.

Zudem war er heiß, die Luft schmeckte nach ihm, und der Vormarsch wurde immer mühsamer für die beiden.

Schließlich schob sich der Wald in einen rechten Winkel vor ihnen so weit in das offene Gelände hinein, dass ihnen keine andere Wahl blieb, als ihn zu durchqueren.

Chandler lachte leise auf, als er stehen blieb, sich bückte und die Hände gegen seine Oberschenkel schlug. »Es wird wohl ein weiter Weg bis zu Ihrem Fluss sein, Mr Conolly.«

»Das schätze ich auch.«

»Meiner Ansicht nach ist die Themse in dieser Zeit auch viel breiter gewesen, zu vergleichen mit einem See, der sich seine Mündung erst noch suchen muss.«

»Sie kennen sich aus.«

»Zwangsläufig.« Chandler schaute in die Runde und strich sein feuchtes Haar zurück. »Fragt sich nur, wie es weitergehen soll. Wir können den Wald umrunden, es würde aber nichts bringen. Deshalb schlage ich vor, dass wir uns trotz allem durchschlagen. Oder haben Sie eine bessere Idee?«

»Da uns kein Hubschrauber zur Verfügung steht, leider nicht«, erwiderte Bill.

Chandler lachte krächzend. »Hubschrauber in der Urzeit. Sie sind wirklich ein Optimist.«

»Das habe ich schon alles erlebt«, erwiderte Conolly und dachte dabei an den Friedhof am Ende der Welt, als er mit dem Hubschrauber in die Urzeit geflogen und von gefährlichen Vögeln angegriffen worden war.

Die Wand vor ihnen wurde größer, als sie die nächsten Meter zurücklegten. Schon erreichten sie die ersten Ausläufer, und sie sahen, wie dicht das Unterholz war. Nicht nur sperrige Pflanzen, sondern auch gummiartige Gewächse, die an Lianen erinnerten. Auf dem Boden hatte sich Wasser gesammelt. Tagsüber brannte zwar die Sonne, einige Flecken jedoch ließ sie aus, sie waren vor den heißen Strahlen zu gut geschützt.

Die Männer machten sich auf den Weg, und sie kämpften sich im wahrsten Sinne des Wortes voran. Mit ihren Händen wühlten sie alles zur Seite, was ihnen im Wege stand. Die meisten Zweige und Äste waren biegsam und mit einem Film bedeckt, der nass und klebrig auf der Oberfläche lag.

»Macht keinen Spaß!«, keuchte Chandler, der Bill dichtauf folgte.

Der Reporter gab keine Antwort. Er wollte seine Kräfte schonen und wühlte sich weiter.

Nur die ersten paar Meter gestalteten sich als sehr schwierig. Danach wurde es besser. Sie entdeckten zwar keinen Pfad im eigentlichen Sinne, dafür jedoch einen Wildwechsel, den die Tiere bei ihrer Wanderschaft in den Dschungel geschlagen hatten.

Das wunderte beide.

Bill blieb stehen. »Haben Sie die gleiche Erklärung wie ich, Professor?«, fragte er. Der Reporter keuchte und wischte den Schweiß aus seinem Gesicht. »Vielleicht erreichen wir so etwas wie eine Tränke, wenn wir dem Pfad folgen. Einverstanden?«

»Gehen Sie nur weiter, Mr Conolly.«

Bill kletterte mehr, als dass er ging, um die quer wachsenden Pflanzen zu überwinden, und er wunderte sich darüber, dass der Wildwechsel nach einer gewissen Zeit breiter wurde.

Der Reporter wurde den Gedanken einfach nicht los, dass der Weg auf ein bestimmtes Ziel zuführte, und das wollte er erreichen. Vielleicht fanden sie Spuren, die ihnen Hoffnung gaben.

Diese Hoffnung sollte schon bald in Erfüllung gehen. Nachdem die beiden Männer eine Kurve hinter sich gelassen hatten, wurden ihre Augen groß. Sie blieben stehen, atmeten keuchend, und maßlose Überraschung zeigte sich auf ihren Gesichtern.

»Träume ich?«, flüsterte Chandler.

»Das Gleiche wollte ich Sie gerade fragen, Meister«, erwiderte Bill. »Da wir beide es sehen, ist es keine Täuschung.«

Die Männer schauten sprachlos auf das, was vor ihnen lag.

Es war eine Lichtung mitten im Urweltdschungel. Und in deren Mitte stand eine primitive Hütte.

Bill Conolly und der Professor hielten sich in einer ziemlich guten Deckung auf. Sie beobachteten erst einmal nur.

Die Hütte ähnelte einem Pfahlbau, wie man ihn bei den ostasiatischen Völkern kannte. Wenn die Menschen dicht am Wasser wohnten, hatten sie solche Pfahlbauten angelegt, um sich vor Überschwemmung zu schützen.

Die Hütte hier stand ebenfalls auf Pfählen, die zwar dünn waren, dennoch die Kraft hatten, den Bau zu halten. Um auf ihre unterste Plattform zu gelangen, die sich als breiter Steg rund um den Bau zog, konnte man eine primitive Leiter benutzen, die vom Boden her schräg auf die Plattform führte.

Das Dach bestand, soweit die beiden Männer erkennen konnten, ebenfalls aus Materialien, die im Dschungel wuchsen. Man hatte Schilf und Moos genommen.

Über der Hütte lag ein feiner grauer Schleier. Ein Beweis, dass der Dampf auch seinen Weg in den tropischen Regenwald gefunden hatte.

Es vergingen Minuten, bis sich die beiden Männer von ihrer Überraschung erholt hatten. Bill Conolly fand als Erster die Sprache wieder. »Können Sie mir sagen, wer die Hütte erbaut hat?«

»Nein.«

»Das sieht mir aus, als hätten Menschen ihre Hände im Spiel gehabt.«

»Dann wären wir doch nicht die Einzigen, die es geschafft haben, in die Urzeit zu gelangen.«

Bill zuckte mit den Schultern. »Von dieser Annahme können wir zunächst einmal ausgehen. Kein Tier baut sich so einen Unterschlupf. Ich bin wirklich gespannt, was uns noch alles bevorsteht.« Nach diesen Worten nickte der Reporter und bedeutete seinem Partner, sich auf den Weg zu machen.

Beide schritten nebeneinander auf die Hütte zu. Bill war sehr vorsichtig. Der Professor sah aus den Augenwinkeln, dass sein Begleiter die Pistole zog und sie in der rechten Hand behielt. Er konzentrierte sich auf fremde Geräusche, hörte jedoch nichts, was ihm fremd vorgekommen wäre.

Die Lichtung war ziemlich groß. Vielleicht wurde sie auch laufend erneuert, denn an ihren Rändern breitete sich bereits der Dschungel aus, um auch diesen leeren Flecken zu überwuchern.

Schritt für Schritt näherten sich die beiden ihrem Ziel. Der weiche Boden dämpfte alle Laute. So war nichts zu hören, und Bill blieb als Erster vor der Leiter stehen.

Er beugte sich vor und drückte mit der freien Hand auf die Sprossen, um ihre Festigkeit zu prüfen. Sein Nicken bewies, dass er mit der Tragfähigkeit zufrieden war.

»Wir könnten es versuchen«, sagte er zu dem Professor. »Aber ich werde vorgehen.«

»Gern.«

Bill stieg die primitive Leiter hoch. Das Holz bog sich unter seinem Gewicht durch, doch die Sprossen hielten, und der Reporter gelangte sicher auf die Plattform, wo er stehen blieb, sich im Kreis drehte und dem Professor vorschlug, einmal um die Hütte herumzugehen.

Chandler hatte nichts dagegen.

Während seines Kontrollgangs blieb Bill Conolly auf der Plattform. Er hörte nichts, was ihn erschreckt hätte, sah auch nichts Außergewöhnliches, die Geräusche des nächtlichen Dschungels umgaben die Hütte. An sie hatte sich Bill längst gewöhnt.

Als er den Platz vor der Eingangstür erreichte, blieb er überrascht stehen.

Chandler war verschwunden!

Bills Blick zuckte nach rechts und links. Von dem Professor sah er keine Spur, und er rief: »Professor, wo sind Sie?«

»Hier!«

Aus dem Innern der primitiven Dschungelhütte war die Antwort gekommen, und Bill ging geduckt ein wenig vor, um sich durch den schmalen Eingang zu schieben.

Chandler stand mitten im Raum. Es gab nur diesen einen, und er war bis auf ein paar geflochtene Matten wie leer. Nichts wies darauf hin, dass die Hütte von irgendeiner Person bewohnt wurde.

»Niemand da«, sagte Chandler und hob die Schultern.

Bill ließ den rechten Arm sinken. Er hielt noch immer die Beretta fest, wobei die Mündung nun zu Boden wies.

»Stecken Sie doch das Schießeisen weg!«, forderte ihn Chandler auf. »Es nützt uns nichts.«

»Wie Sie meinen.« Bill ließ die Waffe verschwinden.

Obwohl sie von keinem Gegner angegriffen wurden, traute Bill dem Frieden nicht. Ihm war es zu still, und er hatte das Gefühl, von zahlreichen Augen beobachtet zu werden. Irgendwo lauerte jemand, der nur darauf wartete, dass sie eine Schwäche zeigten.

Chandler hatte auf einer der beiden Matten seinen Platz gefunden und die Beine überkreuzt. Seine Stirn war dabei in nachdenkliche Falten gelegt, die Lippen hatte er zusammengepresst, während er mit einem Tuch Schweiß von der Stirn wischte.

»Und jetzt?«, fragte er.

»Warten wir.«

»Auf ein Wunder?«

»So ähnlich.«

Chandler schüttelte den Kopf. »Es will mir nicht in den Schädel, dass jemand die Hütte nur einfach so gebaut hat. Es muss doch einen Grund gegeben haben.«

»Bevor die Menschen waren, da waren die Wölfe«, zitierte der Reporter. »Denken Sie daran, Professor.«

»Glauben Sie, dass Wölfe die Hütte gebaut haben?«

»Nicht gerade die richtigen Wölfe. Vielleicht mehr unsere Freunde, die Werwölfe.«

»Da habe ich in dieser Zeit noch keine gesehen«, antwortete Chandler. »Tut mir leid.«

»Vielleicht waren Sie nicht an den richtigen Orten.«

»Das kann sein. Ich bin immer über tausend Meilen entfernt gewesen. In der tiefsten Wachau. Wenn Sie es so sehen, könnten Sie schon recht haben. Dafür habe ich Bandor erlebt und Graax, den Krieger auf der Schlange. Aber der ist inzwischen vernichtet.«

»Haben Sie herausgefunden, welchem Volk er angehörte?«, erkundigte sich Bill.

»Nein. Er und seine …«

»Ruhe!«, zischte Bill, und der Professor verstummte augenblicklich.

Gespannt stand Bill Conolly in der Hüttenmitte. Sein Blick war auf das einzige Fenster gerichtet, das die Hütte aufwies. Es lag an der Breitseite.

»Was haben Sie denn vernommen?«, hauchte der Professor.

»Ein Geräusch, das nicht hierher passt«, erklärte Bill. »Es hörte sich verdammt seltsam an.«

»Ein Tier?«

»Möglich.«

»Aber Sie denken an etwas anderes.«

Bill nickte, legte seinen Finger auf die Lippen und schlich auf das Fenster zu.

Der Professor blieb auf dem Boden sitzen. Gespannt beobachtete er seinen Partner, der rechts neben der offenen Luke in der Wand stehen geblieben war und einen Blick nach draußen warf.

»Sehen Sie etwas?«, wisperte Chandler.

»Dschungel.«

Chandler lachte nur.

Mehr sah Bill Conolly tatsächlich im Augenblick nicht. Er schaute direkt auf die dunkelgrüne Wand am Rand der Lichtung und versuchte vergeblich, dort irgendwelche Bewegungen zu erkennen. Zwar strich ein leichter Nachtwind durch den Dschungel, glitt auch über die Blätter, ansonsten sah der Reporter nichts Außergewöhnliches, was ihn hätte beunruhigen können.

Er drehte sich wieder um.

»War nichts, oder?«

»Eine Täuschung, Professor – vielleicht.«

Chandlers Gesicht schimmerte in der Dunkelheit seltsam blank. »Allmählich habe ich auch ein ungutes Gefühl. Ich glaube, wir sind nicht allein.«

»Daran denke ich schon eine ganze Weile.«

»Kann ich mir vorstellen.« Chandler stemmte sich wieder in die Höhe und nahm seine Wanderung auf. Dabei schaute er mehr in die Höhe, achtete nicht auf den Boden und stieß mit der Fußspitze so hart gegen die zweite Matte, dass diese verrutschte.

Chandler stolperte noch, und Bill musste ihn auffangen, sonst wäre der Professor gestürzt.

»Verdammt, bin ich denn blind?«

»Nein, das nicht«, erwiderte Bill, wobei er den Mann losließ, »doch ein blindes Huhn findet auch mal ein Korn. Und Sie haben das Korn gefunden, Meister.«

Chandler fuhr herum. »Wo?«

»Schauen Sie mal!« Bill deutete schräg zum Boden. Durch das Verrutschen der Matte war ein Teil des Bodens freigelegt worden, und beide sahen die Öffnung, die nur provisorisch durch Zweige abgedeckt worden war.

»Ein Einstieg!«, hauchte Chandler.

»Genau.« Bill bückte sich bereits und schleuderte die Zweige und Äste zur Seite. Chandler half ihm. Rasch hatten die beiden Männer den Einstieg freigelegt.

Beide befanden sich in der Hütte und damit auch höher als der normale Erdboden, aber es gab zwischen den Stellen einen Schacht, der die unterschiedliche Höhe regulierte, und dieser Schacht führte tief in die Erde hinein.

»Sagenhaft!«, murmelte Chandler. »Damit hätte ich wirklich nicht gerechnet.«

Von Bill Conolly erhielt er keine Antwort. Der kniete bereits am Schachtrand und schaute in die Tiefe. Erkennen konnte er nichts, weil die Dunkelheit dort wie eine Mauer lag. Die Tiefe war unauslotbar, und es drang auch kein Geräusch aus ihr hervor.

Bill drehte den Kopf und blickte Chandler von unten her an. »Kann das ein Zeit- oder Dimensionstunnel sein?«, fragte er.

»Vielleicht.«

»Man müsste runter.«

Chandler erschrak. »Himmel, dann sind Sie verloren, Mr Conolly! Nein, bleiben Sie hier.«

»Sind wir nicht auch sonst so gut wie dem Tod geweiht?«, stellte Bill die Gegenfrage.

»Aber in dieser Finsternis haben Sie keine Chance. Wer weiß, wohin der Schacht führt. Bei mir im Schloss war es etwas anderes. Ich konnte die Kräfte beherrschen, unter Kontrolle halten, aber hier …«

»Haben Sie Kreide mit?«

»Wieso?«

Bill stand wieder auf. »Ich denke da an gewisse magische Symbole und Zeichen. Wenn wir sie einsetzen, könnte man vielleicht das Geheimnis des Schachts lösen.«

»So eine Art Beschwörung oder Gegenbeschwörung?«

»Ungefähr.«

Chandler kratzte sich an der Stirn. Einen Moment überlegte er, bevor er den Kopf schüttelte. »Nein«, sagte er dann. »Nein, und abermals nein. Das ist mir viel zu riskant. Ich schaufle mir mein eigenes Grab, wenn ich so etwas zulasse, glauben Sie mir.«

Bill ließ nicht locker. »Aber Sie haben sich doch damit beschäftigt. Auf Ihrem Schloss, wie ich hörte …«

»Schon. Da hatte ich auch meine Unterlagen. Bücher, die ich unbedingt für meine Arbeit benötige, Erklärungen, Hilfsmittel. Hier stehe ich mit leeren Händen.«

»Sie haben Ihr Gedächtnis«, erklärte Bill.

»Das ist auch alles.«

»Immerhin. Dieser Schacht, Professor, ist meiner Meinung nach die einzige Chance, die wir im Moment haben. Wir sollten sie nutzen, egal, was noch wird.«

Der Wissenschaftler hatte schon zu einer Gegenantwort angesetzt, als ihm das Wort buchstäblich von den Lippen gerissen wurde, denn draußen war ein Geräusch aufgeklungen, das so gar nicht zu den übrigen passen wollte. Ein seltsames Knurren oder Fauchen, das auch Bill Conolly vernommen hatte. Vor Schreck zuckte er zusammen.

Chandler starrte ihn an. »War es das, was Sie vorhin gehört haben?«, fragte er flüsternd.

»Ich glaube, ja.«

»Und?«

»Wir werden nachsehen und der Quelle des Geräusches auf den Grund gehen«, erklärte Bill. Er lächelte knapp, bevor er ans Fenster eilte und abermals hinausschaute.

Diesmal hielt es Chandler auch nicht auf seinem Platz. Und beide sahen plötzlich, wer das Geräusch verursacht hatte.

Ein unheimliches Wesen. Für Chandler völlig neu. Nicht für Bill Conolly.

Auf der Lichtung und vor der Hütte stand keine Geringere als Lupina, die Königin der Wölfe!

Es dauerte Sekunden, bis der Reporter seine Überraschung verdaut hatte. Er zog den Professor sofort wieder zurück und drückte ihn dabei so in die Tiefe, dass er von einer Person, die draußen durch das Fenster schaute, nicht mehr gesehen werden konnte. Dabei wisperte er. »Jetzt können wir uns warm anziehen.«

Chandler hatte eine Gänsehaut bekommen. »Wie meinen Sie das, Mr Conolly?«

»Wie ich es sagte. Ich kenne diese verdammte Bestie. Sie ist die Königin der Werwölfe und nennt sich Lupina. Ein verflucht gefährliches Wesen, das keine Rücksicht kennt.« Bill schüttelte den Kopf. »Nur verstehe ich nicht, wie es ihr gelingen konnte, in diese Welt zu kommen.«

»Auf jeden Fall ist sie da«, sagte der Professor. »Können wir etwas gegen sie unternehmen?«

»Silberkugeln«, sagte Bill. »Geweihte Silberkugeln töten Werwölfe.«

»Dann schießen Sie doch!«, verlangte Chandler.

»Keine Regel ohne Ausnahme. Bei Lupina nutzen die Kugeln nichts. Sie ist mit Orapul, ihrem Sohn, eine magische Verbindung eingegangen und resistent gegen die Geschosse.«

Die wahren Tatsachen waren dem Reporter leider unbekannt, und auch Chandler wusste nichts davon, dass es Suko gelungen war, Orapul oder Luparo zu töten.

»Und sonst?«

Bill atmete tief ein. »Können wir uns schon aufs Sterben vorbereiten«, erklärte der Reporter mit Galgenhumor.

»Sie machen mir Mut, Mann.«

»Ich bin Realist«, sagte Bill und bewegte sich geduckt einen Schritt vor auf das Fenster zu. »Bleiben Sie da hocken!«, flüsterte er über die Schulter hinweg. »Ich werde sie mir noch einmal anschauen.«

Bill Conolly hatte sich unter der Fensteröffnung an die Wand gepresst. Noch war er von draußen nicht zu sehen. Er schob sich sehr vorsichtig in die Höhe und hielt dabei einen schrägen Winkel ein.

Schließlich befand er sich dicht am Rand, dass er darüber hinwegpeilen konnte.

Er sah die Königin der Wölfe so, wie er sie kannte. Sie hatte sich nicht vollständig verwandelt, war halb Mensch, halb Bestie. Ihr Kopf gehörte einer schönen Frau, der Körper passte haargenau zu dem eines Wolfes.

Schönheit und Grauen – sie bildeten bei ihr eine Einheit und waren eine perfekte Verbindung eingegangen. Es war Lupina auch möglich, sich völlig in eine Wölfin zu verwandeln, doch meist lief sie als Menschbestie herum.

Wie auch hier.

Witternd stand sie auf der Lichtung. Den menschlichen Kopf hatte sie in den Nacken geworfen, ihr Gesicht war dem Himmel zugedreht, als wollte sie den durch die Äste schimmernden Mond orakelhaft befragen. Bill Conolly wurde den Eindruck nicht los, dass diese Zeit auch für Lupina so etwas wie Neuland war, denn sie bewegte sich nicht sehr sicher, sondern schaute sich forschend um, als sie einige Schritte zur Seite machte und sich dabei der primitiven Hütte näherte.

Bill behielt sie wieder im Auge. Lupina gab sich sehr aufmerksam. Sie schaute nach links und rechts, witterte, suchte nach einer Gefahr und blieb abrupt stehen.

Was hatte sie so plötzlich?

Auch Bill Conolly fühlte die Spannung, die ihn erfasst hatte. Da stimmte einiges nicht. Es gab etwas an Lupinas Verhalten, das ihn sehr stutzig machte, und auf einmal hörte er ihre Stimme.

»Wo bist du? Komm raus!«

Bill war verwundert. Dieses Gefühl löste das der Spannung ab. Ihm war klar, dass sie mit dieser Frage nicht ihn oder den Professor gemeint hatte, sondern einen anderen, der sich irgendwo in der Nähe herumtreiben musste. Wer konnte das sein? Bill und sein Begleiter hatten niemanden entdeckt, und in der Hütte selbst hielten nur sie sich auf.

»Mit wem redet sie da?«, zischelte der Wissenschaftler.

»Keine Ahnung.«

»Verdammt, da muss doch …«

»Seien Sie still, Professor. Es geht weiter.«

Bill hatte sich nicht getäuscht, denn nun ließ die Königin der Wölfe die Katze aus dem Sack. Und die Überraschung traf Bill noch stärker als beim ersten Mal.

»Nadine Berger, komm raus, verdammt! Zeig dich endlich! Ich weiß, dass du hier irgendwo steckst!«

Nadine erschien nicht. Wenn sie tatsächlich in der Nähe lauerte, hatte sie sich ein gutes Versteck gesucht, und sie würde sich hüten, es grundlos zu verlassen.

Vor Aufregung klopfte Bills Herz schneller. Er lächelt gleichzeitig, denn nie im Leben hätte er damit gerechnet, dass Nadine, die Wölfin, den Weg in diese Zeit finden würde. Da Lupina so direkt von ihr sprach, musste sie einfach in der Nähe sein.

Bill beobachtete nicht nur die Wölfin, er wandte seinen Blick auch dem Dschungelrand zu, wo die Dunkelheit nistete und ihm wie eine schwarze Wand vorkam. Es war keine Bewegung zu sehen, auch kein Augenpaar, das in der Finsternis leuchtete.

Bill Conolly drehte sich um und tauchte vom Fenster weg.

Chandler nickte.

Dann warteten die beiden.

Obwohl sich Lupina bemühte, so wenig Geräusche wie möglich zu verursachen, wurde sie doch von den beiden Män nern gehört. Sie nahmen genau wahr, wie sie sich der Hütte näherte und vor der Plattform noch einmal stehen blieb.

Bill hatte sich so weit zurückgezogen, dass er mit der Dunkelheit im hinteren Teil der Hütte verschmolz, er den Eingang jedoch als graues Rechteck erkennen konnte.

Zwischen Eingang und ihm befand sich der rätselhafte Schacht, dessen Geheimnis er noch ergründen wollte.

Seine Umgebung hatte Bill vergessen. Er dachte nicht mehr an die Zeit, in der er sich befand. Für ihn zählte einzig und allein die Werwölfin, die zu einer gewaltigen Gefahr geworden war.

Lupina huschte nicht die Leiter hoch. Sie sprang mit einem Satz auf die um die Hütte laufende Plattform und blieb dort stehen. Nicht nahe der Tür, sodass Bill Conolly nicht einmal die Spitze eines Haares von ihr entdecken konnte.

Es vergingen einige Sekunden. Auch Lupina wartete ab, sie wollte nicht so forsch in die Hütte hineinstürmen, schließlich wusste sie nicht, wer noch alles auf sie lauerte.

Bill rührte sich nicht. Der Professor verhielt sich ebenfalls still. Er wusste genau, dass keiner der Männer einen Fehler machten durfte. Taten sie es doch, waren sie verloren.

Dann erschien Lupina!

Bill Conolly hörte das Trappen ihrer Füße. Sehr langsam bewegte sich die Wölfin auf die Tür zu, drückte sich um den Eingang herum und stand plötzlich auf der Schwelle.

Im selben Augenblick streckte Bill seinen rechten Arm vor. Egal, was war, er würde schießen.

Trotz der miserablen Lichtverhältnisse hob sich Lupina deutlich vom Boden ab. Wenn Bill feuerte, konnte er sie gar nicht verfehlen.

Der Professor machte ihm einen Strich durch die Rechnung. Als Bill schießen wollte, fing er an zu schreien.

Bandor ging es immer schlechter!

Wir beobachteten ihn mit großer Sorge und konnten erkennen, dass er immer mehr zusammenfiel. Wobei sich die Frage stellte, ob er sich in einen Werwolf verwandeln oder sterben würde. Wir hofften, dass beides nicht geschah.

Inzwischen war auch Shao eingetroffen. Sie hielt sich allerdings nicht im Wohnraum auf, sondern war zu Sheila gegangen. Die beiden Frauen hockten in Bills Arbeitszimmer beisammen, wobei eine der anderen immer wieder Mut zusprach.

Auch mit unserer Gelassenheit war es nicht weit her. Wir hatten große Angst, dass die letzte Verbindung zu Bill Conolly und damit auch zu Professor Chandler abreißen würde.

Normalerweise lag Bandor ruhig da. Nur hin und wieder zuckte er plötzlich in die Höhe, setzte sich aufrecht hin, schrie und schüttelte den Kopf.

Die Schreie waren so laut, dass sie selbst von den Frauen gehört wurden. Sie stürzten jedes Mal aus dem Arbeitszimmer in den Wohnraum, und wir hatten Mühe, sie zu beruhigen.

Ein normaler Mensch wäre nach Luparos Biss schon längst zu einem Werwolf geworden. Nicht Bandor. In ihm mussten andere Abwehrkräfte toben, die den furchtbaren Keim zurückhielten.

Doch wie lange?

Diese Frage schwebte unsichtbar über unseren Köpfen. Irgendwann war der Zeitpunkt da, wo die Gegenkräfte erlahmten!

Dann war es aus!

Wir hatten bereits darüber geredet, wie wir uns verhalten sollten, wenn Bandor tatsächlich zu einer Bestie wurde. Einigung hatten wir nicht erzielen können.

Suko sprach dieses Thema noch einmal an. »Zu seiner und unserer Sicherheit wäre ich dafür, ihm Handschellen anzulegen«, schlug er vor.

»Jetzt?«

»So rasch wie möglich.«

Suko hatte gar nicht mal so unrecht. Handschellen waren wirklich gut. Damit war das Problem zwar nicht gelöst, aber kleiner geworden.

Wir wollten uns an die Arbeit machen, doch ein Telefonanruf unterbrach uns. Es war Sir James. Mein Freund hob ab, lauschte und legte bereits wenig später wieder auf.

»Was hat es gegeben?«

Suko hob die Schultern. »Sir James wollte wissen, ob wir Fortschritte gemacht haben. Du hast meine Antwort ja gehört. Er hat übrigens noch zwei Einheiten losgeschickt. Die Polizisten halten den Bunker am Klärwerk umstellt.«

»Irgendwelche Ereignisse?«

»Bisher noch nicht.«

Ich schlug mit der Faust in meine Handfläche. »Wäre auch zu schön gewesen.«

Suko hielt die Handschellen bereits zwischen den Fingern. Es waren keine stählernen mehr, sie bestanden seit neuestem aus Kunststoff, der ebenso haltbar war und den ein Gefangener auch nicht mit großer Kraft zerreißen konnte.

Suko nahm sich die Hände vor.

Der Inspektor wandte mir den Rücken zu. Er hatte sich ein wenig über Bandor gebeugt und die Arme erhoben. Ich fasste nach seinem rechten Fuß, hörte das leise Schnacken, als Suko es geschafft hatte, die Ringe um die Gelenke zu drücken, und war zufrieden.

Da geschah es!

Nie im Leben hätte ich mit dieser harten und gezielten Aktion des Urmenschen gerechnet, deshalb traf sie mich so überraschend und unvorbereitet.

Er zog seine Beine gedankenschnell an und ließ sie ebenso hart wieder vorschnellen. Ausweichen konnte ich nicht, deshalb musste ich den Treffer voll nehmen.

Beide Füße stießen in meine Magengrube.

Ich flog zurück, wobei es nichts gab, was mich aufhielt. Zum Glück riss ich nur zwei Gläser um und hatte Glück, dass ich neben dem großen Schrank mit dem Glaseinsatz in der Tür gegen die Wand krachte.

Nicht nur vorn spürte ich den Schmerz, auch im Rücken tobte er, denn der Aufprall gegen die Wand hatte mich ziemlich durchgeschüttelt. Ein paar Mal riss ich den Mund auf und schnappte nach Luft, dabei konnte ich überhaupt nicht richtig durchatmen, denn ich hatte das Gefühl, als befände sich in Höhe des Brustkastens eine Sperre.

Mir wurde mulmig. Ich schnappte nach Luft. Es wollte keine mehr in meine Lungen dringen, und mir wurde allmählich grau vor Augen. Dieser Tritt und der Aufprall hatten mich so unvorbereitet getroffen, dass ich nicht mehr dazu gekommen war, meine Bauchmuskeln anzuspannen.

Jetzt musste ich die Folgen tragen.

Die waren schlimm. Ich konnte mich nicht einmal auf den Beinen halten. In den Knien bekam ich das weiche Gefühl, dann sank ich langsam nach unten, fiel auf den Boden und krümmte mich dort. Um Bandor konnte ich mich nicht mehr kümmern.

Das war Sukos Sache.

Auch der Chinese hatte mit dieser Reaktion unseres Schützlings nicht gerechnet. Er hatte trotzdem noch einen großen Vorteil, denn Bandors Hände waren inzwischen gefesselt.

Trotzdem setzte er auch sie ein.

Zur linken Seite drosch er sie, denn dort stand der Chinese, und auch er musste den Hieb nehmen.

Allerdings war es ihm gelungen, seinen Kopf noch ein wenig zur Seite zu drehen, deshalb streifte ihn der Treffer nur am Hals.

Aber Suko musste zurück.

Diese Chance nutzte Bandor. Plötzlich war von seiner Mattheit und auch von der schweren Verletzung nichts mehr zu spüren. Er jagte von der Couch hoch, torkelte zur Seite, riss die gefesselten Arme in die Höhe und stieß einen markerschütternden Urschrei aus.

Sein Gesicht verzerrte sich dabei so sehr, dass fast nur noch sein weit aufgerissener Mund zu sehen war. Den Kopf hatte er in den Nacken gelegt, und der Schrei stoppte nicht, er nahm nur eine andere Tonlage an. Aus dem schrillen Ruf wurde ein hohes, schauriges Heulen, so wie es auch von Tieren ausgestoßen wurde.

Von Wölfen!

Suko hörte das Heulen, auch ich vernahm es dumpf, während ich leider nichts unternehmen konnte und nach wie vor kampfunfähig am Boden lag. Aber Suko wollte etwas tun.

Er zog diesmal die Beretta!

Im selben Augenblick wurde die Tür aufgestoßen. Die beiden Frauen standen auf der Schwelle. Ängstlich schauten sie in den Wohnraum, sahen Bandor, bis Suko sie anfauchte: »Verschwindet!«

Erschrocken zogen sich Sheila und Shao zurück.

Suko hatte sekundenlang nicht auf Bandor achten können. Als er seinen Blick wieder auf ihn richtete, sah er, wie sich der Urmensch verwandelte.

Aus jedem Flecken seines dunklen Körpers sprossen tiefbraune bis schwarze Haare hervor. Dies ging so schnell, dass sich innerhalb einer kurzen Zeitspanne ein Fell bildete.

Luparos Biss trug Früchte. Er hatte letztendlich Bandors Widerstandskraft gebrochen, und auch dessen Kopf wurde nicht verschont, denn im Gesicht wuchs ebenfalls das dichte Fell zu einem regelrechten Pelz.

Gleichzeitig veränderte sich auch der Kopf.

Der Mund verwandelte sich in eine vorspringende Schnauze. Die Stirn wurde breiter, die Augenbrauen wurden ebenso dicht wie das Fell, und auch die normalen Hände waren nicht mehr vorhanden.

Bandor hatte jetzt gefährliche Krallen!

Für einen Moment stand er still. Wie abgeschnitten brach auch das Heulen ab. Er hatte sich jetzt vollständig in eine blutgierige Werwolf-Bestie verwandelt, verharrte auf dem Fleck und starrte Suko, seinem Widersacher, ins Gesicht.

Dann schüttelte er sich, als hätte jemand kaltes Wasser über ihn ausgegossen. Das Beben lief durch seine Gestalt, und einen Moment später versuchte er, seine Kräfte voll einzusetzen.

Er wollte die Fessel sprengen! Sie trotzte aber selbst den Kräften eines Werwolfs, der verzweifelt bemüht war, die Fessel auseinanderzureißen. Vergeblich.

Auch ich sah ihn. Mittlerweile ging es mir wieder etwas besser, und ich hatte mich hinknien können. Mit der rechten Hand stützte ich mich dabei auf, während ich die linke gegen meinen Magen gepresst hielt, um das würgende Gefühl ein wenig zurückzuhalten.

Der Werwolf konnte die Fesseln nicht zerreißen, und abermals drang ein unheimlich klingendes Geräusch aus seinem Mund.

Diesmal war es kein Heulen, sondern ein Geräusch bitterer Wut, das er uns entgegenbrüllte.

Ich sah, wie Suko die Beretta anhob.

»Nein, Suko, nicht!«, krächzte ich. »Erschieß ihn nicht. Vielleicht kann er uns trotzdem auf die Spur bringen.«

»Er wird uns angreifen.«

»Fessle ihm die Füße.«

»Lässt er das zu?«

Ich verzog das Gesicht. »Klar, Alter, wenn du deinen Stab nimmst, packst du die Sache schon.«

»Verflucht, daran habe ich gar nicht gedacht.«

»Dann mal los!«, forderte ich ihn auf. »Man wird ja bekanntlich aus Schaden klug.«

Suko warf seine Beretta von der rechten Hand in die linke und zog, kaum dass die rechte Hand leer war, seinen magischen Stab aus der Tasche.

Der Werwolf schaute nur. Er ließ dabei seine Arme fallen, öffnete die Schnauze, als Suko bereits das Wort aller Worte rief.

»*Topar!*«

Schon erstarrte alles. Der Werwolf rührte sich nicht, und auch ich war in meiner Haltung eingefroren. Bewegen konnte sich allein der Träger des Stabs.

Fünf Sekunden blieben dem Chinesen. Er musste schnell sein, wenn ihm etwas gelingen wollte. Suko holte die Fesseln hervor, fiel auf die Knie und hoffte, dass die beiden Ringe um die Knöchel der Bestie passten.

Es klappte!

Kaum war der letzte Verschluss eingerastet, als Suko sich wieder zurückwarf. Das war auch nötig gewesen, denn noch im selben Moment konnte sich Bandor wieder bewegen.

Er wollte vor.

Es war ein Schrittchen, mehr nicht. Aber er hatte Schwung hinter seine Aktion gelegt, und diesen Schwung konnte er nicht mehr bremsen. Zudem hielten ihn die Fesseln an den Knöcheln. Es kam, wie es kommen musste. Die Bestie stürzte schwer zu Boden.

Einiges zitterte, als Bandor fiel. Sogar das kostbare Geschirr im Glasschrank bewegte sich und tickte ein paar Mal gegen die Scheiben. Zum Glück hielt beides.

Ich war ebenfalls aus meiner Trance erwacht.

An der Wand stützte ich mich ab und zog mich in die Höhe, wobei ich zuschaute, wie Bandor einen Tobsuchtsanfall erlitt.

Er wälzte sich auf dem Boden. Spie Gift, Galle und Geifer. Aus seinem Maul drangen so unartikulierte Laute, wie ich sie noch nie im Leben gehört hatte. Suko musste während des Anfalls zur Seite gehen, um von dem sich überrollenden Körper nicht getroffen zu werden.

Bandor war nicht mehr zu halten. Er versuchte, auf die Füße zu kommen, was ihm jedoch nicht gelang. Die Fesseln an seine Füßen sperrten zu stark.

Eine Handlänge kam er hoch, dann krachte er wieder zu Boden und blieb diesmal auf dem Bauch liegen, wobei er aussah, als würde er seine Reißzähne in den Teppich schlagen.

Die Geräusche waren so laut gewesen, dass auch die beiden Frauen sie gehört hatten. Shao und Sheila drückten die Tür auf und blieben wie angewurzelt auf der Schwelle stehen.

»John!« Schluchzend drang das eine Wort aus Sheilas Kehle. »Ist das – Bandor?«

Ich nickte mit verzogenem Gesicht, denn ich litt noch unter den Nachwirkungen des Treffers.

»Und jetzt?«

»Keine Ahnung.«

»Aber was geschieht mit Bill?« Sheila rief es laut, und der Name ihres Mannes schwang durch den Raum als ein zitterndes Echo, doch von uns konnte sie keine Antwort bekommen.

Wir wussten es selbst nicht.
Uns war nur eines klar.
Unsere Chancen sanken immer mehr.

Es war nicht nur ein Schrei, der aus der Kehle des Professors drang, sondern unmenschliche Laute, die sich anhörten wie das verzweifelte Jaulen eines Raubtieres und die Bill Conolly bis in die Tiefen seiner Seele erschreckten und auch Lupina aufmerksam werden ließen.

Der Reporter wusste nicht, ob die Werwölfin bisher überhaupt etwas von ihnen bemerkt hatte. Jetzt war es der Fall.

Sie sprang nicht in den Raum, sondern huschte zurück. Genau in dem Augenblick, als Bill Conolly seinen rechten Zeigefinger um den Abzug krümmte.

Er sah noch das fahle Mündungsfeuer, das die nähere Umgebung für den Bruchteil einer Sekunde erhellte, und er hörte den peitschenden Klang. Vom Einschlag des geweihten Silbergeschosses sah er nichts, doch er war davon überzeugt, Lupina nicht getroffen zu haben.

Eine zweite Kugel wollte Bill Conolly nicht riskieren. Er hätte zwar die Wand der Hütte durchschießen können, aber von Lupina sah er keine Spur mehr.

Die Werwölfin war untergetaucht.

Bill geriet in eine Stresssituation. Nicht nur Lupina war wichtig für ihn, auch der Professor. Um ihn wollte sich der Reporter zuerst kümmern. Er huschte zu ihm hin.

Chandler lag auf dem Boden. Beide Hände hielt er gegen den Magen gepresst. Sein Gesicht war zu einer Grimasse verzerrt. Die Angst leuchtete aus seinen Augen, vor seinen Lippen sprühte der Speichel, sodass Bill Furcht vor ihm bekam.

Er fasste den Mann mit beiden Händen an den Schultern und schüttelte ihn durch. »Professor, was ist geschehen? Reden Sie doch! Was haben Sie?«

Chandler riss die Augen auf. Das Gesicht erinnerte den Reporter dabei an eine furchterregende Maske. Sein Atem ging schnell, gleichzeitig auch flach. Bill wurde das Gefühl nicht los, als müsste der Mann vor ihm Höllenqualen durchleiden.

»Reden Sie doch!«, schrie der Reporter.

Ein röchelnder Atemzug wehte Bill Conolly entgegen, so tief hatte der andere Luft geholt. Jetzt bewegte er seinen Mund, und Bill versuchte, ihm die Worte von den Lippen abzulesen.

Er verstand auch eins.

Bandor!

»Was ist mit ihm?«, fragte der Reporter und formulierte die nächste Frage sehr deutlich. »Was ist mit Bandor?«

Chandler stützte sich auf die Ellbogen und brachte mühsam seinen Oberkörper ein Stück in die Höhe. Er atmete schwer, bewegte den Mund und formulierte seine nächsten Worte. »Bandor ist – er ist – oh, verdammt, er ist zu einem …«

»Was denn?«, schrie Bill. Auch er war nur ein Mensch und hatte Nerven. Der Reporter wollte nicht so lange auf die Folter gespannt werden. »Reden Sie endlich!«

Der Blick des Professors brannte in Bills Gesicht. Er fraß sich in dessen Augen fest. »Ein Werwolf!«, flüsterte Chandler. »Bandor ist zu einem Werwolf geworden …«

Bill Conolly glaubte, sich verhört zu haben. Er erstarrte zur Salzsäule, und die Überraschung auf seinen Gesichtszügen fror allmählich ein.

Bandor ein Werwolf!

Es hämmerte hinter seiner Stirn. Immer nur dieser eine verdammte Satz. Bandor ist ein Werwolf. Man hat ihn zu einer Bestie gemacht. Wie war das möglich? Wie konnte dies geschehen, wo John Sinclair und Suko ihn doch hatten beschützen sollen?

Trotzdem wollte der Reporter es nicht so recht glauben. »Ist – ist das wahr?«, fragte er.

Der Professor brach zusammen. Die Arme waren zu schwach, um das Gewicht des Mannes halten zu können. Auf dem Bauch blieb er liegen. Stoßweise und röchelnd drang der Atem aus seinem Mund. »Es ist tatsächlich so«, hauchte er. »Werwolf – man hat ihn zu einem Werwolf gemacht.«

Jetzt bückte sich auch Bill. Er fiel sogar auf die Knie und umklammerte die Schultern des Mannes. »Und wer hat dafür gesorgt? Es muss doch einen gegeben haben, der …«

»Ich weiß es nicht.«

»Aber Sie und Bandor sind eine Person!«, hielt ihm Bill vor. »Sie müssten es wissen.«

»Diesmal nicht.«

Der Reporter stöhnte auf. Ein bissiges Grinsen verzerrte für einen Moment sein Gesicht, dann nickte er und flüsterte: »Verdammt, ich habe es geahnt. Ich ahnte, dass es so kommen würde. Verflixt noch mal. Reingefallen sind wir …«

»Die anderen haben ihn auch nicht retten können«, flüsterte der Wissenschaftler.

Obwohl Bill selbst mitten im Dreck steckte, machte er sich Gedanken um seine Freunde. Wieso hatten die es nicht verhindert? Wie war es nur möglich gewesen, dass Bandor so etwas hatte passieren können? Und wer trug dafür die Verantwortung?

Bill dachte nach. Lange brauchte er nicht zu überlegen. Er hatte Lupina ja selbst gesehen. Für ihn gab es keine andere Lösung. Ja, Lupina konnte sich das auf die Fahne schreiben. Sie und niemand anders musste Bandor angegriffen haben und war dann in diese Welt verschlagen worden.

Bill nickte sich selbst zu, weil er von seinen Gedanken überzeugt war. Dann rutschte er ein Stück zur Seite und stand auf. Er zitterte und atmete schwer. Sein Gesicht glänzte nass, in seinem Innern tobte eine Hölle. Nicht nur er war in eine Falle getappt, auch John und Suko hatten es nicht geschafft.

Diesmal waren die anderen besser und stärker gewesen.

Noch immer umkrampften seine Finger den Griff der Beretta. Sollte alles verloren sein, wollte er die letzte Kugel für sich selbst aufsparen. Aber noch lebte er, und er hatte auch noch ein wenig Hoffnung, denn Lupina war nicht allein in diese Welt gekommen. Es gab da noch jemanden, den sie suchte.

Nadine Berger!

Sie hatte nach ihr geschrien, also musste sich die Wölfin mit der menschlichen Seele hier irgendwo herumtreiben. Und die wollte der Reporter finden.

Dabei musste er zwangsläufig die Hütte verlassen. Er warf einen raschen Blick auf den Professor.

Mit Chandler war nicht mehr viel los. Der Mann hatte sich auf den Rücken gedreht, während sein Gesicht die Anstrengung und die Gefühle zeigten, die ihn durchtosten. Er hatte eine Niederlage erlitten, und das wusste er. Seine erste Existenz war zu einem Werwolf geworden, das hatte auch Bill Conolly inzwischen erkannt, wobei sich dieser die Frage stellte, ob sich das Grauen nicht übertrug.

Wenn Bandor ein Werwolf geworden war, konnte er den Keim auch in Professor Chandler einpflanzen.

Der Reporter wagte kaum daran zu denken. Er schüttelte sich, und es rann ihm den Rücken hinab, während er ein paar Schritte zur Seite ging und am Fenster stehen blieb. Bill schaute hinaus. Er wollte nach Lupina sehen. Wenn er Glück hatte, konnte er sie vom Fenster aus mit einer schnellen Kugel erwischen.

Das schaffte er nicht. Lupina ließ sich nicht blicken. Entweder lauerte sie im toten Winkel, oder sie hielt sich am Waldrand versteckt.

Bill trat zurück. Der Professor hatte sich wieder aufgerichtet. Er schaute ins Leere, und er schüttelte sich dabei, als würden Fieberschauer durch seinen Körper jagen. Bill wollte etwas sagen, überlegte es sich dann und schritt kurzerhand zur Tür. Es hatte keinen Sinn, hier länger in der Hütte zu hocken. Er musste die Initiative ergreifen und die Gegner locken, obwohl er sich darüber im Klaren war, dass auch ihn eine feindliche Umwelt umgab.

»Wo wollen Sie hin?« Die Stimme des Wissenschaftlers erreichte den Reporter auf der Schwelle.

»Ich sehe mich mal ein wenig um.«

»Allein?«

»Natürlich.«

»Das ist gefährlich. Sie …«

Bill unterbrach den Mann mit einer heftigen Handbewegung. »Bleiben Sie hier, Professor, das ist am besten. Halten Sie sich zurück und rühren Sie sich nicht. Alles andere können Sie mir überlassen.«

»Sie …«

Bill hörte nicht mehr hin, sondern schob sich über die Schwelle und blieb auf der Plattform stehen.

Er entdeckte das Kugelloch in der Wand, das sein Geschoss gerissen hatte. Ein Zeichen, dass er Lupina nicht getroffen hatte.

Seine Gegnerin sah er nicht. Sie steckte wahrscheinlich am Rand des Dschungels. Aber wo befand sich Nadine Berger?

Bill Conolly war fest davon überzeugt, die Wölfin mit der menschlichen Seele hier irgendwo zu finden. Nicht umsonst hatte Lupina nach ihr gerufen. Nadine musste in der Nähe sein.

Sie war Bills Hoffnungsbalken, und der Reporter rief ihren Namen. Zunächst nur flüsternd.

»Nadine!«, zischte er. »Bitte, Nadine, komm her!«

Es rührte sich nichts. Sosehr Bill auch den Rand des tropischen Waldes absuchte, er konnte nicht die geringste Spur von der Wölfin entdecken.

Dann steigerte er seine Stimme. Sie wurde zu einem lauten Rufen, und diesmal hallte sie gegen den Waldrand.

»Nadine!«

Bill wartete ab. Er war gespannt. Sein Mund stand offen, die Augen hatte er ein wenig verengt, ein lauernder Ausdruck lag in den Pupillen, und mit der rechten Hand umklammerte er den Griff seiner Beretta.

Sie musste doch etwas von sich hören lassen. Sie war nicht taub, seine Stimme hatte laut genug geklungen.

Er drehte sich im Kreis. Wenn sie erschien, wollte er sie so rasch wie möglich sehen.

Dann raschelte es vor ihm!

Sofort konzentrierte sich Bill Conolly auf dieses Geräusch, starrte in Richtung Dschungelrand und entdeckte dort einen Schatten. Keinen aufrecht wandernden, wie Lupina ihn abgegeben hätte, nein, einen kompakten, der auf vier Beinen lief und die Umrisse eines großen Hundekörpers hatte.

Das war Nadine Berger!

Nadine, die Wölfin mit der menschlichen Seele und den ebenfalls so menschlich blickenden Augen.

Bill atmete schnell und dennoch flach. Seine Augen glänzten plötzlich. Auf einmal fühlte er sich nicht mehr so allein, und er begann leise zu lachen.

Es war ein gurrendes Gelächter. Er konnte selbst nichts dafür, aber so löste sich bei ihm die Spannung, und er ging in die Knie, wobei er den linken Arm ausstreckte, um Nadine, die eigentlich hätte in seinem Haus sein sollen, zu locken.

»Komm her, Nadine, komm!«

Die Wölfin rührte sich nicht. Sie stand auf dem Fleck wie eine Statue und schien mit dem Boden verwachsen zu sein. Bill sah nur den dunklen Körper und auch die hellen Augen, die zwar nicht so kalt und grausam leuchteten wie die eines normalen Wolfs, dennoch gut zu erkennen waren.

Bill verstand die Welt nicht mehr. Er konnte sich nicht erklären, aus welch einem Grund Nadine stehen blieb. Vielleicht war es auch die Umgebung. Zu Hause, in London, da brauchte der Reporter nur mit dem Finger zu schnippen, dann kam sie. Aber hier rührte sie sich nicht von der Stelle.

Bill hatte das Gefühl, als wäre er für die Wölfin sogar ein Fremder. So schaute sie ihn an. Überhaupt kein Zeichen des Erkennens, gar nichts. Nur so, als hätten sie sich nie gesehen.

Der Reporter versuchte es noch einmal. Er rief: »Nadine, ich bin es doch. Ich, Bill Conolly. Komm ...«

Keine Reaktion.

Tief atmete der Reporter ein. Er war unschlüssig. Was sollte er tun? Die Wölfin zeigte kein Interesse an ihm. Er wusste nicht, was dieses Tier überhaupt hergeführt hatte, aber er wollte es unter allen Umständen erfahren. Deshalb versuchte er es noch einmal. Diesmal lockte er nicht, sondern ging vor.

Er wunderte sich selbst über seine zögernden Schritte. Er ging so, als wäre Nadine für ihn eine Fremde, und der Reporter steckte voll innerer Abwehr.

Die linke Hand hielt er dabei weiter ausgestreckt. Den rechten Arm hatte er gesenkt, die Mündung der Beretta wies zu Boden.

Auf halber Strecke blieb Bill stehen. Die Wölfin war jetzt besser zu erkennen. Sogar ihr Fell hatte sich gesträubt. Selbst das konnte der Reporter erkennen.

Wieder versuchte er es mit Worten. Er lockte, legte alles in seine Stimme hinein, aber die Wölfin rührte sich nicht. Dennoch reagierte sie. Auf eine Art und Weise allerdings, die dem Reporter völlig fremd war.

Die Wölfin knurrte ihn an.

Es war ein drohendes Geräusch, das dem Reporter da entgegenschwang. So etwas kannte er überhaupt nicht. Noch nie hatte ihn Nadine direkt angefeindet, und überrascht schüttelte er den Kopf.

Sollte hier alles anders sein? War die Wölfin jetzt zu einer Feindin geworden? Lag es vielleicht an der anderen Zeit, der anderen Umwelt und an einer vielleicht vorhandenen Magie, dass sie sich zu dieser außergewöhnlichen Reaktion hinreißen ließ?

Auf diese Frage fand der Reporter keine Antwort, denn auch durch Bewegungen oder andere Reaktionen machte ihm das Tier nicht klar, was es dachte oder wollte.

Nadine Berger blieb feindlich!

Und sie veränderte ihren Standort. Zunächst rann ein Zucken durch ihre Gestalt. Dann schüttelte sie den Kopf und schritt zur Seite. Den Kopf hatte sie dabei nicht nur erhoben, sondern auch gedreht, sodass sie den Reporter nicht aus den Augen ließ. Und auch Bill verfolgte ihren Weg.

Die Wölfin schlug einen Bogen. Sie bewegte sich sehr geschmeidig voran. Bill hatte das Gefühl, als würden ihre Pfoten den Boden überhaupt nicht berühren.

Das war ein Körper voller Kraft und Zähigkeit. Ein reines Energiebündel aus Muskeln und Sprungfähigkeit.

Bill sah auch den Grund, weshalb sie einen Bogen schlug. Sie wollte ihm nicht begegnen, außerdem hatte sie sich ein Ziel ausgesucht.

Es war die Hütte!

Um die Wölfin immer im Auge behalten zu können, musste sich Bill zwangsläufig mitdrehen. Dabei suchte er ebenfalls nach Lupina, denn er glaubte fest daran, dass sich auch die Königin der Wölfe noch in der unmittelbaren Nähe herumtrieb.

Bill fragte sich gleichzeitig nach dem Verhältnis, das zwischen den beiden bestand. In der normalen Welt waren die beiden Todfeinde. Galt das auch hier?

Obwohl der Reporter keinen Beweis für seine Annahme hatte, konnte es durchaus anders sein. In der Urzeit war alles verkehrt, denn hier lag die Geburtsstätte der Wolfsmagie.

Nadine Berger war ziemlich dicht an die Plattform herangekommen. Nach einem mächtigen Sprung stand sie schräg vor der Tür.

Noch einmal drehte sie den Kopf.

Bill Conolly sah die Augen auf sich gerichtet. Sie kamen ihm plötzlich nicht mehr so vor wie sonst. Leuchtete in ihnen nicht das kalte Licht der Feindschaft?

Trotz der Wärme rann über den Rücken des Reporters ein kalter Schauer. Nadine war ihm fremd geworden, und auch sie kümmerte sich nicht mehr um Bill Conolly.

Sie drehte sich, wandte ihm den Rücken zu und verschwand im Innern der primitiven Hütte.

Kaum war sie aus Bills Blickfeld verschwunden, als der Reporter einen Schrei hörte.

Der Professor hatte ihn ausgestoßen, und in Bills Gehirn schrillten augenblicklich die Alarmglocken. Er hatte furchtbare Angst, dass sich Nadine zu einer Bestie entwickeln konnte. Nichts hielt ihn mehr auf dem Fleck. Aus dem Stand startete er und überwand mit langen Sätzen die trennende Distanz.

Bill nahm nicht die Leiter. Er sprang mit einem Satz auf die Plattform, war an der Tür und huschte mit schussbereiter Waffe hindurch.

Professor Chandler stand dicht am Fenster. Mit dem Rücken presste er sich gegen die Wand, während er den rechten Arm ausgestreckt hielt und jetzt auf Bill Conolly schaute.

»Was ist geschehen?«, fragte der Reporter.

»Die Wölfin!«, keuchte der Mann. »Sie ist …«

Bill lief näher. »Was ist denn mit ihr? Reden Sie schon, Professor!«

»Im Schacht, Mr Conolly. Sie ist hereingekommen, lief auf den Schacht zu und verschwand plötzlich darin. Ich – ich konnte überhaupt nichts tun, wirklich nicht …«

Bill Conolly erschlaffte. Alles hätte passieren können, nur das nicht.

Er befand sich in der Urwelt, und es war Nadine Berger, die Wölfin, die innerhalb des Schachts verschwunden war.

»Was haben Sie?«

Bill hörte die Frage des Professors und schüttelte den Kopf. »Nichts«, flüsterte er, »gar nichts. Es ist einfach …« Er hob die Schultern. »Na ja, auch ich bin nur ein Mensch, verstehen Sie? Ich habe auch Nerven.«

Chandler nickte. Trotzdem blieb er beim Thema. Er traute sich sogar wieder vor, als er fragte: »Was befindet sich im Schacht, Mr Conolly? Ich wollte nicht hineinschauen, aber das Tier rannte darauf zu und verschwand darin …« Er hob die Schultern, weil er nicht mehr weiter wusste.

Die Sekunden der Depression waren vorüber. Bill Conolly hatte sich wieder gefangen. »Schauen wir doch mal nach«, sagte er und verzog sein Gesicht zu einem optimistischen Lächeln.

»Was wollen Sie?«

»Nachsehen. Sie muss doch einen Grund gehabt haben, dort hineinzuspringen. Vielleicht können wir ihn finden.«

»Nein, Mr Conolly, ohne mich.«

»All right, Professor, bleiben Sie eben dort stehen.«

»Es ist gefährlich«, warnte der Mann.

»Das weiß ich selbst. Aber sollen wir hier herumstehen und gar nichts tun?«

Darauf wusste der Wissenschaftler keine Antwort, und so schaute er zu, wie sich Bill Conolly mit vorsichtigen und kleinen Schritten dem Schachtrand näherte.

Er blieb so dicht davor stehen, dass seine Schuhspitzen den Rand berührten.

Dann senkte er den Blick.

Chandler hielt es nicht mehr aus. Die Spannung ließ ihn fast zerplatzen. »Was sehen Sie da?«

Bill Conolly gab keine Antwort. Als er das erste Mal in den Schacht geschaut hatte, hatte er nichts entdeckt. Nun aber zeigte sich etwas.

Ein Gesicht!

Nein, eine Fratze. Sie gehörte einem Wolf. Einem Urwolf, einem gefährlichen Tier.

Grausam und erbarmungslos.

Es war Fenris, der Götterwolf, und Luparos Vater!

Bandor machte uns Schwierigkeiten. Es war klar, dass er, wo er jetzt zu einem Werwolf geworden war, nicht ruhig liegen bleiben konnte. Er reagierte ja nicht mehr so wie ein Mensch, schließlich war sein Blut ein anderes geworden. In seinen Adern floss jetzt der magische Lebenssaft aller Schwarzblüter, und normalerweise hätten wir ihn töten müssen, aber wir brachten es nicht übers Herz. Vielleicht war noch etwas zu retten, wobei sich unsere Hoffnung auf die Doppelexistenz bei ihm gründete.

Bandor wälzte sich von einer Seite zur anderen. Er hob

seine gefesselten Arme, streckte sie uns wie bittend entgegen, doch wir dachten gar nicht daran, die Handschellen zu lösen.

Ab und zu erlitt er einen Anfall. Dann wälzte er sich von einer Seite auf die andere, tobte und fauchte. Manchmal schäumte auch gelblicher Geifer vor seinem Mund, und seine Raubtierzähne kamen uns vor wie kleine Messer.

Er war schon fast durch das Zimmer gerollt, aber es war ihm nie gelungen, auf die Beine zu kommen.

Shao und Sheila waren geblieben. Sie beobachteten unseren Gefangenen mit skeptischen und ängstlichen Blicken, einen Kommentar gaben sie dabei nicht ab.

Wir wussten nicht, was wir noch unternehmen sollten. In diesem Fall waren wir wirklich hilflos.

Es gab keinen Punkt, an dem wir ansetzen konnten, uns blieb allein die Chance zu warten, dass irgendetwas geschah und sich die Lage zu unseren Gunsten veränderte.

Abermals begann der Wolf mit seiner Wanderung. Er rollte sich ein paar Mal um die eigene Achse, ließ eine gewisse Strecke hinter sich, und jeder von uns sah, dass dieses Rollen nur das Vorspiel zu einem Anlauf gewesen war.

Plötzlich schnellte er hoch und schaffte es sogar bei seinem ersten Versuch. Ich hörte Shaos erschreckten Ruf, auch Sheila verhielt sich nicht still und jagte aus dem Sessel hoch.

Der Zufall wollte es, dass ich günstiger als mein Freund Suko saß, so war ich als Erster bei ihm. Genau in dem Augenblick, als er sich umdrehte, wobei er die gefesselten Arme gehoben hatte, um sie nach unten sausen zu lassen.

Ich sollte das Ziel sein.

Der Hieb kam auch. Nur hatte ich damit längst gerechnet, tauchte zur Seite und schlug selbst zu.

Meine Faust traf das Fell irgendwo in der Körpermitte. Es war ein guter Treffer. Durch die Fesselung konnte sich die Bestie nicht auf den Beinen halten und krachte schwer auf den Rücken. Sie überstand diesen Fall, fauchte und knurrte uns wütend an.

Ich schüttelte mich. »So nicht, mein Freund«, sagte ich, obwohl er nichts verstand. Dafür rollte er wieder auf dem Boden umher, und Suko war es schließlich leid.

Mein Partner stürzte sich auf den Wolf, wuchtete mit seinem schweren Körper den anderen am Boden fest und drückte ihm gleichzeitig die Mündung der Beretta zwischen die Augen.

Auch mich hatte Suko mit dieser Aktion überrascht. Ich wusste nicht, was er vorhatte, hörte jedoch seinen Ruf. »John, nimm die Kreide, wir müssen ihn bannen.«

Die Idee war gut. Zwar verschmutzte ich damit den Teppich der Conollys, aber das spielte in diesem Fall die geringste Rolle.

Bandor ahnte, was ihm blühte, wenn er sich jetzt noch unkontrolliert bewegte. Er schielte auf die Waffenmündung, rührte sich aber nicht, und mir gelang es, die Kreide einzusetzen. Um seinen Körper herum malte ich ein großes Oval, eine Barriere, die er, so hofften wir, nicht durchdringen würde.

Es dauerte nur wenige Sekunden, dann hatte ich meine Arbeit beendet. Als ich auf die Füße schnellte, kam auch Suko hoch. Er stieß keuchend die Luft aus und nickte.

»Das war's wohl«, sagte er.

»Und wie!« Ich grinste.

»Was machen wir jetzt?«

»Zusehen, ob er es schafft!«

Natürlich wollte Bandor es versuchen. Er lag noch einige Sekunden still. Anscheinend dachte er darüber nach, ob es Zweck hatte, noch einmal alle Kräfte einzusetzen, dann rollte er sich auf die linke Seite und geriet gefährlich nah an die magische Grenze.

Er berührte sie.

Im nächsten Augenblick zitterte sein gellender Schrei durch das Haus und dröhnte in unseren Ohren. Bandor war gebannt. Er schaffte es nicht, die Grenze zu überschreiten, und wir konnten zufrieden sein. So hatten wir jetzt einen »ruhigen« Werwolf.

Auch die Frauen atmeten auf.

Bandor aber wimmerte. Er hatte etwas abbekommen, denn als er sich wieder von der Grenze wegdrehte, war da, wo er die magische Linie berührt hatte, sein Fell verbrannt.

Dort sah es nicht mehr schwarz aus, sondern grau und stumpf. Zum Teil war es auch verschwunden, und auf der dunklen Haut war ein rötlich schimmernder Fleck zurückgeblieben.

Er hatte sich diese Verletzung selbst zuzuschreiben, aber wer sollte ihm schon raten? Und konnte man einem Werwolf überhaupt einen Rat geben? Nein, so eine Bestie reagiert nur auf Druck.

»Und jetzt?«

Suko hatte die Frage gestellt. Sie war berechtigt. Keiner von uns wusste eine Antwort.

Ich hob die Schultern. »Suko, ich weiß es nicht. Tut mir leid. Vielleicht hätte uns Nadine etwas sagen können, aber sie ist weit weg. Verschwunden, falls sie überhaupt noch lebt.«

Als ich dies sagte, wurde Sheila blass. »Du hast doch keine Beweise dafür«, flüsterte sie.

»Das stimmt. Es war nur eine Vermutung, meine Liebe.«

»Denkst du auch an Bill?«

Ich konnte Sheila und ihre Frage sehr gut verstehen. Natürlich dachte ich an ihn, und ich hoffte sehr stark, dass er noch lebte. Das sagte ich Sheila auch.

Sie runzelte die Stirn und schüttelte den Kopf. Dabei öffnete sie den Mund, um etwas zu sagen, aber sie brachte keinen Laut hervor. Ihre Stimme erstickte.

»Solange wir keine Nachricht von seinem Tod erhalten haben, besteht noch Hoffnung«, stand Suko mir bei.

»Sei doch ruhig«, sagte Shao.

»Wieso? Ich …«

»Du deprimierst sie nur noch mehr.«

Suko hob die Schultern und schwieg. Da sich der Werwolf nicht rührte, breitete sich Stille innerhalb des Raumes aus.

Es war eine Stresslage. Wir hockten hier und konnten nichts tun, waren hilflos, denn die Ereignisse, auf die es ankam, liefen außerhalb unserer Kontrolle und unseres Wirkungskreises ab.

»Wenn er sich wenigstens melden würde«, flüsterte Sheila.

Wie sollte er denn?, dachte ich. Wo Dimensionen und Zeiträume zwischen uns lagen. Nein, dieser Wunsch würde für Sheila wohl kaum in Erfüllung gehen. Ihr Mann blieb erst einmal verschollen.

»Ob wir nicht doch zum Bunker fahren sollen?«, schlug mein Freund Suko vor.

»Und was machen wir mit Bandor?«

»Wir können ihn ja mitnehmen.«

Im Prinzip war der Vorschlag nicht schlecht. Innerhalb des Bunkers befand sich ein uraltes magisches Zentrum. Vielleicht konnten wir die Magie verstärken, sodass sie uns eine Antwort auf alle die ungelösten Probleme gab.

»Wenn ihr fahrt, komme ich mit«, erklärte Sheila mit entschlossener Stimme. »Ich will mir hinterher keine Vorwürfe machen, nicht alles getan zu haben, um Bill wieder zurückzuholen.«

Konnten wir ihr das verweigern? Kaum. Dennoch hatte ich Einwände. »Denkst du auch an Johnny?«

»Shao wird auf ihn achten. Als wir allein waren, haben wir darüber schon gesprochen.«

Da Shaos Name gefallen war, nickte die Chinesin zur Bekräftigung.

Ich schaute Suko an. »Was meinst du?«

»Gut, wir versuchen es.« Der Inspektor stand auf. Einen skeptischen Blick warf er auf Bandor. »Der wird trotz seiner Fesseln toben. Wir müssen mit einer verdammt ungemütlichen Fahrt rechnen.« Was er da sagte, war noch leicht untertrieben, vielleicht wurde es eine regelrechte Hölle für uns.

»Zurücklassen können wir ihn auch nicht«, sagte ich leise. »Er wird uns bestimmt helfen können, ob er nun will oder nicht. Es ist schwer, Alter, weißt du das?«

»Sicher.«
»John, Suko! Worauf wartet ihr denn noch?« Sheilas Stimme klang drängend. Sie wollte endlich Fortschritte sehen, aber es sollte alles ganz anders kommen.

Schuld daran trug ein kleiner Junge, dessen Schritte wir plötzlich hörten.

Auch Sheila hatte sie vernommen. Sie fuhr herum und riss die Tür auf. Johnny erschrak über die heftige Bewegung. Er schaute zu seiner Mutter hoch. Wir alle sahen sein blasses Gesicht. Er sah seltsamerweise gar nicht verschlafen aus, zwinkerte nur mit den Augen und wollte reden, doch Sheila schnitt ihm das Wort ab.

»Bitte, Johnny, geh wieder ins Bett!«

»Mummy, ich kann nicht schlafen.«

»Du musst aber.«

»Nein, Mummy, das ist so komisch.«

Ich hatte Verdacht geschöpft und trat ein wenig näher an die beiden heran. »Was ist so komisch, Johnny?«

Er lachte, als er mich sah. »Onkel John, da spricht jemand mit mir. Ehrlich.«

Ich ließ mir nichts anmerken, obwohl der Satz in meinen Ohren eine Alarmklingel hatte schrillen lassen. »Ist einer in dein Zimmer gekommen? Das kann ich nicht glauben, wir haben niemanden gesehen.«

»Da ist auch keiner.«

»Und trotzdem spricht jemand mit dir?«

»Ja.«

»Wer denn?«

Der Kleine hob die Schultern. »Weiß ich nicht, Onkel John. Es ist aber kein Mann, das habe ich herausgehört.«

»Hast du denn Angst vor der Stimme?«

Johnny schüttelte den Kopf.

Wir Erwachsenen schauten uns an. Stellte sich die Frage, ob Johnny es sich eingebildet hatte oder ob er die Wahrheit sprach. An Überraschungen waren wir gewohnt, bei unseren Fällen gab es das Wort unmöglich schon gar nicht mehr.

»Sollen wir mal mitgehen?«, fragte ich.

»Ja, Onkel John, das ist gut. Dann kannst du der Frau sagen, dass sie mich endlich schlafen lassen soll.«

»Du, das werde ich auch.«

Bisher hatte Johnny den Werwolf nicht sehen können, weil Suko so stand, dass er Johnnys Sicht auf den Körper verdeckte. Ich legte meine Hand auf die Schulter des Jungen und drehte ihn um. Sheila warf mir einen scharfen Blick zu, stellte jedoch keine Fragen, sondern ging schweigend mit. Shao schloss sich ihr an, während Suko den Schluss machte, die Tür anlehnte, aber nicht zudrückte.

»Glaubst du mir denn, Onkel John?«, plapperte Johnny. »Ich habe die Stimme wirklich gehört.«

»Wären wir sonst mit dir gegangen?«

»Stimmt auch wieder.«

Johnny wollte es jetzt wissen. Er war schneller und zog mich an der Hand. Endlich konnte er uns, den Erwachsenen, etwas beweisen, und das machte ihn stolz.

Wir erreichten die Tür, die Johnny nicht geschlossen hatte. Ich drückte sie bis zum Anschlag auf, und gemeinsam betraten wir das Kinderzimmer, wobei der Junge nach wie vor meine Hand hielt.

Es sah aus wie immer. Da hatte sich nichts verändert. Die hellen, mit Spielzeug gefüllten Regale an den Wänden, das dazu passende Bett, die Holzkisten mit den Bausteinen auf der Erde und auch mit Autos vollgestopfte Waschmitteltonnen.

Völlig normal.

Die anderen hatten ebenfalls die Schwelle übertreten, blieben stehen, schauten sich um und wunderten sich.

»Jetzt ist die Stimme nicht mehr da«, flüsterte Johnny.

Seine Mutter fragte: »Hast du dich wirklich nicht geirrt, mein Kleiner?«

»Nein, Mummy, ich …«

»Seid mal ruhig!«, zischte Suko.

Da wir alle schwiegen und es sehr still war, konnten wir die Stimme besonders deutlich hören.

Sie gehörte tatsächlich einer Frau. Und wir alle kannten sie.
Nadine Berger!

Bill Conolly stand vor dem geheimnisvollen Schacht, schaute in die Tiefe, sah das schreckliche Gesicht und wusste nicht, was er tun sollte.

Fenris, der Götterwolf!

Zum ersten Mal überhaupt begegnete er ihm persönlich. Bisher hatte er nur von seinem Freund John Sinclair davon erfahren, dass es ihn überhaupt gab, aber John hatte diesen Ur-Wolf so exakt beschrieben, dass es für Bill keine andere Möglichkeit gab.

Das Gesicht musste zu Fenris gehören!

Noch bevor die Menschen waren, waren die Wölfe! Daran musste Bill wieder denken, als er das entstellte Gesicht sah und sich vor Grauen schüttelte. Obwohl der Schacht eng und an seinen Rändern begrenzt war, erkannte Bill das sehr breite Gesicht in all seiner Scheußlichkeit. Er schüttelte sich, als er in die lodernden Augen schaute, die hässliche Schnauze sah und das gebleckte, gefährliche Gebiss.

Von ihm stammten sie ab.

Und nicht zum ersten Mal hatte Fenris in das Geschehen eingegriffen. Auf seine Initiative ging es zurück, dass Nadine Bergers Seele nach ihrem Tod in den Körper eines Wolfs gefahren war. Fenris hatte Rache nehmen wollen, aber sie war nicht ganz gelungen, denn Nadine stand nach wie vor auf der Seite der Menschen, auch wenn sie ein Tier war.

Aber stand sie da jetzt auch noch?

Bill zweifelte, denn er brauchte nur an ihre letzten Reaktionen zu denken, um nicht mehr so überrascht zu sein wie früher. Nein, da hatte sich etwas verändert.

»Was sehen Sie?«, hörte er hinter sich die zitternde Stimme des Professors.

»Nichts!«

Das war nicht gelogen, denn plötzlich konnte Bill das

Gesicht des Fenris nicht mehr erkennen. Es war hinabgetaucht in eine unergründliche Schwärze und Düsternis.

Allerdings glaubte er, an seinem Gesicht etwas Kaltes zu spüren, als hätte ihn ein Hauch gestreift. Bill achtete nicht darauf, bis er den Professor stöhnen hörte und auch die folgenden Worte vernahm.

»Verdammt, ich werde noch verrückt. Ich drehe durch. Mr Conolly, schauen Sie!«

Erst jetzt drehte sich der Reporter um. Er tat es noch ein wenig schwerfällig, wurde aber schneller in der Bewegung, als er schräg vor sich etwas in der Luft sah, das sich umso deutlicher hervorkristallisierte, je mehr Bill herumschwang.

Über dem Boden schwebte die Gestalt einer Frau!

Und es war keine Geringere als Nadine Berger!

Bill hätte lachen und weinen können. Beides wäre passend für seinen Zustand gewesen, aber er tat nichts dergleichen, sondern stand mit offenem Mund da und staunte.

Was er sah, schien einem 3-D-Film entsprungen zu sein, aber Bill wusste genau, dass er sich nicht täuschte. Es war kein Trugbild, er erlebte auch keinen Film, sondern befand sich in der Wirklichkeit, wenn auch eine Million Jahre zurück.

Vor ihm schwebte Nadine Berger.

Oder war es ihr Geist?

Bill glaubte an die zweite Möglichkeit. Obwohl Nadine so aussah, wie er sie zu Lebzeiten gekannt hatte, wirkte ihre Haut doch sehr blass, auch ein wenig durchscheinend. Vergleichbar etwa mit der eines Gespenstes, das hin und wieder einsamen Schlossbesuchern begegnet und sie erschrickt.

Alles andere aber stimmte an ihr. Da waren die rötlich schimmernden Haare, die wie eine große Fahne ihren Kopf umwehten. Sie trug ein weißes Kleid, und Bill glaubte, ihr letztes Kleidungsstück, das Leichenhemd, zu sehen.

Die Arme hatte Nadine ausgebreitet, als wäre sie bereit, den Reporter zu umfangen.

»Nadine …« Der Name glitt ihm über die Lippen, ohne dass er es eigentlich wollte.

Bill erntete ein Lächeln. Angesprochen wurde er von der Erscheinung nicht, und so stand er unbeweglich und starrte auf die vor ihm schwebende Frau.

Bill dachte daran, dass auch John Sinclair bereits einmal ihren Geisterkörper gesehen hatte. In der Türkei, als es um Clarissas Totenopfer ging und Nadine erschienen war.

Aber was hatte das mit diesem Fall zu tun? Wie kam es, dass sich Wolf und Mensch trennen konnten?

Bill hatte keine Lösung parat, doch er hoffte, von Nadine mehr zu erfahren. Vielleicht konnte sie sogar sprechen. Bill drückte sich und ihr jedenfalls beide Daumen.

»Hörst du mich, Nadine?«, flüsterte er.

Der Reporter zuckte zusammen, als er die Antwort erhielt. Nie hätte er damit gerechnet, denn Nadine sprach mit ihrer ureigenen Stimme. Aus allen vier Richtungen wehte sie förmlich auf Bill Conolly zu. Er warf auch einen raschen Blick auf den Professor.

Der stand da und schüttelte den Kopf, weil er nichts begreifen und fassen konnte. Er selbst hatte sich mit der Magie beschäftigt, dies hier ging jedoch über seinen Verstand, und es war eigentlich auch nur eine Zwiesprache zwischen Bill und Nadine.

»Ich kann dich gut verstehen, Bill«, drang es leise und trotzdem hallend an seine Ohren. »Und ich weiß auch, dass du in einer Welt gefangen bist, die weit zurückliegt.«

»Da sagst du was. Wie komme ich hier raus? Ich will zu Sheila und zu Johnny, den du doch so …«

»Ich weiß, Bill Conolly, ich weiß. Vielleicht ist es auch alles meine Schuld, dass es so gekommen ist.«

»Wieso?«

Über das bleiche Gesicht zuckte ein Lächeln, bevor Nadine die Antwort gab. »Das musst du verstehen, Bill, auch ich wollte raus aus dieser Klemme, und ich suchte verzweifelt nach einer Möglichkeit, es zu schaffen.«

»Hast du es denn?«

»Bis jetzt nicht. Ich habe nur einen Teilerfolg errungen. Mein Geist löste sich vom Körper. Ich kann die Seele also trennen. Mehr ist mir noch nicht gelungen. Und die Schuld für diesen Zustand gebe ich nur einem Einzigen.«

»Fenris!«, zischte Bill.

»Ja, du hast recht. Er ist es, der mich in diese schlimme Lage gebracht hat, und er soll mich auch wieder herausholen.«

Bills Gesicht verzog sich. »Geht das denn?«, fragte er. »Du darfst nicht vergessen, dass du eigentlich tot bist und …«

»Ich musste eben alles versuchen, und ich wollte ins Zentrum der Wolfsmagie. Da bin ich.«

In diesen so einfach gesprochenen Worten steckte eine ungeheure Brisanz, die der Reporter sehr wohl begriff. Dennoch wollte er wissen, wie es Nadine gelungen war, und er stellte die diesbezügliche Frage.

Er vernahm ein trauriges Lachen, bevor die Antwort aufklang. »Es war natürlich nicht einfach!«, schallte es ihm entgegen. »Ich habe lange Zeit danach suchen müssen. Mit der Entdeckung des Dämonenjägers Bandor und dem alten Bunker sowie Lupinas Auftauchen war die Spur plötzlich heiß geworden. Ich wusste genau, dass sich etwas ereignen würde, und ich täuschte mich nicht. Lupina und Bandor aktivierten die alte Magie, und die Werwölfin, die ihren Sohn verloren hat, sprang zurück in die Urzeit der Erde, um sich hier Rat zu holen. Mir gelang es, ihr auf den Fersen zu bleiben.«

Obwohl sie weiterreden wollte, unterbrach der Reporter sie. Denn er hatte etwas vernommen, das ihn fast umgehauen hätte. »Was sagtest du, Nadine? Luparo lebt nicht mehr?«

»Nein, er ist tot.«

Bills Augen wurden groß. »Wie kann das sein? Wer hat ihn getötet, und weshalb lebt Lupina noch?«

»So wie mich die alte Magie in Geistkörper und Tier trennte, so hat sie auch Lupina von ihrem Sohn getrennt. Aus einer Person wurden wieder zwei. Die Doppelexistenz gibt es nicht mehr. Dein Freund Suko hat Luparo getötet. Er vernichtete ihn mit einer goldenen Pistole, und Lupina steckt voller Rachegefühle. Sie will nicht nur Suko töten, sondern sich auch an demjenigen schadlos halten, der dies eigentlich zu verantworten hat, denn erst durch ihn ist es zur Trennung gekommen.«

»Sprichst du von Fenris?«, fragte Bill.

»Genau.«

Der Reporter schüttelte den Kopf. »An ihn kommt sie nicht heran«, flüsterte er. »Er ist zu mächtig. Sie wird sich dabei ihr Raubtiergebiss ausbeißen …«

»Das alles habe ich ihr bereits gesagt«, erklärte Nadine. »Aber sie will mir nicht glauben. Mir ist es egal. Mit diesem Problem muss sie selbst fertig werden.«

So betrachtet, hatte Nadine natürlich recht, und Bill war wie vor den Kopf gestoßen, dass dies überhaupt möglich war. Aber er musste es hinnehmen. Nadine hatte keinen Grund, ihn zu belügen. Trotzdem war es unwahrscheinlich, was er da erfahren hatte, und ihm kam es vor, als wäre Lupina größenwahnsinnig geworden.

Den Kampf gegen Fenris konnte sie nie bestehen. Und Nadine? Würde es ihr gelingen, wieder so zu werden wie früher?

Bill wollte es nicht glauben, und diese Skepsis breitete sich auch auf seinem Gesicht aus.

»Du zeigst keinen großen Mut«, hielt ihm Nadine Berger vor.

»Es fällt mir schwer, denn schließlich gibt es nicht nur eure Probleme, sondern auch meins. Ich bin hier gefangen, und ich will wieder in meine Zeit und zu meiner Familie zurückkehren. Das wirst gerade du doch verstehen können.«

»Natürlich, Bill, natürlich. Es tut mir leid, dass du in den Kreislauf mit hineingerissen worden bist. Es war nicht meine Absicht. John Sinclair und Suko haben es da besser. Sie sind in deiner Wohnung und warten verzweifelt.«

»Was tun sie dort?«

»Sie hören uns zu!«

Diese Antwort haute den Reporter fast um. Er ging sogar einen Schritt nach hinten, holte pfeifend Atem, wobei sich seine rechte Hand der Kehle näherte und er die Finger dagegen drückte. »Was hast du da gesagt? Sie hören uns zu? Jetzt?«

»Ja, ich sagte es schon.«

Bill fühlte, wie er bleich wurde. Sicherlich ähnelte seine Haut jetzt der von Nadine, die vor ihm schwebte und ihn lächelnd anschaute. Der Reporter musste ein paar Mal tief Luft holen, um die nächste Frage stellen zu können. »Sie hören unsere Worte und sind doch nicht in der Lage einzugreifen. Sehe ich das richtig?«

»Ja, das tust du.«

»Dann können sie daran zerbrechen«, flüsterte Bill. »Das hält doch kein Mensch aus. Und wenn Sheila meine Stimme hört – o Gott!« Bill schwieg und schüttelte den Kopf.

Nadines Gesicht nahm ebenfalls traurige Züge an. Sie hing an der Familie, die sie als Wölfin aufgenommen hatte. Da war vor allen Dingen der kleine Johnny, für den sie als große Beschützerin fungiert hatte.

Das hatte sie auch mehrmals unter Beweis stellen müssen. Nun deutete alles darauf hin, als würde ein Riss in diese Familienbande hineingeätzt werden. Der eine Teil lebte völlig normal zu Hause, während Bill in einer Ur-Welt verschollen war und der Wolfsmagie gegenüberstand.

Der Reporter holte tief Atem. Er sah nur Nadine. Alles andere hatte er vergessen, und er ging langsam vor.

»Was hast du?«, fragte sie.

»Ich will dich anfassen.«

Sie schüttelte den Kopf. »Das kannst du nicht, Bill. Ich bin kein Mensch, glaub mir.«

»Lass es mich trotzdem versuchen«, sagte der Mann und ging einen weiteren Schritt vor.

»Bitte!« Nadine kam ihm sogar entgegen. Bill Conolly fasste zu – und hindurch.

Da war nichts, was seiner greifenden Hand hätte Widerstand bieten können. Vor ihm schwebte keine echte Gestalt, sondern ein feinstoffliches Wesen, ein Geist.

Bill Conolly erschauderte. Demnach hatte Nadine mit allem, was sie von sich behauptete, recht behalten.

Sie war ein Geist.

»Und dein Körper?«, hauchte der Reporter. »Wo steckt er?«

»Ich habe mich freiwillig in die Hand des Götterwolfs begeben. Er hat meinen Körper behalten.«

»Wird er ihn wieder zurückgeben?«

Plötzlich funkelten ihre Augen. »Ich will ihn nicht mehr haben, Bill. Ich will es nicht. Ich will zurück in einen menschlichen Körper. Ich will wieder so werden wie früher. Es ist unerträglich, mit der Seele eines Menschen im Körper eines Tieres leben zu müssen. Kannst du das nicht verstehen?«

Bill nickte. »Das schon, doch frage ich mich, wie Fenris reagieren wird. Was hat er gesagt?«

»Er will Lupina!«

»Kann er sie nicht holen?«

»Nein, so einfach ist das nicht. Wir befinden uns nicht in der Gegenwart, sondern in einer Zeit, die lange zurückliegt. Da war Fenris von den Göttern noch verflucht. Er gehörte nicht zu den Günstlingen und ist in dem Schacht gefangen.«

»Und wer erlöste ihn?«

»Ich kenne die Sagen und Legenden nicht genau. Jedenfalls kann er aus eigener Kraft nicht freikommen. Dieser Schacht ist mit dem vergleichbar, was die Menschen Fegefeuer oder auch Hölle nennen. Er wird noch lange schmoren müssen.«

Wenn Fenris ihnen nicht half, in die normale Zeit zurückzukehren, war vielleicht alles verloren.

Nadine schien seine Gedanken erraten zu haben, denn sie sagte: »Du suchst nach einer Chance, wieder zu deiner Familie zurückkehren zu können, Bill?«

»Danach suche ich in der Tat.«

»Vielleicht können wir es schaffen.«

»Und wer sollte uns helfen?«

»Bandor, der Dämonenjäger!«

Bill hörte die Antwort und schaute auf Professor Chandler, der sich von seinem Platz löste, wobei sein Blick zwischen Bill und Nadine wechselte.

»Was sagen Sie dazu, Professor?«

»Er wird es nicht schaffen«, erwiderte Chandler bestimmt.

»Und weshalb nicht?«

Chandler lachte auf und schüttelte gleichzeitig den Kopf. »Weil Bandor nicht mehr der ist, der er einmal war. Versteht das doch! Bandor, der Dämonenjäger, hat sich verändert. Er ist ein Werwolf. Das habe ich schon gesagt.«

Bill stand für einen Moment starr, bevor er sich gegen die Stirn schlug. »Ja, natürlich, ich hatte es ganz vergessen«, flüsterte er. »Dann ist auch diese Chance hin.«

»Nein, sie muss bestehen!«, sprach Nadine eindringlich. »Dieser Fleck hier stellte die Verbindung zur Zukunft her. Wo wir stehen, ist später einmal ein Bunker errichtet worden. Und wer immer diese Hütte hier gebaut haben mag, hat sie auch mit den magischen Zeichen der Wolfsmagie gefüllt. Vielleicht waren es Wesen von anderen Sternen oder aus anderen Dimensionen, vielleicht Mutanten, wer kann das wissen? Hier aber existiert die Magie. Deshalb mein Rat: Sucht die Zeichen und helft mit, sie zu aktivieren.«

Während dieser Worte hatte Bill Conolly Nadine Berger nicht angesehen, sondern den Professor. In den Augen des Reporters stand eine Aufforderung zu lesen.

Chandler begriff. »Ja, ich kann es versuchen, aber ich garantiere nicht für einen Erfolg.«

»Das brauchen Sie auch nicht, Professor. Wichtig ist, dass wir einen Strohhalm haben, an den wir uns klammern können.« Bill schaute wieder auf Nadine. »Und was wirst du unternehmen?«, fragte er sie.

»Ich will Lupina!«

»Du möchtest sie opfern?«

»Ja. Sie soll nicht mehr mit zurückkehren, sondern in der Vergangenheit verschollen bleiben. Sie hat schon genügend Unheil angerichtet. Damit ist Schluss.«

Diesen Worten konnte der Reporter nur zustimmen. Noch immer stand er dem Phänomen fassungslos gegenüber. So etwas hatte er noch nie erlebt, aber er merkte, wie klein der gewaltige Kreislauf der Zeit doch war, wenn schwarze Magie mit ins Spiel kam.

Da griffen Ereignisse ineinander, die unzählige Jahre voneinander getrennt waren. Zeit, die relative Größe, spielte keine Rolle. Und wie klein musste sich selbst der Mensch in diesem gewaltigen Kreislauf vorkommen?

»Aber wie willst du Lupina fangen?«, fragte der Reporter. »Du bist ein Geistwesen, du …«

»Ich habe dir erklärt, Bill, wie du diese Zeit verlassen kannst. Jetzt bitte ich dich, auch mir zu helfen.«

»Gern.«

»Ich muss mich darauf verlassen, dass mir die Magie einen anderen Körper gibt, wenn ich den Wunsch des Götterwolfs erfüllt habe«, erklärte Nadine. »Deshalb ist es mein Risiko.«

»Aber du kannst nicht in deinen eigenen Körper zurück«, sagte Bill. »Der ist vermodert.«

»Vielleicht gibt es einen anderen.«

Verzweifelt schüttelte Bill den Kopf. »Mädchen, hör auf mich! Das ist alles nicht richtig …«

»Bill, ich habe meine Pläne gefasst. Du kannst mich nicht mehr davon abbringen. Ich muss Fenris in diesen Augenblicken vertrauen, tut mir leid. Und ich will auch Lupina. Da ich durch die Trennung zu schwach bin, Bill Conolly, sollst du mir Lupina holen. Hörst du?«

Der Reporter nickte ein paar Mal. »Ja, ich habe dich verstanden!«

Nadines Stimme wurde drängend. »Wir haben die große Chance, Lupina zu vernichten. Lupina ist nicht mehr so stark wie früher. Es gibt keine Doppelexistenz zwischen ihr und ihrem Sohn. Im Vergleich ist sie sehr schwach. Das weiß ich, das weißt du auch, Bill. Deshalb bitte ich dich, hol sie dir, töte sie und wirf mir ihren verdammten Kadaver vor die Füße! Hast du nun verstanden?«

»Das habe ich!«, antwortete Bill mit tonloser Stimme.

»Und wie entscheidest du dich?«

»Ich hole sie dir, Nadine. In meiner Beretta stecken noch einige Kugeln. Sie müssten reichen!«

»Dann wünsche ich dir viel …«

Nadine Berger sprach nicht mehr weiter, denn in diesem Augenblick brachen die Pläne des Reporters wie ein Kartenhaus zusammen.

Lupina musste die Zeit über alles gehört haben. Sie lauerte in der Nähe. Und zwar auf dem Dach, das sie jetzt mit einem wütenden Sprung durchbrach und ihren Körper schräg auf Bill Conolly wuchtete …

Ich stand da wie angewurzelt und hielt Sheila Conolly fest, die furchtbare Minuten erlebte.

Wir alle waren völlig konsterniert, standen im Kinderzimmer und spürten die Gänsehaut auf unseren Körpern, während wir zu Statuen wurden und uns nicht regten.

Es war auch unfassbar. Ein Fremder hätte uns für verrückt erklärt, hätten wir ihm das berichtet, was wir mit eigenen Ohren hörten, denn sehen konnten wir nichts.

Wir vernahmen nur Stimmen.

Stimmen aus der Vergangenheit. Von Menschen, die eigentlich in der Gegenwart lebten.

Nur der kleine Johnny reagierte. Seine Augen leuchteten. »Das ist ja Dad, der da redet. Es ist Daddy.« Er lachte und rief seinen Vater, der jedoch gab keine Antwort. Die Verbindung bestand nur von drüben in unsere Zeit. Umgekehrt klappte nichts.

Johnnys Stimme versiegte. Auch der Junge schien zu merken, dass sich etwas Entscheidendes anbahnte, denn er verhielt sich still und sagte keinen Ton mehr.

Und so lauschten wir.

Zuerst entsetzt, dann gespannt. Wenigstens erging es Suko und mir so. Bei den Frauen war es anders. Sheilas Körper hatte sich versteift. Er schien eingefroren zu sein, und ich glaubte, dass die Frau dicht vor einem Nervenzusammenbruch stand. Zunächst einmal lauschte sie Bill und Nadine.

Aus den Worten konnten wir viel entnehmen. Uns war auch klar geworden, dass sich die Wölfin geteilt hatte. Einmal existierte ihr Körper, zum anderen ihr Geist. Der unterhielt sich mit Bill.

Dass die Stimme gerade in diesem Kinderzimmer zu hören war, dafür gab es für mich nur eine Erklärung. Es war die besondere Beziehung, die Nadine zu Johnny hatte. Wahrscheinlich wirkte er als ein Katalysator, als Beschleuniger für diese Dinge, deren Ursprung möglicherweise tief in der noch nicht erforschten Psyche des Menschen lag.

Wir hörten zu.

Die Gänsehaut auf unseren Körpern wollte nicht weichen. Ich sah sie im Gesicht der Freunde und spürte sie auch auf meinem. Rede und Gegenrede, jeder Satz, jedes Wort war eine brisante Mischung und nährte unsere Hoffnung.

Meinen rechten Arm hatte ich um Sheila gelegt. Allmählich entspannte sie sich wieder. Sie zuckte in meinem Griff, während sie ihren Blick gegen die Decke gerichtet hielt, sich ihre Lippen bewegten, aber kein Laut aus ihrem Mund drang.

Endlich erfuhren wir die Motive der Wölfin. Wir konnten uns in die Psyche der Nadine Berger hineinversetzen. Ich erschauderte, wenn ich daran dachte, was sie nicht alles versucht hatte, um ihre unselige Existenz abzuschütteln.

Würde sie es jemals schaffen? Einen Anlauf jedenfalls unternahm sie bereits. Ich drückte ihr beide Daumen, damit es ihr gelang, dann musste ich mich wieder konzentrieren, denn die beiden Personen sprachen von einer Chance, der Vergangenheit zu entfliehen.

Bandor sollte sie bringen.

Und die alte Wolfsmagie, die noch innerhalb des Bunkers existierte. Offene Fragen wurden plötzlich geklärt. Wir erfuhren, dass sich Bill und Nadine praktisch dort aufhielten, wo in der Zukunft der Bunker stehen würde.

Das war gewaltig!

Auch Sheila hatte die Worte sehr genau gehört. Sie reimte sich ebenfalls einiges zusammen, drehte den Kopf, und ich sah ihren fragenden Blick auf mich gerichtet.

»Sie schaffen es!«, flüsterte ich. »Sie schaffen es bestimmt.«

»Aber wir müssen ihnen helfen!«

Ich nickte. Natürlich mussten wir das. Nur wie? Der Name Bandor war gefallen. Deshalb konnte es eigentlich nur über ihn laufen. Doch er war ein Werwolf und nur darauf aus, die Menschen zu zerreißen. Wie sollte er uns zur Seite stehen, wo es für ihn überhaupt kein Motiv gab? Fragen, auf die ich keine Antwort wusste. Deshalb konnten wir nur auf unser Glück vertrauen.

Wir lauschten weiter. Unsere Spannung wuchs, denn wir erfuhren immer mehr über die Motive der Nadine Berger und waren überrascht, als wir hörten, dass sie Lupina opfern wollte.

»Das klappt nie!«, hauchte Suko.

Ich war nicht so pessimistisch und erwiderte: »Warte es doch erst einmal ab!«

Mehr konnten wir auch nicht tun. Sheila löste sich aus meinem Griff. Sie legte die Hände zusammen, flüsterte Worte, die ich nicht verstand. Wahrscheinlich waren es Gebete. Sie wollte ihren Mann wiederhaben, und sie vertraute auf die Macht der Worte.

Kalter Schweiß hatte bei mir die Gänsehaut ausgelöst. Selten hatte ich unter einer so großen Spannung gestanden wie in diesen Augenblicken, wo wir aus der Vergangenheit erfahren sollten, was sich in der Gegenwart ereignen musste.

Nadine hatte recht, wenn sie von Lupinas Schwäche redete. Sie war nicht mehr so stark wie früher, wo sie mit ihrem Sohn eine Doppelexistenz gebildet hatte. Jetzt konnte sie wahrscheinlich, nein, bestimmt sogar, durch geweihte Silberkugeln getötet werden.

Und Bill Conolly ging auf Nadine Bergers Vorschlag ein. »Ich hole sie dir, Nadine!«, hörten wir ihn sprechen. Was er weiter sagte, konnten wir nicht verstehen, denn Sheila schluchzte in diesem Moment auf.

Auch die Erwiderung verstanden wir nicht. Dafür hörten wir etwas anderes.

Einen lauten Schrei aus der Vergangenheit.

Danach war es still.

Totenstill …

Auch Bill Conolly vernahm den Schrei. Er mischte sich in das Krachen der Dachkonstruktion, die auseinandergerissen wurde.

Den Warnruf hatte Professor Chandler ausgestoßen, und er war es auch, der den Wolfskörper nach unten rasen sah.

Lupina hatte auf dem Dach gesessen und gelauscht. Sie wusste jetzt, dass man sie opfern wollte, um ein anderes Leben wieder zu normalisieren. Aber dagegen hatte sie etwas.

Noch nie war sie gern zu einem Spielball anderer geworden. Wenn irgendetwas in Szene gesetzt wurde, dann diktierte sie das Geschehen und ließ es sich nicht von einer zweiten oder dritten Person aufdrängen. Dabei spielte es keine Rolle, ob es sich um Menschen oder Dämonen handelte. Schon bei Doktor Tod, dem Chef der Mordliga, war es so gewesen. Er hatte die Werwölfin auch nie richtig unter Kontrolle gehabt. Sie war immer ihren eigenen Weg gegangen.

Wie auch hier.

Der größte und stärkste Feind war im Augenblick der Reporter Bill Conolly. Ihn musste sie erwischen, und zwar blitzschnell, denn seine Silberkugeln waren tödlich.

An den Professor hatte sie zwar gedacht, nahm ihn jedoch nicht ernst, was sich nun rächte, denn ihm gelang es, den Warnschrei auszustoßen und Bill Conolly damit eine Chance zu geben.

Der Reporter stand noch unter dem Eindruck des eben Gehörten. In seinem Kopf wirbelten die Gedanken, deshalb erreichte ihn der Schrei zwar, nur reagierte er nicht so schnell, wie es eigentlich nötig gewesen wäre.

Lupina gewann Land.

In der Drehung erkannte sie den Reporter. Gleichzeitig mit ihr flogen ihm einige Trümmer der Dachkonstruktion entgegen, denen Bill nicht auswich und es nicht schaffte, vor Lupina zur Seite zu springen.

Sie würde ihn treffen!

Die Wölfin hatte sich vollständig verwandelt. Ihr Kopf war nicht mehr der eines Menschen. Er zeigte den gesamten Schrecken einer Werwolffratze, und das Maul hatte sie weit aufgerissen, sodass Bill sein Inneres groß wie ein unheimlicher Schlund erschien, der alles verschlingen wollte.

Die Waffe bekam er nicht rasch genug herum, im Bruchteil einer Sekunde verzerrte sich sein Gesicht vor Schrecken, und er duckte sich, um wenigstens dem ersten Aufprall die Wucht zu nehmen.

Bill wäre ihm trotzdem nicht entgangen. Er erhielt jedoch Hilfe von einer Seite, mit der er nicht gerechnet hatte. Der Professor sprang über seinen eigenen Schatten und wuchtete sich vor.

Die Wölfin befand sich noch auf dem Weg, als der Professor seine Arme vorstreckte und die geballten Hände voll in den Leib der Bestie wuchtete. Er traf Lupina in Höhe der rechten Seite, hörte einen dumpfen Laut und fiel selbst. Hart schlug er mit den Kniescheiben auf, keuchte und wälzte sich herum.

Mehr konnte er für den Reporter nicht tun, der musste sich jetzt selbst helfen.

Was Bill auch tat.

Im ersten Augenblick hatte er gedacht, dass ihn die Wölfin doch erwischt hatte. Dann sah er den Körper dicht vor seinem Gesicht entlanghuschen und vernahm den Aufprall, mit dem er zu Boden krachte.

Lupina überschlug sich. Bill hörte ihr Fauchen und sah, wie sie sofort wieder auf die vier Beine schnellte.

Er torkelte. Als Lupina ihn verfehlt hatte, war er nach hinten gegangen, hatte aber Pech gehabt und stolperte über seine eigenen Beine, sodass er Mühe hatte, seine Standfestigkeit zu finden. Seinen Blick richtete er auf Lupina. Er sah sie und auch Nadine Berger, die nach wie vor als Geist über der Werwölfin schwebte.

Bills Gesicht verzerrte sich.

Er feuerte in der Bewegung.

Ein Fehler von ihm, denn die Kugel war zu überhastet abgeschossen worden. Sie versengte nicht einmal Lupinas Fell.

Die Bestie drehte sich auf der Stelle und war wie ein Spuk verschwunden. Bill konnte ihr kaum folgen, als sie dem Ausgang zuhetzte, hindurchwischte und nicht mehr zu sehen war.

Es wäre Munitionsverschwendung gewesen, ihr eine weitere Kugel hinterherzuschicken.

So stand der Reporter auf und starrte Nadine Berger an, deren Geistkörper den Kampf mit angesehen hatte.

»Du hast es nicht geschafft!«, stellte sie fest.

Bill schüttelte den Kopf. »Ich weiß, aber sie hat mich zu sehr überrascht!«

»Hol sie her!« Nadines Stimme zitterte. »Es ist meine einzige Chance. Ich will Lupina tot sehen, um sie Fenris opfern zu können!«

Bill schüttelte den Kopf. »Nein«, sagte er. »Das geht nicht. Er wird das Opfer nicht annehmen. Lupina und Fenris haben zusammen – na, du weißt schon. Sie haben einen gemeinsamen Sohn gehabt. Luparo hieß er. Fenris wird Lupina immer unterstützen.«

»Hol sie, Bill! Wenn die Chance zu klein ist, werde ich wieder in den Wolfskörper steigen.«

Der Reporter schaute Nadine an. Er wollte eigentlich etwas sagen, ihm fehlten jedoch die Worte, und so drehte er sich zu Professor Chandler um, der wieder aufgestanden war und dem Dialog zugehört hatte.

»Was meinen Sie, Professor?«, fragte Bill.
»Sie sollten es zumindest versuchen, Mr Conolly.«
»Und dann?«
»Werden wir weitersehen. Sie haben ja bewiesen, dass Sie ein würdiger Gegner für Lupina sind. Sie besitzen eine Waffe, Mr Conolly. Lupina in dem Sinne nicht …«
»Bleiben Sie dann allein hier?«
»Selbstverständlich. Auch ich habe eine Aufgabe zu erledigen. Ich werde die alten Zeichen in dieser primitiven Hütte suchen und eine magische Brücke schlagen. Mehr kann ich Ihnen nicht versprechen. Und bitte, bringen Sie diese Lupina nur als Leiche her. So ist es für alle am besten.«
Bill nickte. »Gut, wenn Sie das sagen. Nur frage ich mich, was mit Bandor los ist.«
»An ihn sollten wir jetzt nicht denken.« Der Professor hob die Hand. »Aber ich sage Ihnen eins: Wenn Bandor stirbt, bleibe ich weiterhin am Leben.«
»Davon sind Sie überzeugt?«
»Ja. Er ist ja in der Vergangenheit nicht gestorben. Wir haben ihn nur in die Gegenwart geholt. Dort wird er kaum existieren können. Er muss erledigt werden.«
Harte Worte, die Bill da zu hören bekam.
Nadine Berger gab dem Reporter noch einen Ratschlag. »Du solltest nicht zu lange zögern, Bill Conolly. Sie wird sich auf einen Kampf einstellen, und meine Zeit ist auch begrenzt.«
»Ich gehe schon …« Nach diesen drei Worten hob Bill seine freie Hand und machte sich auf den Weg.
Ein seltsames Gefühl hatte er schon, als er die Hütte verließ. Auf seinen Schultern ruhte jetzt die Last der Verantwortung …

Die Stille war noch schlimmer!
Sie zerrte an unseren Nerven, lastete wie ein Druck auf den Körpern, denn keiner von uns wusste, wie es in der anderen

Zeit nun weiterging. Der Kontakt war gerissen und würde auch nicht wieder hergestellt.

Es war aus!

Sekunden vertropften. Ein jeder von uns hing dabei seinen eigenen Gedanken nach, die man an den Gesichtern ablesen konnte. Hoffnung, Furcht, Ratlosigkeit – das alles paarte sich, und es gab wohl keinen, der Bill und Nadine nicht die Daumen gedrückt hätte.

Johnny unterbrach das Schweigen. »Warum sagt sie nichts mehr?«, fragte er und schaute seine Mutter dabei an.

Sheila zog die Nase hoch, holte ein Taschentuch hervor und schneuzte. Aber Johnny wollte eine Antwort und wandte sich mit seiner Frage deshalb an mich. »Sag du es, Onkel John!«

»Sie ist nicht mehr da.«

»Wo ist sie denn hingegangen?«

Ich strich über die Haare des Jungen. »Das wissen wir noch nicht. Aber wir werden es herausfinden.«

»Da hat doch auch Dad gesprochen. Ist sie bei ihm?«

»Ja.«

Johnny lachte. »Dann geht es Dad gut. Nadine passt immer auf. Das kenne ich von mir«, behauptete er und nickte eifrig. »Auch mich lässt sie nie im Stich. Daddy hat es eigentlich gut«, meinte er.

Ich lächelte. »Da hast du recht. Aber leg dich wieder in dein Bett, ja?«

»Klar, Onkel John. Und wenn ich noch einmal die Stimme höre, sage ich euch sofort Bescheid.«

»Das wäre gut.«

Shao kümmerte sich um Sheila. Die beiden Frauen standen zusammen und redeten leise miteinander, was Johnny nicht verstehen konnte, denn er fragte: »Warum ärgert sich Mummy so?«

»Das erzählen wir dir später!«

»Aber nicht vergessen.«

»Natürlich nicht.«

Hinter den beiden Frauen verließen auch Suko und ich das Kinderzimmer und gingen zurück in den Wohnraum. Wir waren alle blass in den Gesichtern, und niemand traute sich, einen Kommentar abzugeben.

Erst im Zimmer sprach Suko. »Ich bin davon überzeugt, dass Bill es schafft. Jetzt, wo Luparo und Lupina wieder getrennt sind, kann eigentlich nichts mehr schiefgehen.«

»Vergiss nicht, unter welchen Bedingungen er kämpfen muss«, erklärte ich. »In dieser Welt hat Lupina sicherlich alle Vorteile auf ihrer Seite.«

»Du traust Bill wenig zu.«

Ich schüttelte den Kopf. »Das ist es nicht, Suko. Lupina wird nun alle Tricks einsetzen, und sie hat die Umgebung auf ihrer Seite.« Ich hob die Schultern. »So etwas habe ich selten erlebt. Wir sind in diesem Fall wirklich nur Statisten.«

»Was wir ändern sollten«, sagte Suko.

»Einverstanden. Und wie bitte?«

Suko ging zwei Schritte zur Seite, damit ich ihm die Sicht auf Bandor nicht mehr versperrte. »Durch ihn, mein Lieber. Bandor ist das Bindeglied. Chandler wird versuchen, die Magie zu aktivieren. Vielleicht können wir durch Bandor eine Verbindung zu ihm herstellen. Das ist die einzige Chance.«

»Wenn ich es recht überlege, kommen wir wieder auf den Bunker zurück.«

»Das meine ich.«

Alle Blicke waren jetzt auf den Werwolf gerichtet. Bandor hatte auch nicht voraussehen können, dass er einmal zu einem Werwolf werden würde, zu einem Wesen, das er während seines Lebens bekämpft hatte. Das Schicksal schlug oft sehr grausam und hart zu. Wir mussten uns damit abfinden und vor allen Dingen das Beste daraus machen.

Shao hatte eine Frage. »Wie sicher ist denn der Kofferraum deines Wagens, John?«

Ich lächelte plötzlich. »Shao, die Idee ist gut.« Ein kurzer Maßvergleich. »Natürlich, Bandor wird hineinpassen, wenn wir ihn ein wenig zusammendrücken.«

»Dann versucht es.«

Der Werwolf wusste, dass wir von ihm gesprochen hatten. Er rührte sich jedoch nicht, sondern funkelte nur mit den Augen. Der reine Vernichtungswille stand darin zu lesen. Ich war gespannt, wie er sich wehren würde, wenn wir ihn aus dem magischen Oval befreiten. Wahrscheinlich würden wir unsere Schwierigkeiten mit ihm bekommen. Das mussten wir in Kauf nehmen.

Wir bedeuteten den beiden Frauen, sicherheitshalber zur Seite zu treten, und schritten auf Bandor zu.

Suko kümmerte sich um die Schulter, während ich die Bestie an den Beinen packen wollte.

Der Werwolf rollte mit den Augen. Er riss auch seine Schnauze auf. Abgehackte, fauchende Laute schleuderte er uns entgegen. Als Warnung gedacht, die wir sehr wohl verstanden, jedoch ignorierten, denn es gab keine andere Möglichkeit.

Suko hatte sich schon gebückt. Von den beiden Frauen wurden wir nicht aus den Augen gelassen. Sie beobachteten uns mit besorgten, aber auch skeptischen Blicken.

»Zugleich!«, gab Suko das Kommando.

Wir packten zu.

Zunächst ging alles ausgezeichnet. Bandor wehrte sich nicht, als wir ihn in die Höhe hievten und über die magische Grenze des Ovals hinwegtrugen.

Als wir auf die Haustür zuschritten, wobei er seinen Körper regelrecht erschlaffen ließ und uns so in Sicherheit wiegen wollte, da ging es plötzlich rund.

Auf einmal bäumte er sich auf.

Suko hatte damit gerechnet, ich ebenfalls. Trotzdem schaffte es Bandor, sich aus meinem Griff zu lösen. Obwohl die Füße gefesselt waren, trat und zerrte er so hart, dass ich den linken loslassen musste. Wegen der engen Fesselung fiel auch das andere Bein zu Boden. Er trat nach mir, ich wich aus und bekam die Knöchel wieder zu fassen.

Mein Freund hatte ihn in einen harten Drehgriff genommen. Aus ihm konnte er sich nicht befreien, mir aber gelang es nicht, die Beine festzuhalten.

So würden wir ihn kaum wegkriegen.

Der Inspektor schüttelte den Kopf. »Lass es mal, John, ich mache das allein!«

Vielleicht war es wirklich besser, und so ließ ich Bandors Beine los. Dumpf schlugen die Hacken auf den Boden.

Jetzt wurde die Bestie nur noch von Suko weitergezerrt. Zwar stemmte sie sich gegen den Griff des Chinesen, aber vergeblich. Suko hatte ihn so geschickt gepackt, dass Bandor selbst durch rohe Gewalt nicht freikam.

Ich drückte mich an den beiden vorbei, öffnete die Haustür und lief vor zum Wagen, um die Kofferraumhaube nach oben gleiten zu lassen. Das Fauchen des Werwolfs begleitete mich auf meinem Weg. Zwischendurch heulte er auch, und als die beiden in der offenen Tür erschienen, sah ich, wie Bandor seinen Kopf von einer Seite auf die andere schleuderte. Das Maul stand offen. Bei jeder Bewegung allerdings klappte es zu, denn er wollte seine Zähne in Sukos Arme schlagen.

Das gelang ihm nicht. Suko hatte den Griff so angesetzt, dass Bandor immer daneben biss.

»Heb dir deine Kräfte auf«, flüsterte mein Freund. »Ich werde dich nicht loslassen.« Er zog Bandor weiter.

Ich wartete vor dem aufgeklappten Kofferraum. Die Beine der Bestie schleiften über den Boden. Manchmal hob er sie auch an und hämmerte mit beiden Hacken auf die Platten.

Suko würde Schwierigkeiten bekommen, wenn er ihn allein in den Kofferraum klemmen wollte. Deshalb griff ich zu.

Noch einmal setzte die Bestie ihre Kräfte ein. Sie wollte nicht verlieren, aber sie kam gegen uns nicht an.

Wir waren stärker und drückten sie mit Gewalt in den Kofferraum des Wagens hinein.

Noch gab sich Bandor nicht geschlagen. Kaum lag er da, schnellte er wieder hoch.

In dem Augenblick warf ich die Haube runter.

Sie traf ihn voll. Es gab sogar ein hallendes Geräusch, als sie seinen Kopf erwischte, und ich drückte sie auch danach mit aller Macht nach unten, damit das Schloss einrastete.

Das war erledigt.

Suko war ein wenig außer Atem und rieb sich die Hände.

»Geschafft«, murmelte er. »Komm!«

Ich wollte fahren. Wir beeilten uns, warfen jedoch vor unserem Einsteigen noch einen Blick zum Haus zurück.

Dort standen Shao und Sheila. Sie hatten es alle mit angesehen. Shao winkte uns zu.

Sheila aber rief: »John, bitte, holt ihn zurück!«

»Klar, Mädchen, das schaffen wir schon.« Ich hoffte nur, dass mein Optimismus auch berechtigt war.

Als ich den Wagenschlag an der Fahrerseite zuhämmerte, hatte Suko die Magnet-Sirene bereits auf das Dach gestellt. Ihr jammernder Laut wehte durch den Garten, während ich startete und den breiten, gut ausgebauten Weg in Richtung Tor fuhr.

Nicht nur dieser Ton begleitete uns. Auch dumpfe Schläge innerhalb des Kofferraums.

Sie bewiesen uns, dass Bandor seinen Kampf noch längst nicht aufgegeben hatte.

Bill Conolly spürte das kalte Gefühl im Nacken.

Es war keine Todesahnung oder die Reaktion darauf, aber der Reporter wusste genau, dass er jetzt einen Gegner suchte, der ihm nicht nur gleichwertig, vielleicht auch überlegen war.

Aus Schaden klug geworden, drehte er sich um und schielte, noch auf der Plattform stehend, zum Dach hoch.

Dort bewegte sich nichts. Lupina hatte diesmal einen anderen Platz als Versteck gewählt.

Doch welchen?

Es standen einige zur Auswahl. Besonders gut konnte sie

sich im dichten Dschungel verbergen, denn dieser tropische Wald am Rande der Lichtung verschluckte alles.

Bill sprang von der Plattform, kam federnd auf und schaute vorsichtig in die Runde.

Von Lupina war nichts zu sehen.

Langsam ging Bill vor. Schussbereit hielt er die Beretta. Er musste mit der wertvollen Munition sparsam umgehen. Fehlschüsse konnte er sich in der jetzigen Situation nicht mehr erlauben.

Bills Körper war mit einer Feder zu vergleichen, und er würde sofort zuschlagen, wenn sich die Chance dafür bot.

Etwa fünf Schritte von der Hütte entfernt blieb er stehen und drehte sich einmal im Kreis. Dabei schaute er auch wieder zu dieser primitiven Unterkunft zurück, und er glaubte, durch das offene Fenster ein geheimnisvolles Leuchten zu sehen.

Professor Chandler hatte sich bereits an die Arbeit gemacht und die Zeichen sicherlich schon gefunden. Von Nadine Berger sah Bill Conolly keine Spur. Überhaupt kam ihm alles so unwahrscheinlich vor, dass es ihm schwerfiel, es überhaupt zu akzeptieren.

Er musste Lupina haben. Alles andere war zweitrangig geworden. Nur sie allein zählte.

Bill ging weiter.

Er hatte sich entschlossen, den Rand des Dschungels direkt anzulaufen. Irgendwo musste sie ja stecken, und wenn er nur die Bewegung von Blättern sah, die darauf hindeuteten, dass sich die Werwölfin an dieser Stelle versteckt hielt.

Es war nicht einfach für den Reporter, sich zu konzentrieren. Er merkte erst jetzt die Nachwirkungen des Kampfes. Zu viel hatte er einsetzen müssen. In Form war er noch nicht. Seine Glieder zitterten, es fiel ihm schwer, die Waffe normal zu halten.

Eins stand fest: Bei ihrem nächsten Angriff würde Lupina vorsichtiger zu Werke gehen.

Der Dschungel schwieg.

Es war ein drohendes, lastendes Schweigen, das sich über die Lichtung gelegt hatte. Unheilgeschwängert hüllte es den Reporter ein, der in der klammen, feuchten Wärme ins Schwitzen geraten war und sich immer wieder den Schweiß aus dem Gesicht wischte.

Bill konnte nicht ewig auf dem Fleck stehen bleiben. Er musste einfach mehr riskieren und sich dem Rand des Dschungels nähern. Es gab noch immer keine Anzeichen, die auf Lupinas Versteck hindeuteten. Da war kein Vogel, der aufgeschreckt in die Höhe flog und etwas verraten hätte, nur dieses verdammte Schweigen.

Steckte sie überhaupt an dieser Seite?

Bill befürchtete das Gegenteil. Lupina konnte sich auch in seinem Rücken aufhalten, wo sie zusätzlich noch von der Hütte gedeckt wurde.

Dieser Gedanke bereitete dem Reporter Sorge, und er beschloss, seinen Plan zu ändern.

Allzu weit befand sich Bill nicht von der Hütte entfernt. Mit wenigen Schritten konnte er sie erreichen, und er hatte sie kaum zurückgelegt, als er die Stimme des Professors hörte.

»Mr Conolly, kommen Sie! Ich habe es geschafft!«

In Bill zuckte die Hoffnung hoch. »Was?«

»Die Magie steht!«

Wie ein rasend schnelles Feuer breitete sich in dem Reporter die Hoffnung aus. Er vergaß Lupina für einen Moment und dachte nur an sich selbst sowie daran, aus dieser verdammten Welt zu entkommen.

Bill rannte auf die Hütte zu.

Darauf hatte die Werwölfin nur gewartet.

Nicht im Dschungel hielt sie sich versteckt, sie hatte die Besonderheit der Hüttenbauweise für sich ausgenutzt. Der Raum zwischen Erdboden und Hüttengrund war groß genug, um auch einem Wolfskörper ein Versteck bieten zu können.

Das hatte Lupina ausgenutzt.

Und sie lauerte genau auf den Augenblick, als Bill Conolly in ihrer Nähe erschien.

Dann griff sie an.

Bill sah noch den Schatten, er hörte kratzende Geräusche, wollte zurück, kam auch zwei Schritte weit und warf seinen linken Arm dabei hoch, als Lupina aus ihrem Versteck hervorschoss und ihn mit der Gewalt eines Sturmwindes ansprang.

Diesmal kam Bill nicht weg. Er spürte den Anprall der beiden Vorderpfoten wie Hammerschläge auf seiner Brust, verlor den Halt und wurde zu Boden geschmettert.

Bill fiel auf den Rücken.

Lupina hatte ihn genau dort, wo sie ihn haben wollte …

Professor Chandler spürte, dass jetzt alles auf ihn ankam. Endlich, so legte er es aus, machten sich seine jahrelangen Forschungen bezahlt. Er hatte sich sehr stark mit der Magie und auch der Mathematik beschäftigt und eine Verbindung zwischen den beiden an sich artfremden Gebieten gefunden.

Formeln der Magie und der Mathematik sollten den Weg der Rückkehr in die normale Zeit ebnen.

Mit den Dimensionen kannte sich Chandler aus. Er hatte sie oft genug berechnet, und er malte als zentralen Punkt das magische Dreieck. Die spezielle Kreide, die dafür nötig war, trug er immer bei sich, auch in dieser Welt.

Er kannte die alte Magie des Dreiecks wenigstens in seinen Grundzügen, und er wusste auch, dass sich in der normalen Welt ein Dreieck befand, das den Gegenpol zu diesem bilden konnte.

So waren zwei Tore entstanden, die nur noch miteinander verbunden werden mussten.

Chandler hatte auch die geheimnisvollen Zeichen der Wolfsmagie entdeckt. Auf den Boden waren sie gemalt worden, und sie leuchteten ebenfalls an den Wänden.

Rote und türkisfarbene Dreiecke, manche so groß wie eine

Männerhand, andere wieder kleiner. Um sie überhaupt aktivieren zu können, hatte Chandler sie besprochen. Mit Worten, die in keinem Buch standen, war es ihm gelungen, sie zu aktivieren, und ein fahler, an einigen Stellen auch heller Schein leuchtete durch das Innere der Hütte.

Der Mann befand sich so sehr in seinem Element, dass er nicht auf die Zuschauerin achtete, die sein Treiben beobachtete. Es war Nadines Geist, der nach wie vor in der Hütte schwebte und auf den Rücken des Professors schaute.

Nadine selbst griff nicht ein. Ihr Problem stellte sich anders dar. Sie wollte unter allen Umständen Lupinas Tod, und sie hoffte, dass Bill Conolly es schaffte.

Ob Fenris dieses Opfer annahm?

Woran Bill dachte, das hatte Nadine vergessen oder verdrängt. Sie erinnerte sich nicht mehr daran, dass Fenris und Lupina einmal eine Verbindung eingegangen waren, aus der Luparo entstand, sodass es fraglich war, ob der Götterwolf das Opfer überhaupt wollte.

Dass er noch existierte, wusste Nadine genau. Zwar hatten ihn die Götter verbannt, aber er lauerte auf seine Chance. Tief in einer unheimlichen magischen Welt war er der Herrscher, da konnte er schalten und walten, ohne den Göttern ins Gehege zu kommen, und Nadine spürte etwas von diesen Aktivitäten.

Die Wolfsmagie hatte sie getrennt. Sie konnte aber auch das Gegenteil bewirken und beides – sowohl Körper als auch Seele – wieder zusammenbringen. Und dies hatte sie vor.

Nadine spürte es.

Sie merkte, wie unsichtbare Kräfte auf sie zukamen und wie gewaltige Hände über und in sie fuhren.

Jemand holte sie.

Es war ihr magisches Schicksal, ein Fluch, dem sie nicht entrinnen konnte und der sie jetzt einholte.

Seele zu Wolf – Wolf zu Seele. So war es gewesen, so sollte es wieder sein.

Fenris wollte dem von Nadine angestrebten Tausch nicht

zustimmen. Sie sollte wieder das werden, was sie gewesen war. Eine Wölfin mit der Seele eines Menschen.

Und Nadine spürte es.

Sie befand sich nicht sehr weit vom Schachtrand entfernt, deshalb nahm sie die Kraft wahr, die aus diesem hervorkroch und für sie wie ein unhörbarer Befehl war.

Zurück in den Körper, wieder zurück!

Nadine wehrte sich. Jetzt interessierte sie sich auch nicht dafür, was der Professor tat, der die Hütte mehrmals mit großen Schritten durchmaß und leise vor sich hinsprach. Sie merkte nur, wie der Drang immer stärker wurde, und vergebens stemmte sie sich dagegen an.

Die Magie war stärker.

Innerhalb des Schachts begann es zu brodeln. Die unheimliche Kraft war aktiviert worden, und sie nahm an Stärke zu, sodass sich Nadine nicht dagegen wehren konnte.

Sie kam nicht weg.

Etwas ihr Unbekanntes bannte sie auf der Stelle. Da halfen keine Bemühungen, denn sie hatte die Kontrolle über ihren Körper verloren.

Als das Fauchen ertönte, wusste sie nicht, wer es ausgestoßen hatte. Es drang allerdings aus dem Schacht, und der entließ im nächsten Augenblick einen gewaltigen Wolfskörper mit rotbraunem Fell.

Ihr Körper!

Kaum hatte der Wolf den Schacht verlassen – er war regelrecht ausgespien worden –, da verschwand auch Nadine Berger. Es war wie ein Hauch, und sie war so schnell weg, als hätte es sie nie gegeben.

»Mr Conolly, kommen Sie! Ich habe es geschafft!« Genau in diesem Moment war der Professor fertig geworden.

»Was?«

»Die Magie steht!«

Chandler rechnete damit, dass Bill Conolly Sekunden später erscheinen würde. Er irrte sich leider. Dafür sah er den Wolf nur zwei Schritte entfernt, und seine Gesichtszüge erstarrten. Er nahm an, dass es sich dabei um Lupina handelte. Als er genauer hinschaute, erkannte er seinen Irrtum. Das war nicht Lupina, sondern Nadine Berger.

Fenris hatte das Opfer nicht angenommen.

Alles war umsonst gewesen.

Diese Dinge schossen dem Wissenschaftler innerhalb von Sekunden durch den Kopf. Er war deprimiert, als er den erstickt klingenden Schrei vor der Hütte hörte.

Den hatte ein Mensch ausgestoßen.

Auch die Wölfin hatte den Schrei vernommen. Sie schnellte herum und fegte wie ein Wirbelwind dem Ausgang der Hütte entgegen …

Wir jagten durch das London der frühen Morgenstunden. Die Sonne war schon aufgegangen, trotzdem hatte sie noch nicht ihre volle Kraft entfalten können, und ein seltsames, hellgraues Licht lag über der Millionenstadt an der Themse.

Suko saß neben mir. Wie so oft, wenn es um Minuten ging, zeigte auch er Anspannung.

Die Straßen waren zum Glück ziemlich frei. Der Berufsverkehr hatte noch nicht begonnen.

Unsere Sirene riss so manchen aus dem Schlaf. Sie wimmerte und jaulte. Das rotierende Licht glitt über die Hauswände und drang wie ein vorwitziges Auge durch die Fenster.

Manchmal jaulten auch die Reifen, wenn ich den Silbergrauen zu eng und zu schnell in eine Kurve zog.

Bandor hatte seinen Kampf nicht aufgegeben. Noch immer hämmerte und trommelte er im Kofferraum herum. In den kurzen Intervallen, wenn der Sirenenton ein wenig abgeklungen war, vernahmen wir sein wütendes und gieriges Fauchen.

Wir schafften die Strecke in Rekordzeit. Schon sehr bald erschien das Gelände der Kläranlage. Direkt daneben befand sich der Wald mit dem Bunker.Leider konnte ich nicht bis vor den Eingang fahren, so mussten wir die letzten Yards den Werwolf zum Ziel schleifen.

Es wurde eine Tortur, aber Suko zeigte sich als ein wahrer Meister. Es gelang ihm sogar, die Bestie durch den engen Einstieg zu drücken und sie bis zur Treppe vorzuschieben, wobei sie sich ein paar Mal überschlug, bevor sie liegen blieb.

Als ich die Treppe erreichte, hatte sich Suko bereits den Werwolf geschnappt und schleifte ihn die Stufen hinunter.

Es tat sich etwas.

Während ich den beiden folgte, bemerkte ich das seltsame Leuchten, und kaum hatten wir die geschwungene Treppe hinter uns gelassen, als die Magie uns wie ein Aufprall traf.

Sie war überall. Wir merkten sie auf unserer Haut. Sie schien mit Elektrizität geladen zu sein, das große Dreieck glühte in einem dunklen Rot, und ich musste daran denken, dass ich mich einmal mit Lupina in dieser Figur befunden hatte.

Auch mein geweihtes Kreuz blieb von diesen unheimlichen Kräften nicht unbeeindruckt. Es hatte sich erwärmt, baute eine Gegenkraft auf, wobei ich hoffte, dass sie die andere Magie nicht zerstörte, denn sie war die einzige Brücke zwischen den Zeiten.

Bandor tobte.

Für einen Moment achtete Suko nicht auf ihn. Es gelang ihm, sich loszureißen. Bevor wir uns versahen, hüpfte er auf seinen gefesselten Beinen auf das Dreieck zu.

Und er war schnell, denn er besaß die Kräfte eines gewaltigen Tieres. Auf normalem Weg konnten wir ihn beide nicht mehr erreichen. Was würde geschehen, wenn er das Dreieck übersprang? Konnte er die Brücke damit zerstören? Vielleicht sogar für immer?

Das Risiko war da. Wir allerdings durften es auf keinen Fall eingehen, und meine Beretta flog mir fast in die Hand.

»John!«, schrie Suko.

Ich zielte genau …

Die gelben, erbarmungslosen Raubtieraugen funkelten in einem Licht, das Bill Conolly schaudern ließ. Sie versprachen ihm den Tod, und er sah im Augenblick keine Möglichkeit, den Reißzähnen der Bestie zu entgehen. Lupina hatte es geschafft.

Der Reporter lag auf dem Rücken. Mit einem Fuß stemmte sich Lupina gegen seinen Waffenarm. Dicht über dem rechten Handgelenk spürte der Reporter den Druck, sodass es ihm nicht möglich war, seine Hand zu heben und abzudrücken.

Den anderen Arm hatte er soeben noch anwinkeln können, und diese Bewegung hatte ihm für den Moment jedenfalls das Leben gerettet. Bill war es gelungen, seinen Ellbogen so hart gegen den Unterkiefer zu drücken, dass Lupina nicht dazu gekommen war, ihre Zähne in seinen Hals zu schlagen. Noch wurde ihre Schnauze hochgedrückt, wobei der Reporter in die gnadenlose Raubtieraugen schaute.

Lange konnte er in dieser Haltung nicht liegen bleiben, das war ihm längst klar geworden.

Vielleicht drei, vier Sekunden tropften dahin. Bill nahm den strengen Geruch wahr, den das Tier ausströmte. Ihm wurde für einen Moment übel, bis Lupina plötzlich alles auf eine Karte setzte. Ohne die Haltung zu verändern, gelang es ihr, sich so zu drehen, dass der Kopf freilag.

Jetzt riss sie die Schnauze auf!

Im selben Augenblick hörte sie das tappende Geräusch. Auch Bill vernahm es.

Lupina und er hatten den gleichen Gedanken. Während der Reporter liegen blieb, schleuderte die Werwölfin ihren Körper in die Höhe und drehte sich noch im Sprung.

Da war Nadine Berger heran.

Die beiden Körper prallten zusammen. Genau in dem Augenblick, als sich Bill aufgerichtet hatte und mit der Beretta auf Lupina ziehen wollte, um ihr endlich die Kugel zu geben.

Er schaffte es nicht. Plötzlich sah er kein Ziel mehr, denn

die beiden Wolfskörper hatten sich ineinander verschlungen und rollten so schnell über den weichen Boden, dass es für Bill ein großes Risiko gewesen wäre, jetzt abzudrücken.

Der Kampf wurde mit aller Verbissenheit geführt.

Normalerweise hätte man meinen können, dass Lupina Nadine überlegen war. Vielleicht stimmte dies auch, doch Nadine war keinesfalls zu unterschätzen. Sie setzte all ihre Wildheit ein und ließ die Werwölfin nicht zum Zuge kommen.

Bill Conolly, der sich aufgerichtet hatte und mit gezogener Waffe den Kampf beobachtete, hörte ein Fauchen, Keuchen und Kreischen, wobei der Boden von den umherschlagenden Füßen und Pfoten aufgewühlt wurde, sodass regelrechte Grassoden herausgerissen und in die Höhe geschleudert wurden.

Der Reporter vergaß alles. Er dachte auch nicht mehr an eine Rückkehr, in diesem Augenblick interessierte ihn nur der gewaltige, unheimliche Kampf der beiden Geschöpfe.

Die Wölfinnen rissen ihre Mäuler auf, schnappten zu, bissen, waren nicht zu stoppen und rissen sich gegenseitig Fellstücke ab.

»Mr Conolly!«, brüllte der Professor plötzlich. »Kommen Sie endlich! Die Magie steht! Ich weiß nicht, wie lange ich sie noch erhalten kann. Los!«

Bill hörte die Stimme. Er hatte auch vernommen, wie aufgeregt sie klang. Chandler stand unter Stress, und der Reporter drehte den Kopf, um einen Blick zum Haus zu werfen.

Dort wartete der Mann!

Er winkte mit beiden Armen. Seine Finger öffneten und schlossen sich dabei. Das Mondlicht fiel auf die Lichtung, traf das Haus und auch den Wissenschaftler, dessen Haut bleich und blass wie die einer Leiche wirkte.

Bill stand vor einer ungemein schweren Entscheidung. Hier hatte er die Chance, das ehemalige Mitglied der Mordliga zu vernichten. Auf der anderen Seite musste er daran denken, dass er in einer Zeit gefangen war, die eine Million

Jahre von der Gegenwart aus gerechnet zurücklag und die für ihn zum Schicksal werden konnte.

Wie sollte er sich entscheiden?

»Conolly, verdammt!« Die Stimme des Professors kippte über. Er schüttelte wild seinen Kopf, und Bill entschied sich.

Er wollte weg!

Aber nicht allein. Nadine musste mit. Sie sollte keine Gefangene dieser Zeit sein, deshalb gellte sein Schrei, und Nadine, die mit Lupina noch immer im Clinch lag und sich am Boden herumwälzte, hörte ihn.

Sie schien zu ahnen, was die Sekunde geschlagen hatte, denn sie riss sich plötzlich von ihrer Gegnerin los und wuchtete ihren Körper in die Höhe. Im Sprung drehte sie sich, streckte sich und jagte auf das Haus zu.

Auch Bill lief zurück. Allerdings nicht so schnell, und er näherte sich zudem rückwärts der Hütte. Lupina wollte er im Auge behalten, um sie mit einer Silberkugel treffen zu können.

Aber die Werwölfin war raffiniert. Obwohl sich Nadine nicht mehr bei ihr befand, bot sie kein Ziel. Die Pfoten hatten den Boden aufgerissen. Ihr Körper war eingehüllt in zahlreiche Grassoden und Dreckklumpen, sie blieb nie an einer Stelle liegen und rannte jetzt mit gewaltigen Sätzen auf die dichte Dschungelwand zu.

Bill feuerte.

Damit hatte Lupina gerechnet.

Sie schlug Haken wie ein Hase, bot immer nur für Bruchteile von Sekunden ein festes Ziel und war selbst für eine Kugel zu schnell. Links und rechts von ihr trafen die geweihten Silbergeschosse den Boden. Sie wühlten ihn auf, aber die Kugeln hämmerten nicht dorthin, wo der Reporter sie hinhaben wollte.

Als er die letzte Patrone verschoss, stieß er gegen die Plattform, stützte sich ab und flankte hinauf. Zuletzt sah er noch, wie Lupina mit einem gewaltigen Satz ins dichte Unterholz des tropischen Dschungels hineintauchte.

Dann alarmierte ihn Chandlers Schrei.

Bill kreiselte herum, stürmte in die Hütte und sah Nadine sowie den Professor in dem Dreieck stehen. Ihre Gestalten wirkten seltsam verschwommen, wie von einem hellen Feuer umlodert, denn sie befanden sich bereits im Stadium der Auflösung.

Für Bill wurde es höchste Eisenbahn.

Chandler drängte. »Kommen Sie, los!«

Und Bill sprang. Er geriet in das Dreieck, spürte die anderen Kräfte, für einen Moment verschwand alles vor seinen Augen, und dann vernahm er den peitschenden Schuss!

Ich hatte abgedrückt – und getroffen!

Der Werwolf durfte mir nicht entkommen. Für Bandor, der nun zu einer Bestie geworden war, gab es keine Rettung mehr. Diese Lösung war die beste gewesen.

Das Geschoss erreichte ihn eine winzige Sekunde vor dem Eintauchen in das magische Dreieck.

Suko erschrak, ich selbst erschrak auch über meine Aktion, und ich sah, wie vor Bandor drei Gestalten erschienen.

Zwei Menschen und eine Wölfin.

Bill Conolly, Professor Chandler und Nadine!

Alles ging so schnell, dass es mir nicht einmal gelang, mich richtig zu freuen, denn Bandor kippte nach vorn und fiel dem Professor genau in die Arme, als dieser das magische Dreieck verließ.

Beide klammerten sich aneinander fest. Ich hatte nur Augen für sie und erlebte zusammen mit Suko, wie ein Mensch seinen sterbenden Erstkörper in den Armen hielt.

Schaurig!

In dieser Minute gelang es mir nicht, meine Gefühle zu beschreiben. Wir alle schauten zu, wie Chandler und Bandor zusammensanken, wobei sich der Urmensch veränderte.

Er verlor sein Fell, die Haut nahm wieder die normale, etwas dunkle und sonnenbraune Tönung an, dann lag vor Chandlers Füßen ein Toter.

Ein Mensch aus der Vergangenheit, dessen Entstehung und Schicksal im Dunkeln lag, der aber in der Gegenwart sein Grab finden würde. Dafür wollte ich sorgen.

Mit dem Tod des Urmenschen verlosch auch die Magie in diesem Bunker. Die normale Welt hatte uns wieder.

Wir sprachen lange nicht. Auch auf der Fahrt zu den Conollys nicht. Suko lenkte den Bentley, Bill saß neben ihm, ich hockte zusammen mit Chandler im Fond und spürte, wie Nadine Berger, die Wölfin, sich gegen meine Beine drückte. Automatisch streichelte ich ihr Fell. Sie hatte viel eingesetzt, war ihrem Schicksal jedoch nicht entronnen.

Würde es für immer so bleiben?

Chandler begann zu berichten. So erfuhr ich alles. Und als er fertig war, erreichten wir das Grundstück der Conollys.

Über Autotelefon hatte Bill seine Frau schon informiert. Beide, Shao und Sheila, warteten vor der Haustür, und es war die blonde Sheila, die ihrem Mann in die ausgebreiteten Arme flog, wobei sie lachte und weinte in einem.

Schließlich umarmte sie auch mich und sagte unter Tränen: »John, er ist wieder da. Mein Gott, ihr habt es geschafft.«

Ich drückte Sheila von mir weg und kniff ein Auge zu. »Hatte ich dir das nicht versprochen?«, fragte ich mit rauer Stimme, denn auch mir saß ein dicker Kloß in der Kehle.

»Ja, John, das hast du.«

»Na bitte! Was man verspricht, soll man auch halten. So ist das nun mal im Leben. Aber jetzt möchte ich etwas anderes von dir oder von euch, meine Lieben.«

»Und was?«, fragten Sheila und Shao gleichzeitig.

»Ein gewaltiges Frühstück. Ich habe nämlich Hunger wie ein Wolf ...«

ENDE